O SEGREDO DE
ROOSEVELT

OBRAS DO AUTOR PUBLICADAS PELA RECORD

Série Cotton Malone
O legado dos templários
O elo de Alexandria
Traição em Veneza
A busca de Carlos Magno
Vingança em Paris
A tumba do imperador
O enigma de Jefferson
A farsa do rei
O mito de Lincoln
O segredo de Roosevelt

A profecia Romanov
A Sala de Âmbar
O terceiro segredo
A conspiração Colombo

STEVE BERRY

O SEGREDO DE ROOSEVELT

Tradução de
Paulo Geiger

1ª edição

EDITORA RECORD
RIO DE JANEIRO • SÃO PAULO
2025

CIP-BRASIL. CATALOGAÇÃO NA PUBLICAÇÃO
SINDICATO NACIONAL DOS EDITORES DE LIVROS, RJ

B453s   Berry, Steve, 1955-
         O segredo de Roosevelt / Steve Berry ; tradução Paulo Geiger. - 1. ed. - Rio de Janeiro : Record, 2025.

         Tradução de: The patriot threat
         Sequência de: O mito de Lincoln
         ISBN 978-85-01-92339-4

         1. Ficção americana. I. Geiger, Paulo. II. Título.

                        CDD: 813
                        CDU: 82-3(73)

Meri Gleice Rodrigues de Souza - Bibliotecária - CRB-7/6439

Título original:
The Patriot Threat

Copyright © 2015 by Steve Berry

Texto revisado segundo o Acordo Ortográfico da Língua Portuguesa de 1990.

Todos os direitos reservados. Proibida a reprodução, no todo ou em parte, através de quaisquer meios. Os direitos morais do autor foram assegurados.

Direitos exclusivos de publicação em língua portuguesa somente para o Brasil adquiridos pela
EDITORA RECORD LTDA.
Rua Argentina, 171 – Rio de Janeiro, RJ – 20921-380 – Tel.: (21) 2585-2000, que se reserva a propriedade literária desta tradução.

Impresso no Brasil

ISBN 978-85-01-92339-4

Seja um leitor preferencial Record.
Cadastre-se no site www.record.com.br e receba informações sobre nossos lançamentos e nossas promoções.

Atendimento e venda direta ao leitor:
sac@record.com.br

Para Sam Berry
Meu pai

Agradecimentos

Este é meu primeiro romance com Minotaur Books, parte da Macmillan Publishers. A experiência foi maravilhosa. Meus sinceros agradecimentos a John Sargent, chefe da Macmillan, Sally Richardson, que chefia St. Martin's, e meu editor, Andrew Martin. E reconheço também minha sincera dívida de gratidão a Hector DeJean, da Publicidade; a Jeff Dodes e todos de Marketing e Vendas, especialmente Paul Hochman; a Jen Enderlin, guru em tudo que diz respeito ao paperback; David Rotstein, que produziu a capa, Steven Seighman pelo excelente projeto gráfico, e Mary Beth Roche e o pessoal do Áudio.

Como sempre, obrigado a você, Simon Lipskar, por mais um grande trabalho.

E a meu editor, Kelley Ragland; tem sido uma alegria conhecer você.

Algumas menções a mais: Meryl Moss e sua extraordinária equipe de publicidade (especialmente Deb Zipf e Jeri Ann Geller); Jessica Johns e Esther Garver, que continuam a manter a Steve Berry Enterprises em funcionamento sem percalços; M. J. Rose, um dos membros originais do Plotters Club; e Richard Stamm, curador do Castelo Smithsonian (por me indicar onde havia uma boa escrivaninha).

E, sempre, a minha mulher, Elizabeth, que continua sendo a mais especial de todos.

Este romance é dedicado a Harold Earl "Sam" Berry, que é xará de Harold Earl "Cotton" Malone. Como cada um adquiriu seu apelido, continua a ser um mistério.

O que não há dúvidas é o efeito que esses dois homens tiveram em minha vida.

Nenhum sentimento no mundo é maior, mais nobre e mais sagrado do que o patriotismo.

Kim Il-sung, eterno presidente da República Popular Democrática da Coreia

Prólogo

CASA BRANCA
QUINTA-FEIRA, 31 DE DEZEMBRO DE 1936
17:00

Franklin Roosevelt detestava estar no mesmo recinto que seu infame visitante, mas reconhecia a necessidade de uma conversa entre eles. Estava na presidência havia quatro anos, mas dentro de três semanas a história marcaria sua segunda posse, a primeira a se realizar em 20 de janeiro. Antes disso, sempre se fizera o juramento em 4 de março, em comemoração a essa mesma data, em 1789, quando a Constituição entrou em vigor. Mas a Vigésima Emenda tinha mudado isso. Uma boa ideia, na verdade, reduzindo o tempo decorrente após o dia da eleição, em novembro. Era tempo demais para um político só ficar aguardando o momento para sair do cargo. Ele gostava de ser parte de uma mudança. Odiava o modo pelo qual qualquer coisa tinha sido feita antes.

E, especialmente, desprezava qualquer membro da "velha ordem". Como seu visitante.

Andrew Mellon tinha servido durante dez anos e onze meses como secretário do Tesouro. Tinha começado com Harding em 1921, depois trabalhara com Coolidge antes de ser liberado do cargo por Hoover. Completara seu serviço no governo servindo um ano como embaixador na Corte de St. James, para finalmente se aposentar em 1933. Mellon era um republicano ferrenho, então e agora um dos homens mais ricos do país, a personificação viva da sabedoria da "velha ordem" que o New Deal desejava mudar.

— Aqui está, senhor presidente, minha oferta. Espero que possa ser realizada.

Mellon estendeu-lhe um pedaço de papel.

Ele tinha convidado esse pária para o chá da tarde, porque seus assessores tinham-no advertido de que *não se pode chutar um cão bravo por muito tempo.*

E ele estivera chutando Andrew Mellon durante três anos.

Tinha começado logo após a primeira posse. Ele tinha instruído a Secretaria da Receita a auditar os impostos pagos por Mellon em 1931. Houve resistência do departamento ao uso excessivo de seu poder presidencial — no sentido de que a Receita não deveria ser usada como arma política — mas sua diretiva fora cumprida. Mellon tinha declarado um imposto devido de cento e trinta e nove mil dólares. O governo descobriu que ele devia três milhões e oitenta e nove mil. Houve uma acusação de sonegação de impostos, mas o grande júri se absteve de indiciar. Intrépido, Roosevelt ordenou que o Departamento de Justiça movesse um processo civil, e houve um julgamento na Junta de Apelação de Impostos que envolveu quatorze meses de testemunhos e apresentação de evidências. Terminara havia poucas semanas.

Eles ocupavam o Salão Oval no segundo andar, seu lugar predileto na Casa Branca para tratar de negócios. Ela tinha um aspecto vívido e aconchegante que lhe emprestavam estantes cheias de livros, barcos em miniatura, e uma confusão de papéis empilhados por toda parte. Fogo ardia na lareira. Ele tinha deixado sua cadeira de rodas e sentara-se no sofá, o procurador-geral Homer Cummings ao seu lado. Acompanhando Mellon, David Finley, parceiro muito próximo do ex-secretário.

Ele e Cummings leram a oferta.

Consistia numa proposta para o estabelecimento de um museu de arte, a ser localizado no National Mall, o qual Mellon ergueria com recursos próprios. O prédio não só se tornaria um repositório da própria e imensa coleção de Mellon, mas também acomodaria futuras aquisições.

Seria chamado de Galeria Nacional de Arte.

— E não Galeria Andrew W. Mellon? — perguntou ele.

— Não quero que meu nome seja associado publicamente ao prédio.

Ele avaliou seu visitante, sentado ereto como uma vara, a cabeça erguida, nem um só músculo a se mover, como se presidentes ainda se curvassem a cada capricho seu. Ele sempre se perguntara por que três deles tinham escolhido o mesmo homem para seu governo. Podia entender no caso do primeiro — Harding, um tolo fraco e inepto —, talvez até mesmo do segundo — Coolidge, que completou o mandato após Harding ter tido a sensatez de morrer depois de dois anos no cargo. Mas em 1924, quando Coolidge conquistou seus quatro anos por mérito próprio, por que não escolher um novo secretário do Tesouro? Faria sentido. Todo presidente tinha feito isso. Depois Hoover cometeu o mesmo erro, renomeando Mellon em 1929 para finalmente se livrar dele três anos depois.

Ele disse:

— Aqui se declara que a galeria será gerenciada por um conselho privado de nove curadores, cinco deles nomeados por você. Eu tinha entendido que essa instituição seria administrada pelo Smithsonian.

— E será. Mas quero que a operação interna da galeria seja totalmente independente do governo, condição atualmente usufruída pelo Smithsonian. Esse ponto não é negociável.

Ele olhou para seu procurador-geral, que acenou seu assentimento.

A oferta de Mellon tinha sido feita um ano antes. O prédio custaria entre oito e nove milhões de dólares. A coleção de arte particular de Mellon, avaliada em vinte milhões, constituiria seu núcleo. Outras obras de qualidade também seriam adquiridas e expostas, com base na ideia de que Washington, D.C. pudesse se tornar uma das principais capitais da arte do mundo. Mellon doaria cinco milhões de dólares à instituição, cuja renda seria usada para pagar salários dos administradores de mais alto escalão e para adquirir mais obras. O governo pagaria permanentemente pela manutenção e conservação do prédio. Houve meses de negociações nos bastidores para acertar os detalhes, e eles levaram a essa reunião final. O procurador-geral Cummings o tinha mantido informado, mas não houvera muita barganha. Assim como nos negócios, Mellon, na arte, não cedia facilmente.

Contudo, um ponto ainda era preocupante.

— Você especificou — disse ele — que todos os fundos para a construção, e para a arte, virão de seu fundo fiduciário filantrópico. Mas é esse mesmo fundo que afirmamos estar devendo ao povo deste país mais de três milhões em imposto de renda.

As feições pétreas de Mellon nunca vacilaram.

— Se o senhor quer o dinheiro, é lá que ele está.

Ele sabia que estava sendo manipulado. Mas tudo bem. Tinha pedido esse encontro. Então...

— Quero conversar com o Sr. Mellon a sós.

Viu que seu procurador-geral não tinha gostado da ideia, mas que sabia não ser um simples pedido. Cummings e Finley deixaram a sala. Esperou a porta se fechar e disse:

— Sabe que eu o desprezo.

— Como se eu me incomodasse com o que pensa. O senhor é insignificante.

Ele deu um risinho.

— Tenho sido chamado de muita coisa. Arrogante. Preguiçoso. Estúpido. Manipulador. Mas nunca de insignificante. Com esta eu realmente me ofendo. Eu me imagino bem relevante para nossos atuais apuros econômicos. Um deles, poderia acrescentar, você é responsável em parte por ter criado.

Mellon deu de ombros:

— Se Hoover tivesse ouvido, a Depressão teria sido curta.

Já se haviam passado sete anos desde aquela fatídica sexta-feira em 1929, quando a bolsa tinha despencado e os bancos, falido. Hoover tinha saído, mas os republicanos ainda permaneciam com o controle do Congresso e da Suprema Corte, o bastante para que sua política do New Deal sofresse um golpe após outro. Tinha enfrentado tantos obstáculos que decidira fazer a paz com seus inimigos, o que incluía este demônio. Mas não antes do que tinha a dizer.

— Deixe-me ver se lembro. Como secretário do Tesouro você aconselhou Hoover a liquidar a mão de obra, as ações, os agricultores e os imóveis. Purgar toda a podridão do sistema. Uma vez feito isso, segundo você, as pessoas iam trabalhar mais duro e viver, como é que você disse... vidas mais morais. Depois você disse que indivíduos empreendedores se destacariam dos menos competentes.

— Foi um conselho sensato.

— Vindo de um homem que vale centenas de milhões, posso entender que você veja as coisas desse jeito. Duvido que tivesse a mesma atitude se estivesse faminto e desempregado, sem esperanças.

Na verdade, ele estava surpreso com a aparência física de Mellon. O rosto tinha ficado macilento, sua alta ossatura ainda mais fina do que se lembrava. A pele estava pálida num tom de chumbo, olhos cansados e melancólicos. Duas rugas profundas iam das narinas aos cantos da boca, parcialmente ocultas pelo marcante bigode. Sabia que Mellon tinha 81 anos, mas parecia ter mais de 100. Uma coisa era clara, no entanto — o homem continuava a ser formidável.

Pegou um cigarro da caixa ao lado da mesa e o enfiou numa piteira de marfim. A imagem da ponta macia entre seus dentes cerrados, mantida num vistoso ângulo de quarenta e cinco graus, tinha se tornado um sinal de confiança e otimismo presidenciais. Deus sabia que o país necessitava de ambos. Ele acendeu o cigarro e saboreou um longo trago, a fumaça espessa, cada inalação produzindo uma reconfortante dor em seu peito.

— Você compreende que não haverá mudança em nossa posição quanto ao assunto atualmente pendente na Junta de Apelação de Impostos. Sua doação não terá efeito sobre esse litígio.

— Na verdade, terá.

Agora ele estava curioso.

— A Galeria Nacional de Arte será construída — disse Mellon. — O senhor não pode, e não vai, recusar-se a fazer isso. Minha dádiva é grande demais para ser ignorada. Uma vez inaugurada, a galeria tornar-se-á o principal lugar para as artes nesta nação. Sua mesquinha ação fiscal já terá passado há muito tempo. Ninguém dedicará a ela um só pensamento. Mas a galeria... ela permanecerá para sempre e nunca será esquecida.

— Você é realmente o cérebro por trás de todos os malfeitores muito ricos.

— Lembro-me dessa sua citação, referindo-se a mim como tal. Eu na verdade tomo suas palavras como um cumprimento. Mas vindo de um político profissional, interessado apenas em votos, não me importa o que você pensa.

Ele disse:

— Estou salvando este país de pessoas como você.

— Tudo que você fez foi criar uma saraivada de novos departamentos e agências, a maioria se sobrepondo a departamentos já existentes. Eles nada fazem a não ser inflar o orçamento e aumentar impostos. O resultado final será desastroso. Mais nunca é melhor, especialmente no que concerne ao governo. Deus ajude este país quando o senhor estiver terminado com ele. Felizmente, não estarei aqui para ver essas danosas consequências.

Roosevelt saboreou um pouco mais de seu fumo antes de observar:

— Você tem razão. Recusar essa dádiva seria suicídio político. Seus amigos no Congresso republicano não receberiam isso bem. E, assim me dizem, uma vez que o presente *é* seu, você pode estabelecer os termos. Assim, sua grande galeria nacional será construída.

— Você não foi o primeiro, como deve saber.

Ele se perguntou ao que o velho estava se referindo.

— Fiz isso muito antes de você sequer ter pensado.

Então ele se lembrou.

James Couzens, que tinha morrido dois meses antes, depois de quatorze anos no Senado dos Estados Unidos. Treze anos atrás, o senador Couzens tinha deslanchado uma investigação no Congresso sobre deduções de imposto de renda dadas a companhias de propriedade do então secretário do Tesouro, Mellon. A investigação revelou que Mellon não tinha se desfeito do controle dessas companhias, como alegara antes de entrar a serviço do governo. Tinha havido solicitações para que Mellon renunciasse, mas ele acalmara a tempestade e Coolidge o renomeara em 1924. Foi então que Mellon virou a Secretaria da Receita contra Couzens, depois que uma auditoria revelou onze milhões de dólares em impostos não pagos. Mas a Junta de Apelação de Impostos reverteu a decisão e concluiu que, na verdade, Couzens tinha direito a uma restituição.

— Não foi esta a sua maior humilhação? — disse ele a Mellon. — A Junta de Apelação de Impostos ficou totalmente contra você. Sua vendeta contra Couzens foi desmascarada, ao se mostrar exatamente o que era.

Mellon se levantou.

— Precisamente, senhor presidente.

Seu visitante olhava para baixo, para ele, com seus olhos pretos como carvão. Ele se orgulhava de dominar com sua presença uma sala, capaz de assumir o comando em qualquer situação, mas essa estátua de carne e osso só o fazia se sentir desconfortável.

— Estou morrendo — disse Mellon.

Isto ele não sabia.

— O câncer vai me matar em menos de um ano. Mas nunca fui de me queixar nem chorar. Quando dispus de poder, eu o usei. Assim, afinal de contas, você não fez comigo, que aparentemente sou seu inimigo, nada diferente do que eu fiz com os meus. Felizmente ainda possuo dinheiro e meios para me manter sozinho. Quero dizer isto, no entanto. Destruí meus inimigos porque eles tentaram me destruir. Meus golpes foram todos defensivos. Seu ataque a mim foi claramente ofensivo. Você optou por me ferir simplesmente porque podia fazer isso. Não fiz nada nem a você nem dirigido a você. Isto torna nossa briga... diferente.

Ele deixou que a nicotina inundasse seus pulmões para acalmar os nervos e disse a si mesmo que não demonstrasse o menor sinal de preocupação ou de medo.

— Deixei para meu país uma dádiva de arte. Este será meu legado público. Para o senhor, senhor presidente, tenho um presente em separado e mais pessoal.

Mellon tirou do bolso interno do paletó uma folha de papel dobrada três vezes e a estendeu a Roosevelt.

Ele aceitou o bilhete e leu o que estava nele datilografado.

— Isto é besteira.

Um sorrisinho astuto esgueirou-se no rosto de Mellon. Quase parecia feliz. Que estranha visão. Ele não se lembrava de jamais ter visto este homem exibir algo diferente de uma carranca.

— Muito pelo contrário — disse Mellon. — É uma investigação. Que eu pessoalmente criei só para você.

— Para quê?

— Algo que pode acabar com você e com seu New Deal.

Ele acenou com o papel.

— Isso é alguma espécie de ameaça? Talvez você tenha esquecido a quem está se dirigindo.

Seu erro de dois anos antes já se tornara imensamente claro. Qual era mesmo a máxima? *Se tentar matar o rei, certifique-se de tê-lo feito.* Mas tinha fracassado. O procurador-geral Cummings já o tinha advertido de que a Junta de Apelação de Impostos iria decidir contra o governo, e a favor de Mellon em todos os casos. Não haveria impostos passados devidos. Nenhum malfeito tinha ocorrido.

Perda total.

Ordenara ao seu secretário do Tesouro que se assegurasse de que o anúncio daquela decisão fosse postergado o máximo possível. Não importava como isso seria feito, apenas que fosse feito. Agora se perguntava. Será que seu visitante já sabia?

— Um homem tem sempre dois motivos para as coisas que faz — disse Mellon. — Um bom motivo e um motivo real. Vim hoje aqui, a seu convite, para ser franco e honesto. No fim, todas as pessoas que hoje estão no poder, você inclusive, estarão mortas. Eu estarei morto. Mas a Galeria Nacional estará sempre lá, e isso é algo de que o país necessita. Este foi meu *bom* motivo para fazer o que fiz. O motivo real é que, não como você, sou um patriota.

Ele deu um risinho ante o insulto.

— Você prontamente admitiu que o que eu tenho na mão é uma ameaça ao seu comandante em chefe.

— Eu lhe garanto, há coisas que você não sabe acerca desse governo. Coisas que se poderiam demonstrar... devastadoras. Em sua mão, *senhor presidente*, está segurando duas dessas coisas.

— Então por que não simplesmente me dizer o que é e ter seu prazer agora?

— Por que eu faria isso? Você me deixou exposto ao ridículo nos últimos três anos. Fui processado publicamente, humilhado, rotulado como criminoso e trapaceiro. Enquanto você abusava de seu cargo e usava mal seu poder. Pensei apenas que seria correto retribuir o favor. Mas fiz de minha oferta um desafio. Eu quero que você se esforce por isso, assim como você me fez fazer.

Roosevelt amassou o papel, fazendo uma bola e a atirou para o outro lado da sala.

Mellon pareceu não se perturbar.

— Isso não seria prudente.

Ele apontou a piteira como se fosse uma arma.

— No decorrer da campanha, lá atrás em 1932, muitas vezes eu vi um cartaz na vitrine de lojas. Sabe o que dizia?

Mellon ficou calado.

— *Hoover soprou o apito. Mellon bateu o martelo. Wall Street deu o sinal, e o país foi para o inferno. Hurra para Roosevelt.* É isto que o país pensa de mim.

— Prefiro o que o senador Truman disse sobre o senhor: *"O problema com o presidente é que ele mente."*

Houve entre eles um momento de silêncio tenso.

Finalmente, Roosevelt disse:

— Não há nada de que eu goste mais do que uma boa briga.

— Então isso fará de você um homem feliz.

Mellon procurou em seu bolso e tirou uma nota novinha de um dólar.

— É uma das novas. Disseram-me que você aprovou pessoalmente o projeto.

— Achei que o dinheiro velho tinha de ser retirado de circulação. Havia um bocado de azar associado a ele.

Assim, o Departamento do Tesouro, em 1935, tinha redesenhado a cédula de um dólar, acrescentando o Grande Selo dos Estados Unidos com outras mudanças estilísticas. As novas cédulas estavam circulando havia pouco mais de um ano. Mellon tirou uma caneta de outro bolso e foi até uma das mesas. Roosevelt ficou olhando enquanto as linhas eram desenhadas na nota.

Mellon estendeu-lhe a nota de um dólar.

— Isto é para você.

Ele viu que Mellon tinha desenhado dois triângulos na face oposta à do Grande Selo.

— Um pentagrama?

— Tem seis pontas.
Ele se corrigiu.
— Uma estrela de davi. Isso deveria significar alguma coisa?
— É uma pista na nossa história. No passado houve homens que sabiam que um homem como você, um aristocrata tirânico, iria surgir um dia. Achei justo que a história — Mellon apontou para a cédula — e que essa anomalia dessem início a sua investigação. Como pode ver, cinco dos vértices dos dois triângulos coincidem com cinco letras: O S A M N. É um anagrama.
Roosevelt estudou a cédula.
— Mason. Formam a palavra *Mason*.
— É o que fazem.
Contrariando o que seria mais sensato, ele teve de perguntar:
— O que isso significa?
— O seu fim.
Mellon adotara uma postura militar, de pé e ereto, a cabeça ainda inclinada para baixo, como a zombar da incapacidade que tinha seu comandante em chefe de se levantar. Um pedaço de lenha sibilante na lareira irrompeu das chamas, lançando uma centelha.
— *Uma estranha coincidência, para usar uma expressão, com a qual essas coisas se resolvem hoje em dia.* — Mellon fez uma pausa. — Lorde Byron. Acho que cabe aqui também.
Seu visitante foi até a porta.
— Ainda não terminei de falar com você — exclamou Roosevelt.
Mellon deteve-se e se virou.
— Estarei esperando pelo senhor, *senhor* presidente.
E saiu.

O PRESENTE

Capítulo 1

VENEZA, ITÁLIA
SEGUNDA-FEIRA, 10 DE NOVEMBRO
22:40

Cotton Malone se jogou no chão quando balas espocaram na parede de vidro. Felizmente o painel transparente que separava um espaço do outro, do chão até o teto, não se estilhaçou. Ele arriscou um olhar para a extensa área das secretárias e viu lampejos de luz na semiescuridão, cada um deles na extremidade de uma arma de cano curto. O vidro entre ele e o atacante era obviamente extrarresistente, e em silêncio ele agradeceu a alguém por ter tido aquele cuidado.

Suas opções eram limitadas.

Não conhecia muito bem a geografia do oitavo andar do prédio — afinal, esta era sua primeira visita. Ele tinha vindo na expectativa de observar ocultamente uma enorme operação financeira — vinte milhões de dólares americanos sendo enfiados em dois grandes sacos destinados à Coreia do Norte. Em vez disso, a operação tinha se tornado um banho de sangue, com quatro homens mortos numa sala não muito distante, e o assassino — um homem asiático com cabelos curtos e escuros, vestido como guarda de segurança — mantendo-o agora sob a mira.

Tinha de achar proteção.

Pelo menos estava armado — trazia consigo sua Beretta especial do Magellan Billet, e dois carregadores de reserva. A possibilidade de viajar com uma arma era uma vantagem advinda de ter consigo novamente um distintivo do Departamento de Justiça dos Estados Unidos. Ele havia concordado com uma admissão temporária como meio de parar de pensar em Copenhague e de ganhar algum dinheiro, uma vez que atualmente o trabalho em espionagem era bem remunerado.

Pense.

Ele estava em desvantagem na situação tática, mas não na capacidade de raciocinar.

Mantenha controle do que está à sua volta e vai controlar o resultado.

Lançou-se à esquerda descendo um corredor, atravessou um terraço de saibro, no momento exato em que uma nova rajada de balas finalmente destruiu a parede de vidro. Passou por um canto com um banheiro de cada lado e continuou em frente. Mais adiante havia um carrinho de serviço abandonado. Ele vislumbrou uma porta mantida aberta por uma escora e que levava a um escritório, e uma mulher de uniforme agachada no interior escuro.

Ele sussurrou em italiano:

— Arraste-se até debaixo da mesa e fique quieta.

Ela fez o que ele ordenara.

Esta civil poderia ser um problema. *Danos colaterais,* era o termo usado para eles nos relatórios do Magellan Billet. Ele detestava essa descrição. Mais precisamente, eram pai, mãe, irmão, irmã de alguém. Inocentes, pegos no fogo cruzado.

Restavam apenas uns poucos instantes antes que o asiático aparecesse.

Ele notou uma porta para outra sala e correu para dentro do espaço escuro. A costumeira mobília lá estava, dispersa. Uma segunda porta levava a uma sala adjacente, e sua luz se infiltrava por essa porta entreaberta. Uma rápida olhada nesse outro espaço confirmou que o segundo escritório dava novamente para o corredor.

Ia funcionar.

Ele sentiu o cheiro de um fluido de limpeza, havia um recipiente de metal aberto contendo vários galões a poucos metros dele. Avistou

também um maço de cigarros e um isqueiro no carrinho da mulher da limpeza.
Mantenha controle do que está à sua volta.
Ele agarrou os dois, depois derrubou o recipiente de metal.
O líquido claro derramou-se gorgolejando pelo chão do corredor, espalhando-se pelo ladrilho numa corrente que fluía na direção de onde viria o asiático.
Ele esperou.
Cinco segundos depois, seu atacante, com o rifle automático à sua frente, apareceu numa esquina, certamente se perguntando onde poderia estar sua presa.
Malone demorou-se ainda alguns segundos para ser visto.
O rifle apareceu.
Ele correu para dentro do escritório. Balas atingiram o carrinho de limpeza com um impacto ensurdecedor. Ele acendeu o isqueiro e pôs fogo no maço de cigarros. Papel celofane e fumo começaram a queimar. Um. Dois. Jogou o maço em chamas pela porta, para a fina película que revestia o chão do corredor.
Uma lufada, e o líquido de limpeza pegou fogo.
Uma movimentação na segunda sala confirmou sua previsão do que ia acontecer. O asiático fora buscar ali refúgio do chão ardente. Antes que o inimigo tivesse tempo de avaliar seu dilema, Malone se jogou pela porta, derrubando o homem no chão.
O rifle foi parar longe.
A mão direita se fechou em volta da garganta do homem.
Mas seu oponente era forte.
E ligeiro.
Eles rolaram duas vezes, indo de encontro a uma mesa.
Malone disse a si mesmo que não soltasse o asiático. Mas o assassino girou o corpo erguendo-o do chão, catapultando o americano com os pés para o ar. Seu corpo foi jogado acima da cabeça do adversário. Ele foi atirado para um lado e o asiático pôs-se de pé num salto. Preparou-se para o combate, mas o "guarda" fugiu da sala.
Ele pegou sua arma e aproximou-se da porta, o coração disparado, os pulmões pesando. Remanescentes do líquido ainda ardiam fracamente no chão. O corredor estava vazio, e pegadas molhadas

o percorriam, afastando-se. Ele as seguiu. Numa esquina parou, olhou em volta e não viu ninguém. Foi em direção aos elevadores e estudou o mostrador, notando que os indicadores de andar de ambos marcavam o oito — este mesmo andar. Pressionou o botão para subir e pulou para trás preparado para atirar.

As portas se abriram.

A cabine da direita estava vazia. Na da esquerda, um corpo ensanguentado, vestido apenas com as roupas de baixo. O guarda de verdade, presumiu. Olhou para o rosto contorcido, ocultado por dois ferimentos escancarados. Certamente parte do plano era não só eliminar todos os participantes, mas também não deixar testemunhas. Olhou dentro da cabine e viu que o painel de controle fora destruído. Checou a outra cabine e descobriu que também tinha sido desativado. O único caminho agora era pelas escadas.

Foi para a escadaria e prestou atenção. Alguém estava galgando os degraus em direção ao telhado. Começou a subir com o máximo de rapidez que a prudência recomendava, atento a qualquer problema.

Uma porta se abriu e depois se fechou.

No alto ele encontrou uma saída e ouviu o ruído característico de uma turbina de helicóptero vindo do outro lado.

Abriu uma fresta da porta.

Um helicóptero voltado para o outro lado, a cauda e a barbatana mais próximas dele, a cabine dirigida para a noite. Os rotores começavam a girar depressa, o asiático carregou rapidamente os dois sacos com o dinheiro, e depois pulou para a aeronave.

As lâminas giraram mais rápido, os patins se elevaram, deixando o telhado.

Empurrou a porta, abrindo-a por completo.

Um vento gelado o fustigou.

Deveria atirar? Não. Deixá-lo ir embora? Havia sido enviado apenas para observar, mas as coisas tinham dado errado, e agora ele precisava honrar o salário. Enfiou a pistola no bolso traseiro, abotoou-o e correu. Num salto, agarrou-se ao patim que subia.

O helicóptero tomou impulso em direção ao céu escuro.

Que sensação estranha, estar voando desprotegido em plena noite. Agarrou-se fortemente ao patim de metal com as duas mãos, a velocidade do helicóptero tornando cada vez mais difícil manter-se ali pendurado.

Olhou para baixo.

Estavam indo para o leste, para longe do continente e em direção à água e às ilhas. O lugar onde ocorreram os assassinatos ficava no litoral italiano, a algumas centenas de metros da costa, num inexpressivo edifício de escritórios perto do Aeroporto Internacional Marco Polo. A lagoa propriamente dita era cercada por estreitas faixas de litoral iluminadas que se juntavam num arco amplo, e em cujo centro ficava Veneza.

O helicóptero inclinou-se para a direita e ganhou velocidade.

Ele enganchou o braço direito no patim para poder se segurar melhor.

À frente avistou Veneza, suas torres e pináculos iluminados à noite. Mais além, por todos os lados, havia escuridão, sinalizando água. Mais para o leste estava o Lido, fronteando o Adriático. Em sua mente, repassou o que havia lá embaixo. Ao norte, as luzes em terra denunciavam a presença de Murano, depois Burano e mais distante, Torcello. As ilhas estavam incrustadas na lagoa como brilhantes ornamentos. Ele se enroscou no patim, e pela primeira vez olhou para o interior da cabine.

O "guarda" o avistou.

O helicóptero deu uma guinada para a esquerda, aparentemente para ver se conseguia desalojar o indesejado passageiro. Seu corpo foi jogado para um lado e chicoteado de volta, mas ele segurou-se com firmeza e fitou mais uma vez aqueles olhos de gelo. Viu o asiático abrir a porta, fazendo-a deslizar com a mão esquerda, o rifle na direita. Um instante antes que as rajadas varressem os patins ele balançou o corpo debaixo da fuselagem para agarrar o outro patim e se jogou para ele.

As balas atingiram o patim esquerdo ricocheteando e desaparecendo na escuridão abaixo. Ele agora estava seguro no lado direito, mas suas mãos doíam sob a força da gravidade. O helicóptero balançou novamente para frente e para trás, sugando o que lhe restava de forças. Ele enganchou a perna esquerda no patim, abraçando o metal. O ar frio secava sua garganta, atrapalhando a respiração. Com dificuldade, ele juntou saliva para aliviar a sensação de ressecamento.

Precisava fazer alguma coisa, e rápido.

Estudou os rotores que giravam, as lâminas golpeando o ar, o *stacatto* ensurdecedor da turbina. No telhado ele tinha hesitado, mas agora aparentemente não tinha escolha. Agarrou-se firme com as pernas e o braço esquerdo, levou o direito para trás e desabotoou o bolso da calça. Nele enfiou a mão e sacou a Beretta.

Só havia um jeito de obrigar o helicóptero a descer.

Desferiu três tiros na ruidosa turbina logo abaixo da caixa de transmissão para o rotor.

O motor rateou.

Chamas irromperam da entrada de ar e do cano de exaustão. A velocidade diminuiu. O nariz elevou-se no esforço de manter a sustentação.

Ele olhou para baixo.

Ainda estavam a trezentos metros, mas perdendo altitude rapidamente numa tentativa de descida controlada.

Podia ver à frente uma ilha. Brilhos espalhados definiam seu formato retangular logo ao norte de Veneza. Ele conhecia o lugar. Isola di San Michele. Não havia nada lá, exceto algumas igrejas e um enorme cemitério onde os mortos eram enterrados desde a época de Napoleão.

Mais rateios.

E uma súbita reversão.

Uma fumaça espessa foi expelida pelo escape, com um enjoativo cheiro de enxofre e óleo queimando. O piloto aparentemente estava tentando estabilizar a descida, a aeronave aos solavancos para cima e para baixo, as aletas dos estabilizadores dando seu máximo.

Alcançaram a ilha, voando próximo à cúpula da igreja principal. A uns seis metros do solo parecia que iam conseguir. O helicóptero se nivelou, depois ficou pairando. A turbina diminuiu a velocidade. Abaixo havia apenas um espaço escuro, mas ele se perguntava quantas lápides de pedra os estariam aguardando. Difícil enxergar qualquer coisa na escuridão. Os ocupantes do helicóptero certamente sabiam que ainda tinham companhia. Então por que pousar? Bastaria erguer o nariz e largar o passageiro do ar.

Ele deveria ter atirado na turbina mais algumas vezes.

Agora não tinha escolha.

Então, soltou o patim.

Pareceu cair por muito tempo, embora sua memória lhe dissesse que um objeto em queda livre caía com uma aceleração de 9,8 metros por segundo ao quadrado. Cair de seis metros levaria menos de um segundo. Esperava que o solo fosse macio e que evitasse a pedra.

Bateu primeiro com as pernas, os joelhos se agachando para amortecer o choque, depois ricocheteando e fazendo-o rolar. A coxa da perna esquerda começou a doer instantaneamente. De algum modo conseguiu manter a pistola na mão. Quando parou de rolar, olhou para trás e para cima. O piloto tinha retomado o controle total. O helicóptero inclinou-se para o alto e manobrou para se aproximar. Uma guinada para a direita e seu atacante agora podia ver o que havia embaixo. Ele provavelmente poderia sair de lá correndo e coxeando, mas não via um bom lugar para se proteger no terreno. Estava descoberto, no meio das sepulturas. O asiático percebeu sua situação, pairando a menos de trinta metros de distância, o vento provocado por suas lâminas fazendo voar terra e poeira. A porta se abriu e seu agressor mirou segurando o rifle automático com uma das mãos.

Malone se escorou e apontou a pistola, segurando-a com as duas mãos. Não devia haver mais de quatro cartuchos no carregador.

Faça com que cada um deles dê conta do recado.

Apontou para o motor.

O asiático sinalizou ao piloto que recuasse.

Mas não antes que Malone atirasse. Um, dois, três, quatro tiros.

Difícil dizer qual das balas fizera o trabalho, mas a turbina explodiu, uma brilhante bola de fogo iluminou o céu, destroços flamejantes projetaram-se em cascata no solo como um chuveiro abrasador a cinquenta metros de distância. Naquela luz súbita ele divisou centenas de lápides em fileiras compactas. Abraçou a terra e protegeu a cabeça enquanto as explosões continuavam, uma massa de metal retorcido, carne e combustível em chamas a irromper e se amontoar à sua frente.

Olhou para a confusão.

Chamas crepitantes consumiam o helicóptero, seus ocupantes, e vinte milhões de dólares americanos em espécie.

Alguém ia ficar uma fera.

Capítulo 2

PORTO DE VENEZA
23:15

Kim Yong Jin estava de pé ao lado da cama, segurando um saco de infusão intravenosa. Sua filha Hana o observava do outro lado.

— Imagino que isto é algo que você já tenha visto antes? — ele perguntou a ela baixinho em coreano.

Com *isto* ele se estava referindo às situações em que os fortes se impõem sobre os totalmente fracos. E sim, ele sabia que ela havia testemunhado essas situações vezes demais para poder contá-las.

— Nenhum comentário? — disse ele.

Ela olhou para ele.

— Não, suponho que não. O peixe nunca ficaria em apuros se mantivesse a boca fechada. Correto?

Ela assentiu.

Ele sorriu por conta da intuição dela, depois voltou sua atenção para a cama e perguntou:

— Está confortável?

No entanto, o velho ali deitado diante deles não respondeu. Como poderia? A droga tinha paralisado cada um de seus músculos, entorpecendo os nervos, libertando a mente.

Um tubo que saía da bolsa de infusão que Kim segurava serpenteava para baixo até penetrar numa veia. Uma válvula lhe permitia controlar o fluxo. Não havia perigo de alguém saber que uma droga lhe havia sido administrada, já que seu refém era diabético, e uma marca de agulha a mais não seria notada.

— Não creio que importe se ele está confortável ou não — disse ele. — Foi uma pergunta tola, de fato. Ele não vai a lugar algum.

A indiferença frente à dominância era um traço que ele herdara de seu pai — com o cabelo ralo, o excesso de peso, uma cabeça bulbosa, e uma paixão particular por entretenimento decadente. Diferentemente de seu pai, que conseguira suceder ao seu próprio pai e liderar a Coreia do Norte por quase vinte e cinco anos, a Kim fora negada aquela oportunidade.

E por quê?

Por visitar a Disneylândia de Tóquio?

Dois de seus nove filhos quiseram ir. Então, ele conseguiu passaportes portugueses falsos e tentou entrar no país. Mas um vigilante policial de fronteiras no Aeroporto Internacional de Narita percebeu a tramoia, e ele foi detido. Para garantir sua libertação, seu pai fora obrigado a intervir pessoalmente junto ao governo japonês.

E isso lhe custou caro.

Foi deserdado, removido da linha sucessória.

Ele, que era o filho mais velho, com o direito de vir a assumir as rédeas do poder, caíra em desgraça depois daquilo. E doze anos atrás, quando seu pai finalmente morreu, o meio-irmão ilegítimo de Kim tinha tomado seu lugar como chefe militar, presidente da Comissão Nacional de Defesa e líder supremo do Partido dos Trabalhadores, exercendo controle absoluto sobre a República Popular Democrática da Coreia.

Como era mesmo o provérbio?

Só um mau arador briga com seu boi.

Ele olhou em volta, examinando a suíte.

Não tão luxuosa quanto a sua cobertura dois andares acima, mas ainda bem acima da média. Ele e Hana tinham passado dez dias num cruzeiro pelos mares Adriático e Mediterrâneo, com paradas na Croácia, em Montenegro, na Sicília e na Itália, esperando que o velho, agora deitado diante deles, fizesse um movimento.

Mas nada de substancial tinha ocorrido.

E assim, agora, na última noite, com o navio ancorado em Veneza e os milhares de passageiros em terra apreciando as atrações da cidade, eles vieram fazer uma visita a Paul Larks. Tudo que precisaram fazer foi bater à porta, e Larks foi facilmente dominado.

— Sr. Larks — disse Kim numa voz amigável —, por que está fazendo esta viagem?

— Para corrigir um erro.

A voz era tensa, mas a resposta, definitiva. Era assim que a droga funcionava. O cérebro só conseguia revelar a verdade. A capacidade de mentir deixava de existir.

— Que erro?

— Um que meu país cometeu.

Um aspecto irritante era que comumente só a pergunta que fora feita era respondida, e nunca havia muita coisa dita voluntariamente.

— Há quanto tempo você está em posse dos documentos que corrigem esse erro?

— Desde que trabalhei para o governo. Eu os encontrei durante esse período.

Este homem tinha uma vez servido como subsecretário do Departamento do Tesouro Americano, tendo sido forçado a se aposentar discretamente três meses antes.

Kim perguntou:

— Foi antes ou depois de ter lido o livro?

— Antes.

Ele também tinha lido *A ameaça patriótica* de Anan Wayne Howell. Livro autopublicado dois anos antes, sem fanfarras ou notoriedade.

— Howell está certo?

— Está.

— Onde está Howell?

— Vou me encontrar com ele amanhã.

— Onde?

— Disse que viria a meu encontro depois que eu deixasse o navio.

— Você não veio aqui para se encontrar com Howell durante o cruzeiro?

— Este era o plano original.

Resposta curiosa.

— Você ia se encontrar com mais alguém?
— Com o coreano. Mas achamos que seria melhor não fazer isso.
— Quem é *nós*?
— Howell e eu.
Ele ficou intrigado.
— Por quê?
— Seria melhor deixarmos isto entre americanos.
Agora tinha ficado agitado. *Ele* era o coreano.
— Onde estão os documentos que corrigem o erro?
Larks estivera carregando uma bolsa tipo pasta Tumi preta por toda parte desde o primeiro dia do cruzeiro. No convés. Nas refeições. Nunca a tinha largado. Mas não estava em parte alguma da suíte. Hana já tinha procurado.
— Eu os dei a Jelena. Ela disse a senha correta.
O nome não lhe era familiar. Uma nova participante. Mas ele quis saber.
— Diga-me qual é a senha.
— Mellon.
— Como a fruta, melão?
— Não. Andrew Mellon.
Ele percebeu a ironia, mas ainda assim perguntou por que tinha sido escolhida.
— Ele era o guardião da verdade.
Somente quem tivesse lido o livro de Howell compreenderia aquela afirmação.
— Quando você deu os documentos a Jelena?
— Há algumas horas.
Isso, é claro, era um problema, pois conseguir os papéis era parte da razão de ele estar ali. Semanas antes tinha tentado, a longa distância, persuadir Larks, mas sem resultado. Depois arquitetou a ideia de um encontro no exterior. Um encontro que poderia não somente produzir a evidência escrita que estava buscando, mas levá-lo ao instigador daquilo tudo. Anan Wayne Howell. Autor de *A ameaça patriótica*.
— Jelena conhece Howell? — perguntou Kim.
— Conhece.

— E como ela vai entregar os documentos?

— Vai se encontrar com Howell amanhã, depois de deixar o navio.

Claramente, as coisas não tinham acontecido como planejado. Mas ele tinha esperado que houvesse solavancos ao longo dessa estrada traiçoeira. Lidar com personalidades esquisitas e pessoas desesperadas implicava riscos.

— Quem é você? — perguntou subitamente Larks.

Ele olhou para baixo, para a cama.

A droga tinha perdido o efeito mais rápido do que antecipara, mas ele tinha mantido uma dosagem baixa para que o velho pudesse se comunicar prontamente.

— Sou seu benfeitor — disse ele. — O coreano. — Não escondeu sua aversão ao rótulo.

Larks tentou se levantar, mas Hana o impediu. Não lhe custou muito esforço manter o homem deitado.

— Você me desapontou — disse Kim.

— Nada tenho a te dizer. Este é um problema americano. Não precisamos que pessoas como você se envolvam.

— Você aceitou meu dinheiro. Veio para esta viagem, e não ouvi reclamação alguma.

Ele abriu a válvula, permitindo que mais droga fluísse. O embotamento reapareceu rapidamente nos olhos castanhos de Larks.

— Por que você mudou de ideia quanto ao coreano? — perguntou ele.

— Howell achou que seria melhor. Ele estava desconfiado.

— De quê? De que o coreano não era seu amigo?

— Essas coisas erradas não envolvem estrangeiros.

— Que coisas erradas?

— Que fizeram com Salomon, com Mellon, com Howell, com todas aquelas pessoas. Cabe a nós resolver isso. Infelizmente, é tudo verdade.

Kim aumentou o fluxo, o que faria a mente de Larks renunciar completamente ao seu livre-arbítrio.

— O que é tudo verdade? — perguntou ele.

— A ameaça patriótica.

Ele conhecia o termo por ter lido o livro, mas a questão sempre fora se aquilo era real ou somente a fantasia de algum autor marginal inclinado a conspirações selvagens? Ele estava, literalmente, apostando sua vida em que tudo isso existia.

O celular vibrou em seu bolso.

Ele estendeu o saco de infusão a Hana por cima da cama e pegou o aparelho.

— O helicóptero explodiu sobre a lagoa — relatou o homem. — Estávamos longe demais para saber o que houve, mas vimos um homem pular no helicóptero quando ele alçou voo. Estamos indo agora de barco para onde ele explodiu.

— Vinte milhões de dólares se foram? — perguntou Kim.

— Assim parece.

— Isso não é bom.

— Como se não soubéssemos. Nosso pagamento pegou fogo.

Os homens tinham sido contratados por uma comissão de cinquenta por cento.

— Descubra o que aconteceu — disse.

— Estamos a caminho.

Mais problemas. Não era o que queria ouvir. Encerrou a ligação e olhou para baixo, para a cama, pensando na mensageira que Larks mencionara.

— Deve haver uma maneira de achar a mulher — disse a Hana. — Essa Jelena.

Ela devolveu a ele o saco de infusão intravenosa.

— Amanhã — murmurou ele. — Quando Howell aparecer.

O que significava que Paul Larks já não lhe seria mais útil.

Então, abriu por completo a válvula.

Capítulo 3

ATLANTA, GEÓRGIA
17:20

Stephanie Nelle entrou na loja de departamentos e foi diretamente para a seção feminina. O shopping ficava na região norte da cidade, não muito longe da sede do Magellan Billet. Nunca fora muito dada a compras, mas ocasionalmente passava o início da noite, ou uma tarde de sábado, olhando vitrines, algo para distrair sua mente do trabalho. Já dirigia o Magellan Billet há dezesseis anos. A unidade de inteligência fora criação sua, doze agentes empregados pelo Departamento de Justiça, que só cuidavam das investigações mais delicadas.

Todos muito bons.

Mas algo estava errado.

E era tempo de descobrir o quê e por quê.

Avistou Terra Lucent do outro lado da loja e percorreu os corredores até chegar a ela. Terra era uma mulher baixa com cabelo cor de cobre, uma das quatro assistentes administrativas que o Billet empregava.

— Você quer me dizer por que estou aqui? — disse Stephanie quando chegou perto de sua funcionária. — E você não deveria estar dormindo?

— Agradeço muito por você vir me encontrar. Mesmo. Sei que isso não é muito comum.

— Para dizer o mínimo.

Ela havia encontrado um bilhete em sua mesa pedindo que viesse à Dillard's às cinco e meia da tarde e não contasse a ninguém. Terra trabalhava para ela havia alguns anos, escalada no turno da noite devido à sua sensatez e à sua confiabilidade.

— Senhora, isso é importante.

Ela notou preocupação na fisionomia da mulher mais jovem. Terra tinha se divorciado recentemente, pela quarta vez. Um pouco sem sorte no amor, mas boa no que fazia.

— Tenho de contar uma coisa. Não é certo o que está acontecendo. Não é nada certo.

Ela captou o movimento dos olhos da outra mulher enquanto seu olhar varria a loja. Só uns poucos funcionários e uns dois clientes estavam por ali.

— Você está esperando alguém?

Terra olhou para ela e lambeu os lábios.

— Só quero ter certeza de que estamos sós. Foi por isso que lhe pedi para vir *aqui*.

— Por que o bilhete? Você não podia ter ligado? Ou simplesmente falado comigo no escritório? Por que todo este segredo?

— Eu não podia fazer nenhuma dessas coisas.

As palavras estavam eivadas de apreensão.

— Terra, o que está acontecendo?

— Uma noite, bem tarde, há uns dez dias, eu tinha ido beber algo na cafeteria. Algumas pessoas tinham faltado, então levei meu celular comigo, para o caso de alguém ligar. Eu sempre fumo ao pé da escada, do lado de fora. Mas quando estou lá sozinha, sei que não devemos fumar no andar, eu não posso ficar fora por muito tempo, quando não há mais ninguém. Deixo a porta aberta para poder ouvir o toque se alguém ligar, e vou até o fim do corredor para fumar.

As regras do Billet estipulavam que sempre houvesse alguém monitorando o escritório. Os agentes recebiam laptops e iPhones especialmente programados já que e-mails codificados constituíam uma das formas mais rápidas e seguras de comunicação.

— Por que você simplesmente não fuma no escritório?

Ela sacudiu a cabeça.

— Você sentiria o cheiro. Não dá.

A afinidade dela em relação ao fumo não era segredo, e de qualquer maneira a lei federal proibia que se fumasse no prédio.

— Esqueça os cigarros, e vá direto ao ponto.

— Dez dias atrás, como eu disse, eu estava numa alcova no fim do corredor. Entreabri a janela para deixar a fumaça sair. Quando terminei, voltei para o escritório. Foi quando eu o vi. Ele mostrou um distintivo e fez ameaças. Disse que era do Tesouro.

— Como foi que esse homem entrou no prédio?

— Verifiquei os registros eletrônicos no dia seguinte e não havia nenhum registro de que alguém tivesse entrado àquela hora.

Toda porta era protegida com uma fechadura que precisava de um cartão de acesso. Ou seja, quem quer que *ele* fosse, tinha amigos nos lugares certos.

— O que ele estava fazendo lá?

— Queria acessar o computador.

— E você deixou?

Terra assentiu.

— Quanto tempo ele ficou no escritório?

— Meia hora. Usou um terminal na sala de reuniões. Depois que ele foi embora eu olhei, mas o diretório tinha sido limpo.

— E você esperou até agora para me contar isso?

— Eu sei, senhora, mas pensei que era alguma emergência da qual ele estava cuidando.

— Não acredito que você tenha feito isso.

O desapontamento anuviava o rosto da funcionária.

— Eu sei, mas... ele me obrigou a não falar nada.

Ela não gostou de como aquilo soava.

— Eu passei um cheque sem fundos, senhora. Foi quando me divorciei da última vez. A loja conseguiu uma ordem de prisão. Eu paguei minha dívida, mas ainda assim fui detida. Esse homem sabia de tudo. Ele disse que ficaria quieto e tudo ficaria bem. Eu queria manter meu emprego. Sabia que essa prisão poderia acabar com minha autorização de segurança. O cheque era de mais de quinhentos dólares. É um crime grave. As acusações foram retiradas depois, mas eu não podia arriscar. Meus filhos precisam comer. Então fiz o que tinha de fazer, mas depois ele foi longe demais.

Ela ficou ouvindo.

— Ele voltou alguns dias depois e queria acessar o computador de novo, mas desta vez com a *minha* identificação. — Terra fez uma pausa. — Eu deixei. Nada disso está certo. E ele quer acessar mais uma vez, esta noite.

Ela ficou considerando a informação, depois perguntou:

— Isso é tudo?

Terra assentiu.

— Eu sinto muito. Realmente sinto. Eu me esforcei muito para fazer tudo certo em meu trabalho. Sei que você confia em mim...

— Você transgrediu todas as regras.

Os olhos de Terra ficaram vermelhos.

No momento ela precisava daquela mulher como aliada, então tratou de deixar claro.

— Bem, vamos deixar isso para lá, por agora, desde que você faça três coisas.

— Qualquer coisa, senhora.

— Não conte a ninguém o que acabou de me dizer. Dê acesso a ele esta noite. E me conte tudo que ele diz e faz a partir de agora.

O rosto de Terra se iluminou.

— Claro. Posso fazer isso.

— Agora vá em frente. Saia daqui e durma um pouco. Seu turno começa em poucas horas.

Terra agradeceu novamente e partiu.

Tem uma primeira vez para tudo. A segurança do Billet nunca fora violada antes disso. Sua unidade sempre fora firme, sem incidentes, a lista de seus sucessos muito além e distante de quaisquer falhas. Esse percentual de vitórias também tinha despertado ciúmes entre seus colegas. Mas o Tesouro? O que poderiam eles tanto querer nos arquivos do Billet a ponto de chantagear uma de suas funcionárias?

O quer que fosse, tinha de saber.

Lentamente começou a percorrer a loja de departamentos em direção à saída. Terra caminhava trinta metros à sua frente. Retornaram ao átrio, com sua cobertura de vidro, de onde os compradores podiam seguir em quatro direções que levavam às lojas, em dois andares.

Stephanie avistou um homem no segundo andar.

Magro, cabelos finos, vestido com um terno escuro e camisa branca, de pé, debruçado sobre o corrimão. Ele imediatamente deixou aquela posição e começou a andar, no piso acima, paralelamente à movimentação de sua funcionária. Terra apressava-se pelo shopping vazio, em direção a outro átrio, onde ficava a praça de alimentação. Lá havia portas que davam para o estacionamento aos fundos. Stephanie lançou seu olhar para cima e vislumbrou o homem, que ainda seguia Terra. Quando chegaram ao átrio, Terra foi para a esquerda, em direção às portas da saída, e o homem desceu uma escada curva. Enquanto ele descia os degraus e se aproximava do térreo, Stephanie tirou o celular do bolso.

O homem chegou ao último degrau.

Ela apontou o telefone, centralizou a imagem, tirou uma foto, e imediatamente abaixou o aparelho. O homem chegou ao terraço e foi para a saída de trás do shopping. Não havia dúvida. Ele estava seguindo Terra. Ela avistou um segurança sentado a uma mesa tomando um copo de café.

Algo duro cutucou suas costelas.

— Nem um pio, ou sua funcionária ali pode não chegar ao trabalho esta noite.

Ela ficou imóvel.

Terra saiu do shopping.

O homem à sua frente parou e se virou, o rosto aberto num sorriso. O telefone ainda estava em sua mão, ao lado do corpo. O primeiro homem foi até ela em passos lentos e pegou o aparelho.

— Acho que você não vai precisar disso.

Capítulo 4

VENEZA, ITÁLIA

Malone se levantou da grama num salto, os pulmões irritados devido à respiração ofegante no seco ar noturno. Felizmente tinha conseguido evitar as lápides de pedra que o cercavam quando caiu. Os destroços do helicóptero continuavam a arder, não tendo sobrado muita coisa além de fragmentos e peças carbonizadas. O brilho das chamas, já diminuindo, iluminava o caminho entre as sepulturas e a igreja. Devia haver um ancoradouro por perto, talvez até mesmo um guarda noturno em algum lugar da ilha. Mas onde estava ele, ou ela? O barulho devia ter despertado atenção imediatamente. Certamente tinha sido ouvido do outro lado da lagoa, em Veneza. A polícia logo estaria a caminho, se já não estivesse. Esperar por ela não parecia ser uma boa ideia. Ele tinha de ir embora. Sua missão tinha sido simplesmente observar e relatar. Mas uau — tinha dado tudo errado.

Uma vez por ano, no aniversário do Querido Líder, agentes de seguro coreanos enviavam um presente de vinte milhões de dólares em espécie, tudo obtido mediante fraude. Ocorrências como acidentes com meios de transporte, incêndios em fábricas, inundações e outras catástrofes na Coreia do Norte, a maioria das quais nunca acontecera, ou fora fabricada. Toda apólice de seguro na Coreia do Norte era emitida pela estatal KNIC. Para estender sua cobertura, KNIC fora em busca de resseguradoras por todo o mundo, dispostas a aceitar uma parte de seus riscos em troca de grandes bonificações, e essas companhias encontravam-se na Europa, na Índia, e no Egito. Claro que cada uma dessas entidades presumia que KNIC tinha avaliado seus riscos e preparado suas apólices de acordo com isso, para minimizar sua exposição a eles. Afinal, essa era toda a ideia do negócio de seguros — pagar o menor número possível de indenizações. Mas este não era o caso. Em vez disso, KNIC queria se assegurar de que houvesse dispendiosos pedidos de seguro que as resseguradoras tivessem de honrar. Na verdade, quanto mais desastres, melhor. Para evitar atrair uma atenção indevida, as demandas eram feitas sistematicamente contra resseguradoras diferentes. Um ano o foco foi a Lloyd's, no ano seguinte a Munich Re, depois a Swiss Re. Cada pedido era cuidadosamente documentado, depois agilizado em tribunais fantoches em Pyongyang, onde não havia dúvida quanto ao resultado. Ajudando esse processo, a lei da Coreia do Norte tornava impossível às resseguradoras enviar seus próprios investigadores para verificar o que quer que fosse.

Somando tudo, era o trambique perfeito, que gerava receitas anuais que chegavam a cinquenta milhões de dólares, parte dos quais eram usados pela KNIC para manter o esquema em funcionamento, o resto, pago aos bolsos do Querido Líder.

Vinte milhões de dólares, anualmente, pelos últimos quatro anos.

Sacos de notas de dinheiro chegavam a Pyongyang vindos de Cingapura, da Suíça, da França, da Áustria e, este ano, da Itália. Enviadas a uma entidade chamada Escritório 39 do Comitê Central do Partido dos Trabalhadores Coreanos, criada para coletar moedas fortes e prover o Querido Líder de fundos sem depender de uma economia nacional que virtualmente não existia. Relatos da inteligência indicavam que o dinheiro financiava artigos de luxo para a elite do país, componentes de mísseis, e até mesmo a produção de armas nucleares. Tudo de que precisaria um jovem e empreendedor ditador.

Stephanie quis que a transferência deste ano fosse testemunhada, o que nunca fora possível antes. A inteligência americana soube onde seria feita — Veneza — e assim ela lhe disse que deixasse o navio de cruzeiro e fosse para o continente.

Ele havia refletido sobre a coincidência.

Como é que a transferência de dinheiro tinha ocorrido exatamente quando ele já estava em Veneza?

A resposta a essa pergunta não parecia muito importante até o tiroteio começar. Agora o dinheiro tinha virado cinzas e todos os participantes do pagamento estavam mortos. Então, ele queria saber.

Sua mente foi em busca de tudo que ele sabia sobre sua localização atual.

A Isola di San Michele fora uma vez duas ilhas, mas o canal entre elas tinha sido aterrado havia muito tempo. Napoleão criou o cemitério em 1807, quando ordenou aos venezianos que parassem de enterrar seus mortos dentro da cidade. Restavam daquela época uma igreja renascentista e um antigo mosteiro. Um alto muro de tijolos guardava suas margens, o contorno escuro de altos ciprestes elevando-se acima dele. Ele se lembrou de outra anomalia. Os sepultamentos eram breves, só se davam aos mortos poucos anos de descanso. Depois de uma década os restos mortais eram exumados e depositados em ossuários, abrindo lugar para mais corpos. Um dos quadros de aviso que listava os prazos para exumação estava à sua direita.

Fez cair o carregador vazio de sua Beretta e o substituiu com um reserva que tirou do bolso. Depois começou a caminhar na direção da igreja, sem intenção de ser silencioso. Uma série de jardins pontilhados de ciprestes e mais monumentos margeava as calçadas pavimentadas com pedras. Algumas das sepulturas eram espalhafatosas e ostentavam domos, esculturas e ferro batido. Algumas amontoavam-se em camadas como se fossem armários de arquivo. Incrível como pessoas podem ser audaciosas com a morte.

A dor em sua perna começava a melhorar sozinha. Ele estava ficando velho demais para cair de helicópteros. Supostamente devia estar aposentado — após uma carreira na marinha, escola de direito, depois doze anos no Departamento de Justiça trabalhando para o Magellan Billet de Stephanie Nelle. Saíra três anos antes, e agora era o dono de um sebo em Copenhague. Mas isso não tinha impedido que as encrencas o encontrassem. Desta vez, no entanto, foi ele quem as procurou, ao aceitar de boa vontade a oferta de Stephanie para um trabalho freelance. As últimas semanas tinham sido qualquer coisa, exceto agradáveis. Não tinha ouvido uma só palavra de Cassiopeia Vitt. Tinham namorado no ano anterior, mas terminado um mês atrás, quando a encrenca novamente encontrara os dois, em Utah. Ele chegou a pensar que depois que ela se acalmasse eles poderiam superar aquilo. Chegou a ligar para ela uma vez, mas ela não atendeu. No entanto, ele recebeu um e-mail. Curto e amável.

Deixe-me em paz.

Obviamente, o ressentimento ainda estava forte.

Assim, ele fez o que Stephanie lhe pedira, e a oportunidade de passear no Adriático e no Mediterrâneo durante dez dias às custas do governo dos Estados Unidos pareceu ser uma boa trégua. Tudo que tinha de fazer era ficar de olho num ex-funcionário do Tesouro, Paul Larks, que poderia levá-lo a um homem chamado Anan Wayne Howell, um americano foragido. O Departamento de Justiça queria Howell. Então, ele ficou por perto. Larks, chegando aos 70 anos, caminhava com uma leve inclinação que o fazia lembrar-se de seu velho amigo Henrik Thorvaldsen, e ficou sozinho e isolado durante o cruzeiro, o que o fez pensar que o que quer que fosse acontecer, seria em Veneza. Então chegou a instrução de Stephanie, enviando-o a terra firme italiana.

Ao que se seguiu o desastre.

Ele se aproximou da igreja iluminada, a fachada de mármore branco de frente para a lagoa. Tudo estava fechado e bem trancado. Deu a volta e avistou uma garagem de barcos. Uma luz fraca brilhava lá dentro, iluminando um daqueles esguios, lustrosos barcos de perfil baixo que faziam a fama de Veneza.

— Pare onde está — falou uma voz masculina em italiano.

Ele se virou e viu um homem corpulento de uniforme surgir na escuridão. Ele ainda segurava a Beretta, que imediatamente escondeu atrás da coxa.

— Aqui é o seu posto? — perguntou ao homem em italiano.

Tinha facilidade com línguas, vantagem de ter vivido na Europa e graças à sua memória eidética. Era fluente em diversas.

— Você estava naquele acidente?
— *Si*. E preciso sair da ilha.
O homem se aproximou.
— Você se feriu?
Ele assentiu, mentindo.
— Preciso de um médico.
— Meu barco está logo ali. Consegue caminhar até o cais?
Já ouvira o bastante, e mostrou a arma, apontando-a para o homem.
As mãos ergueram-se no ar.
— Por favor, *signor*. Isso não é necessário. Absolutamente não.
— As chaves do barco.
— Estão a bordo. Na ignição.
— Preciso que você vá até seu posto e peça ajuda. Fale a eles do acidente. Agora mesmo, faça isso.
O guarda desarmado não precisou ouvir duas vezes. Quando o homem se afastou apressadamente, Malone foi até o cais e entrou no barco.
As chaves realmente estavam na ignição.
Ele acionou os motores.

Kim retirou a agulha do braço de Larks. O velho tolo tinha demonstrado não ser nada mais do que problemas. Os dois tinham falado por telefone e se comunicado por e-mail muitas vezes. Tinha escutado pacientemente todas as reclamações. Larks estava com raiva de seu governo por causa de um monte de mentiras. Depois, Kim revelara a Larks que era coreano, não se dando conta de que aquilo poderia ser um problema. Afinal, Howell os tinha reunido, todos eles supostamente almas gêmeas, conectadas pelo mesmo interesse. O próprio Larks era um viúvo que fora alienado por seus chefes — obrigado a se aposentar depois de mais de trinta anos de serviço para o governo. Não tinha filhos nem muitos outros familiares. Estava, para todos os efeitos, esquecido. E agora estava morto. Mas duas coisas vitais tinham sido aprendidas. Larks tinha passado seu acervo oculto de documentos a uma mulher chamada Jelena, e Howell estaria em Veneza no dia seguinte.

Seu celular vibrou novamente.

— Ficamos observando com óculos de visão noturna — relatou a voz em coreano. — Definitivamente, um homem pulou no helicóptero e ficou pendurado no trem de pouso. O piloto tentou fazê-lo se soltar, mas não conseguiu. Ele acabou caindo numa pequena ilha, depois ouvimos tiros, e uma explosão. O mesmo homem, ainda segurando uma arma, acabou de deixar a ilha num barco.

Com o helicóptero derrubado, seus ocupantes mortos, e, presumiu, todos os homens que atuavam no esquema do dinheiro mortos também, os fios soltos estavam amarrados com certeza — exceto quanto ao homem, quem quer que fosse, que estava no barco.

Verdade, a ideia era roubar o dinheiro.

Mas como ele não existia mais...

— Recomendo que você o mate — disse ele.

— Concordo.

Capítulo 5

ATLANTA

Stephanie avaliou seu atacante. Era do governo, quanto a isso tinha certeza. Homem de carreira. Perto da aposentadoria. E confiante. Na verdade, confiante demais, uma vez que agora estavam sentados na praça de alimentação de um shopping.

— Eu amo o Chick-fil-A — disse ele, gesticulando com o sanduíche que tinha na mão. — Quando eu era criança minha mãe comprava como um agrado, para mim e para meus irmãos.

Ele parecia estar contente com aquela lembrança. O outro homem — o com a arma — estava sentado a uma mesa próxima. Embora fosse hora de jantar, as mesas estavam quase todas vazias.

— Há alguma razão para vocês terem atacado a chefe de uma unidade de inteligência americana? Seu funcionário ali nos ameaçou, a mim e a uma de minhas funcionárias.

Ele continuou a comer o sanduíche.

— O segredo são os dois picles. A quantidade exata de sabor de endro para condimentar o frango.

Ela percebeu que ele estava tentando irritá-la, então perguntou:

— Quem são vocês? DEA? FBI?

— Essa doeu.

Mas ela sabia.

— Tesouro?

Ele parou de mastigar.

— Tinham me dito que era uma senhora esperta.

Em qualquer outra ocasião ela teria dito a esse idiota que fosse para o inferno. Mas esse era o truque de quem sabe pescar. Se você usou a isca certa no momento certo, aquilo que você está tentando pegar pode simplesmente passar por ali nadando e dar uma beliscada. E este peixe tinha feito exatamente isso.

— O que faz o Tesouro pensar que pode ameaçar outra agente federal e detê-la contra a sua vontade?

Ele deu de ombros.

— Você pode ir embora quando quiser.

— Você deve ter amigos em altas posições.

Ele exibiu um sorriso forçado.

— O melhor tipo de estabilidade de emprego.

Isso queria dizer o secretário do Tesouro.

— Isso está me parecendo uma conspiração.

— Só que de um jeito bom. Para chamar sua atenção. E viu como funcionou bem? Aqui estamos, jantando juntos.

— Você é o único que está comendo.

— Eu ofereci e você recusou, então não me culpe por você não estar aproveitando essa boa e velha comida americana.

Ele tomou um gole de sua coca pelo canudo, depois voltou ao seu sanduíche. A petulância dele já estava incomodando, como se ela e o Magellan Billet fossem coisas insignificantes. Mas já tinha defrontado antes com essa atitude. Recentemente essa arrogância quase desaparecera, uma vez que, nos últimos dois anos, o Billet tinha estado à frente de quase todos os grandes êxitos da inteligência. Isso fez com que a Casa Branca tivesse confiança total em sua unidade, fato que não passou despercebido aos seus colegas.

— Quem quer chamar minha atenção? — perguntou ela.

— Olha, acabamos de nos conhecer, e eu tenho uma regra quanto a revelar segredos, então por que não dizemos apenas que eles são todos boas pessoas e deixamos por isso. — Ele pôs de lado seu sanduíche. — Pelo que entendemos, você e sua funcionária, Sra. Lucent, não estavam aqui por causa da liquidação de roupas femininas.

— Então vocês ouviram nossa conversa?

— Algo assim. Ela parece ser uma funcionária leal, vindo até você e confessando desse jeito.

— Em breve ela será uma ex-funcionária.

— Eu imaginei. Por isso decidi que era tempo de termos uma conversa.

— Sobre o quê?

— Por que Cotton Malone está em Veneza?

Finalmente, o cerne da questão.

— Acabamos de nos conhecer, e eu tenho uma regra quanto a revelar segredos, então por que não dizemos apenas que Cotton Malone é uma boa pessoa e deixamos por isso.

Ele riu da zombaria dela.

— Temos aqui uma comediante. Uma verdadeira Carol Burnett.

Ela fincou os pés e se preparou para o embate pelo qual estivera esperando.

— As pessoas se perguntam sobre você, Stephanie. Sobre como se posiciona. O que é importante para você. Meu chefe, uma dessas pessoas boas que mencionei, defendeu você. Ele disse que Stephanie Nelle serve honradamente ao país. Que é uma boa americana.

Ele enfiou o último pedaço do sanduíche na boca e ela torceu para que não lambesse os dedos. Mas ele lambeu, e depois limpou as pontas com o guardanapo.

— Sei um bocado sobre você — disse ele. — Você tem uma graduação em direito e vinte e oito anos na Justiça. Antes disso esteve com o Departamento de Estado. Sempre esteve por aí, que é um dos motivos pelos quais foi designada para dar início ao Magellan Billet. Experiência e know-how, e você realizou um baita de um trabalho. Seus agentes são alguns dos melhores que a América tem na folha de pagamento. Esse tipo de coisa acaba sendo notada.

— Até por gente importante como você?

Ele captou seu sarcasmo.

— Mesmo por mim. Sabe, eu gosto do sorvete do Chick-fil-A. Quer?

Ela balançou a cabeça.

— Estou tentando parar.

Ele sinalizou para o outro homem.

— Traz uma casquinha e mais alguns guardanapos.

O homem foi em direção ao balcão de atendimento.

— Seus minions sempre fazem o que você manda? — perguntou ela.

— Eles fazem tudo que eu digo para fazer.

Ele parecia estar orgulhoso.

— Você ainda não disse o que quer de mim.

— E você não respondeu às minhas perguntas. O que Malone está fazendo nesse cruzeiro?

— Eu o mandei para lá.

— Fique longe de Paul Larks.

Agora era a vez dela de se fingir de boba.

— Quem é esse?

Ele deu um risinho.

— Eu pareço ser um idiota?

Na verdade, parecia.

O homem voltou com o sorvete e o fã de Chick-fil-A começou a lamber pelos lados.

— Nossa, como isso é muito bom.

Quando o outro homem se afastou ela perguntou:

— Por que o Tesouro está interessado em Larks? Ele foi obrigado a se aposentar três meses atrás.

A língua do homem continuou a atacar o sorvete.

— Ele fez cópias de alguns documentos. Nós as queremos de volta. Também estamos procurando um sujeito chamado Anan Wayne Howell. Imagino que você conheça este nome?

Ela conhecia.

— Achamos que Larks nos levará a ele, mas não com o seu cão de guarda em serviço.

— Diga ao secretário do Tesouro que ele precisa levar tudo isso ao procurador-geral.

Ele chegou à casquinha e deu uma mordida.

— Não sou mensageiro.

Não, ele não era. Era um tolo, o que o deixava numa posição ainda mais baixa. Ele terminou a casquinha e de novo lambeu os dedos.

Ela evitou olhar para ele até ele terminar.

Ele enfiou os guardanapos amassados, o copo de isopor e a embalagem de papel-alumínio do sanduíche num saco de papel. Depois se levantou, o saco na mão, e lançou a ela um olhar no qual não havia o menor ou caprichoso humor.

— Lembre-se do que eu disse. Fique longe de Larks e mande Malone ficar fora disso. Nós não vamos avisar novamente.

— Nós?

— Pessoas que podem lhe causar problemas.

Ela manteve a calma.

— Preciso do meu celular de volta.

Ele pegou o aparelho no bolso, deixou-o cair no chão e o esmagou com a sola do sapato. Com o lixo na mão, ele e seu companheiro se afastaram.

Ela ficou observando enquanto saíam do shopping.

Satisfeita porque o peixe não só mordeu a isca, como engoliu o anzol, a linha e o caniço — e até o maldito barco.

Capítulo 6

VENEZA

Malone ligou os motores de bordo, que ratearam e depois, quando reajustou o acelerador, roncaram ganhando vida. Ele manobrou de ré, saindo da garagem. O barco, com fundo em V, parecia ter quinze pés, todo de madeira, e ele podia ouvir o poderoso zumbido dos motores. Sabia pouco sobre a lagoa, exceto que suas rotas navegáveis eram marcadas por suportes iluminados, *bicoles*, que estavam lá para ajudar os barcos a evitar os bancos de lodo, ilhotas formadas pela maré baixa, e brejos salinos. Mercadores e guerreiros tinham percorrido essas águas durante séculos, nas correntes alimentadas pelo fluxo e refluxo do mar, tão traiçoeiras que nenhum inimigo jamais conquistara Veneza pela força.

Decidiu seguir a rota iluminada e ir em direção à cidade, depois contornar a ilha principal para chegar ao cais do navio de cruzeiro, na extremidade oeste. Quando deixara o navio mais cedo, táxis aquáticos e lanchas particulares levavam pessoas do e para aquele cais. Ninguém notaria mais uma.

Saiu do ancoradouro para a lagoa e passou o acelerador de ré para a frente. Barcos não eram coisas estranhas a ele. Seu falecido pai fizera carreira na marinha, chegando à patente de comandante. Ele chegara à mesma patente, passando nove anos no serviço ativo antes de ser designado para o Magellan Billet. Em Copenhague alugava ocasionalmente uma chalupa e passava a tarde velejando no agitado Øresund.

Virou a proa.

Outro barco surgiu da escuridão, seu vulto avançando em sua direção em alta velocidade. Ele viu na penumbra dois homens, um deles apontando uma arma para ele. Malone se curvou enquanto ouvia disparos e balas atingiam o para-brisas.

De onde, diabos, eles tinham vindo?

Ele girou o leme todo para a direita e se afastou de Veneza, em direção à ilha de Murano com suas fábricas de vidro, que ficava a noroeste da Isola de San Michele. Um canal com cerca de oitocentos metros de largura separava os dois locais, marcado com mais *bicoles*, suas luzes sinalizando na escuridão uma rota para o norte, em direção a Burano e a Torcello. Empurrou o acelerador para a frente, e os motores a diesel, num ronco constante, permitiram que a proa cortasse as águas calmas da lagoa.

Seus atacantes estavam atrás dele, mas ganhando vantagem, os dois barcos movimentando-se rapidamente pela superfície em ruidosas nuvens de espuma. Ele encontrou o canal e manteve-se entre as luzes dos dois lados, uma pista com quase cinquenta metros de largura e iluminada como um parque de diversões. Ele poderia cuidar dos dois homens atrás dele, mas precisava de espaço de manobra — e alguma privacidade lhe cairia bem. Aquele desastre com o helicóptero certamente tinha atraído atenção, e o guarda em San Michele a essa altura já tinha alertado as autoridades. Barcos da polícia poderiam vir de qualquer lugar a qualquer momento.

Virou para o leste, depois novamente para o norte, afastando-se de Murano. O barco atrás dele estava se aproximando. Ainda tinha a sua arma com um carregador cheio, mas acertar qualquer coisa de um convés que se sacudia na escuridão ao mesmo tempo que tentava se manter no canal parecia ser improvável. Aparentemente seus perseguidores pareciam ter chegado à mesma conclusão, já que não tinha havido mais tiros.

O outro barco o alcançou.

Um dos homens saltou para seu barco, jogando o corpo contra o de Malone, que perdeu o controle do leme. Eles caíram no chão do convés. O barco guinou para a esquerda. Ele catapultou o homem de cima dele e tentou retomar o controle, mas seu atacante lançou-se sobre ele. No escuro, notou suas feições asiáticas, e uma compleição compacta, dura como aço. Girou em torno do leme e chutou o homem no rosto, fazendo-o rolar em direção à popa. Enfiou a mão no bolso traseiro, achou a Beretta e acertou seu problema no peito. O impacto da bala jogou o corpo sobre a amurada para dentro da água.

O outro barco continuava encostado no dele, pressionando-o a estibordo, tentando fazê-lo sair do canal. Estavam correndo lado a lado, ainda dentro das luzes que definiam os limites. Ele precisava que aquilo terminasse. Não tinha ideia de quem eram aqueles homens. Seriam comparsas dos caras que tinham vindo para receber os vinte milhões de dólares? Ou parte do bando que os tinha roubado? Aparentemente alguém tinha feito um bocado de planos para esta noite. A única coisa que não tinham previsto era um agente aposentado freelancer estragando tudo.

Deu uma guinada para a direita abalroando o outro barco, e avaliou sua situação. Tinha passado por Burano, estava próximo a Torcello numa parte tranquila e escura da lagoa. As luzes de Veneza brilhavam quilômetros ao sul. Segurou com força o leme e se preparou.

O casco foi novamente acertado, e recuou.

Depois, mais um impacto.

Ele manejou o leme e pressionou seu barco firmemente de encontro ao outro, ambos correndo e avançando em direção ao lado direito do canal. Manteve-se colado, não dando ao outro barco espaço de manobra. A atenção do outro piloto parecia estar focada nele.

Grande erro.

Forçou os dois barcos mais para a direita, cada vez mais próximos da margem. O *bicole* seguinte estava menos de oitocentos metros à frente e ele pretendia oferecer ao seu assaltante uma opção. Ir de encontro a ele ou mais para a direita, para fora do canal. A esquerda não era uma opção. O outro homem era só um vulto, de aspecto semelhante ao do primeiro.

Continuou pressionando o outro barco.

O suporte se aproximava.

Cem metros.

Cinquenta.

Hora de seu atacante tomar uma decisão.

Malone saltou pelo lado esquerdo de seu barco para o canal. Atingiu a água primeiro com os pés, e voltou à superfície quando os barcos se chocaram com o tripé de concreto que formava o suporte do *bicole*, ambos os cascos saltando em direção ao céu, os motores gemendo, hélices cortando apenas o ar. Caíram e espirraram água na margem do canal, mas não boiaram por muito tempo, afundando rapidamente, o caos selvagem dos motores afogando-se no silêncio.

Ele nadou de peito até o lado mais afastado do canal e encontrou um banco de areia apenas uns poucos metros além do perímetro definido, a água mal chegando aos joelhos. Subitamente se deu conta de quão perto do desastre ele tinha chegado. Procurou o homem do outro barco na escuridão, mas não viu nem ouviu nada. Ficou de pé na lagoa, a um bom quilômetro e meio da margem mais próxima, olhos ardendo, cabelo grudado ao crânio. Só se avistavam as ilhotas silenciosas, os distantes prédios de Veneza, e a linha escura do continente. No céu ele avistou as luzes de um jato comercial aproximando-se para o pouso. Sabia que essa água não era a mais limpa do mundo, nem no momento a mais quente, mas não tinha escolha.

Nadar.

Ouviu o ronco de um motor, atrás, na direção sul, de onde tinha vindo. Não havia luzes associadas ao som, mas avistou na escuridão a silhueta de um barco cruzando a água em sua direção. Ainda tinha no bolso a Beretta, mas duvidava que a arma tivesse alguma utilidade. Às vezes funcionavam depois de ficar ensopadas, às vezes não. Curvou-se e encolheu-se dentro d'água, os pés agora fincados numa camada macia de lama.

O barco se aproximou suavemente, navegando na beira do canal.

A luz mais próxima estava a uns quinhentos metros, no suporte seguinte. A que estivera antes aqui, nas proximidades, tinha sido destruída com o choque.

O barco parou, o motor foi desligado.

Outro esguio barco de fundo em V.

Uma figura solitária de pé ao leme.

— Malone, você está aí?

Ele reconheceu a voz. Masculina. Jovem. Sotaque sulista.

Luke Daniels.

Ele se ergueu.

— Já era tempo. Eu estava me perguntando onde você estava.

— Eu não esperei que você bancasse o Super-Homem para cima de mim, voando pelo céu.

Ele soltou os pés da lama e chegou mais perto.

Luke estava de pé no barco, olhando para ele de cima.

— Parece a primeira vez em que nos conhecemos e você estava me tirando da água, na Dinamarca.

Ele estendeu um braço em busca de ajuda.

— Parece que agora estamos quites quanto a isso.

Capítulo 7

Kim serviu-se de uma dose generosa de uísque. Sua cabine, uma cobertura dois conveses acima da de Larks, era uma monstruosidade de quatro quartos cheia de móveis de mogno e de ratã. Tinha ficado impressionado com o tamanho e a grandiosidade, assim como com amenidades como boa comida, muita bebida e uma quantidade enorme de flores frescas fornecidas diariamente. O bar do quarto estava estocado com alguns excelentes vinhos regionais e uísque americano, e ele tinha se deliciado com ambos.

Um grande relógio de pêndulo com um carrilhão que tocava um quarto de Westminster anunciou a chegada da meia-noite e o início do dia 11 de novembro. Pyongyang estava sete horas à frente, o sol já brilhando lá nesta manhã de terça-feira. Seu meio-irmão, o Querido Líder da Coreia do Norte, estaria se levantando para um novo dia.

Kim o odiava.

Enquanto sua própria mãe — uma mulher gentil e bem-educada — tinha sido a esposa legítima de seu pai, seu meio-irmão era o fruto de um prolongado caso com uma estrela da ópera nacional. Tanto seu pai quanto seu avô tiveram muitas amantes. Essa prática parecia ser perfeitamente aceitável, exceto pelo fato de que sua mãe odiava a infidelidade e ficara clinicamente deprimida com a frieza de seu marido. Posteriormente ela deixara o país e se estabelecera em Moscou, morrendo alguns anos antes. Ele tinha ficado com ela no final, segurando sua mão, ouvindo seus lamentos de como a vida a tratara tão cruelmente.

O que era verdade.

Ele poderia dizer o mesmo.

Tinha sido educado em escolas particulares internacionais na Suíça e em Moscou, primeiro ganhando o respeitado título de Pequeno General, depois, de Grande Sucessor. De sua vida no exterior tinha adquirido o gosto pelos luxos do Ocidente, especialmente por roupas de grife e automóveis caros, o que também não o diferia de seu pai. Posteriormente voltara para casa e trabalhara no Departamento de Propaganda e Agitação, depois foi designado para o Centro de Computação da nação, onde a Coreia do Norte travava uma oculta guerra cibernética contra o mundo. Depois, deveria ter acumulado altos cargos militares que o levariam cada vez mais perto do centro do poder. Mas o incidente no Japão lhe custara tudo isso. Agora, com 58 anos, ele era praticamente inexistente. Que dano tinha causado? Ele apenas quisera levar duas crianças à Disneylândia.

— *Não podemos governar sem o exército — disse seu pai. — É o fundamento do controle que a família Kim tem sobre o poder nacional. Meu pai conquistou a sua lealdade e eu a mantive. Mas após as suas palhaçadas eles não confiam em você.*

Ele sentia um misto ilógico de vergonha por seu erro e de orgulho em sua obstinação, por isso quis realmente saber:

— *Por qual motivo?*

— *Você é irresponsável. Sempre foi. A vida é para você o que você leu nesses romances de aventuras. O que você escreve nessas suas histórias descabidas. As peças e séries a que você assiste são absurdos. Nada disse é real, exceto em sua mente.*

Ele não sabia que seu pai conhecia suas paixões pessoais.

— *Você não possui aquilo que é necessário para liderar este país. Você é um permanente sonhador, e aqui não há lugar para esses.*

Para ele, generais eram como cardumes de peixes, cada um flutuando em sintonia com o outro, nenhum deles querendo jamais se arriscar a nadar sozinho. O que um fazia, todos faziam. Eram inúteis,

a não ser em tempos de guerra. Mas a guerra era a última coisa em que pensava.
Perderam a confiança nele?
Isso estava a ponto de mudar.

Seu pai tinha sido um homem impiedosamente pragmático, de aparência deprimente. Cortava o cabelo bem curto, em estilo militar, e vestia em público insípidos ternos à moda de Mao, que lhe emprestavam um aspecto ridículo. Seu meio-irmão imitava esse estilo, outro doido inepto, de 39 anos, educado em casa pela prostituta da sua mãe, protegido do mundo. Mas isso acabou se demonstrando uma inesperada vantagem. Enquanto Kim tinha ido estudar no exterior, os outros dois filhos de seu pai, ambos ilegítimos, puderam crescer perto dele. A adoração que já fora exclusivamente dele se estendeu aos seus irmãos. E quando ele envergonhou seu país no palco do mundo, esses pretendentes entraram no jogo.

Ele embebeu a garganta com mais uísque.

Algo promissor, no entanto, surgira esta noite. Não haveria quaisquer vinte milhões de dólares americanos a caminho de Pyongyang para aniversário algum. Seu meio-irmão já governava por tempo o bastante para ter acumulado uma grande quantidade de inimigos. Graças a Deus as lealdades eram rasas na Coreia do Norte. Alguns dos inimigos de seu meio-irmão tinham se tornado seus amigos e discretamente lhe relataram os detalhes sobre o tributo deste ano. Ele pretendia roubar o dinheiro e privar seu meio-irmão dos fundos, contratando um grupo de criminosos de Macau para realizar a tarefa. Agora o dinheiro se fora. Mas para ele, sua destruição servia para o mesmo propósito. Felizmente, as finanças pessoais não estavam em questão. Ele dispunha de recursos monetários mais do que suficientes. Nesse ponto seu pai não tinha falhado com ele.

Tornou a encher o copo com mais uísque.

Nunca se encontrara efetivamente com seu meio-irmão. O costume exigia que um filho homem do líder fosse criado independentemente de outro, sempre favorecendo o filho mais velho. Tinha ouvido falar que seu meio-irmão considerava abertamente seu irmão mais velho um playboy descuidado, com sobrepeso e incapaz de assumir qualquer responsabilidade séria, não constituindo qualquer ameaça para ele. Mas subestimá-lo seria a ruína de seu meio-irmão. Ele tinha ido muito longe para criar essa imagem pública de despreocupação. Tinha descoberto que ser considerado uma desgraça vergonhosa e sem importância — um beberrão — trazia consigo liberdade para se movimentar. O fato de viver em Macau, longe dos holofotes, e de nunca interferir abertamente na política norte-coreana ajudava também. De tempos em tempos a imprensa o procurava, mas seus comentários eram sempre tolos e sem sentido. Ele estava, para todos os efeitos, morto.

Ele sorriu.

Que ressurreição gloriosa estava prestes a experimentar.

A expressão no rosto de seu meio-irmão faria valer a pena as indignidades que tinha sido obrigado a suportar.

E tudo isso graças a *A ameaça patriótica* de Anan Wayne Howell.

Lei e finanças sempre o haviam interessado. Gostava de como eram tão intricadamente relacionadas, especialmente nos Estados Unidos. Os americanos orgulhavam-se de sua estrita adesão à lei. *Stare decisis*, era como eles chamavam isso. *Manter o que foi decidido*. A maioria dos sistemas do mundo rejeitava o conceito, e por bom motivo já que ele encerrava uma falha. E se a adesão ao "que era decidido" significasse um desastre? A lei deveria ser seguida nesse caso? Não na Coreia do Norte. Mas e os americanos? Com eles a história seria diferente.

Esvaziou o copo com um prolongado gole.

Seu laptop estava sobre a mesa, à sua frente, a tela inteira exibindo uma página de *A ameaça patriótica*. Estivera relendo um trecho mais cedo, antes de ir visitar Paul Larks. Estudou mais uma vez a passagem.

> Mediante uma ordem executiva assinada em 1942, Franklin Roosevelt taxou todos os ganhos pessoais acima de vinte e cinco mil dólares (trezentos e cinquenta e dois mil dólares em valor corrigido para hoje) em 100%. Pode se imaginar? Trabalhe duro o ano inteiro, tome boas decisões, faça uma receita respeitável, depois entregue tudo além de vinte e cinco mil (trezentos e cinquenta e dois, hoje) ao governo. O Congresso discordou de FDR e, em sua infinita sabedoria, reduziu a alíquota para 90%. Posteriormente,

as alíquotas foram mudadas pelos presidentes Kennedy e Reagan. Kennedy reduziu para o máximo de 70%, Reagan a despencou para 28%. Em seguida a cada um desses cortes de alíquota, as receitas do governo dispararam e os investimentos aumentaram. As décadas de 1960 e de 1980 foram tempos de grande inovação. O primeiro presidente Bush elevou a alíquota máxima para 31%, Clinton ainda mais alto, para 39,6%. O segundo Bush cortou para 35%. Atualmente a alíquota máxima voltou a ser de 39,6%. Os impostos sobre a renda pessoal representam 82% de todas as receitas federais. Os impostos sobre a renda de corporações contribuem com mais 9%. Assim, mais de 90% da receita federal vem do imposto de renda.

Como era o provérbio?
Um coelho astuto tem três tocas.
Só uma outra maneira de dizer — espalhe seu dinheiro e sua atenção.

Quando foi destituído de todos os direitos à sucessão, a máquina de propaganda de seu pai tinha ido muito longe para torná-lo um escândalo público. Recebera ordens de aceitar os insultos em silêncio e depois se mudar para o exterior. Seu pai queria que fosse embora.

Isso fora quatorze anos atrás.

Seu pai tinha morrido dois anos depois disso, e seu meio-irmão imediatamente recebeu o título de Querido Líder e assumiu o controle.

E isso poderia ter sido o fim de tudo.

Mas alguns meses antes, enquanto navegava pela internet, descobriu acidentalmente Anan Wayne Howell, um desses eventos que só podem ser descritos como fortuitos. Depois de dar uma olhada no website, baixou o livro de Howell e leu cada palavra, perguntando-se se esta não seria sua saída da obscuridade. *Sonhador?* Por que não? Ele possuía algo do qual seu meio-irmão nunca iria usufruir.

Visão.

E isso lhe permitira se dar conta do potencial que havia na tese radical de Howell. Contudo, havia um problema. Howell não era visto nem se ouvia falar dele havia três anos. Kim teria de encontrá-lo. Primeiro, tinha pensado que esta viagem seria o modo de fazer isso acontecer. Agora seu único meio para isso parecia ser a mulher com a bolsa de couro preto e a possibilidade de que Howell pudesse aparecer amanhã.

Serviu-se de mais uísque.

Quando tentara visitar a Disneylândia de Tóquio não tinha sido apenas por seus filhos. Ele era um aficionado também. Tanto, que tinha um pôster emoldurado pendurado na parede de seu escritório em Macau. Representava o próprio Walt Disney, e abaixo dele uma declaração pela qual aquele homem visionário era famoso — *É divertido fazer o impossível.*

E era mesmo.

Hana entrou, vindo da varanda, onde tinha se refugiado assim que voltaram do quarto de Larks. A solidão sempre fora sua amiga. De todos os seus filhos, ela era a mais parecida com ele. Tinha 23 anos e, infelizmente, a vida não tinha sido gentil com ela. Muitas cicatrizes ainda restavam em uma taciturnidade que se recusava a abandoná-la.

— Você precisa ver isso — disse ela em coreano.

Ela falava tão pouco que ele sempre prestava atenção a cada palavra sua.

Seguiu-a para o lado de fora.

Abaixo, ele avistou um barco a motor vindo do canal, percorrendo um canal artificial que levava a um píer de concreto. Uma profusão de táxis aquáticos trazia de volta passageiros, que se encaminhavam para o passadiço do navio.

Aquele novo barco diminuiu a velocidade.

Eles estavam uns trinta metros acima dele, ocultados pela noite, e ele avistou dois homens, um dos quais reconheceu.

O americano irritante.

Hana tinha passado os últimos dez dias mantendo-se próxima a Larks, tarefa complicada por um homem que parecia estar fazendo o mesmo. Ela conseguira tirar uma foto, e fontes em Pyongyang os informaram de que seu nome era Harold Earl "Cotton" Malone. Alto, esbelto, ombros largos, cabelos cor de areia. Ex-comandante da marinha que trabalhara doze anos para uma unidade de inteligência chamada Magellan Billet, parte do Departamento de Justiça dos Estados Unidos. Malone se aposentara três anos antes e agora era dono de um sebo na Dinamarca.

Então o que estava fazendo aqui?

Malone tinha seguido Larks todas as vezes em que este deixara o navio, passeando em Dubrovnik, na Croácia; Valetta, em Malta; e Kotor, em Montenegro.

— Parece que o Sr. Malone voltou — disse ele.

Sabiam que ele tinha deixado o barco algumas horas antes. A ausência de Malone tinha permitido que fizessem uma visita a Larks. A pasta de couro que estava faltando ainda pesava em sua mente. Devia ainda haver um modo de encontrá-la, mas o americano abelhudo lá embaixo poderia ser um problema.

— Ele vai checar a cabine de Larks antes de ir para a sua — disse. — Tem feito isso toda noite. — Ele entregou a ela um cartão codificado. — Eu peguei isso antes, quando saímos. Achei que poderia ser útil.

Ela aceitou a oferta com o mesmo silêncio penetrante que ele aprendera a esperar dela.

— Já é tempo de lidar com esse problema.

E ele lhe disse o que queria que fizesse.

Ela assentiu e saiu da varanda.

Capítulo 8

ATLANTA
18:20

Stephanie pegou o caminho de cascalho da entrada de sua casa. Morava a sessenta e cinco quilômetros ao norte de Atlanta, às margens do lago Lanier, numa casa feita de pedra e cercada de altos pinheiros, que dava para as plácidas águas do lago.

Desceu do carro e recolheu um jornal no fim do caminho. Tinha saído tão cedo naquela manhã que o jornal ainda não tinha sido entregue. O ar frio da noite era típico de novembro, e enquanto dava a volta em direção ao quintal, ouvia os pássaros fazendo serenatas uns aos outros enquanto procuravam seu jantar. A procuradora-geral dos Estados Unidos estava sentada num terraço margeado de flores outonais.

Sua chefe estava bebericando de uma caneca com algo fumegante, e sorriu quando avistou Stephanie.

— Vejo que você conseguiu sair de lá inteira.

Stephanie puxou uma das cadeiras de metal e se acomodou em sua grossa almofada.

— Foi interessante, para dizer o mínimo.

Harriett Engle fora nomeada recentemente, antes havia sido senadora sênior do Kentucky. Quando anunciou que seu quarto mandato seria o último, o presidente Danny Daniels lhe pedira que renunciasse mais cedo e servisse como seu terceiro procurador-geral. Não tinha se dado bem com os dois procuradores-gerais anteriores. Um demonstrara ser um vira-casaca, o outro, inepto. Harriett parecia ser uma exceção. Inteligente, esperta, competente. Inicialmente, Stephanie e Engle não se deram bem — testosterona demais entre as duas — mas por fim começaram a se entender.

— Você tem uma bela casa — disse Harriett. — Foi esperta, ao comprar este lugar.

E fora mesmo. Tinha deixado a chave onde Harriett pudesse encontrá-la.

— Depois que tomei posse, eu li seu histórico — disse sua chefe. — Você está solteira há muito tempo. Você acha que algum dia vai parar de sentir saudades dele?

Seu marido, Lars, tinha se suicidado anos atrás. Felizmente, com a ajuda de Cotton Malone, tinha resolvido todos os seus conflitos com o passado.

— Vivíamos separados há muito tempo antes de ele morrer. Ainda assim, sua morte me atingiu duramente.

Harriett sorriu.

— Meu marido morreu há poucos anos.

Ela já sabia disso. Engle se aproximava dos 70 anos, idade que não aparentava por causa de suas maçãs de rosto salientes, o tom rosado de suas faces e seus olhos verde-claro. Seus cabelos cinza-alourados, em um coque banana bem esticado, estavam bem alinhados. Alguém poderia dizer que um cirurgião tinha restaurado algo de sua juventude, mas tal alegação seria uma mentira. Este simplesmente não era o estilo dessa mulher. Stephanie aprendera que o sorriso dissimulado de Harriett não dava pista do estado de espírito dela e geralmente contradizia suas verdadeiras emoções. E uma desconcertante voz que lembrava a de uma avó mascarava um intelecto que primeiro se nutrira na faculdade de direito, depois se refinara na Escola de Governo Kennedy de Harvard.

— Então me conta o que aconteceu — disse Harriett.

E ela relatou os acontecimentos no shopping, terminando com:

— O homem do Chick-fil-A parecia gostar de seu emprego. Mas eu nunca tive um desses tolos patéticos e incompetentes trabalhando para mim.

Ao contrário de tudo que fora dito no espetáculo encenado na loja de departamentos, Terra Lucent tinha relatado imediatamente o primeiro contato feito pelo Tesouro e a tentativa de chantagem. A informação fora transmitida, subindo os escalões, até Harriett, e fora permitida aquela intervenção no Magellan Billet, para se descobrir o que estava acontecendo. O encontro com Terra no shopping tinha sido arranjado por Stephanie para deixar exposto o problema, sabendo que Terra muito provavelmente estava sendo vigiada. A escuta do encontro entre elas parecia algo certo, motivo pelo qual o shopping fora escolhido como cenário. Quando o homem do Chick-fil-A soubesse que Terra tinha confessado, parecia razoável supor que o Tesouro faria algum movimento.

E fez.

— Definitivamente estão focados em Paul Larks — disse ela. — E não querem Cotton por perto.

O que era muito intrigante. A missão de Cotton era simples. O procurador dos Estados Unidos para o distrito central do Alabama tinha solicitado a ajuda do Billet. O procedimento padrão era que os nomes de todos os foragidos da justiça federal fossem fornecidos à Agência de Segurança Nacional, a NSA. O rótulo Anan Wayne Howell era uma combinação incomum, facilmente notada, e fora detectada durante uma vigilância telefônica internacional rotineira da NSA. Dela o FBI ficou sabendo que Larks iria para Veneza a bordo de um navio de cruzeiro e se encontraria com Howell. Howell estava foragido havia três anos, e o procurador dos Estados Unidos pensou que esta seria uma boa oportunidade para prendê-lo. Então, Stephanie tinha contratado Cotton para seguir Larks e ver o que ia se desenrolar. Uma típica entrada e saída de cena que deveria acontecer sem qualquer drama.

— Me disseram que o Sr. Malone pode dar trabalho.

— É verdade. Mas ele cumpre a tarefa.

Ela fez uma pausa.

— Aparentemente o secretário do Tesouro decidiu que as cópias de documento que foram levadas são importantes a ponto de ele ameaçar e coagir membros de outra unidade de inteligência. Interessante que o secretário não ache que poderia simplesmente nos pedir a informação. Nas duas incursões em meus arquivos, só foram atrás dos relatórios que Cotton enviou daquele cruzeiro.

— Eles querem saber quão próximo ele está.

— Próximo de quê?

— Não sei, mas é hora de descobrir.

Harriett pegou o celular e digitou um número. O aparelho estava em viva-voz, e sua chefe o pôs sobre a mesa, enquanto ele chamava e a voz de uma mulher atendeu.

— Gabinete do secretário do Tesouro.

— Aqui é a procuradora-geral dos Estados Unidos. Preciso falar com o secretário.

— Sinto muito, mas ele...

— Por favor, diga ao secretário que ou ele fala comigo agora, ou falará com o presidente mais tarde, depois que eu relatar tudo que sei sobre Paul Larks.

Dois minutos inteiros se passaram antes que a voz de um homem dissesse pelo alto-falante:

— Muito bem, sou todo ouvidos.

Depois de relatar tudo que tinha acontecido, Harriett disse:

— Joe, nós armamos para ver até onde você está disposto a levar isso.

— Acho que eu não deveria me surpreender. Este não é o meu forte.

— O que está acontecendo?

— Como disse o meu agente, acreditamos que Larks copiou alguns documentos delicados dos arquivos do Tesouro. Essa violação só foi descoberta recentemente e nós os queremos de volta.

— Que tipo de documentos?

— Do tipo sigiloso.

— Preciso de mais do que isso, Joe.

— Não por este telefone.

Stephanie percebeu que *sigiloso* não significava necessariamente "ultrassecreto". Ainda assim, não se conversa em linha aberta em nenhum dos dois casos.

— Estamos atrás de um fugitivo — disse Harriett. — Isso é tudo. Ele foi indiciado numa corte federal por sonegação de impostos, julgado e condenado *in absentia*. Fugiu do país assim que o julgamento começou, e isso realmente irritou o procurador dos Estados Unidos. Seu nome é Anan Wayne Howell. Para nós, isso não é uma grande coisa.

Passaram-se alguns momentos de silêncio.

— Para mim, infelizmente, isso é uma grande coisa, Harriett. Tem mais aqui do que você percebe.

Stephanie captou a tensão que havia na voz do secretário.

— Estou chegando a essa conclusão — disse sua chefe. — Mas você procedeu de maneira errada.

— Talvez. Mas tinha de ser feito.

— Como é que Kim Yong Jin aparece nessa equação?

Era um nome novo. Doze horas antes Harriett a tinha especificamente instruído a enviar Malone para o continente e observar uma transferência de dinheiro para a Coreia do Norte. Alguma informação contextual sobre um esquema fraudulento em contratos de seguro fora fornecida, que ela passou a Cotton. Mas não houvera menção a Kim.

Harriett disse:

— Você me contou sobre a transferência de dinheiro e que Kim Yong Jin estava nas vizinhanças. Você me perguntou se eu tinha algum ativo perto de Veneza, naturalmente sabendo que eu tinha. Depois você me pediu que enviasse esse ativo para testemunhar a transferência.

Mais novidades para Stephanie.

— O que eu queria era tirar Malone daquele navio.

Parecia que o homem do outro lado da linha definitivamente sabia mais do que elas.

— Você pode estar no Tribunal Federal em D.C. às onze da noite? — perguntou o secretário. — Sexto andar. Vou avisar a segurança para deixar você entrar.

— Vou levar Stephanie comigo.

— Eu prefiro que não.

— Não é negociável. Ela é meus olhos e meus ouvidos.

Outra pausa.

— Está bem, Harriett, vamos fazer isso ao seu modo.

A ligação foi encerrada.

— Você nunca me falou sobre Kim ou que o Tesouro *queria* Cotton naquela transferência de dinheiro.

— Eles me pediram que não falasse. Estupidamente eu respeitei o pedido.

— Como o Tesouro ficou sabendo, para começo de história, que Cotton estava naquele navio? — perguntou ela. — O primeiro contato deles com Terra foi *depois* que o cruzeiro deixou o porto.

— Presumo que eles têm alguém por lá, também vigiando Larks. Quando localizaram Malone, o ligaram ao Billet.

Felizmente, ela tinha tomado suas precauções, e ordenado a Luke Daniels que desse cobertura no caso de Cotton entrar em apuros. Mas ainda assim, estava perplexa.

— O que está acontecendo? É um bocado de encrenca por causa de alguns documentos copiados. O que têm de tão importante?

— Não sei. Então vamos levar nossos traseiros para Washington e descobrir exatamente no que conseguimos nos meter.

Capítulo 9

VENEZA

Hana Sung olhava para a porta fechada da cabine de Paul Larks. Seu pai mais uma vez tinha se prevenido e os tinha preparado para qualquer contingência. Ele era esperto, disso Hana tinha certeza.

Mas por que não seria?

Ele era um Kim.

Ela estudara fielmente a história da família. O primeiro Kim, seu bisavô, tinha nascido perto de Pyongyang. Dizia a lenda que era filho de um pobre camponês, mas na verdade seu pai era um professor com uma renda acima da média. Tinha lutado contra os japoneses em 1930 quando eles ocuparam a Coreia, e estava lá em 1945 quando os soviéticos libertaram o país. Seu maior erro fora não insistir em que seus aliados reivindicassem a península inteira. Em vez disso, Stalin respeitou um acordo feito com Roosevelt, que dividia o país ao meio, criando o sul, mais populoso, agrícola, e o norte industrializado.

O primeiro Kim tinha se tornado o Grande Líder do norte, e por fim convencera Stalin de que ele poderia retomar o sul. Em 1950 liderou a Guerra de Libertação da Pátria, mas a intervenção americana impediu a unificação. Posteriormente, como agora ela sabia, conseguiram um cessar-fogo, o país ainda dividido, a guerra nunca terminada. O interessante era que se perguntasse a alguém na Coreia do Norte qual fora o resultado do grande conflito, ele sem hesitação ia declarar que o sul tinha invadido primeiro, e que Kim tinha vencido. A ignorância parecia ser um traço nacional. Mas quem poderia culpar o povo? Tudo que viam e ouviam era controlado.

O segundo Kim assumiu facilmente o poder e concedeu o título de *Presidente Eterno* ao seu pai, tomando para si mesmo o de *Grande Líder*. O culto de personalidade que começara com o primeiro Kim só se intensificou com o segundo. Uma filosofia de autoconfiança, rotulada como *juche*, tornou-se uma obsessão nacional. O país gradualmente retraiu-se em si mesmo, cada vez mais buscando somente nos Kims a salvação. Um erro, mas do qual poucos na Coreia do Norte jamais se dariam conta.

Haviam ensinado a ela que o primeiro Kim era um poderoso general montado num cavalo branco e carregando uma espada enorme que poderia derrubar uma árvore como se estivesse cortando tofu. Ele transformava pinhas em balas, e grãos de areia em arroz, atravessando rios sobre estradas feitas de folhas caídas. Os dois Kims banharam o povo de amor paternal. Eles se retratavam como nobres e afetuosos, até mesmo imortais. E, de certa maneira, eles eram. Os dois repousavam no magnífico Palácio do Sol, dentro de sarcófagos de vidro, suas cabeças sobre travesseiros, uma bandeira dos trabalhadores envolvendo o corpo. Ela os visitara lá duas vezes. Uma experiência surpreendentemente emocional, ainda mais devido ao fato de o sangue deles correr em suas veias. *Esteio espiritual e farol de esperança. Preeminentes pensadores teóricos. Comandantes inigualáveis e ilustres. Fundamento sólido para a prosperidade do país.* Era assim que o Eterno Presidente, o Grande Líder, e o Querido Líder descreviam a si mesmos.

E ela se perguntava.

Essa louvação a incluiria, também?

Duvidava disso.

Seu pai tinha tido nove filhos, dos quais apenas três eram legítimos. Ela caíra na categoria dos ilegítimos. Aos 23 anos, era a mais jovem. Os outros estavam todos casados, tinham seus próprios filhos, e ainda viviam na Coreia do Norte. Tinham abandonado o pai depois que ele caiu em desgraça. Somente ela ficara com ele. Sua mãe tinha sido amante dele, uma das muitas que mantivera no passado, quando ainda estava na linha de sucessão.

Logo, nenhum filho que tivesse se tornaria um Kim.

Em vez disso, ela era Hana Sung.

O nome Hana referia-se ao número um, a singular, importante. Sung significava "vitória". Depois, o pai tinha querido mudar o nome, mas ela, educadamente, recusou. E ele não insistira. Era um defeito seu, com certeza, pois nunca conseguia insistir muito. Embora fosse capaz de matar um velho indefeso sem pensar duas vezes, e ordenar que outro, que tinha interferido no roubo do dinheiro, fosse eliminado. Era uma contradição? O mundo o considerava estúpido e preguiçoso, um bêbedo que gostava de apostar. Ela aprendera que não eram mais do que ilusões cuidadosamente fabricadas.

Seu pai era um Kim.

E essa terceira geração, que incluía o meio-irmão dele, era exatamente igual às duas primeiras.

Mas e quanto à quarta?

Sua própria vida tomara um rumo difícil. Não tinha uma identidade própria, só a que outros lhe haviam imposto. Estava viva, mas não era realmente uma pessoa. Mais um item de posse, usado por outros para as necessidades *deles*, nunca dela mesma.

E recentemente esse fato tinha começado a incomodá-la.

Ela estudou o corredor.

Devido à hora, poucas pessoas estavam por perto, apenas um punhado indo e vindo das cabines que davam para o exterior do navio.

Ela havia observado o americano, Malone, mais cedo, durante o cruzeiro. Ele ficara grudado em Larks, mas não fizera qualquer tentativa de localizar seu pai. O que a fez se perguntar. Será que Malone sabia algo sobre ele? Ou sobre ela? Concluíra que não. O que fazia com que sua presença fosse ainda mais intrigante. Poucos minutos antes seu pai lhe dissera exatamente o que ele queria que fosse feito, e ela o faria. Obedecer às suas ordens, ao menos por mais algum tempo, parecia ser o roteiro mais prudente.

Ela se aproximou da cabine de Larks e usou o cartão de acesso para entrar.

A porta se abriu e ela entrou rapidamente naquele espaço escuro.

Se tudo desse certo, Harold Earl "Cotton" Malone em breve chegaria lá.

Capítulo 10

Malone pulou do barco. Luke Daniels controlou o acelerador, mantendo o casco junto à doca de concreto.

— Vou precisar de você novamente aqui às sete horas da manhã — disse ele.

Luke cumprimentou-o com um gesto.

— Eu já estava com saudades de seguir suas ordens, meu velho.

Ele sorriu.

— Como se algum dia você tivesse feito isso.

Ele nunca tinha gostado do apelido, que Luke usava desde o primeiro dia em que se conheceram. E ele, claro, chamava o agente mais jovem de moleque de fraternidade, rótulo do qual Luke também não gostava particularmente. Enquanto Malone estava lá contratado para um envolvimento temporário, Luke trabalhava em tempo integral para Stephanie Nelle e o Magellan Billet. Era do sul, ex-militar, sobrinho do presidente Danny Daniels, o que parecia não significar muita coisa para nenhum dos dois Daniels. Ele e Luke tinham se conhecido na Dinamarca um mês antes e concluído sua missão em Utah. Quando se separaram em Salt Lake, ele dissera a Luke que estava ansioso por seu próximo encontro. Só não sabia então que seria tão cedo.

No percurso de barco até o terminal do navio de cruzeiro, Luke tinha dado mais explicações do que estava acontecendo. Os vinte milhões de dólares iam ser levados para um jato arrendado que iria do aeroporto de Veneza diretamente para a Coreia do Norte. Os Estados Unidos e a Europol finalmente tinham decidido montar um processo sobre fraude em seguros, e algum testemunho visual poderia ser vital. Claro que ninguém tinha previsto que haveria um roubo.

— Como é que essa transferência de dinheiro foi acontecer exatamente aqui em Veneza? — perguntou a Luke.

— Isso eu realmente não sei. Eu estava em Roma e Stephanie me disse para mover meu traseiro e vir para cá. Foi quando eu liguei para você. Minhas ordens eram ajudar o velhote a se livrar, caso ele se encrencasse.

— Foi isso que Stephanie disse?

— Bem perto disso.

Ele acenou um adeus para Luke, foi até a rampa de embarque e passou por um controle de segurança, que incluía um detector de metal. Sua arma ficaria com Luke até o dia seguinte, não havia como mantê-la sem chamar uma atenção indesejada. A equipe no controle lhe lançou alguns olhares esquisitos, uma vez que seu cabelo estava molhado e bagunçado, suas roupas salpicadas de lama e malcheirosas de seu mergulho na lagoa.

— Que piloto de táxi aquático maluco — disse ele, dando um sorriso.

Era pouco depois da meia-noite, mas muita gente ainda estava chegando e saindo, aproveitando suas últimas horas a bordo. Ele não tinha experimentado muito da vida noturna do navio, já que ele e Larks iam cedo para a cama. Sua cabine ficava no mesmo convés que a de Larks, mas na extremidade oposta.

Uma vez a bordo, ele pegou um elevador para o nono andar e saiu para um corredor vazio. Tinha mantido uma estreita vigilância durante todo o cruzeiro, mas duvidava que Larks tivesse percebido. Aquele homem mais velho parecia alheio a tudo e a todos, sempre sozinho, na maior parte do tempo carregando uma bolsa Tumi de couro preto. Também tinha memorizado as feições do rosto de Anan Wayne Howell, que Stephanie lhe enviara, mas não avistou o fugitivo. No entanto, tinha havido uma porção de distrações. O navio de cruzeiro levava três mil passageiros, cada porto tinha sido uma loucura. Naquele dia em Split ele tinha pensado que estava a ponto de finalmente descobrir algo, mas Larks tinha saído sozinho do café croata, depois de ter esperado por duas horas, sem contatar ninguém. O que era tão importante em relação a Howell? Tinham lhe dito que o homem era um fugitivo federal que tinha deixado um procurador local furioso, e que saíra do país quando seu julgamento começou. Mas Malone sabia o que estava acontecendo. Ajuda contratada só era informada do que precisava saber. E, francamente, ele não estava interessado em fuçar muito fundo no caso. Para ele, isso era uma distração mental. A oportunidade de ganhar algum dinheiro rápido e fácil. Nada mais.

Mas as coisas definitivamente tinham escalado.

Nove homens já tinham morrido.

Decidira fazer uma checagem final na cabina de Larks. Tinha deixado o navio logo antes do primeiro turno do jantar, indo para terra algumas horas antes da que fora marcada para a operação, fazendo o reconhecimento do prédio e conseguindo acesso a ele enquanto as portas ainda estavam abertas durante o dia. Depois tinha esperado pacientemente até chegar a hora de subir para o oitavo andar. Deveria ligar agora para Stephanie e relatar o que estava acontecendo, mas Luke lhe garantira que ia tratar disso. Em seguida, iria voltar para Copenhague e para sua livraria.

Mas isso traria um problema.

Não podia negar que sentia saudade de Cassiopeia Vitt. A solidão, para ele, era como uma doença periódica. Já tinha se acostumado a ter novamente alguém especial em sua vida, mas agora ela tinha ido embora. Já fazia um tempo que se divorciara. Sua ex-mulher vivia na Geórgia com seu filho adolescente, Gary. Seu casamento não acabara bem, e os dois tiveram de fazer algum esforço para encontrar a paz. Agora as coisas iam bem entre eles. Infelizmente, não podia dizer o mesmo quanto a ele e Cassiopeia. E estar de volta na livraria só lhe daria mais tempo para pensar naquele fracasso.

Sentia-se sujo de seu mergulho na lagoa. Tinha limpado a lama da calça e dos sapatos durante o percurso de volta no barco, mas definitivamente estava precisando de um banho e de algum sono. Amanhã estaria pronto para seguir Paul Larks quando ele desembarcasse. Veria para onde o velho homem iria, e se fosse para o aeroporto, e depois um pegasse voo para casa, seu trabalho temporário estaria terminado.

Aproximou-se da porta da suíte de Larks. Acomodações caras, com certeza, e ele se perguntou como um ex-servidor civil conseguia pagar por isso. Estava tudo quieto, e ele se preparava para ir embora quando notou que a porta estava entreaberta. Cada cabine tinha uma fechadura eletrônica e dobradiças de mola que asseguravam que o trinco se encaixasse, fechando a porta. Havia também uma trava de segurança. A de Larks tinha sido utilizada, o aço para fora, impedindo a porta de fechar.

Estranho.

Consultou o relógio: meia-noite e quarenta e oito.

Larks tinha ido cedo para a cama nos últimos dez dias.

Nada daquilo estava encaixando.

Chegou mais perto e prestou atenção, mas não ouviu nada. Bateu delicadamente à porta, e esperou por uma resposta. Nada aconteceu. Bateu novamente com os nós dos dedos, dessa vez bem alto e insistentemente. Nenhuma resposta ainda. Empurrou a porta, abrindo-a, e entrou. A cabine estava escura, alguma luz atravessando as portas de vidro que davam para a varanda, e mais vinda do corredor.

— Sr. Larks — disse ele em voz baixa.

Um curto corredor de entrada levava a uma sala, uma passagem aberta à sua esquerda, ao que provavelmente era o quarto. Viu o vulto de alguém deitado, um braço pendia da beira do colchão, a mão num ângulo retorcido.

Checou o pulso.

Nada.

Paul Larks estava morto.

Pensou na bolsa estilo pasta Tumi e saiu para a sala, fez uma rápida busca e não achou nada. De volta ao quarto, fez uma varredura no banheiro e no armário, acendendo e depois apagando as luzes.

Nada da bolsa.

Deixou a luz do banheiro acesa e voltou para perto da cama. Nenhuma evidência de que houvera violência era visível em qualquer parte. Ficou pensando se Larks teria morrido de causas naturais. Mas se fosse assim, quanta coincidência haveria nisso? Na mesinha ao lado da cama ele viu um *kit* de insulina com seringas. Estava prestes a pegar o telefone e pedir ajuda quando sentiu algo picar sua perna direita.

Agudo.

Penetrante.

Como uma agulha.

Ele recuou.

O quarto girava. Sua mente se enevoava. Os músculos de seu corpo começaram a perder força. Suas pernas cederam. Aturdido e tonto procurava manter o equilíbrio. Seus joelhos foram de encontro ao tapete. O mundo piscava entrando e saindo de foco e ele viu um vulto surgir do outro lado da cama. Alguém estivera debaixo do colchão. Aquela visão o fez pensar em outra noite, alguns anos atrás, no sul da França. Escura e ventosa, quando alguém começara a atirar nele.

Cassiopeia Vitt.

A primeira vez que se viram.

E então, antes de tudo ficar escuro, como na França, desta vez ele também pensou ter visto a silhueta de uma mulher.

Capítulo 11

Kim ligou seu laptop e se acomodou na cadeira. Sua cabine tinha vários aposentos, inclusive uma sala de jantar com uma mesa de mogno polido. Ele tinha pedido o jantar — gaspacho, faisão refogado e uma tábua de queijos, com um vinho do Loire e um claret envelhecido. Tinha saboreado a maior parte de suas refeições ali, o que lhe permitira manter uma presença discreta. As únicas saídas às quais se arriscara tinham sido para ir a um spa, para alguns tratamentos agradáveis. Esperava que uma jovial atmosfera europeia a bordo do navio pudesse criar um ambiente amigável entre ele, Howell e Larks. Mas nada disso havia ocorrido, e a presença de um ex-agente americano tinha mudado as coisas ainda mais. Agora Hana iria dar conta de Malone. Ele tinha sorte de tê-la. A Coreia do Norte era realmente um mundo de homens, mas isso não queria dizer que uma mulher não pudesse ser útil.

O laptop anunciou que estava pronto para trabalhar.

Tinha começado a escrever ainda na escola, e rapidamente descobriu que gostava da experiência. Um professor de inglês lhe dissera que todos os escritores têm uma pequena voz dentro da cabeça, uma voz que não dizia *escreva um best-seller* ou *venda muitos livros*, ela simplesmente lhes dizia que escrevessem todo dia. Se essa voz fosse ouvida, ela se calava. Se ignorada, seu apelo nunca cessaria. Há muito tempo aprendera a obedecer a essa voz. Escrever libertava sua alma e permitia que sua imaginação vagasse livremente. Quando seu pai o destituiu de seu direito de nascença, foi o hábito de escrever que o salvou. E onde a realidade parecia sempre ser definida por outros, sua vida criativa podia ser moldada exatamente como queria.

A releitura de *A ameaça patriótica* e a visita a Paul Larks tinham deixado seus pensamentos em turbilhão.

Ele precisava voar.

A cena concebida ficou clara.

O dia em que seu pai o destituíra.

— Você não será meu sucessor.

Ele esperava uma censura, talvez até mesmo uma medida disciplinar, mas nunca essas palavras.

— Seus atos me trouxeram desgraça e vergonha. Meus conselheiros chegaram à conclusão de que você tem de ser substituído.

— Eu não sabia que você dava ouvidos aos seus conselheiros. Você é o Grande Líder. Só a sua palavra interessa. Por que nos importamos com o que os outros pensam?

— E é por isso que você nunca poderá me suceder. Você não tem a menor ideia do que é preciso para governar esta nação. Meu pai liderou este país e tentou duramente reunificá-lo. Ele invadiu o sul e lutou a grande guerra e teria prevalecido, não fosse a intervenção americana. Sua liderança ainda é lembrada. Quinhentas estátuas foram erigidas em sua honra. Após cada cerimônia de casamento os recém-casados vão até a que está mais próxima deles e depositam flores aos seus pés. Seu corpo repousa num esquife de vidro aonde centenas de milhares vêm todo ano lhe prestar homenagem. Você nunca poderia merecer tais sentimentos do povo.

Ele não concordava, mas ficou em silêncio.

— O que você estava pensando? — perguntou o pai. — Ir para o Japão e para um parque de diversões? O que deu em você?

— O amor a meus filhos.

— Você demonstra amor aos seus filhos quando não desonra seus pais. Desse modo eles veem em você o que você espera deles. Você não mostrou aos seus filhos nada além de desgraça.

Ele já ouvira bastante insultos.

— Sou um patriota.

Seu pai riu.

— Você é um tolo.

— Quem vai assumir meu lugar como o Grande Sucessor?

— Um de seus irmãos vai assumir o papel.

— Você está cometendo um erro. Não sou um incompetente. Pelo contrário, sou filho de meu pai.

— Se você fosse meu filho, seu juízo seria muito melhor.

— E como é o seu, pai? Você continua a incitar o sul com ameaças de guerra, causando apenas descontentamento. Gasta todo o nosso dinheiro em armas e bombas, enquanto o povo morre de fome. Ameaça constantemente os americanos com desastre, sem nunca fazer nada que te dê credibilidade. E por quê? Porque nunca vai permitir que nossos soldados invadam o sul. Uma vez lá, eles veriam como o povo é bem-alimentado. Como vivem bem. Eles se dariam conta imediatamente das mentiras que você lhes tem contado. Você se esquece, pai, de que eu vi o mundo. Eu conheço a verdade. Então o que é você, senão um tigre de papel?

— Sou o líder desta nação.

— O que não significa nada fora desta nação. Fui educado longe daqui, por sua insistência. Sei o que o mundo pensa de nós. Riem de nós... somos tidos como idiotas. Somos considerados crianças malcriadas que precisam ser disciplinadas. Você diz que eu lhe trouxe desgraça. Que desgraça você trouxe a todos nós?

— Vejo que minha decisão foi correta. Seus irmãos nunca falariam comigo desse modo. Um deles será digno da missão.

Ele se sentiu empoderado, sem medo de dizer:

— Eles serão você. Outro tigre de papel, ameaçando todo mundo, não fazendo nada, sendo ridicularizado. Este é o seu legado, pai. Não será o meu.

— Você é um sonhador. Tem sido durante toda a sua vida. Está perdido em seu mundo autocentrado. Sua mãe era a mesma coisa. Nenhum de vocês jamais alcançará alguma coisa.

— Minha mãe me ensinou a de fato fazer alguma coisa. Por isso ela vive na Rússia. Não podia mais suportar seus insultos e indiscrições. O casamento significava algo para ela. Então, ela agiu. Agora um de seus bastardos vai governar? É bem apropriado. Alguns dizem que você foi um menino bastardo também.

A ira inundou o rosto do pai.
— *Eu e você nunca mais vamos nos falar. Não apareça mais na minha frente.*
— *Para mim será um prazer. Mas quero que você lembre uma coisa.*
Olhou duramente nos olhos do pai.
— *Não sou um tigre de papel.*

Releu a cena e gostou da abordagem, conquanto não fosse uma descrição precisa do confronto com seu pai após o incidente da Disney de Tóquio. Na verdade, ele tinha sido espancado, seu pai assistindo enquanto subalternos o esmurravam. E enquanto estava estendido no chão com costelas quebradas e sangue jorrando de seu nariz, seu pai friamente lhe dissera que seria deserdado.

Não disse nada então.

Nenhum desafio.

Essa versão da história era muito melhor, e como seu pai há muito estava morto, não havia ninguém importante para contradizê-lo. Um dia, quando o povo lesse suas proezas — e iam ler — a história mencionaria que a grandeza sempre fora seu destino, desde o início.

A porta se abriu e Hana entrou.

Ele a tinha instruído a induzir Malone a entrar na cabine de Larks, depois esconder-se debaixo da cama e esperar que ele se aproximasse. O americano ia agir como ele predissera, disso tinha certeza. Compreender a natureza humana era uma de suas paixões.

— Ele está apagado — disse ela. — Mas primeiro ele procurou a pasta.

Essa busca disse a ele alguma coisa. Não tinha ideia de para quem o americano estava trabalhando ou por que estava interessado em Larks. Mas devido à possibilidade de ter sido enviado pelo governo dos Estados Unidos, optara por não o matar. Isso atrairia mais atenção, o que era a última coisa que queria. Melhor seria deter Malone, complicar a vida dele, e ser encontrado com um homem morto realizaria as duas coisas.

— As roupas dele estavam molhadas e ele cheirava mal — disse ela.

— Alguma ideia de por quê?

Ela sacudiu a cabeça.

— O Sr. Malone ficará inconsciente por algumas horas — disse ele. — Tempo para descansarmos um pouco e nos prepararmos.

Foi até o laptop.

— Primeiro, no entanto, tenho algo para você ler. Alguns detalhes entre mim e seu avô. É importante que você saiba exatamente o que aconteceu entre nós. Creio que você vai achar isso esclarecedor.

Capítulo 12

ESTADOS UNIDOS DA AMÉRICA
    Demandante-apelado
    v.
ANAN WAYNE HOWELL
    Réu-apelante

Nº 12-2367
Tribunal de Apelação dos Estados Unidos
    Décimo primeiro circuito

Anan Wayne Howell não declara sua renda há quase duas décadas. Um indiciamento o acusava de, por quatro vezes, intencionalmente deixar de declarar o imposto de renda, numa violação do 26 U.S.C. §7203. Howell esteve presente na abertura do julgamento, mas voluntariamente deixara de comparecer ao restante dos procedimentos, posteriormente fugindo da jurisdição do tribunal daquele julgamento. Um júri do Tribunal Distrital dos Estados Unidos, Distrito Central do Alabama, o condenou, *in absentia*, e ele foi sentenciado a três anos de prisão e uma multa de doze mil dólares.

Howell é um contestador de impostos. Seu principal argumento (apresentado pelo advogado de defesa nomeado pelo tribunal) é que ele não precisava preencher uma declaração para o imposto de renda porque a Décima Sexta Emenda não faz parte da Constituição. Howell insiste que a emenda não foi propriamente ratificada e que o processo contra ele com base no Código do Imposto de Renda de 1954, 26 U.S.C. Sec. 1 *et seq*, era nulo *ab initio*. Howell só deu ao tribunal a mais breve das justificativas, que não explica por que a Décima Sexta Emenda é nula, além de uma descabida conclusão de que nunca houve uma ratificação da emenda pelo número requerido de legislaturas estaduais, e que o secretário de Estado em 1913, Philander C. Knox, tinha falsificado o registro daquela certificação.

Howell apresenta as seguintes contestações: (1) O texto que o Congresso passou aos estados para ratificação provia que, "O Congresso terá o poder de estabelecer e cobrar impostos sobre os rendimentos, qualquer que seja a fonte de que se originem, sem rateio entre os diversos estados, e sem considerar qualquer censo ou enumeração"; (2) Em 25 de fevereiro de 1913, o secretário Knox certificou que a Décima Sexta Emenda estava devidamente ratificada, tendo pelo menos trinta e seis estados entregado resoluções ratificadoras ao Departamento de Estado; (3) Knox sabia que um certo número de estados não tinha adotado propriamente a emenda na forma em que fora submetida; (4) Knox sabia que tinha o dever de instruir esses estados de que deveriam ratificar uma versão adequada da emenda; e (5) nenhuma ratificação adequada jamais ocorreu. Howell afirma que a ratificação da Décima Sexta Emenda não condiz com o Artigo V da Constituição e que, portanto, a Décima Sexta Emenda é inexistente.

No início, observamos que a Décima Sexta Emenda existe há cem anos e foi aplicada pela Suprema Corte em inúmeros casos. Conquanto isso por si mesmo não seja suficiente para barrar uma inquirição judicial, é persuasivo na questão da validade. Assim, para que Howell prevalecesse, teríamos de requerer, numa hora tão tardia, uma demonstração excepcionalmente forte de que a ratificação foi inconstitucional. Howell (por intermédio de sua defesa designada) não fez tal demonstração, apenas concluindo audaciosamente que a emenda foi ratificada impropriamente. Não foi apresentada evidência que prove essa assertiva, nem Howell citou qualquer autoridade factual ou legal que ligue esta corte (ou, para esta questão, o secretário de Estado Knox em 1913) à sua contestação de que a Décima Sexta

Emenda foi impropriamente ratificada. Em resumo, Howell não deu conta do ônus de demonstrar que esta emenda que já existe há cem anos foi ratificada inconstitucionalmente.

Por todas as razões aqui antecipadas, a condenação de Anan Wayne Howell sob todas as acusações está CONFIRMADA.

Kim parou de ler o que estava na tela do laptop.

Depois que Hana fora para a cama, ele foi buscar on-line a opinião referente ao caso de Howell, e estudou a forma como fora redigida. Como foragido, Howell tinha publicado *A ameaça patriótica* no formato de e-book. Nunca houvera um jeito de localizar Howell fisicamente. Larks tinha sido sua melhor aposta, e o velho tinha prometido que ia apresentá-lo a ele.

Mas isso não tinha ocorrido.

Não precisamos que estrangeiros se envolvam.

Não tinha esperado uma repreensão. Mas americanos podiam ser assim. Eles exalavam uma arrogância, uma superioridade que proclamava que eles, acima de todos os outros, sabiam o que era melhor. Mas a sociedade coreana tinha existido por muitos milênios antes que alguém jamais tivesse ouvido falar dos Estados Unidos. Coreanos eram descendentes de siberianos que migraram para o sul dezenas de milhares de anos atrás. Sua cultura era antiga e sofisticada, embora a divisão política e física do país desde 1945 tenha criado definitivamente diferenças entre o norte e o sul. Ele as reconhecia, até mesmo as apreciava. Seu pai, seu avô e seu meio-irmão as ignoravam. Os norte-coreanos típicos pouco ou nada sabiam sobre o mundo. Como poderiam saber? Todas as comunicações eram controladas, tanto as que entravam quanto as que saíam. Ele fora um afortunado, nunca tendo vivido por muito tempo dentro daquela bolha. Infelizmente, vinte milhões de coreanos do norte não podiam dizer o mesmo. Seu pai se orgulhara muito da própria capacidade de liderança. Mas quem não seria capaz de liderar ao exercer o controle total de tudo que o povo vê, lê, pensa e acredita?

E a punição para quem não estiver conforme com isso?

A morte. Ou pior ainda. Os campos de trabalho.

Uma vez lá, os prisioneiros passariam a vida toda, assim como seus filhos e os filhos deles. Ensinavam-lhes que eram inimigos do

Estado que tinham de ser erradicados como erva daninha, arrancados pela raiz. Sobrecarregavam-nos de trabalho até morrerem, ou eram mortos por mero capricho, considerados nem mesmo humanos. Este era o legado de como sua família tinha governado, e seu meio-irmão praticava as mesmas políticas de opressão. Duzentas mil pessoas continuavam prisioneiras nesses campos.

Ele governaria com o *verdadeiro* consentimento do povo, depois de *ganhar* seu respeito.

Sonhador? Dificilmente.

Mas teria de demonstrar a todos que era capaz de grandes feitos. Enquanto seus familiares só se gabavam de glória, ele teria de conquistá-la.

Olhou novamente para a tela e para o caso *Estados Unidos v. Howell*. *Uma demonstração excepcionalmente forte de que a ratificação foi inconstitucional.* Era isso que o sistema judiciário americano queria? Uma nova resolução se infundiu nele.

Muito bem.

Ela a proveria.

Capítulo 13

Hana tentou adormecer, mas estar sozinha numa cama macia, debaixo de lençóis limpos, continuava a ser uma sensação estranha.

Nos primeiros nove anos de sua vida tinha dormido em cima de concreto imundo debaixo de um cobertor malcheiroso. Quando era pequena, sua mãe a deixava sozinha todo dia, assim que surgia o sol. Só havia eletricidade durante duas horas, uma vez das quatro às cinco da manhã, depois novamente das dez às onze da noite. A primeira hora era para permitir que se preparasse o café da manhã, que não era muita coisa. Principalmente pedacinhos de milho, um pouco de repolho, e sopa. A segunda hora era para que pudesse terminar o dia com algumas tarefas, preparar alguma coisa para comer, e depois dormir. Comida era um desejo constante. Nunca havia o suficiente. Qualquer coisa poderia constituir uma refeição. Ratos, sapos, cobras, insetos. A fome era um meio do qual os guardas se utilizavam para manter o controle. Quase todo prisioneiro era assolado pela desnutrição — perda de dentes, gengivas pretas, ossos fracos, e colunas encurvadas eram inevitáveis.

Ela nascera como escrava irredimível dentro do Campo de Trabalho 14, seu sangue contaminado pelos crimes de sua mãe. Os limites do campo, marcados por sua cerca, estendiam-se por cinquenta quilômetros de norte a sul, metade disso de leste a oeste, o arame farpado eletrificado com torres de vigilância espalhadas e patrulhado o tempo todo. Ninguém chegava nem perto das cercas. A punição era morte instantânea, ou por eletricidade ou por balas. Ela tinha sabido depois que havia muitos campos espalhados pelas montanhas da Coreia do Norte. O dela, na província de Pyongan do Sul, tinha quinze mil pessoas nele confinadas. Mais de dez vezes esse número povoava os campos restantes.

As regras do campo eram ensinadas desde o nascimento. Nunca tentar fugir. Não devem se encontrar mais de dois prisioneiros ao mesmo tempo. Não roubar. Deve-se obedecer aos guardas. Qualquer coisa suspeita deve ser reportada. Os prisioneiros devem trabalhar todos os dias. Homens e mulheres devem permanecer separados. É preciso se arrepender de cada erro. E qualquer um que violar uma das regras será instantaneamente baleado.

Durante quase metade de sua vida ela vestira andrajos malcheirosos, duros como uma tábua de tanta sujeira e fuligem. Nunca dispusera de sabão, meias, luvas ou roupas íntimas. Ela e sua mãe labutavam quinze horas por dia em trabalhos forçados, e iriam trabalhar até o dia de sua morte. A desnutrição era a principal causa das mortes, mas as execuções vinham bem perto em segundo lugar. A lei que governava os campos tinha sido proclamada na década de 1950 pelo primeiro Kim. *Inimigos da classe, sejam quem forem, suas sementes têm de ser eliminadas por três gerações.* O mundo do lado de fora das cercas nada sabia do que se passava dentro. Ninguém se importava. Os prisioneiros eram esquecidos.

Mas o que tinha feito sua mãe?

Finalmente, quando tinha 8 anos, ela perguntou.

— *Meu pecado foi me apaixonar.*

Estranha resposta, que sua mãe nunca estendeu ou explicou.

Ocupavam juntas um quarto com uma única mesa e duas cadeiras, dividindo uma cozinha com dezenas de outros prisioneiros. Não havia água corrente, nem banheiro, só uma privada coletiva. As janelas eram de vinil cinzento, o que deixava passar pouca luz, mas permitia que bastante do clima entrasse. Insetos enxameavam no verão e o ar fedia constantemente de excremento e de podridão. Uma porção de carvão, minerada pelos prisioneiros, provia algum calor no inverno, pois era considerado contraproducente matar muitos prisioneiros de uma só vez.

— *Eu estou aqui* — disse ela à sua mãe —, *porque você se apaixonou?* Devia haver mais do que isso.

Mas sua mãe nada acrescentara.

Os guardas lhes ensinavam que os pecados de seus pais só poderiam ser redimidos com trabalho duro, obediência e oferecendo informações sobre os outros. A redenção viria da delação. Denuncie um violador das regras e ganhará alguns grãos de arroz. Relate uma transgressão e lhe será concedido um tempo para se banhar no rio.

Ela começara a se ressentir de sua mãe.

Depois, começara a odiá-la. Um ódio que a consumia inteira.

Ela expulsou esses pensamentos perturbadores de seu cérebro.

Parecia que finalmente o sono estava chegando. Era tarde, e ela precisava descansar. O dia seguinte poderia ser decisivo. Por muito tempo tivera a esperança de que seu pai fosse diferente dos outros Kims. Ele gostava de dizer que este era o caso. Os dois primeiros tinham governado com grande crueldade. Ele deveria ser o próximo, mas havia desperdiçado a oportunidade. Tinha razão no que havia dito junto ao leito de Larks. Ela fora testemunha de como os fortes dominavam os fracos. Diariamente, até seus 9 anos, trabalhava limpando neve, cortando árvores para obter lenha, ou retirando carvão com uma pá. Tinha aversão particular a limpar privadas — retirar fezes congeladas e carregar os pedaços para o campo em suas mãos nuas. Desde cedo na vida aprendera a se manter ereta e a se curvar para os guardas, nunca os fitando nos olhos. Passava os dias culpando a si mesma. Quantas vezes tinha assistido ao espancamento de recém-nascidos pelos guardas com barras de ferro, até morrer? Esse espetáculo era promovido periodicamente para desencorajar os prisioneiros de procriar. Afinal, a ideia toda era limpar três gerações de quem pensava errado, e não permitir que nascesse outra.

No campo havia duas classes. A dos que nasceram lá, os "internos", e a dos que foram sentenciados para lá, os "externos". A principal diferença era que os externos sabiam o que havia além das cercas, e os internos não tinham a menor ideia. Esse conhecimento tornava os externos fracos. Sua vontade de viver desaparecia rapidamente. Para os internos, não saber nada sobre o mundo na verdade se tornava uma vantagem. Para eles, lamber sopa derramada no chão parecia uma coisa normal. Pedir esmola era simplesmente um meio de vida, trair um amigo era só uma questão de sobrevivência. Sua própria culpa, vergonha e fracasso era o que dominava seus pensamentos. Infelizmente os externos ficavam paralisados de choque, revulsão e desespero.

E enquanto sua vida se desenrolava dentro daquelas cercas, escondida do mundo, ela agora sabia que os Kims tinham vivido como príncipes, sem nunca lhes ter faltado nada. Seu pai tinha proclamado que estava numa missão de redenção. Mas ela se perguntava o que aconteceria quando ele alcançasse aquele objetivo. O que faria quando o poder finalmente estivesse em suas mãos?

Tinha lido o que seu pai escrevera sobre o dia em que o pai dele o havia destituído. Se algo daquilo era verdade, ela não sabia. A mentira parecia ser um traço da família Kim. No campo pouco lhe tinham ensinado sobre os líderes do país. Somente após ser libertada ela tinha sabido mais, o que muito a perturbara. No campo, os guardas tinham sido a única autoridade que conhecia. Eles lhe diziam o que e como pensar, quando e o que dizer. Assim, o silêncio se tornara seu amigo.

Bem como a verdade.

E enquanto antes, como prisioneira, ela não era nada, agora as escolhas na vida eram todas dela.

O que lhe trazia conforto.

E sono.

Capítulo 14

WASHINGTON, D.C.
22:58

Stephanie conhecia bem esse Tribunal Federal dos Estados Unidos. Ficava na Judiciary Square, voltado para o sul, em direção à Constitution Avenue e ao National Mall. Não havia nada de notável em seu exterior, um estilo suave e institucionalizado, comum na década de 1950, quando fora construído.

Ela e Harriett Engle tinham vindo da Geórgia no mesmo jato do Departamento de Justiça que tinha levado a procuradora-geral para o sul. Ficara esperando por elas num aeroporto ao norte de Atlanta, não muito longe da casa de Stephanie. Originalmente, o plano tinha sido tirar da jogada o Tesouro e tratar do assunto no dia seguinte, depois que Cotton fizesse seu relato sobre a transferência do dinheiro e sobre Larks. Mas tudo mudara após a ligação para o secretário do Tesouro. As coisas ficaram ainda mais complicadas após o relatório de Luke Daniels, que chegara durante o voo. Os vinte milhões de dólares tinham sido destruídos e todos os participantes da transação estavam mortos.

A menção do nome de Kim Yong Jin também acrescentara nova dimensão ao caso.

Kim tinha sido preparado desde o nascimento para assumir o controle hereditário da Coreia do Norte. Casou cedo e tivera vários filhos. Muito provavelmente apostas eram um vício, assim como o álcool. Após um incidente no Japão com passaportes falsos, seu pai anunciara publicamente que seu filho mais velho tinha *um discernimento não muito confiável*. Esse insulto não apenas marcara Kim com o fracasso, mas por implicação significava que seus dois meios-irmãos eram os *confiáveis*. Posteriormente os militares deram seu apoio a um dos irmãos Kim, garantindo com isso a sucessão. Kim tinha deixado a Coreia do Norte e agora vivia em Macau, frequentador assíduo dos cassinos, passando o resto do tempo na China. Relatórios apontavam seu talento nas artes e sua falta de interesse na política. Era apaixonado por cinema e escrevia roteiros e contos, sendo presença familiar em cinemas japoneses. Era considerado um conhecedor do mundo, apreciador de tecnologia, talvez mesmo uma mente aberta, não constituindo perigo. Pouco ou nada se ouvira dele já havia muito tempo.

Mas algo tinha mudado.

O suficiente para que Kim Yong Jin aparecesse no radar do Tesouro.

Elas entraram no tribunal e passaram pela segurança, o guarda as direcionando para um dos andares superiores. Sabia o que as esperava lá. O Tribunal de Vigilância de Inteligência Estrangeira, cuja missão era supervisionar todas as requisições de mandados de vigilância para suspeitos de espionagem operando dentro dos Estados Unidos. A maioria dessas solicitações vinha da NSA ou do FBI, mas Stephanie tinha comparecido ante esse tribunal em diversas ocasiões representando o Magellan Billet.

— Parece que o Tesouro tem estado ocupado — disse Harriett quando entravam no elevador.

— Você sabia que eles estavam se apresentando ao tribunal?

O Departamento de Justiça normalmente preparava todas as solicitações de mandado e seus advogados as defendiam. Mas às vezes as agências usavam advogados próprios.

— Tudo isso é novidade para mim — disse Harriett.

O tribunal tinha sido criado trinta e cinco anos antes, e seus onze juízes eram designados pelo presidente da Suprema Corte. Sempre havia um juiz de prontidão, e os procedimentos corriam em segredo de justiça, em todas as horas do dia e da noite, atrás de portas fechadas. Faziam-se registros, mas eram mantidos em sigilo.

Alguns anos atrás uma ordem dessa corte vazara para a imprensa por intermédio de um homem chamado Edward Snowden. Por essa ordem, uma subsidiária da Verizon tinha sido obrigada a fornecer à NSA todas as gravações telefônicas, inclusive de ligações domésticas. A repercussão dessa revelação foi enorme, tanto que ganharam ímpeto protestos pedindo uma reforma. Por fim, no entanto, essa animosidade se dissipara e a corte voltou às suas atividades. Ela sabia que este lugar era amistoso com as agências de inteligência e que as estatísticas eram avassaladoras. Desde 1978, tinham sido submetidas trinta e quatro mil requisições de vigilância. Apenas onze tinham sido negadas, menos de quinhentas, modificadas. Não era surpreendente, na verdade, considerando o viés dos juízes, o nível de sigilo, e a ausência de quaisquer relacionamentos com adversários. Era um lugar no qual o governo obtinha o que queria, quando queria.

O secretário do Tesouro estava esperando por elas quando saíram do elevador. O corredor de mármore branco estava fracamente iluminado, e não havia mais ninguém à vista.

Joseph Levy tivera sorte tanto por ter nascido no Tennessee quanto por ter se tornado amigo do então governador Danny Daniels. Obtivera um PhD em economia da Universidade do Tennessee e um doutorado em jurisprudência de Georgetown. Havia sido professor de graduação por uma década e estava na fila para ser o chefe do Banco Mundial, mas preferiu em vez disso servir no gabinete de Daniels. Era o único do grupo original do primeiro mandato ainda por ali. A maioria tinha ido para o setor privado, tirando vantagem de sua boa sorte.

— Vocês agora estão preparando suas próprias requisições de mandado? — perguntou Harriett.

— Sei que você ficou uma fera com isso. Mas tive de fazer isso neste caso.

— Então me ajude, Joe. Você vai se explicar ou preciso ir diretamente à Casa Branca?

Agora Stephanie percebia por que sua chefe a tinha incluído. Não era segredo que o presidente favorecia o Magellan Billet. Os agentes dela tinham se envolvido em todos os casos mais quentes dos últimos anos, inclusive uma tentativa frustrada de assassinato contra o próprio

Danny Daniels. Então o simples fato de ela estar aqui era suficiente para que o secretário do Tesouro soubesse que o que estava tentando manter em segredo, fosse o que fosse, estava prestes a mudar.

— Parece que nós dois acabamos tropeçando nos mesmos jogadores, só que em jogos diferentes — disse ele. — Estamos vigiando Larks e Kim Yong Jin há uns dois meses.

— Você monitorou as ligações deles? — perguntou Harriett.

O secretário assentiu.

— Começamos com mandados domésticos para vigiar o telefone de Larks. Mas quando Kim fez contato do exterior, obtivemos mais mandados. Eles têm se comunicado regularmente, e tudo isso envolve o foragido que seu advogado no Alabama está procurando.

— Como você sabe sobre Howell?

— Eu li os relatórios do Magellan Billet.

— Você poderia simplesmente tê-los pedido.

O secretário lhe lançou um olhar.

— Infelizmente, não podia.

Ela não ia ceder.

— No entanto aqui estamos, falando sobre isso.

A fisionomia do homem era só contrariedade, mas ele se manteve calmo.

— Está certo, admito que tenho um problema. Alguns de nossos segredos há muito perdidos foram encontrados.

— Espero que você me diga mais do que isso — disse Harriett.

— Venham comigo.

Ele as conduziu pelo corredor até uma porta com painéis de madeira, que se abria para uma sala de reuniões brilhantemente iluminada, adornada com uma mesa comprida e escura, cadeiras com assento de couro preto alinhadas em todos os seus lados.

— O juiz está esperando por mim. Temos uma solicitação para um mandado de vigilância que precisamos que seja processado esta noite. Eu lhe disse que a procuradora-geral em pessoa estava vindo e que eu tinha de falar com ela primeiro. Ele concordou em nos dar algum tempo. Vocês precisam ler uma coisa.

O secretário foi até a mesa, sobre a qual havia duas pilhas de papel. Numa folha de título em cima das duas lia-se em negrito *A ameaça patriótica* por Anan Wayne Howell.

— É uma cópia impressa de um e-book publicado por Howell alguns anos atrás. Logo após sua condenação.

— Do que trata o livro? — perguntou Harriett.

— Impostos. Que mais poderia ser? Howell se vê como um especialista em nosso sistema.

— E você não concorda? — perguntou Stephanie.

— Ele é um conspirador e um paranoico. A maior parte do que há neste livro é lixo. Mas há alguns detalhes que merecem atenção. Fiz duas cópias e marquei as passagens importantes.

Stephanie olhou para Harriett. Que escolha elas tinham? Haviam pedido uma explicação e ela agora lhes estava sendo fornecida. Mas Stephanie tinha mais algumas perguntas a fazer.

— Como sabia que Malone estava naquele navio?

— Como disse, li seus relatórios.

— Isso não basta. Você apareceu assim que aquele cruzeiro deixou o porto. Você soube onde vir buscar esses relatórios. Como soube, para começo de história, que Cotton estaria lá?

— Você se dá conta que está interrogando um funcionário do gabinete?

— Que transgrediu incontáveis leis, cada transgressão passível de uma sentença de prisão.

— Responda à pergunta — disse Harriett.

— Estávamos lá de olho para vigiar Larks, mas vimos Malone. Então, enviei alguém para obter o que pudesse de seus arquivos. De preferência, sem chamar atenção. Mas essa parte não deu certo. Quanto a essas leis que transgredi, achei que valia a pena correr o risco.

Ela sabia que Joe Levy certamente nunca estivera antes num embate como aquele. Sua experiência era com lei e com dinheiro. Até onde Stephanie sabia ele nunca servira nas forças armadas e não passara por treinamento em operações de inteligência. Definitivamente, ele se metera em algo do qual nada entendia. Então, o que o fizera assumir tantos riscos?

— Você está gerenciando tudo isso por conta própria? — perguntou ela. — Uma operação internacional de inteligência conduzida por agentes do Tesouro?

— Achei melhor manter isso restrito a nosso conhecimento interno. Paul Larks não me deu muita escolha. Nem Kim Yong Jin.
— Kim não é nada — disse Stephanie. — Como pode ser um problema?
— Ele sabe ler.
Resposta estranha.
Ela então percebeu.
A pilha de papel sobre a mesa.
— Há mais um motivo pelo qual eu escolhi envolver vocês — disse o secretário. — Essa questão toda é... complicada. Deve ser mantida aqui, entre nós. Depois que vocês lerem um pouco do livro de Howell darei mais explicações, e espero que concordem.

Capítulo 15

VENEZA

Kim estava deitado na cama, as pesadas cortinas douradas fechadas, mas sua mente não se rendia ao sono. Sentia estar cada vez mais perto de seu objetivo, a verdade talvez não mais fora do alcance. Quando topara pela primeira vez no website de Howell tinha pensado que a ideia toda estava no campo do fantástico. E seu primeiro e-mail a Howell não fora respondido.

O segundo, no entanto, tivera uma resposta.

> É tão bom ouvir notícias de um companheiro de sofrimento. Sinto muito, no entanto, ao saber de sua prisão. É uma grande injustiça que nosso país comete conosco. Fui julgado e condenado sem estar lá. Decidi abandonar o país antes que pudessem me pegar. É uma vergonha que tenhamos de escolher entre nossa liberdade e nosso país. Mas a luta deve continuar e não pode ser travada da prisão. Por isso escrevi meu livro, que delineia tudo em que acredito. Esse dilema começou há muito tempo, em outra época, quando algumas coisas espantosas aconteceram. Leia o livro e me diga se ele pode ser útil.

Para obter uma resposta ele mudara de tática e se apresentara como alguém acusado de sonegação de impostos, achando que o truque abriria a porta a Howell.

E abriu.

Então, tinha enviado mais perguntas, como Peter da Europa, e todas elas foram respondidas por Howell. Em seus estudos na universidade, Kim tinha se especializado em história do mundo e economia. Ambos os assuntos lhe interessavam. A história americana, no entanto, definitivamente era algo novo, e ele tinha passado os últimos meses lendo, preparando-se para este momento. Diferentemente do que seu pai pudesse ter pensado, ele nunca fora nem estúpido nem preguiçoso. Howell estava certo. Coisas monumentais podiam realmente ter acontecido há muito tempo, e as sementes desse conflito tinham sido plantadas por um homem chamado Andrew Mellon.

Então aprendera tudo que dizia respeito a ele.

Thomas Mellon, um irlandês de origem escocesa, imigrou da Irlanda para os Estados Unidos em 1818. Lá ele decidiu ir atrás de suas ambições e frequentou a faculdade, estudou direito e se tornou um advogado bem-sucedido em Pittsburgh. Em 1859, foi eleito juiz, posição em que se destacou e da qual se beneficiou financeiramente. Finalmente fundou a T. Mellon & Sons, uma empresa bancária privada em Pittsburgh. Teve oito filhos, dos quais o sexto se chamava Andrew, um rapaz contemplativo possuído de inegável autoconfiança.

Com 27 anos Andrew assumiu a liderança do banco do pai. Nas duas décadas seguintes adquiriu o controle de mais bancos e companhias de seguro. Depois diversificou para os ramos do gás natural e do alumínio, no qual financiou a criação da Alcoa. Energia era um grande negócio na época de Mellon, e sua incursão nesse reino tornou-se conhecida como Gulf Oil. Em 1910, a fortuna da família era de mais de dois trilhões de dólares, em valores atuais.

Mellon era um homem tímido, calado e astuto. Os que lhe eram mais próximos diziam que tinha um senso de humor seco e uma risada contagiosa, ambos raramente exibidos. Cultivava poucos amigos, mas os que tinha continuavam a ser por toda a vida. Inteligentemente, reconhecera cedo o valor da influência política e se tornou um gigantesco doador para o Partido Republicano. Em 1920, um de seus amigos mais próximos, Philander Knox, senador dos Estados Unidos pela Pensilvânia, convenceu o recém-eleito presidente Warren Harding a nomear Mellon secretário do Tesouro. Serviu de 1921 a 1932, ao longo dos mandatos de três presidentes. Calvin Coolidge tinha proclamado que *o negócio da América é o negócio*, e o país certamente prosperava. Custos e impostos foram cortados, enquanto abundavam os superávits orçamentários. Os Estados Unidos na década de 1920 se tornaram o banqueiro do mundo, com Mellon no leme nacional. Ele praticamente não cometia erros. Mas a quebra da bolsa de valores de 1929 mudou essa percepção, e a Grande Depressão acabou com o reinado de Mellon. Franklin Roosevelt e seu New Deal odiavam tudo em relação a Mellon e às suas políticas. Roosevelt sentia tanta repulsa que o acusou de sonegação de impostos, mas Mellon foi isentado em 1937, três meses após sua morte.

As conquistas que fizera em vida eram impressionantes.

Como financista, só foi superado por J. P. Morgan. Como industrialista equiparava-se a Carnegie, Ford e Rockfeller. Criou cinco companhias Fortune 500 e financiou uma fundação que continua até hoje a distribuir contribuições de milhões de dólares anualmente.

Mas sua maior realização ainda estava por ser revelada.

Howell tinha convencido Kim quanto a esta última parte. Ele mordera a isca e pedira mais informações, e ficou sabendo, por outro e-mail, que o segredo do legado de Mellon não seria desvendado facilmente.

> Basta dizer que Mellon era implacável e também brilhante. Ele sabia tanto como adquirir quanto como manter o poder. Mas ele teve sorte. Conduziu nossa economia numa época em que a situação era boa. Sua política de impostos baixos e menos regulação funcionou. Sinto muito por sua situação, Peter da Europa. Não faço declaração de imposto de renda há muito tempo. Acredito sinceramente que a lei não me obriga a isso. Tampouco creio que suas companhias americanas devam pagar imposto de renda corporativo. É vergonhoso que elas estejam sendo ludibriadas pelo governo. Meu advogado tentou argumentar em meu julgamento que o imposto de renda é ilegal, mas, infelizmente, a prova disso talvez não exista mais. Por isso fugi e incentivaria você a se esconder também. É o caminho mais seguro. Dessa maneira podemos continuar procurando. Pesquiso isso há muito tempo, e estou convencido de que tenho razão. A prova existe. Permaneça vigilante e mantenha contato. Um dia poderemos achar o que estamos procurando. Graças a Deus a internet existe.

Pensou que Andrew Mellon parecia um pouco com seu próprio pai. Um homem frio, pragmático, indiferente e focado em uma só coisa. Para Mellon, era ganhar dinheiro. Para seu pai? Desabrido, irrestrito, ilimitado poder — a capacidade de controlar, sem questionamento, o destino de dezenas de milhões.

Tinha de admitir, isso era um poderoso afrodisíaco.

Como também seria provar que seu pai estava errado.

Ele iria aproveitar o dia em que seu meio-irmão caísse em desgraça, em que os lacaios em seus uniformes militares iam lhe implorar que os liderasse. Não confiam nele? Ele mandaria fuzilá-los. Porque nesse dia ele conseguiria o que ninguém na Coreia do Norte jamais pensara ser possível, inclusive seu pai.

Ele não era um tigre de papel.

As montanhas da Coreia do Norte eram habitat de muitos tigres, com corpos marrons e longas listras pretas. Dizia o mito que muito tempo atrás um tigre e um urso quiseram se tornar humanos. Deus lhes disse que ficassem numa caverna durante cem dias comendo apenas alho e artemísia. O urso ficou lá durante todo o tempo requerido e tornou-se uma mulher, mas o tigre não aguentou esperar e partiu, continuando a ser um animal selvagem. Depois, o urso que se tornara mulher se casou com o filho de Deus e deu à luz um bebê, que seria o fundador da Coreia.

Os tigres eram corajosos, destemidos e majestosos. Muitos norte-coreanos decoravam seus portões com imagens deles. O topo de uma carruagem matrimonial era guarnecido com uma manta com estampa de pele de tigre para proteger os recém-casados dos maus espíritos. Mulheres costumavam usar um broche decorativo com garras de tigre para espantar espíritos malignos. Houve época em que patriarcas ricos sentavam-se sobre almofadas bordadas com imagens de tigres.

Tigres significavam poder e coragem.

Se você falar do tigre, o tigre vai aparecer. Se você quiser pegar um tigre, tem de ir à caverna do tigre.

Sua mãe tinha lhe ensinado esses provérbios.

E ele sabia o que ela queria dizer.

A palavra *tigre* queria dizer "adversário". Ou "desafio". Ou qualquer coisa que parecesse estar fora do alcance. Que mulher maravilhosa. Ela o amava pelo que ele verdadeiramente era, não como seu pai, que queria que fosse outra coisa. Tinha passado toda a sua vida cultivando uma personalidade cosmopolita que parecia não se abalar com a política. Pouca gente, ou ninguém, sabia o que ele pensava ou quem ele era. Para ele, causas não deviam ser assumidas com a aparente aleatoriedade que sua família gostava de demonstrar. Suas palavras não seriam motivo de riso, nem ignoradas. Em seu caminho atual, a Coreia do Norte parecia condenada a acabar, fosse por um golpe, uma revolução, ou mera ineficiência.

Ele iria romper o ciclo de ser ridicularizado e de fracasso.

E ser algo que o mundo teria motivo para temer.

Capítulo 16

WASHINGTON, D.C.

Stephanie estava sentada à mesa de reunião, Harriett à sua frente, as cópias impressas de *A ameaça patriótica* que o secretário do Tesouro deixara para elas espalhadas pela mesa.

— Vou ter uma longa conversa com nosso procurador no Alabama — disse Harriett. — Ele nunca mencionou que seu fugitivo era um escritor.

— E você nunca mencionou nada sobre Kim ou que o Tesouro queria especificamente que Cotton estivesse presente na transferência do dinheiro.

— O que, como já disse, foi um grande erro da minha parte.

— Você deve se dar conta de que seu silêncio pôs Cotton Malone num perigo desnecessário.

— Você é sempre impertinente assim com seus chefes?

— Apenas quando meu pessoal está na linha de frente.

Harriett sorriu.

— Eu lhe garanto. Aprendi minha lição.

Já era quase meia-noite em D.C., o que significava que logo o dia ia amanhecer na Itália. Luke havia relatado que Cotton tinha pedido que voltasse às sete da manhã. O desembarque do navio de cruzeiro poderia ser sua brecha.

Ela folheou as páginas do livro, a introdução que prometia "incríveis, espantosas revelações". Um rápido olhar no sumário revelava alguns títulos de capítulos. "Não perspectivas históricas." "Podem os tribunais ser tão estúpidos?" "Uma advertência ao Imposto de Renda." "Questões políticas às quais ninguém quer responder."

— Isso é uma espécie de manifesto de sonegadores de impostos — disse ela. — O que faz sentido, considerando os problemas criminais de Howell. Mas a data do copyright é posterior à da condenação. Então, ele escreveu isso como fugitivo.

Vários trechos estavam marcados com clipes de papel. Ela foi até a primeira seção marcada assim e leu.

> Um dos mistérios da década de 1920 foi como Andrew Mellon conseguiu se manter como secretário do Tesouro durante quase onze anos, ao longo de três mandatos presidenciais. Uma das linhas de pensamento encara Mellon como o primeiro funcionário público a usar ativamente o serviço de Imposto de Renda como uma arma contra inimigos políticos. Rotineiramente eram feitas auditorias para assediar oponentes. Às vezes faziam-se acusações criminais, e também se moviam processos civis em tribunais administrativos de tributos, todos destinados a pressionar os inimigos de Mellon. Talvez fosse tão hábil em suas retaliações que até mesmo presidentes o temiam. Uma analogia moderna seria com J. Edgar Hoover, que conseguiu manter o controle do FBI no decorrer de seis administrações. Há quem diga que os infames arquivos secretos de Hoover tiveram nisso um papel primordial. Assim como no caso de Hoover, houve várias investigações das atividades de Mellon e até pedidos para seu impeachment, mas nenhum jamais se materializou em algo substantivo.
>
> Uma história, no entanto, persiste. Que pode, mais do que qualquer outra coisa, explicar a longevidade de Mellon. Em fevereiro de 1913, Philander Knox era o secretário de Estado, prestes a deixar o cargo. Um mês depois, um novo presidente (Woodrow Wilson) nomearia seu sucessor. Em 1916, Knox foi eleito para o Senado pela Pensilvânia. Também foi candidato à presidência nas eleições de 1920, mas sua candidatura foi derrotada na convenção do Partido Republicano, e por fim ele trabalhou duro para eleger

Warren Harding. Knox e Mellon eram amigos próximos, ambos de Pittsburgh, e foi Knox quem encorajou Harding a nomear Mellon secretário do Tesouro. O presidente eleito, como a maioria das pessoas no país, nunca tinha ouvido falar de Mellon. Até então, ele tinha mantido um comportamento discreto. Knox primeiro o descreveu para Harding como um "banqueiro de Pittsburgh, altamente considerado na Pensilvânia" e ativo em prover grandes quantias de dinheiro para a eleição de Harding. O que pode ter sido o único critério que realmente interessava. Mellon foi escolhido, e tomou posse em março de 1921. Knox morreu em outubro de 1921. Alguns dizem que antes de morrer ele contou um grande segredo a Mellon, e foi esse segredo que constituiu o motivo real para sua longevidade.

— Nunca ouvi falar disso antes — disse Harriett.
— O que significa que tudo isso pode ter sido criado pela imaginação de Howell. Li o parecer do tribunal de apelação sobre sua condenação. O advogado que foi designado para sua defesa tentou apresentar uma argumentação maluca de que a Décima Sexta Emenda não era legal. O secretário tinha razão. Howell é um conspirador desenfreado. Ele enxerga coisas que simplesmente não existem.
— Estou começando a me perguntar o que de fato existe.
Stephanie concordou.
Assim, continuaram a leitura.

Uma pergunta cabível seria: Por que Philander Knox daria a Andrew Mellon qualquer coisa que pudesse ser prejudicial aos Estados Unidos? Algo que Mellon poderia usar para obter vantagem política. Segundo todos os relatos, Knox era um patriota de longa data. Servira no gabinete de três presidentes, duas vezes como procurador-geral (para McKinley e Theodore Roosevelt) e uma como secretário de Estado (para Taft). Fora eleito três vezes para servir no Senado dos Estados Unidos pela Pensilvânia. Segundo qualquer critério, esse tipo de carreira seria chamado de um grande sucesso. Mas para Knox isso não se mostrou suficiente. Ele era um homem desvairadamente ambicioso, e sua ambição era ser presidente.

Infelizmente, como descreveu um contemporâneo seu: "Ele queria pairar como uma águia, mas tinha asas de pardal." Geralmente era tido como intelectualmente brilhante, mas sua língua ferina e sua postura pomposa fizeram com que tivesse poucos amigos. Outro contemporâneo disse: "Ele serviu com distinção, mas não alcançou nenhuma." Sua reputação estava confinada principalmente a Pittsburgh, onde era um dos favoritos na elite rica da cidade. Homens como Andrew Carnegie, Henry Frick, e o próprio Mellon o consideravam um amigo. O presidente Harding deixou de escolhê-lo para seu novo gabinete republicano em março de 1921, deixando Knox claramente ressentido. Ele continuou, no entanto, a servir no Senado, representando a Pensilvânia por mais sete meses, antes de morrer.

— Parece que a política então não era muito diferente do que é hoje — disse Harriett. — O Senado ainda está cheio de pessoas que querem ser presidente.

— Inclusive você?

— Eu era a exceção. Eu só queria ser procuradora-geral

— Por que exatamente essa função?

Sua chefe deu de ombros.

— Meu tempo no Senado passou, e eu queria ter alguma influência na indicação de quem seria meu sucessor, então mudar para cá para o último ano de minha carreira me pareceu uma boa ideia. Isso fez com que o governador nomeasse alguém para concluir meu mandato inacabado. Felizmente ele me ouviu e escolheu a pessoa certa.

— Mas você vai servir aqui só por um período curto.

Harriett sorriu.

— Não necessariamente. Talvez eu seja como Knox e como Mellon, e seja mantida por outro presidente.

Stephanie sorriu, e elas voltaram a dar atenção ao manuscrito.

O próprio Mellon nunca falou ou escreveu sobre como tinha mantido sua posição no gabinete por tanto tempo, mas após sua morte alguns de seus associados fizeram especulações. Contaram a história de como fora criada a Galeria Nacional, com Mellon doando tanto os milhões para a construção quanto sua imensa coleção de arte (valendo muitos milhões mais). Roosevelt odiava Mellon e não ficou feliz de ter de aceitar aquela dádiva caridosa, mas o presidente não tinha escolha. Recusar teria parecido mesquinho e tolo, duas coisas que Roosevelt nunca poderia se dar ao luxo de ser publicamente. Décadas após a morte de Mellon, alguns de seus associados finalmente começaram a sussurrar as coisas que ele tinha usado para ter o máximo possível de vantagem política.

Em novembro de 1936 Mellon sabia que estava morrendo. Na noite do Ano-Novo de 1936 ele se encontrou com Roosevelt na Casa Branca. Seu amigo mais íntimo, David Finley, o acompanhou. Finley depois se tornaria o curador da Galeria Nacional de Arte e o presidente fundador do National Trust for Historic Preservation. Por intermédio de Finley sabemos que o presidente e Mellon conversaram privadamente por cerca de quinze minutos. Finley escreveu em seu diário que Mellon deixou a reunião "numa exuberância que eu nunca tinha visto antes naquele homem". Quando lhe perguntou sobre isso, seu mentor disse: "Eu dei ao presidente um bilhete que eu mesmo escrevi. Ele o amassou e jogou através da sala. Mas será interessante ver o que fará com ele depois." Finley tentou saber mais, mas Mellon guardou segredo. "É algo para mantê-lo ocupado. No fim ele vai achar o que eu deixei. Não será capaz de não procurar, e tudo ficará bem. Os segredos estarão a salvo e terei demonstrado o que queria. Não importa o quanto ele me odeie e discorde de mim, ainda assim vai fazer exatamente o que pedi."

— Finley se tornou um ícone em Washington — disse Harriett —, o pai do movimento de preservação histórica. Foi ele quem lutou para salvar os tesouros da Europa após a Segunda Guerra Mundial. Os Monument Men foram criação dele.

Ela conhecia a reputação de Finley. Confiável e fidedigno. De forma alguma um fanático. O que dava ainda mais importância ao relato de Howell.

Elas continuaram a ler as passagens marcadas.

Finley e Mellon eram especialmente próximos um do outro. Trabalharam juntos no Departamento do Tesouro. Em 1924 Finley foi o ghost-writer, para Mellon, de *Taxation: The People's Business*, que expressava a opinião do então secretário do Tesouro quanto a impostos. O livro foi imensamente popular. Em 1927 Finley se tornou o mais próximo associado de Mellon, escrevendo seus discursos, ajudando a escrever a política oficial do Tesouro, e dando assistência à coleção de arte privada de Mellon. Mellon morreu em 1937, assim que começou a construção da Galeria Nacional. O museu foi inaugurado em 1941, a cargo de Finley. Livros escritos por pessoas próximas à Galeria Nacional dizem que, mesmo do túmulo, Mellon ainda tinha voz em muitas questões e muitos detalhes. Finley, continuando leal a ele, fez exatamente o que Mellon tinha pedido.

— Mas que diabo — disse Harriett. — Parece um filme de Oliver Stone.

Ela sorriu.

— E tão longe quanto ele de provar alguma coisa. Um monte de referências vagas a fontes não identificadas. Mas não estou surpresa. Já passei por coisas muito mais estranhas do que isso que acabaram se provando verdadeiras. Então, aprendi a manter a mente aberta.

— É outra lição que eu também devo aprender?

— É só que você está nesse trabalho há tão pouco tempo. Eu tenho lidado com coisas absolutamente únicas ao longo desses anos. O fato de que um ex-secretário do Tesouro pode ter encurralado FDR e o obrigado a fazer o que ele queria não é tão estranho.

Acharam o último trecho destacado.

> Pouco se sabe sobre o que aconteceu depois daquela reunião na véspera do Ano-Novo de 1936. Se FDR prestou ou não atenção ao que Mellon lhe disse, não há quanto a isso registro algum. No entanto, há evidência de uma investigação interna no Departamento do Tesouro que ocorreu no início de 1937. Documentos que obtive mediante várias solicitações de acesso à informação contêm referências àquela inquirição, ordenada pelo próprio FDR.

Infelizmente, não foram fornecidos documentos que requisitei (com a observação de serem sigilosos) e alguns dos fornecidos vieram muito editados. O que poderia ser tão sensível que tantas décadas depois ainda tinha de ser mantido em segredo? Das poucas referências que sobreviveram, sabemos que Roosevelt ficou preocupado com a mudança da nota de um dólar em 1935, e quis saber se Mellon tinha tido qualquer participação nesse processo. Infelizmente, nenhum dos documentos que obtive foi capaz de dar uma resposta a essa questão. Mellon morreu em agosto de 1937, e a atenção de Roosevelt estava focada no fim da Depressão e na crescente agitação na Europa. Não há evidência de que Roosevelt tenha se preocupado novamente com Andrew Mellon.

Um comentário, no entanto, sobreviveu. Não de Roosevelt, mas de David Finley. Em seu diário particular, publicado na década de 1970, Finley conta sua última conversa com Mellon, poucos dias antes da morte de seu mentor. Finley tinha acompanhado Mellon no percurso de carro do apartamento de Mellon em Washington até a Union Station. De lá, um trem levaria Mellon de volta ao norte de Long Island, onde morava sua filha. Tinha planejado passar lá algumas semanas, descansando. Infelizmente, foi lá que ele morreu. Quando passavam pelo Triângulo Federal e pelo local onde havia começado a construção da Galeria Nacional:

> *Falamos sobre a década de 1920 e do tempo que passamos juntos no Tesouro. Ele estava muito orgulhoso de seu serviço público. Tinha conduzido a América a uma grande prosperidade. A Depressão não fora por culpa sua. "Nunca deveria ter acontecido", disse ele novamente. "Se Hoover apenas tivesse me ouvido." Olhamos para fora, para o trabalho nos alicerces da Galeria Nacional. Embora eu não o soubesse, esta seria a última vez que ele olharia para sua criação. Falou sobre aquela véspera de Ano-Novo alguns meses antes e sobre nossa visita ao presidente. Perguntei se alguma coisa tinha saído daquela bola feita de papel amassado. Ele sacudiu a cabeça e me disse que os segredos continuavam lá. "O presidente ainda não olhou, mas ele vai olhar", disse. Depois viajamos em*

silêncio. Quando chegamos à estação, suas últimas palavras eram um resumo daquele homem, ou pelo menos de como ele via a si mesmo. "Sou um patriota, David. Nunca se esqueça disso."

Capítulo 17

VENEZA

Malone abriu os olhos.

Sua cabeça latejava. Não bebia muito e nunca tivera uma ressaca, mas, só de ouvir reclamações de outros, imaginou que a agonia violenta que sentia entre as orelhas devia ser algo parecido. Onde ele estava? Depois lembrou. Ainda na suíte de Larks.

Havia uma coisa em sua mão direita.

Piscou para desembaçar a visão e viu uma seringa.

Estava deitado sobre o tapete. Larks jazia morto na cama. Uma luz vinha da sala ao lado. Sua perna direita doía onde alguma coisa tinha perfurado sua pele, provavelmente a agulha daquela seringa. Sua perna esquerda ainda doía da queda do helicóptero. Esfregou as têmporas e sentou-se. O que quer que o tivesse derrubado o fizera bem rápido, e deixara um efeito prolongado.

Consultou seu relógio: cinco e vinte da manhã.

Havia apagado por algumas horas.

Levantou-se, apoiando-se na parede. Suas roupas finalmente estavam secas, mas ainda com o fedor da lagoa. Certamente tinha conseguido, em muito pouco tempo, achar uma boa quantidade de problemas. A única diferença desta vez fora que, ao aceitar a oferta de Stephanie para aquela tarefa, ele efetivamente tinha ido procurá-los. Sacudiu a cabeça, tentando clarear o nevoeiro, e permitiu-se um minuto de pausa.

Ouviu uma movimentação no outro lado da porta aberta, e inclinou a cabeça na direção do ruído. Uma sombra precedeu a entrada de alguém. Uma mulher. Era esguia, tinha a cintura fina, com cabelos longos lisos e vermelho-dourados que caíam em volta de um rosto de meia-idade. Três sardas escuras formavam um triângulo nas faces, fora isso, imaculadas. Seus olhos azuis pareciam embaçados por falta de sono — e devido à hora, ele pôde entender por quê — mas fora isso estavam focados e determinados. Ela parecia estranhamente ansiosa e transmitia a sensação de uma personalidade com que ele tinha se deparado vezes demais para poder enumerar.

Uma representante da lei.

— Sou Isabella Schaefer — disse ela. — Departamento do Tesouro.

— Você tem um distintivo?

— Você tem?

Ele mexeu nos bolsos e fingiu estar procurando.

— Não, acho que não. Presumo que você saiba quem sou.

— Cotton Malone. Já trabalhou na Justiça, no famoso Magellan Billet. Hoje está aposentado.

Ele captou o sarcasmo.

— Você não aprova?

— Queria saber o que faz um livreiro de Copenhague estragar o que corresponde a três meses de meu trabalho.

Mais novidades. Nem Stephanie nem Luke tinham mencionado qualquer coisa sobre outros participantes nessa festa. O que o fez se perguntar se eles sabiam disso. Não seria a primeira vez que a mão esquerda da inteligência não sabia o que a direita estava fazendo.

Ele apontou com a seringa para a cama.

— Quem foi que o matou?

— Aparentemente foi você.

— Ah sim, vamos ficar com essa hipótese.

— Quem disse que alguém o matou?

— Está bem, gostei dessa também. Esta será a história. Ele apenas morreu.

— Você ainda não percebeu, não é? Eu faço as perguntas, você as responde.

— Está falando sério? Quer bancar o chefão? Você é apenas uma agente do Tesouro bem longe de casa, completamente fora de sua jurisdição.

— E que diabo é você? Um maldito livreiro. Que autoridade você tem?

— Tenho minha condição de membro dos Livreiros de Livros Antigos Internacionais.

— Estou vendo que você realmente não entendeu. Encontrei você aqui com um homem morto, segurando uma seringa que, tenho certeza, foi a causa da morte.

— E como foi que você apareceu por aqui?

— Estava fazendo meu trabalho e vi que a porta estava aberta, presa pela lingueta da fechadura.

— Você percebe que tudo isso foi planejado. Quem matou Larks queria que eu fosse encontrado com ele.

Jogou a seringa em cima da cama.

— Você obviamente estava me esperando acordar. Meu palpite é que o que me fez dormir foi o que matou Larks. Provavelmente algum tipo de sedativo. Tem uma perfuração na minha perna, onde o assassino o injetou.

Ela assentiu.

— Eu o examinei e encontrei.

— Poxa, eu me sinto tão violentado. E mal nos conhecemos. O que o Tesouro quer com Larks?

— Ele fez cópias de alguns documentos sigilosos. Nós as queremos de volta.

— Deve ser alguma coisa importante. — Agora ele estava brincando com ela. Mas a mulher se recusava a morder a isca, então ele perguntou: — Você esteve neste cruzeiro o tempo todo?

Não conseguia se lembrar de tê-la visto. E ele a teria notado. Verdade seja dita, tinha um fraco por ruivas.

— Eu estava aqui — disse ela. — Esperando para levar Larks sob custódia. O que eu faria amanhã, quando ele deixasse o navio. Infelizmente, agora ele está morto e não há como encontrar os documentos.

— Eles estavam na bolsa Tumi preta?

Ela assentiu.

— Era isso que eu imaginava. Este velho tolo não foi a lugar algum sem ela.

Ela realmente estivera a bordo.

— Preciso ligar para minha chefe.

— Não precisa se preocupar com isso — disse ela. — Meu chefe já contatou Stephanie Nelle. É por isso que você está aqui comigo, e não sob custódia da polícia.

Finalmente, alguma cooperação entre agências.

Tesouro e Justiça. Juntos novamente.

— Preciso de uma aspirina — disse ele.

Ela tinha efetivamente feito o seu trabalho. Contenção e controle. Mas ele resolveu tentar mais uma vez.

— Que documentos são esses? Por que são tão importantes?

— Digamos apenas que contêm informação que o governo dos Estados Unidos não quer que seja exibida publicamente.

— Você quer dizer que o Wikileaks deixou passar alguma coisa?

— Parece que sim.

— Por que então você não os tomou de Larks enquanto era possível fazê-lo? Por que esperar?

Ele percebeu que ela não iria lhe dar mais respostas.

— Você tem de ir para casa — disse ela.

— Nenhuma objeção de minha parte. Primeiro, no entanto, tomar um banho e mudar de roupa seria bom.

Fazer a barba também. Pelos curtos comichavam o pescoço e o queixo.

— Você está fedendo. Onde é que esteve?

— Noite agitada na cidade.

— Sei sobre a transferência do dinheiro, e que mandaram você para observar.

Ela realmente estava informada. Ainda mais do que ele, na verdade.

— Digamos apenas que aquele encontro não saiu como planejado.

— Então, definitivamente, vá para casa e deixe isso conosco.

Não era, de fato, um mau conselho.

— E quanto a Larks?

Ela recolheu a seringa da cama.

— Não é problema nosso. Como eu disse, ele simplesmente morreu.

Ele relembrou a confusão e preocupação que sentira antes, quando uma mulher surgiu de baixo da cama, após ter enfiado uma agulha em sua perna.

— Aliás, você não me mostrou um distintivo.

Ela estava diante dele, vestida com um jeans escuro e uma blusa de seda de mangas compridas que combinava com sua pele clara e cabelo ruivo. Era atraente no estilo Kathleen Turner-Sharon Stone. Bonita, mas não afetada por saber disso. Confiante, também. E parecia não estar preocupada em projetar, mesmo que tênue, uma cortina de fumaça de boa vontade. Ele a viu, relutante, levar a mão a um bolso interno e retirar um distintivo com os dizeres DEPARTAMENTO DO TESOURO. AGENTE ESPECIAL. Numa identidade com fotografia lia-se ISABELLA SCHAEFER.

— Satisfeito? — perguntou ela.

Ele assentiu e sorriu, nunca tinha pensado mesmo que fora ela quem o tinha atacado. Não. Era outra pessoa. Mais um jogador no jogo.

— É claro — disse ela —, não havia uma identidade com você, fora o cartão do navio, do qual você ia precisar para embarcar. Ou seja, você esteve fora sem carteira nem identificação, nada que pudesse ser uma indicação de quem ou o que você é. Mas compreendo que isso era necessário.

— É tão reconfortante tratar com uma profissional.

Ele passou por ela indo em direção à porta.

— Não quero vê-lo novamente — disse ela.

Ele não parou nem olhou para trás, apenas disse:

— Não se preocupe. Você não vai.

Capítulo 18

Isabella ficou observando Malone enquanto ele saía da suíte, a porta se fechando com um estalido metálico. Felizmente, ela tinha planejado acordar e sair às quatro da manhã. Quando checou a cabine de Larks, notou a porta armada para continuar aberta. Malone tinha razão, não era outra coisa senão um convite. Dentro, encontrou Larks e Malone, que claramente tinha sido drogado. Ela lhe dissera a verdade. Uma pequena perfuração era visível em sua perna direita, e era fácil determinar quem era o culpado por ela. Kim Yong Jin. Quem mais poderia ser? Kim e Malone tinham estado a bordo durante todo o cruzeiro, ambos mantendo-se perto de Larks. Malone, pessoalmente. Kim por intermédio de sua estoica filha.

Que confusão!

Obviamente, Kim sabia sobre Malone. Então ela não mentira. O ex-agente tinha estragado seu trabalho duro. Ela havia mantido cuidadosa distância durante todo o cruzeiro, usando perucas e outros acessórios para mudar sua aparência. Ainda não fazia ideia de por que Malone estava lá. Tinha relatado sua presença, dez dias atrás, mas o Tesouro nada lhe dissera desde então, apenas que mantivesse Larks sob vigilância, que ficasse de olho em Kim e monitorasse Malone. O que mais a perturbava era o fato de não ter achado a bolsa de couro preto na cabine de Larks. A última vez que o velho estivera agarrado a ela fora no jantar. Ela presumiu que hoje, no desembarque, algo ia acontecer. Seu funcionário já tinha verificado. Larks não tinha um voo marcado para casa até depois de amanhã.

Ela não gostava de surpresas, principalmente daquelas que interferiam em seu cuidadoso planejamento. Preparação era a chave de toda operação bem-sucedida. E ela havia se preparado por completo. Essa operação era dela e somente dela. O próprio secretário do Tesouro a recrutara pessoalmente. Nem mesmo seu supervisor imediato sabia onde estava e o que estava fazendo. Pela primeira vez fora solicitada a assinar um acordo supersecreto de sigilo que a obrigava a não falar sobre o que quer que descobrisse, sob pena de ir para a prisão.

Obviamente, havia muito em jogo.

Com sorte, Cotton Malone iria para casa. Ela já tinha muito com o que se preocupar com Larks morto e Kim Yong Jin ainda respirando. Havia uma conexão entre Larks e Kim. Sabiam disso de escutas secretas e de monitorar e-mails. Kim tinha efetivamente pago pela passagem aérea e pelo cruzeiro de Larks, com a ideia de arranjar um encontro cara a cara com Anan Wayne Howell. As ordens que ela havia recebido eram observar, depois recuperar as cópias dos documentos. A essa altura Kim poderia estar efetivamente de posse deles. E graças a Malone.

Ela sacudiu a cabeça.

Esperou a vida inteira por essa oportunidade.

Teria perdido?

Stephanie ergueu os olhos do manuscrito quando a porta da sala de reuniões se abriu e Joe Levy entrou sozinho.

— Muito bem — disse Harriett. — Lemos tudo que você marcou.

Ele se sentou à mesa.

— Há cerca de dois meses a NSA monitorou algumas conversas da Coreia do Norte, todas sobre Kim Yong Jin. Stephanie, você tinha razão. Esse cara é supostamente um idiota. Tudo que ele faz, aparentemente, é beber e apostar. Mas então, de repente, ele passa a ser de real importância e Pyongyang começa a prestar atenção nele. E estão dizendo coisas malucas, mencionando especificamente o livro de Howell. Parece que Kim está realmente interessado nisso também.

— Nunca vi nada sobre isso — disse Stephanie. — E recebo arquivos da NSA todos os dias.

— Pedi a prioridade. Só era passado para o Tesouro.

Ela sabia que qualquer braço da inteligência americana podia solicitar prioridade, mantendo a informação apenas naquele departamento ou naquela agência. No entanto, isso podia ser um negócio arriscado. Se ninguém mais souber o que você sabe, quando todos deveriam saber, adivinhe quem vai receber a culpa se as coisas derem errado. Mas fazia-se isso todo dia, às vezes somente para proteger investigações delicadas de serem difundidas por toda a grade.

— Deixe-me adivinhar — disse Harriett. — Você classificou como sigiloso porque nessas conversas o nome de Paul Larks também foi mencionado.

Ele assentiu.

— Isso precisava ficar entre nós.

— Qual é o interesse de Kim em Howell e Larks? — perguntou Stephanie.

— Aparentemente começou com Kim e Howell. Depois Howell conectou Kim a Larks. Chegamos tarde, e perdemos um bocado de conversas, mas sabemos que Kim está tentando demonstrar uma estranha teoria que diz respeito a Andrew Mellon. Howell escreveu sobre isso no livro.

— Sobre o quê? — perguntou Harriett.

— Uma antiga dívida desta nação.

As duas esperaram que o secretário do Tesouro explicasse.

— Tudo isso é... muito complicado. Mais ainda do que eu realmente preciso explicar agora. Digamos apenas que a sua busca por Howell interferiu na minha tentativa de minimizar o dano que Larks provocou ao copiar esses documentos, e ao se comunicar depois a respeito deles com Howell e Kim.

— Que tipo de dano? — perguntou Harriett.

— Não posso falar disso. E não tem importância no que tange àquilo de que preciso de vocês neste momento. Basta dizer que estivemos aqui ante este tribunal várias vezes e obtivemos mandados de vigilância sobre Kim, Larks e Howell. Eles gostam de enviar e-mails.

— Larks e Howell são cidadãos americanos — disse Harriett. — A jurisdição deste tribunal só se aplica a estrangeiros.

Provavelmente este era outro motivo pelo qual o secretário tinha evitado o Departamento de Justiça na emissão dos mandados.

— Ambos estão trabalhando com um estrangeiro, e juntos são uma ameaça à segurança desta nação. Isso faz deles uma questão atinente a este tribunal.

— Kim e Larks têm se comunicado abertamente e intencionalmente? — perguntou Harriett, com uma inflexão de advogada.

Levy assentiu.

— Muitas vezes, embora Paul Larks não tenha ciência de que está falando com Kim. Ele pensa que Kim é um homem de negócios da Coreia do Sul, que vive na Europa, e cujas companhias foram erroneamente taxadas pelos Estados Unidos. Não tem ideia da verdadeira identidade de Kim, ou ao menos é isso que achamos.

Alguma coisa estava incomodando Stephanie.

— Você sabia que haveria um roubo em Veneza, não? Foi Kim. Ele foi atrás dos vinte milhões de dólares. Mas você não nos contou nada sobre isso, e pôs meu agente em grave risco.

Ele assentiu.

— Sabíamos que Kim ia tentar pegar o dinheiro.

Agora ela estava realmente irritada.

— Não costumamos enviar gente para algo assim totalmente no escuro. Nunca fizemos isso.

O secretário não disse nada.

— Seja isso o que for — disse ela —, é bom que seja realmente importante.

— Você não tem ideia.

— O que você quer de nós? — perguntou Harriett.

— Que caiam fora. Deixem-me cuidar disso.

Harriett balançou a cabeça.

— Basta de joguinhos, Joe. — Stephanie já ouvira antes esse tom de voz. — Isso não é para o seu bico.

— E é para o seu?

— É por isso que eu tenho o Magellan Billet. *Este* é o seu bico. Você está assumindo riscos loucos, falando em charadas, esquivando-se de perguntas. Não tenho escolha. Tenho de ir à Casa Branca.

Stephanie consultou o relógio e se perguntou o que estaria acontecendo em Veneza.

— Os passageiros estão desembarcando daquele navio de cruzeiro exatamente agora.

— Ligue para o seu pessoal — disse Harriett. — Diga a eles qual é a situação.

A porta da sala de reuniões foi bruscamente aberta.

Um homem entrou.

Alto, de ombros largos, cabelo espesso e grisalho, camisa sem gravata, usando uma característica jaqueta de nylon azul. Bordado à altura do peito, à esquerda, o selo do presidente dos Estados Unidos.

— Boa noite — disse Danny Daniels.

Capítulo 19

VENEZA

Malone estava se sentindo melhor. Tomar um banho, fazer a barba e trocar de roupa fizeram toda a diferença. O tempo que passara inconsciente na verdade o ajudara a vencer a fadiga. Estava descansado, pronto para ir embora. Tinha levado pouca coisa para o cruzeiro, apenas uma mochila, e não a tinha deixado do lado de fora de seu quarto na noite anterior, como solicitado. Então ele mesmo a levaria.

Mas primeiro tinha um palpite que queria verificar.

Saiu da cabine e foi em direção ao centro do navio, um convés acima do hall principal de onde os passageiros deixariam o navio. O átrio tinha uma altura de vários andares, com três estilosos elevadores de vidro, disponíveis para levar os passageiros para cima e para baixo. Alguns dos muitos salões do navio podiam ser vistos ao longo do perímetro do hall, e ali estavam, convenientes e acessíveis, todos os postos de serviço administrativos. Em seu primeiro dia a bordo ele tinha observado Larks trocar dólares por euros em um deles.

Perguntou-se o que Cassiopeia estaria fazendo. Tinha saudades dela. Ela era uma das poucas pessoas com quem ele em algum momento de fato se sentira confortável. Tinha amigos e associados, mas poucos eram íntimos. Isso era devido em parte ao seu emprego anterior, em parte à sua personalidade. Ele simplesmente sempre ficara sozinho. Poderia ser, em parte, consequência de ter sido filho único. Como iria saber? Sua ex-mulher detestava essa sua constante introspecção. Com Cassiopeia tinha sido diferente. Ela também gostava de ficar sozinha. Na verdade, eles eram mais parecidos do que um ou outro jamais admitira. Era uma pena que o relacionamento tivesse acabado. Ele não tinha intenção de continuar a fazer contato. Tinha tentado, e ela deixara claro como se sentia a respeito. Qualquer movimento a partir desse ponto teria de ser dela. Teimosia? Talvez. Orgulho? Com certeza. Mas ele nunca tinha implorado a atenção de ninguém e não iria começar agora. Não fizera nada de errado. O problema era dela. Mas ainda assim sentia saudade.

Consultou o relógio. Sete e quarenta e cinco da manhã.

Lá fora o sol brilhava, suavizado pelos vidros cor de bronze das janelas do navio. As pessoas desembarcavam pela rampa principal para uma passagem cercada que levava ao terminal do cruzeiro, onde os aguardavam as bagagens e a alfândega italiana. Depois disso estavam ônibus, táxis e um cais de concreto de onde lanchas levariam os passageiros para a cidade ou para o aeroporto. A maioria sairia de lá pela via aquática. O terminal do cruzeiro ficava no extremo oeste de Veneza, logo antes da única ponte que atravessava a lagoa em direção ao continente. Dentro do terminal e à sua volta eram os únicos lugares em que eram permitidos veículos na ilha. Se seu palpite estivesse correto, ele teria de estar pronto para, num instante, se pôr a caminho, sabe-se lá para onde.

Chamadas eram feitas convocando passageiros, por categorias predeterminadas, a deixar o navio. Ele achou um ponto de observação um convés acima, perto de uma escada semicircular que levava para baixo e para toda aquela agitação. Passageiros iam saindo do navio, na maioria pessoas de 60 e 70 anos. A época do ano e o valor da passagem reduziam o número de famílias e crianças. Eram na maioria profissionais — pessoas que faziam cruzeiros várias vezes por ano por todo o mundo, aproveitando sua aposentadoria. Ele duvidava que algum dia se aposentasse. O que ia fazer? Por mais que detestasse admiti-lo, tinha saudade de seu tempo como agente de campo. Três anos antes, a ideia de deixar o Magellan Billet, renunciar à sua patente na Marinha, e se mudar para a Dinamarca tinha lhe parecido uma boa opção. Deixar o passado para trás e seguir em frente. Mas as coisas não tinham funcionado assim. Estava sempre envolvido em encrenca, um problema após o outro. Em algumas, não tivera escolha, senão participar, outras foram decisão sua. Agora estava sendo pago novamente por seu tempo.

Como nos velhos tempos.

Estava apostando aqui em vários fatores. Um: alguém tinha levado a pasta Tumi preta do quarto de Larks. Dois: que esse alguém estaria agora com o conteúdo da mochila. Três: quem quer que fosse, ainda estava a bordo. Quatro: eles não sabiam de ninguém mais que pudesse estar interessado. E cinco: estariam confiantes o bastante para sair do navio com a bolsa na mão.

Era um tiro no escuro? Sem dúvida, mas era a única possibilidade que enxergava, então ficou atrás de uma coluna ornamentada e continuou a observar o que se passava ali. O que quer que fosse acontecer, aconteceria ali. Sua posição lhe proporcionava ampla visão, e ele viu Isabella Schaefer no andar de baixo, perto de um dos postos de serviço, vigiando também.

E lá estava ela.

A bolsa Tumi, no estilo pasta, de couro preto, as mesmas distintivas fivelas prateadas, e o monograma em branco — el — de um lado. Estava no ombro de uma jovem mulher com longos cabelos escuros que seguia em direção à rampa com passos rápidos. Ele viu que a agente do Tesouro Schaefer notara também, e imediatamente começara a segui-la.

Para ele, era bom o bastante.

Pôs no ombro sua mochila e desceu pela escada.

Kim estava sentado em um dos saguões, perto da rampa de saída, vendo os passageiros deixarem o navio. Hana estava afastada, a um lado, observando também. Tinham tomado cuidado, durante todo o cruzeiro, para não serem vistos juntos. A ideia original fora que ele e Larks primeiro conversassem a sós, e depois se encontrassem com Howell. Durante os primeiros dias do cruzeiro ele tinha ligado para o quarto de Larks pelo telefone do navio, mas nenhuma das ligações foi atendida. Hana então se tornou seus olhos e seus ouvidos, vigiando o velho, aguardando uma oportunidade. Quando Larks lhe disse que a bolsa tinha sido entregue a outra pessoa, a primeira coisa que pensou foi que talvez ela reaparecesse aqui, no desembarque.

Ele bebericava um café, passando os olhos por muitos rostos. Parecia ser como todos os outros, esperando ali sua vez de desembarcar. Felizmente havia dois grupos coreanos a bordo, um deles no lado mais afastado do hall principal, todos ansiosos para seguir caminho. Ele era apenas mais um turista. Perguntou-se o que teria acontecido com o americano, Malone. Não houvera nenhuma comoção no navio pela morte de alguém. Até onde sabia, Larks ainda estava morto em sua cama, sem ter sido descoberto.

Ele a viu primeiro, depois percebeu que Hana a vira também.

A bolsa Tumi.

Sendo levada por uma mulher jovem. Qual era mesmo seu nome? Jelena. Capturou o olhar de sua filha e assentiu.

Ela a seguiu.

Isabella estava entusiasmada.

Coisas boas acontecem a pessoas boas, e ela acreditava que era prova disso. Se antes tinha tido um fracasso total, agora seu palpite estivera certo. Os documentos que buscava estavam logo ali, dentro da mesma bolsa preta que Larks tinha carregado durante dias, pendurada ao ombro de uma mulher de vinte e tantos anos.

Era hora de fazer o que deveria ter feito dias atrás. Malone tinha razão. Ela poderia ter ido até Larks a qualquer momento. Mas parte de sua missão tinha sido verificar a extensão do problema, e assim dera ampla trela ao ex-funcionário do Tesouro. Ampla demais, na verdade. Mas o erro estava prestes a ser remediado. Tudo ficaria bem novamente. O único empecilho era Malone, o qual era uma prova de que outros tinham se interessado por tudo isso. Mas em que medida, e até onde? Felizmente, não era problema dela. Outros cuidariam disso.

Ela seguiu a jovem pela rampa e até um espaço que parecia um depósito, onde a bagagem estava separada por cores. Seu alvo aparentemente não tinha trazido nada, pois atravessou aquela confusão parando apenas por um momento na alfândega para mostrar o passaporte, e deixando depois o prédio.

Isabella manteve seu ritmo, usando a multidão como proteção, e saindo também. Viraram à direita, na direção oposta aos ônibus e os táxis, rumo ao cais de concreto onde táxis aquáticos e lanchas aguardavam. Talvez uma dúzia ou mais de barcos flutuassem ali, prontos para receber passageiros. Um vozerio de ordens, principalmente em italiano, movimentos rápidos, mãos estendidas, ofereciam muitas distrações. A manhã estava clara e ensolarada, o ar frio e revigorante. A mulher lançou um olhar aos barcos, claramente procurando por alguém. Uma variedade de barcos oscilava na superfície agitada da água, cada um disputando espaço no comprido cais.

Isabella não podia deixar a mulher ir embora. Tratou de agir, abrindo caminho pela multidão e chegando mais perto. Assim que conseguiu encurralar seu alvo, um homem apareceu à sua esquerda, um boné vermelho cobrindo o rosto. Era baixo, vestia jeans, um suéter roxo, e tênis de corrida.

Ela o viu somente por um instante, enquanto ele lhe dava um empurrão, jogando-a pela beira do cais para dentro d'água.

Capítulo 20

WASHINGTON, D.C.
2:05

Stephanie não se surpreendeu com a chegada de Danny Daniels. Tudo naquele homem se encaixava na categoria do inesperado. Ele sempre tinha sido audacioso e atrevido, uma alma gregária que gostava de estar no comando. Ela se perguntou o que ele faria quando seu segundo mandato como presidente acabasse, a carreira nos holofotes terminada. Para um homem como Danny isso não seria boa coisa.

Ele sentou-se à mesa.

— A melhor coisa do meio da noite é que uma pessoa pode ir e vir como quiser. De bobeira e depois dando uma escapada da Casa Branca.

— Olá para você também — disse ela.

Ele lhe lançou um sorriso.

— Estou surpreso com esta sua cordialidade. Imaginava que a esta altura estivesse furiosa.

— Então você autorizou essa incursão ilegal aos arquivos do Magellan Billet?

— Eu não. Joe aqui decidiu sozinho seguir esse caminho.

Ela notou que o secretário do Tesouro não estava muito contente de ver seu chefe, por isso decidiu tirar vantagem.

— Você se dá conta de que o Tesouro arriscou a vida de Cotton. Eles até podem ter querido que ele fosse pego no fogo cruzado, para nos atrapalhar.

— Ah, sim. Eu percebi. Maldita estupidez. E é por isso que estou aqui. O secretário e eu vamos ter uma conversa sobre isso. — Ele lançou um olhar ao outro lado da mesa. — Só eu e você. E depois vamos conversar sobre que diabo você esteve fazendo na Europa nos últimos dez dias.

Joe Levy não disse nada. Era outro aspecto do estar no topo da pirâmide. Apenas o céu pode discutir com você.

— Luke e Cotton precisam saber o que está acontecendo — disse ela. — Eu ia justamente fazer uma ligação.

Ela havia substituído seu celular quebrado por um dos dois de reserva que sempre mantinha por segurança, este guardado em sua casa.

— Num minuto. Primeiro, temos de conversar. É por isso que estou aqui em vez de estar dormindo.

Daniels encarou o secretário do Tesouro e apontou um dedo.

— Eu lhe pedi uma coisa simples. Alguma informação sobre um assunto relativamente obscuro. A próxima coisa que fico sabendo é que você está conduzindo uma investigação internacional, de maneira independente, arriscando ativos que nem mesmo trabalham para você. Quero saber por quê. Você vai ter respostas?

— Claro, o que você quiser.

— É mesmo? O que eu quiser? A primeira pergunta vai ser por que você não me contou a verdade, para começar.

Levy não disse nada.

— Senhor presidente — disse Harriett. — Eu pensava que o Congresso era disfuncional, mas isto está a par das palhaçadas deles.

— Ora, isso pode ser interpretado como um insulto explícito — disse Danny. — Mas eu compreendo. É sua primeira incursão nos negócios da inteligência... do lado da mesa correspondente ao executivo. Aqui é um tanto diferente. Não dispomos do luxo do qual dispõem os comitês do Congresso, de dar pitaco sobre jogadas que já aconteceram. Acontece que estamos no campo, jogando, e temos de improvisar à medida que vamos.

— Uma estratégia sempre é preferível — acrescentou Stephanie.

O presidente disse:

— Joe, vá e consiga os seus mandados. Eu tenho de conversar com essas duas senhoras a sós. — Fez uma pausa. — Depois você e eu vamos ter aquela conversa.

O secretário saiu da sala.

— Ele é um homem de negócios — murmurou o presidente assim que a porta se fechou. — Não sabe nada sobre o trabalho da inteligência.

— Mas você sabe — disse Stephanie. — E é você que está no comando.

Somente ela poderia pressioná-lo tanto. Algum tempo atrás, durante outra operação crítica, os dois descobriram que nutriam sentimentos um pelo outro. Uma dessas revelações inesperadas que, sensatamente, tinham guardado para si mesmos. O casamento de Daniels terminara, mas continuaram juntos por algum tempo, existindo apenas como uma ilusão para o público. Nenhuma mágoa ou rancor restara para qualquer um dos dois, apenas a constatação de que quando este segundo mandato terminasse, Danny Daniels estaria solteiro. E as coisas entre eles poderiam então mudar.

Mas não antes disso.

— A falha foi minha — disse ele —, mas Cotton está bem, não está?

Ela assentiu.

— Não posso dizer o mesmo quanto aos vinte milhões de dólares e os outros nove homens que morreram.

— Somente há poucas horas fui informado de que sabíamos que Kim ia tentar roubar o dinheiro. Joe decidiu manter esse pedacinho de informação para si mesmo. Vocês deveriam ter sido prevenidas quanto a todos os riscos.

— E por que não fomos? — perguntou Harriett.

— Aí é que está. Acho que Stephanie tem razão. Pode realmente ter sido proposital por parte de Joe.

Essa admissão a surpreendeu.

— Kim está atrás do quê? — perguntou Stephanie.

— É complicado.

— É o que Joe vem repetindo — disse Harriett.

Stephanie apontou para as páginas impressas que estavam em cima da mesa.

— Você já leu *A ameaça patriótica*?

— Cada palavra, e o autor não é um idiota.

— É um sonegador de impostos foragido — disse Harriett.

— Isso ele é. Mas algumas coisas que ele diz fazem sentido.

O presidente procurou dentro de sua jaqueta, tirou uma nota de um dólar e a depositou sobre a mesa.

— Olhem o verso.

Stephanie virou a nota.

Linhas tinham sido traçadas sobre o Grande Selo.

— Eu as desenhei — disse o presidente.

Ela examinou a estrela de seis pontas.

— Qual é o significado?

— Verifique as letras nos vértices dos triângulos.

Ela o fez.

A S O N M.

— É um anagrama — observou o presidente. — Da palavra *Mason*.

— Você não acha seriamente que os maçons estão envolvidos nisso — disse Harriett. — Quantas vezes ouvi dizer que eles controlam secretamente este país. Isso é totalmente absurdo.

— Concordo. Mas a palavra *Mason* se forma com junção dessas letras. Isto é um fato. E que, coincidentemente, também forma uma estrela de seis pontas.

— Ou estrela de davi — murmurou Stephanie.

— Uma coincidência danada, você não diria?

— Como ficou sabendo de tudo isso? — perguntou Stephanie.

— Esses documentos sigilosos que Paul Larks copiou. Eles mencionam outra nota de um dólar com linhas desenhadas nela. Larks falou de uma nota assim a Kim e a Howell.

— E como é que você sabe disso? — perguntou ela.

— Ontem eu li esses documentos sigilosos que o Tesouro possui, os que Larks copiou. A NSA também me forneceu transcrições de conversas entre Kim e Howell. Ao contrário do que Joe Levy está pensando, nem estou no escuro nem sou um idiota.

Mas ela ainda estava intrigada.

— Do que se trata tudo isso?
— Alguns meses atrás recebi uma carta de uma proeminente organização judaica. A respeito de um homem chamado Haym Salomon. Alguma de vocês já ouviu esse nome?

Nem ela nem Harriett tinham ouvido.

Então, ele contou para elas.

Salomon nasceu na Polônia, mas imigrou para Nova York em 1772. Era judeu, tinha estudado finanças, era fluente em diversas línguas, e tornou-se um banqueiro privado, empresário de seguros e membro de uma bolsa de commodities. Em 1776 havia três mil judeus vivendo em colônias americanas. Salomon foi membro ativo dessa comunidade e lutou por igualdade política. Rapidamente se tornou um patriota, apoiando a Revolução, e em 1778 chegou a ser preso pelos britânicos como espião e condenado à morte. Mas fugiu de Nova York para o reduto rebelde na Filadélfia, onde retomou sua carreira financeira.

A Revolução Americana foi financiada sem que houvesse uma base definível. Não existia uma taxação regular, nem empréstimos públicos. Não fora criado nenhum sistema fiscal para arrecadar receita, e o tesouro, mera ficção, estava vazio. Precisava-se constantemente de dinheiro para suprimentos, munição, alimentos, roupas, medicamentos e o pagamento dos soldados. Os estados deveriam supostamente cuidar das tropas que enviavam à luta, mas isso raramente acontecia. Os membros do Congresso Continental estavam sem dinheiro também. Seus cavalos eram rotineiramente recusados porque os cavalariços nas estrebarias não estavam sendo pagos. A moeda Continental raramente era aceita em algum lugar, geralmente considerada como desprovida de valor. A falta de dinheiro era o melhor aliado da Inglaterra, e muitos legalistas alegavam que a Revolução fracassaria quando os colonos não pudessem mais alimentar seu exército.

Em 1781 Haym Salomon atraiu a atenção de Robert Morris, o superintendente de finanças da recém-emplumada confederação de treze colônias. Ele foi convocado por Morris para corretar letras de câmbio para o novel governo americano. Foi o que ele fez, mas também estendeu pessoalmente empréstimos livres de juros a muitos dos Pais Fundadores e para oficiais do exército. Tornou-se o banqueiro e o pagador à França, aliado americano essencial, e converteu letras de câmbio francesas para a moeda americana, que financiaram soldados franceses que lutavam pela Revolução. Prestou os mesmos serviços à Holanda e à Espanha, mantendo à tona o embaixador espanhol depois que fundos da Espanha ficaram detidos pelo bloqueio britânico. De 1781 a 1784 seu nome apareceu cerca de cem vezes no diário de Robert Morris. Muitas entradas simplesmente diziam, Mandei chamar Haym Salomon.

No total, Salomon emprestou ao novo governo americano oitocentos mil dólares, sem os quais se teria perdido a Revolução. Ele nunca usou um uniforme ou brandiu uma espada, mas realizou um imenso serviço. Morreu sem um tostão, aos 45 anos de idade, em 1785. Toda a sua fortuna foi gasta a serviço do país que adotara. Uma mulher e quatro filhos sobreviveram a ele. Toda a documentação relativa aos seus empréstimos foi entregue por sua viúva ao tesoureiro da Pensilvânia. Mas subsequentemente essas garantias e certificados foram perdidos. Nenhum ressarcimento dessas dívidas jamais foi feito. Seu filho apresentou o caso repetidamente, de 1840 a 1860. O Congresso em 1813, 1849, 1851 e 1863 foi favorável a algum tipo de pagamento. Em 1925 efetivamente agiu para que os herdeiros de Salomon fossem ressarcidos.

Mas sua recomendação nunca aconteceu.

— A família dele tentou durante mais de cem anos que essas dívidas fossem honradas — disse o presidente. — Nunca foram. Não foram pagas até hoje. A desculpa oficial sempre foi que não havia documentação adequada a dizer que elas tinham existido.

— Parece ser uma boa desculpa — disse Harriett.

— Só que é mentira. O Congresso, em 1925, quis pagar aos herdeiros o que era devido. Uma recomendação foi feita em comitê, mas nunca foi votada em plenário. Por quê? O então secretário do Tesouro vetou a ideia. Seu nome era Andrew Mellon.

Stephanie começou a juntar os pontos.

— Se aplicarem os aumentos percentuais do índice de preços ao consumidor de 1781 a 1925, esses oitocentos mil dólares emprestados por Salomon viram um bilhão e trezentos milhões — disse Danny. — Mas essa é uma medição simples demais. Deixa de fora um bocado de valor. Se for usado o método do valor aquisitivo do trabalho, que mede quanto um trabalhador teria de empregar em 1925 para comprar as mesmas mercadorias que valiam oitocentos mil dólares em 1781, chega-se a oito bilhões e meio. O orçamento federal de 1925 era ao todo de dez bilhões, e isso com quatrocentos milhões de déficit. Então dá para ver por que Mellon matou a ideia. O pagamento integral literalmente quebraria o país.

— E que importância isso tudo ainda tem? — perguntou ela. — Os Estado Unidos têm ativos no valor de trilhões, e certamente esse valor é negociável.

— A dívida hoje valeria dezessete bilhões usando um simples método de indexação pelos preços ao consumidor, mas trezentos e trinta bilhões pelo método do valor do trabalho.

— De novo, é negociável, não é insuperável, e certamente não vale tudo isso.

— Howell, aí, nesse livro, acha que Andrew Mellon achou ou recebeu os documentos que supostamente foram perdidos pelo tesoureiro da Pensilvânia. Ele os escondeu e os usou para chantagear três presidentes dos Estados Unidos. Foi assim que manteve seu emprego por tanto tempo.

— Isso com certeza parece plausível — disse ela. — Mas nunca saberemos se é ou não verdade.

— Na realidade, poderíamos descobrir a verdade. A carta que recebi pedia que eu investigasse a dívida de Salomon. O grupo achava que os herdeiros mereciam alguma coisa. E eu concordo, eles merecem. Então, pedi ao Tesouro que examinasse a questão. A tarefa foi confiada a Paul Larks. E aí abriram-se as portas do inferno.

— Larks achou alguma prova da dívida? — perguntou ela.

— Acho que sim, e provavelmente também tropeçou em algo ainda maior.

— Então por que simplesmente não descobrir o que foi? Toda essa gente trabalha para você.

— Gostaria que fosse tão simples. Preciso de vocês duas nisso. Deus sabe que o Tesouro não consegue cuidar dessas coisas. Preciso da minha melhor equipe.

— Saindo do banco de reservas? — disse ela. — Com o placar desfavorável?

— Você tem realizado seus melhores trabalhos entrando no meio do jogo.

— Bajulação não funciona — disse ela, acrescentando um sorriso.

— Mas não pode machucar. — Ele a fitou nos olhos. — Stephanie, este é diferente. Aconteceu muita coisa nas últimas quarenta e oito horas. Tenho um mau pressentimento. Eu e Joe Levy estamos prestes a ter uma conversa crucial. Ele não será mais um problema. Mas precisamos que Cotton encontre para nós algumas respostas.

Ela sabia qual era a resposta certa.

— Vamos conseguir.

Ele apontou um dedo para ela.

— Eu vim para poder ouvir isso. Primeiro, no entanto, quero que vocês duas escutem uma coisa. Depois, Stephanie, preciso que você me leve a um lugar. Harriett, é aí que você cai fora.

— Sem problema. Tenho muitas outras coisas a fazer. E é para isso que temos o Billet.

— Mas gostei de ver como vocês estavam atentas — disse ele. — Bom trabalho, esse de expor e escancarar as movimentações do Tesouro.

Mas Stephanie ainda queria saber.

— Por que eu estou levando você a algum lugar?

— Porque o Serviço Secreto não vai deixar que qualquer um me leve por aí.

Capítulo 21

VENEZA

Kim movimentava-se com facilidade e intencionalmente se manteve para trás, seguindo o americano Malone pela rampa de desembarque e pela área de controle de bagagem. Hana estava à sua frente, mais perto de onde caminhava a mulher com a bolsa Tumi, agora ambas do lado de fora, na manhã azul-dourada, num movimentado cais de concreto no qual estavam atracados táxis aquáticos. Parecia que em toda parte havia pessoas se movendo, subindo em barcos, pegando bagagens, ordens sendo gritadas e depois obedecidas. Antes de sair do navio de cruzeiro, ele hesitou por tempo o bastante para ver Malone descer por uma das duas escadas circulares e desembarcar também. Ele ficou surpreso ao vê-lo. Aparentemente o esquema para envolvê-lo com a morte de Larks não tinha funcionado. Estaria ele também seguindo a mulher com a bolsa? Difícil dizer. Mas ele tinha de saber. Então, Kim se misturou à multidão e acompanhou o americano.

Ele observou a movimentação de Malone, que estava claramente seguindo a mulher com a bolsa. Hana continuava na frente à sua esquerda, no cais que se prolongava vinte metros à frente, depois em ângulo reto e mais trinta metros em direção à lagoa. Todo o cais ficava no fim de uma enseada artificial onde também estava o navio de cruzeiro, ancorado à sua direita. Ele sabia que Hana ia seguir a mulher qualquer que fosse o barco que ela escolhesse, para chegar a ela de um jeito ou de outro. Nenhum corrimão protegia a parte externa do cais, os barcos atracavam em qualquer espaço disponível por toda a sua extensão e passageiros iam e viam.

Uma mulher caiu da beira do cais para dentro d'água.

No meio da confusão ele não viu como isso tinha acontecido. Pessoas reagiram, mas pouco podiam fazer, o cais estava dois metros acima da linha d'água. A mulher voltou à superfície entre os barcos, e um dos pilotos foi ajudá-la. Esse momento de distração o fez perder de vista a bolsa.

Ele procurou na multidão.

Então a mulher que a levava reapareceu.

Ela quase esbarrou nele quando passou correndo em direção ao terminal do cruzeiro.

Malone mantinha-se focado tanto na jovem quanto em Isabella Schaefer. Um homem com um boné e um suéter roxo tinha empurrado Schaefer intencionalmente, arremessando-a da beira do cais. A ação ocorrera num instante, mas fora suficiente para tirar o Tesouro da jogada e alertá-lo para a identidade do atacante. Anan Wayne Howell. Não havia dúvida. Tinha a imagem do homem congelada no cérebro. E apesar do boné que ele usava para ocultar as feições, Malone tinha visto o bastante para uma confirmação.

Schaefer voltou à superfície e parecia estar bem.

A mulher com a bolsa Tumi não perdera um segundo, revertendo seu percurso e dirigindo-se de volta para o terminal. Segui-la? Ou ir atrás de Howell? Suas ordens eram achar Howell. Até agora lhe parecera que a mulher seria a melhor maneira de alcançar esse objetivo. Seus olhos percorreram a multidão e localizaram Howell, caminhando apressado pelo cais entre os passageiros, sem o boné, um fino tufo de cabelo preto agora visível.

Malone pedia licença e abria caminho entre as pessoas, que se concentravam nos táxis aquáticos, às cotoveladas. Foi momentaneamente atrasado por uma pilha de bagagens que estavam sendo baixadas para um dos barcos. Howell estava agora a uns bons sessenta metros de distância, do lado mais distante, percorrendo a longa orla

em direção à lagoa. Um barco se aproximou e Howell saltou para dentro dele. O veículo deu uma guinada para a esquerda e retornou.
Ele ouviu um assobio.
Depois outro.
— Meu velho.
Virou-se.
Luke Daniels estava na água, ao leme do mesmo barco da véspera. Dois outros barcos impediam o acesso de Luke ao cais. Malone pulou para a proa do primeiro, depois correu sobre o teto baixo de madeira que protegia os passageiros do sol e de jatos d'água. Saltou para o outro barco e fez o mesmo que no anterior. Luke estava esperando junto à popa do segundo barco, e ele saltou para o convés, caindo ao seu lado.
— Que timing — disse ele. — Você sabe o que fazer.
— Pode crer.
Luke reverteu a marcha, manobrou para se afastar da confusão, depois virou bruscamente para a direita e acelerou os motores.

Isabella estava com raiva e também envergonhada. Tinha sido empurrada intencionalmente. Pior, a mulher com a bolsa já teria sumido há muito tempo. Um dos operadores de táxis aquáticos a ajudou a subir em seu barco. Sentou-se no deque, pingando água, depois se recompôs e pulou de volta para o cais.
Maldição. Maldição. Maldição.
Um erro de principiante.
Sua ansiedade havia vencido. Tanto que tinha parado de pensar como uma experiente agente do governo.
E pior.
Os documentos agora poderiam estar perdidos.

Kim deixou que a mulher com a bolsa passasse por ele, sem lançar um só olhar que demonstrasse interesse. Continuou a ir em frente e viu a mulher que tinha caído na água ser alçada a bordo de um dos barcos. Parou e olhou para trás, vendo que Hana continuava a perseguir seu alvo.
Recuou para dentro da multidão e percorreu o caminho de volta do cais movimentado para a estação de ônibus e de táxis terrestres,

para onde se dirigiam Hana e a mulher. Não tinha visto o que acontecera com a pessoa que havia caído na água, mas isso era uma coisa fácil de acontecer. Não existia um corrimão protegendo a margem externa e havia muito mais gente por lá do que deveria. Passado o terminal do cruzeiro, seu alvo com a bolsa ignorou qualquer meio de transporte terrestre e continuou a andar, deixando o local. Havia pouca gente na calçada, assim segui-la poderia ser um problema.

Encontrou Hana, perto de um grupo de pessoas.

— Para onde ela está indo? — sussurrou em coreano, mantendo os olhos fixos na mulher à medida que ela se afastava.

As opções eram poucas. Indo para a cidade, certamente era uma delas. O início do setor da ilha somente para pedestres, que correspondia a noventa e nove por cento do terreno, era logo depois do terminal do cruzeiro. A ponte que levava ao continente estava a algumas centenas de metros de distância, o que também tornava possível se valer de um carro. E havia a estação de trem, talvez meio quilômetro ao norte.

A mulher atravessou a rua e dobrou à esquerda.

Então ele soube. As balsas. O terminal estava à vista, a cem metros de distância.

— Não temos escolha — disse ele calmamente. — Fique com ela.

Os olhos castanhos de Hana o fitaram de volta. Ele frequentemente se perguntava o que se passava naquela mente perturbada, pois suas palavras eram tão escassas e cuidadosamente escolhidas que não havia como saber exatamente o que estava pensando. Será que ela o odiava? O amava? O temia? Ele nunca tinha elevado a voz ou sido duro com ela, sempre assumindo posturas e feições que só indicassem sentimentos de afeto. Tudo que ela sempre fez foi agradá-lo, nunca falhando, sempre solícita.

Como uma boa filha.

Ele assentiu.

E ela partiu.

Capítulo 22

WASHINGTON, D.C.

Stephanie ficou impressionada com a eficiência do presidente ao computador. Danny Daniels não era tido como bom com tecnologia.

— Você tem tido aulas? — perguntou ela.

Ele tinha dado boot no laptop e manipulava o touchpad abrindo os programas que queria e ativando um pen drive que tinha tirado do bolso e inserido na máquina.

— Não sou um incapaz — disse ele. — Logo serei ex-presidente. E ninguém dá a mínima para esse tipo de sujeito. Preciso cuidar de mim mesmo.

— E quanto a todos os agentes do Serviço Secreto que você vai ter pelo resto da vida? — perguntou Harriett. — Estou certa de que eles poderão ajudar.

Harriett tinha se levantado para ir embora, mas Danny lhe havia pedido que ficasse mais alguns minutos.

— Não quero levá-los comigo — disse ele. — Vou seguir o exemplo de Bush pai e recusá-los. Não vejo a hora de ter paz e tranquilidade.

Stephanie duvidava disso. Este homem não fazia o tipo de ficar sentado sem fazer nada. Toda a sua vida ele tinha passado sob os holofotes. Começara em nível local, no Tennessee rural, depois se mudara para a mansão do governador, para o Senado dos Estados

Unidos e finalmente para a Casa Branca. Décadas de serviço público, uma crise após outra. Ele era ótimo sob pressão — ela tinha presenciado isso muitas vezes. E também era capaz de tomar uma decisão. Certa ou errada. Boa ou ruim. Ele fazia uma escolha.

— Todo mundo sabe das gravações de Nixon na Casa Branca — disse ele. — Mas na época em que ele fez isso, o truque já era coisa antiga. Tudo começou com Franklin Delano Roosevelt.

Ele explicou como fora a campanha presidencial de 1940. Roosevelt queria algo sem precedente, um terceiro mandato, mas sua popularidade tinha declinado e o candidato republicano, Wendell Willkie, parecia ganhar força. Tinha havido problemas com citações erradas nos jornais, principalmente de pessoas presentes em inúmeras reuniões realizadas no Salão Oval. Então um estenógrafo da Casa Branca teve uma ideia. Instalar microfones de escuta no local. Desse modo não haveria discussão sobre o que fora dito. Na época a empresa de eletrônicos RCA estava testando um novo dispositivo, uma máquina de gravação e filmagem contínuas, que alimentava o som em trilhas de filmes de cinema, e que podia memorizar um dia inteiro de conversas, imediatamente disponíveis para serem reproduzidas.

— O avô dos dispositivos de gravação atuais — disse ele. — A RCA doou uma dessas máquinas e eles a instalaram num quarto trancado, debaixo do Salão Oval. O microfone foi escondido num abajur na mesa de FDR. Ele usou o sistema durante quatro meses, de agosto a novembro de 1940. Gravou coletivas de imprensa, reuniões privadas, conversas casuais. O público não soube que isso existia até a década de 1970.

Ela percebeu a qualificação. *O público.*

— Mas outros sabiam?

Ele assentiu.

— As gravações foram armazenadas na biblioteca de FDR, em Hyde Park. Mandei alguém lhes fazer uma visita e eles encontraram uma muito interessante. Então, digitalizei a informação num pen drive.

— E por que você faria isso? — perguntou Harriett.

— Porque um mais um sempre dá dois. Essa nota de um dólar me deixou intrigado, então fui pesquisar. Podem me chamar de inquisitivo, e graças a Deus por isto. Essa característica salvou minha pele mais vezes do que sou capaz de contar.

Os três continuavam sozinhos, o secretário do Tesouro ainda com o juiz, obtendo os mandados de vigilância.

— Em 23 de setembro de 1940, FDR teve uma conversa no Salão Oval com um de seus agentes do Serviço Secreto. Um homem chamado Mark Tipton. Era um dos três que ficavam com ele o dia inteiro, revezavam em turnos de oito. Ele e o presidente ficaram especialmente próximos um do outro. Tão próximos que Roosevelt lhe confiou uma missão.

Danny deu um toque no touchpad.

— Ouçam isto.

FDR: *"Preciso de sua ajuda. Se pudesse fazer isso sozinho eu faria, mas não posso."*

Tipton: *"Claro, senhor presidente. Ficarei contente de fazer o que me pedir, seja o que for."*

FDR: *"É uma coisa que o miserável do Andrew Mellon me deixou na véspera do Ano-Novo, em 1936. Eu tinha esquecido, mas Missy lembrou-me outro dia da folha que ele me deu. Eu a tinha amassado e jogado fora, mas ela a recuperou, junto com isto."*

Breve pausa.

Tipton: *"Quem desenhou nesta nota de um dólar?"*

FDR: *"O Sr. Mellon achou por bem fazer isso. Bem à minha frente. Está vendo as linhas cruzando a pirâmide? Elas formam uma estrela de seis pontas. As letras nos cantos são um anagrama da palavra* Mason. *Quero que você descubra o que isso significa."*

Tipton: *"Pode deixar comigo."*

FDR: *"Mellon disse que a palavra se refere a uma pista histórica. Disse que homens do passado sabiam que um homem como eu – um aristocrata tirânico – iria aparecer um dia. Malditos enigmas. Eu os odeio. Devia ignorar este, mas não posso. E Mellon sabia disso. Ele deixou isto aqui para me levar à loucura. Ordenei uma investigação no Tesouro sobre este símbolo e as letras no Grande Selo, mas ninguém deu uma explicação. Perguntei se elas tinham sido postas ali intencionalmente quando o selo foi criado, em 1789. Tampouco souberam me responder isso. Sabe o que eu penso? Mellon só notou as letras e usou isso para tirar vantagem. Fez funcionar para o que estava fazendo. Ele sempre foi assim. 'O gênio por trás dos malfeitores muito ricos'. É assim que o chamavam. E tinham razão."*

Tipton: *"Isso representa algum tipo de perigo para o senhor?"*

FDR: *"Foi exatamente o que pensei no início. Mas já se passaram quatro anos e nada adveio disso. Então me pergunto se Mellon não estava só blefando."*

Tipton: *"Então por que perder tempo com isso?"*

FDR: *"Missy disse que eu não deveria ignorar. Mellon nunca foi de blefar. Ela pode ter razão. Na maioria das vezes ela tem, você sabe, mas não vamos deixar que nos ouça dizer isso. Ela está com o outro pedaço de papel, o que eu amassei. Ela entrou na sala aquele dia, depois que Mellon foi embora, e o recolheu do chão. Deus a abençoe. É uma secretária eficiente. Olhe para isso, Mark, e vejamos o que você acha. Supostamente isso tem a ver com dois segredos do passado do país. O meu fim. É o que Mellon disse que eles eram. A última coisa que aquele velho filho da puta disse foi que ele estaria esperando por mim. Pode imaginar arrogância igual? Ele disse ao presidente dos Estados Unidos que estaria esperando por mim."*

"Esperando o quê?"

"Acho que isso é o que devemos descobrir."

Alguns momentos de silêncio se passaram.

"Ele também citou Lorde Byron," disse Roosevelt. *"Uma estranha coincidência, para usar uma expressão, com a qual essas coisas se resolvem hoje em dia. É de Don Juan. Quero que descubra também o que isso significa."*

"Farei o melhor que puder."

"Sei que fará. E Mark, quero que isso fique entre nós dois. Investigue, mas relate tudo que descobrir somente a mim."

Danny retirou o pen drive.

— Há outras conversas como esta, em outros dias. Conversas casuais com assessores, nada de grande significado histórico, nenhum motivo para qualquer uma delas ter sido gravada. Os curadores da biblioteca me disseram que logo antes de todas elas, inclusive esta aqui, houve uma entrevista coletiva no Salão Oval. Estas eram sem dúvida gravadas. Os curadores acham que a equipe às vezes se esquecia de desligar a máquina e que esta conversa, como outras, foi gravada inadvertidamente.

— Então por que escondê-la? — perguntou Harriett.

— Na verdade, ela não foi escondida. As gravações foram encontradas acidentalmente na biblioteca de FDR, em 1978. São mantidas em arquivos de acesso restrito, não são disponíveis para inspeção pública. Esta aqui não tem muita importância, a menos que se saiba o que nós sabemos.

Stephanie estava ouvindo, fascinada. O tom de voz de FDR era cheio e ressonante, sua pronúncia, perfeita. Aquela voz que usava em particular pouco diferia da que usava em público. O que tinha ouvido fora uma conversa casual, descontraída com um membro de equipe muito próximo. Mas havia definitivamente um ar de conspiração.

Sua mente tentava analisar tudo.

— Isso começou — disse Danny — enquanto eu tentava reparar um erro. Todo o caso com Salomon me fascina. Paul Larks foi encarregado de fazer uma pesquisa básica. Ele era um servidor civil de carreira, não havia motivo para não confiar nele. Mas ele passou dos limites. Alegou ter havido uma elaborada trama para encobrir os fatos, e que Salomon tinha sido enganado. Disse depois que os contribuintes tinham sido enganados. Ficou tão insubordinado que Joe por fim lhe pediu que se aposentasse. Logo depois ele está falando com Kim Yong Jin, e Pyongyang está indo à loucura. Aí vocês duas entram em cena indo atrás de Howell, que também tem conexão com Larks. É um danado de circo com três picadeiros.

— Que chamou a atenção do presidente dos Estados Unidos — disse Stephanie.

— Chamou mesmo. Mas não estamos totalmente no escuro. Juntando esta gravação com o que Howell escreveu, sabemos agora que Mellon deixou com FDR uma nota de um dólar e um papel amassado na véspera do Ano-Novo, em 1936. Sabemos também que pouco depois o Tesouro investigou todo o redesenho de dólar em 1935. Antes disso o Grande Selo dos Estados Unidos não aparecia na nota de um dólar. Foi acrescentado em 1935 pelo próprio Roosevelt. No entanto, aparentemente Mellon tirou vantagem dessa decisão presidencial. O fato é que as linhas desenhadas na nota formam a palavra *Mason*.

Havia algo mais. Stephanie pôde perceber isso em sua voz. Seu olhar encontrou o dele, e com os olhos, que ela aprendera a ler, ele dizia: *Agora não.*

Não aqui.

Então, permaneceu em silêncio.

Mas ele disse:

— Estou ansioso por saber como estão as coisas em Veneza. Enquanto isso façamos uma pequena pausa. Na gravação que vocês acabaram de ouvir, o homem com quem FDR estava falando, Mark Tipton, está morto há muito tempo. Mas seu filho está vivo. Tem 74 anos e nós o encontramos ontem. Seu nome é Edward, e é para lá que nós dois estamos indo. Para falar com ele.

Stephanie teve de perguntar.

— Onde?

— Na casa dele.

— E por que você concordaria com isso?

— Porque é a única maneira de descobrirmos o que ele tem a dizer.

Capítulo 23

VENEZA

Malone ficou ao lado de Luke enquanto cruzavam a lagoa a toda, perseguindo o barco que Howell tinha tomado. Ele tinha ligado para Luke mais cedo de seu quarto e relatara que Larks havia morrido, que Isabella estava no cruzeiro, e o que tinha em mente para, talvez, encontrar a bolsa.

— Eles planejaram bem essa fuga — disse Luke. — Tiraram o Tesouro da jogada, sem dúvida.

— Descobriu alguma coisa sobre Schaefer?

— Você e ela têm algo em comum. Ambos têm uma baita reputação. Parece que Isabella é uma dessas garotas certinhas. Nunca quebra as regras. Para ela as coisas são certas ou erradas. Não existe muito cinza em sua vida em preto e branco. Uma dessas agentes tipo mamãe americana com sua torta de maçã que é realmente de dar nos nervos de qualquer um. Tinha algumas dessas quando eu era um *ranger*. Um pé no saco. Elas vão acabar fazendo com que você morra.

— E Schaefer?

— Fiquei sabendo que não são muitos que a querem como parceira. Um problema com a personalidade dela.

— Foi Howell quem a jogou na água — disse ele.

— Eu também o vi num relance enquanto ele corria. Sujeitinho atrevido. Parece que sabia tudo a respeito da Mulher-Maravilha.

— Você é rápido com os apelidos, não é?

— Este não fui eu quem inventei. É assim que a chamam lá em D.C. Pelas costas, é claro.

— Pelo visto Howell sabia mais do que nós.

— É, percebi isso. Mas o legal é que ele parece não saber sobre nós dois.

— Vamos deixar assim. Não se aproxime demais.

Eles estavam algumas centenas de metros atrás, em meio a um aglomerado de barcos que contornava o flanco sul de Veneza em direção ao Grande Canal e à Piazza San Marco. Um canal rochoso separava Veneza de Giudecca, uma faixa de terra em forma de banana que ficava não muito longe, ao sul da ilha principal. O tráfego estava pesado. Barcos e lentos *vaporetti* cruzavam a água por todos os lados, seus ouvidos estavam inundados dos ruídos de motores e de cascos estapeando a água. Dez dias atrás o navio de cruzeiro tinha percorrido essa mesma rota, indo para o sul, oferecendo aos passageiros vistas de tirar o fôlego. Oito dias depois, voltara pelo mesmo caminho. À sua esquerda, a proeminente presença barroca de Santa Maria della Salute dominava a entrada do Grande Canal. Mas o barco de Howell não fez a curva fechada para seguir naquela direção. Em vez disso, seu curso manteve-se firme em direção ao leste, paralelo à impressionante sucessão de torres e pináculos de Veneza. Ele semicerrou os olhos à claridade ofuscante e viu o Palácio Ducal e as duas icônicas colunas de granito vermelho e cinzento. Uma tinha o leão alado de São Marcos, atual padroeiro da cidade, no topo e a outra tinha São Teodoro, seu predecessor. A Piazza San Marco, logo atrás, fervilhava de visitantes. Mais gente percorria a orla, indo e vindo, num desfile sem fim. Mais um dia movimentado no ponto central do turismo.

O barco de Howell virou à esquerda e diminuiu a velocidade. Luke acompanhou a manobra, mantendo distância.

— Estão indo para um canal — disse ele.

Um que começava logo após o Palácio Ducal, e passava sob a Ponte dos Suspiros na direção norte, rumo ao interior da cidade.

— Cuidado aí — disse ele. — Eles podem nos ver.

O canal só tinha dez metros de largura, margeado, em ambos os lados, por fileiras de velhas construções, a pedra desbotada pelo tempo. Tendo sido uma vez palácios prestigiosos, agora eram apartamentos, hotéis, museus, e lojas, alguns dos imóveis mais caros do planeta. Em Veneza não abundavam guindastes, arranha-céus, viadutos e túneis. Tempo e história reinavam lá.

— Sei que você não gosta de falar sobre essas coisas — disse Luke enquanto cruzavam lentamente o canal. — Mas tenho de perguntar. O que houve com Cassiopeia? Ela se acalmou?

Não, ele não gostava de falar sobre isso. Mas Luke estava lá, em Utah, e sabia de tudo, e por isso ele respondeu, dizendo a verdade:

— Ela foi embora.

— Sinto muito por isso. Sei que dói.

Ele ficou feliz com essa expressão de sentimento. Talvez a única coisa boa que lhe acontecera em toda aquela experiência fora a constatação de que suas emoções não estavam tão mortas assim. Tinha sentido atração, intimidade, até mesmo amor. E agora? O arrependimento e a saudade tinham se instalado nele.

— Por que simplesmente não pegamos esse cara? — perguntou Luke, apontando para a frente. — E acabamos com isso.

— Nós vamos. Mas primeiro quero observar.

— O velho está sabendo de alguma coisa?

— Larks foi morto por algum motivo. O roubo da noite passada aconteceu por algum motivo. Algo me diz que estão relacionados.

— E como você chegou a essa conclusão?

— Muitos anos lidando com essas palhaçadas.

— Nossa missão só diz respeito a pegar Howell.

— Desde quando? Você ainda vai aprender, moleque, que no campo de ação você pode fazer o que quiser. Ao contrário da Sra. Schaefer, fiz minha carreira quebrando regras.

Luke sorriu.

— Gosto da sua maneira de pensar.

O barco de Howell virou à esquerda e desapareceu. Eles avançavam lentamente, e Luke manobrou, dobrando na mesma esquina, agora atravessando a cidade, para oeste, em direção à extremidade da ilha onde ficava o terminal do cruzeiro.

Por que ele não ficou surpreso?

Kim atravessou a rua e caminhou para o terminal das balsas. Barcos que partiam dali levavam passageiros a outras partes da Itália, à Croácia e à Grécia. As balsas eram embarcações oceânicas, mais como navios de cruzeiro, equipadas com todas as comodidades, inclusive cabines.

A mulher com a bolsa Tumi entrou no terminal das balsas e Hana a seguia apressadamente. Ele continuou a caminhar, sem demonstrar pressa. Era apenas mais um passageiro indo sabe-se lá para onde. Olhou algumas vezes para trás e não viu ninguém vindo na direção deles. Sua única preocupação, Malone, tinha atravessado, equilibrando-se, os tetos de dois barcos com uma mochila pendurada num ombro antes de pular em outro barco para partir velozmente. Foi bom ter se livrado dele. Agora podia se concentrar na tarefa mais imediata.

Sua própria bagagem tinha ficado no terminal do cruzeiro e teria de ser recuperada. Mas ainda não sabia para onde iria enviá-la. Felizmente, não havia nada na bagagem que não pudesse ser substituído. Objetos de uso pessoal eram a menor de suas preocupações. Ele estava trabalhando para mudar tanto a sua vida como a vida do mundo. *Fazendo o impossível*, como Disney gostava de dizer. Para esse fim, ele empregaria todo tempo e todo dinheiro que fosse necessário, que se danassem seu pai e seu avô. Um dia haveria *mais* do que quinhentas estátuas em sua homenagem. E ele não teria de mandar embalsamar seu corpo e exibi-lo debaixo de vidro como uma atração secundária. Daqui a séculos as pessoas pronunciariam livremente seu nome, a cabeça inclinada em reverência. Ele se tornaria o maior líder da Coreia do Norte. Seu pai, seu avô e seu meio-irmão seriam esquecidos. Quando tivesse terminado, retomar o sul seria simples. Na verdade, o sul poderia pedir efetivamente a reunificação, pedido que ele atenderia com satisfação. Como seria bom eliminar a zona desmilitarizada e ver o exército americano deixar a Coreia para sempre. O que, se tudo corresse como esperado, ele não teria outra escolha, senão fazer.

Entrou no terminal e imediatamente localizou Hana em um dos balcões. Ela finalizou a operação e veio até ele, entregando-lhe dois bilhetes.

Ele leu qual era o destino.

Zadar. Croácia.

A balsa ia partir às nove e meia da manhã. Seu relógio marcava oito e cinquenta.

— Vou voltar e pegar nossa bagagem — disse. — Fique de olho em nosso tesouro.

Malone tratou de se orientar.

O percurso tinha sido relativamente reto, atravessando o setor norte de Veneza, e então, após uma ligeira curva no canal, à frente estava a ampla abertura do Grande Canal. O barco de Howell se desviou para a direita. Luke foi atrás. A velocidade aumentou quando contornaram outra curva no largo canal, que serpenteava do sul para o norte e de volta para o sul, tendo agora à sua direita a garagem de trens da ilha. Uma passarela projetava-se de uma lateral do prédio para terra firme, onde havia trilhos e vagões. O barco de Howell rodeou o terminal e saiu dentro da lagoa. Mas só percorreu uns cem metros antes de virar bruscamente à esquerda e mais uma vez à esquerda. E então estavam de volta ao porto do cruzeiro, no lado mais afastado do prédio principal, onde havia uma fileira de balsas atracadas junto a uma série de edificações.

— Ele deu uma grande volta — disse Luke. — Presumo que para certificar-se de que não havia ninguém interessado nele.

— Exatamente.

— Aparentemente eles não são muito bons no que fazem. Porque estamos aqui.

Luke não o seguiu para a lagoa. Não era necessário. De lá puderam ver perfeitamente Howell saltar do barco numa pequena doca.

— Pode me deixar aqui — disse Malone.

Estavam a cem metros do terminal das balsas. Teria de se apressar para não o perder de vista. E qual barco iria tomar?

— Fica com a minha mochila — disse ele.

— Quer a sua arma?

Ele sacudiu a cabeça.

— Se eu tiver de pegar uma dessas balsas, vai ter uma revista. Melhor ir sem ela. Vou manter você informado do que estiver acontecendo. Enquanto isso, procure saber da agente Schaefer e o que ela fará em seguida.

Luke fez uma continência.

— Sim, senhor.

Malone saltou em terra bem abaixo de uma estrada de acesso e subiu correndo por ela. Levou cinco minutos para chegar ao terminal das balsas. Diminuiu o ritmo, recobrou a respiração normal, e entrou. Havia muita gente circulando por ali. Seu olhar perscrutou cada rosto em rápida busca. Quatro balsas estavam atracadas lá fora, todas elas de bom tamanho. Então ele notou Howell, na fila para comprar um bilhete, com dez pessoas à sua frente. Um letreiro luminoso acima da bilheteria indicava a balsa para Zadar, na Croácia. Ele avançou e ocupou um lugar na fila, o sexto atrás de Howell. Próximo, mas não próximo demais. Quando Howell se aproximou do guichê para comprar seu bilhete, ele se inclinou para a frente e se esforçou para escutar, ouvindo apenas "Zadar". Nenhuma balsa de conexão. Olhou para um quadro iluminado e viu que o barco sairia em vinte minutos.

Voltou ao seu lugar na fila.

Quando chegou sua vez, comprou um bilhete idêntico.

Doze anos no Magellan Billet e nunca tinha estado na Croácia.

Havia uma primeira vez para tudo.

Kim puxava sua mala atrás dele. Hana fazia o mesmo com a dela. Juntos foram em direção à rampa de embarque na balsa para Zadar. O porto croata ficava quinhentos quilômetros ao leste através do mar Adriático. Ele estimou que a viagem levaria umas cinco horas, deixando-os em terra mais ou menos às duas da tarde. Hana tinha se antecipado e reservado uma cabine, para sua privacidade. Mas não havia perigo de que Howell o reconhecesse ou o associasse a alguma coisa, uma vez que nunca mostrara seu rosto ou usara seu verdadeiro nome, quer com Larks quer com Howell.

Caminharam para a rampa.

A mulher com a bolsa preta já tinha embarcado. Estavam a ponto de fazer o mesmo quando se deparou com dois homens. Um era

Anan Wayne Howell, o rosto reconhecível de seu website. O outro era o americano. Malone. Os dois estavam se dirigindo à embarcação.

Ele e Hana recuaram para se esconder atrás de uma larga coluna.

— Isso levanta uma porção de perguntas — murmurou.

Viu que Hana concordava com ele.

As coisas acabavam de mudar.

Os documentos *e* Howell estavam novamente em jogo.

— Venha, minha querida, parece que o destino sorriu para nós.

Capítulo 24

WASHINGTON, D.C.

Stephanie dirigia o carro, com Danny no banco traseiro. Na verdade, ele mesmo queria dirigir, mas ela recusou. Um carro com dois agentes do Serviço Secreto ia logo atrás deles. Uma viagem incomum, para dizer o mínimo, mas o presidente não deixara espaço para qualquer dúvida. Estava indo ver Edward Tipton, e sem a fanfarra que normalmente acompanha uma caravana presidencial. Ela conhecia o protocolo. Pelo procedimento padrão eram requeridos treze veículos, mais três carros da polícia local, para o controle do tráfego. Sempre se incluíam duas limusines idênticas à do presidente, juntamente com SUVs blindados para o Serviço Secreto, assistência militar, um médico, um pequeno grupo de choque, uma unidade para neutralização de materiais perigosos, a imprensa e os comunicadores. Uma ambulância ia na retaguarda. Todo esse cortejo formava um longo comboio preto com luzes piscantes e que chamava bastante atenção. Não aqui, no entanto. Tudo estava tranquilo naquele desfile de dois carros. Ajudava o fato de que era o meio da madrugada, as ruas sem trânsito, e era fácil sair de D.C. para a Virgínia rural e um pitoresco bairro de casas antigas.

— O Serviço Secreto gosta de contar a história — disse Daniels — de Clinton em Manila em 1996. Assim que sua caravana estava prestes a

se pôr a caminho, agentes que estavam num carro com alguns equipamentos pesados de escuta captaram uma conversa pelo rádio que mencionava um *casamento* e uma *ponte*. Eles pensaram que *casamento* poderia ser um código para um atentado terrorista, e mudaram a rota, que originalmente incluía uma ponte. Clinton ficou danado como o diabo com essa decisão, mas não passou por cima dela. Pois bem, quando os agentes foram até a ponte encontraram explosivos. Clinton escapou de uma boa. Mais cedo, eles me lembraram desse lance de sorte.
— E ainda assim deixaram você vir?
— Não é fantástico? Eu lhes disse que duvidava que alguém fosse matar um sujeito que está prestes a perder o emprego. Gosto disso. Tranquilo e privado. Vou curtir a vida de aposentado.
— O diabo que vai — disse ela. — Você vai deixar todo mundo louco.
— Inclusive você?
Ela sorriu pensando na possibilidade, depois perguntou:
— Como é que você descobriu esse filho?
— Dei uma busca depois de ouvir aquela gravação. O Serviço Secreto tem um arquivo sobre Mark Tipton. Ele era um bom agente. Serviu com distinção. Mas morreu há vinte anos. Seu filho morava nas proximidades, e aí fizemos contato e acertamos em cheio.
Ela sabia o que isso significava. O chefe de gabinete dele, Edwin Davis, tinha feito a busca toda.
— Onde está Edwin?
— Fazendo-me um favor. Eu o fiz trabalhar muito nestes últimos dias.
— Foi ele quem achou a gravação feita em Hyde Park?
— Foi. Não tem como tirar esse cão de caça do rastro.
— E que favor ele estaria fazendo a você a estas horas da madrugada?
— Coisa de presidente. Ele logo vai nos encontrar. Isso com Tipton eu tenho de fazer sozinho.
— Só que você não está sozinho.
— Gosto de incluir você na definição de *eu*.
Apenas na privacidade de um carro, com apenas os dois, palavras como essas podiam ser ditas. Nunca acontecera entre eles qualquer

coisa imprópria, mas ela ansiava por explorar as possibilidades do que haveria mais adiante.

Acharam a casa, que tinha luzes acesas em vários aposentos do andar térreo. O homem que atendeu às suas batidas na porta era baixo, e seu aspecto denotava claramente a idade — rosto macilento, cabelo espesso, mãos com veias salientes. Mas seu sorriso parecia ser genuíno e os olhos não demonstravam fadiga.

Eles se apresentaram.

— Eu lhe agradeço por nos receber a esta hora — disse o presidente —, e a um pedido com tão pouca antecedência.

— Com que frequência o presidente dos Estados Unidos vem à sua casa? É uma honra.

— Mas você não parece estar muito impressionado — disse Danny.

— Sou um idoso, senhor presidente, que já viu e ouviu muita coisa. Meu pai protegeu presidentes durante quase toda a sua vida. Não me impressiono mais com muita coisa. Para sorte sua, no entanto, sempre fui uma pessoa da noite. Nunca dormi muito. Meu pai era igual.

No interior, Stephanie captou a sensação cálida e acolhedora que vinha do assoalho de madeira escura, da mobília desgastada e dos tapetes puídos. Muitas fotografias emolduradas adornavam as mesas e a cornija da lareira. Nenhum computador ou celular à vista, no entanto, apenas uma TV de tela plana. Mas havia muitos livros em estantes e quatro empilhados na mesinha ao lado da poltrona reclinável de Tipton. Aparentemente o homem era um tanto antiquado.

Sentaram-se num cômodo pouco iluminado.

Tipton moveu-se com dificuldade para sua cadeira.

— Quando seu chefe de gabinete apareceu à minha porta ontem, eu na verdade não fiquei muito chocado. Meu pai tinha dito que isso poderia acontecer um dia.

— Parece que seu pai foi um sujeito esperto.

— Ele serviu a Hoover, Roosevelt e Truman. Mas foi de Roosevelt que ele foi realmente próximo. Por ser deficiente físico, FDR sempre precisava que alguém fizesse coisas para ele.

Ela entendeu o que ele quis dizer. Coisas que não deviam ser mencionadas.

— Ouvimos uma gravação na qual seu pai e FDR conversam no Salão Oval.

— O Sr. Davis, ontem, deixou que eu a ouvisse também. Presumo que é por isso que estamos tendo essa conversa.

Ficaram em silêncio por um momento.

— O senhor tinha razão no que observou à entrada, senhor presidente — disse Tipton. — Não votei no senhor, em nenhuma das duas vezes.

Danny deu de ombros.

— A escolha é sua. Isso não me incomoda.

Tipton sorriu.

— Mas, devo dizer, o senhor acabou se mostrando um cara bem decente.

— Meu mandato está quase no fim.

— Isso acontece. Presidentes vêm e vão.

— Mas servidores civis ficam, certo?

— É o que meu pai costumava dizer.

— Por que você não quis conversar na Casa Branca? — perguntou Danny.

O homem mais velho deu de ombros.

— Meu pai me disse que se alguém porventura quisesse discutir isso, que o fizesse em particular. Duvido que qualquer coisa que ocorra na Casa Branca seja alguma vez particular.

— É o proverbial aquário.

— O senhor sabe o que aconteceu no dia em que Roosevelt morreu? — perguntou Tipton. — 12 de abril de 1945.

— Somente o que li nos livros de história.

— Há coisas que não vão encontrar nesses livros. Coisa que apenas as pessoas que estavam lá naquele dia sabem. FDR estava na Geórgia, em Warm Springs, para descansar por algumas semanas. Meu pai estava com ele.

Mark Tipton observava enquanto o Dr. Bruenn terminava seu exame diário do presidente e perguntava ao paciente:
   — Como está se sentindo hoje?
   — Fora uma dorzinha no pescoço, um pouco melhor que o de costume.
Roosevelt, de fato, tinha um aspecto melhor do que o de alguns dias atrás. Menos fatigado. Mais cor naquele matiz pálido que recentemente se mantinha,

doentio, exaurido de sangue e de forças. Mas o rosto continuava abatido, e ele continuava perdendo peso. Provavelmente não chegava a ter sessenta e oito quilos.

— Farei meu relatório usual à Casa Branca — disse Bruenn.

— Diga-lhes que ainda não estou morto.

E o presidente acrescentou um dos sorrisos que era sua marca registrada.

Mas todos sabiam que o presidente estava se esvaindo lentamente e que não havia força na terra que pudesse deter aquilo. Bruenn, um cardiologista da marinha, tinha dito baixinho na véspera, a uma distância que o presidente não pudesse ouvir, que o coração, os pulmões e os rins dele estavam todos entrando em falência. A pressão sanguínea continuava muito elevada. Com certeza um AVC era iminente. Mas a ilusão se mantinha. Fadiga era o diagnóstico dito a Roosevelt e ao país. Nada que algum descanso não pudesse curar. Mas Tipton sabia que não estavam enganando ninguém, especialmente Roosevelt. Tinha estado com o homem por tempo suficiente para notar os indícios. Como, recentemente, quando o presidente se aventurava a sair, seus acenos cordiais aos que o saudavam tinham se tornado inusitadamente débeis. Às vezes nem aconteciam. Nunca no passado FDR tinha ignorado o público. E nessa viagem o presidente tinha conspicuamente evitado ir até o centro de reabilitação mais próximo para nadar na piscina aquecida, o que sempre o deixava contente.

Bruenn foi embora e Roosevelt pegou um cigarro, enfiando-o na piteira que mantinha entre os dentes. Alcançou uma caixa de fósforos e acendeu um deles, mas sua mão tremia descontroladamente. Tanto que não conseguiu levar a chama à ponta do cigarro. Tipton queria ajudar, mas se conteve. Isso não era permitido. Viu quando Roosevelt abriu a gaveta da escrivaninha à sua frente e apoiou o cotovelo dentro dela, e depois a fechou parcialmente, o que ajudou a manter a mão firme. Os tremores definitivamente tinham piorado.

Mais um mau sinal.

Roosevelt curtiu algumas tragadas de nicotina. O presidente usava sua gravata de Harvard e uma capa azul-marinho, pronto para posar durante algumas horas para um retrato seu que estava sendo pintado. A artista era amiga de Lucy Rutherford. As duas tinham vindo da Carolina do Sul e Roosevelt parecia estar contente por Lucy estar lá. Conheciam-se havia muito tempo, e seu relacionamento foi o motivo pelo qual o presidente e Eleanor viviam vidas separadas. Roosevelt tinha prometido em 1919 que ia pôr fim ao caso, mas não mantivera a promessa. E estava claro para todos, inclusive Tipton, que Lucy tinha trazido à sua vida uma alegria sem a qual não poderia viver.

— Mark, como está o tempo? — perguntou FDR.

— Mais um dia quente de primavera típico da Geórgia.

— Era exatamente disso que estávamos precisando, não era? Chegue mais perto, quero lhe mostrar uma coisa.

A Pequena Casa Branca era uma casa simples feita de ripas brancas e resistente pinho da Geórgia. A área coberta do imóvel não chegava ao tamanho do vagão Pullman que trouxera o presidente ao sul. Havia três quartos, dois pequenos banheiros, uma cozinha e um hall de entrada, todos conectados a um salão central que dava para um deque. A decoração rústica era dominada por tapetes pendurados e móveis de um pinho nodoso. Duas outras casas acomodavam hóspedes e funcionários. Um único caminho não pavimentado servia de acesso para ir e vir. Roosevelt tinha escolhido pessoalmente sua localização no topo de uma colina e insistira naquele projeto espartano, desenhando ele mesmo a disposição.

Sobre a mesa diante do presidente, Tipton via novamente a nota de um dólar com as marcações em vermelho, a mesma de cinco anos antes, junto com a mesma folha amassada de papel que vira pela primeira vez em 1940. Roosevelt tinha começado a rabiscar anotações num bloco. Ele notou uma mudança na caligrafia no papel, a escrita no topo firme e legível, a parte de baixo cheia de ângulos e pontas, quase ilegível.

Mais efeitos dos tremores.

— Antes de as senhoras chegarem e de eu posar para o retrato — disse Roosevelt —, vamos ter você e eu uma de nossas conversas.

Volta e meia eles trabalhavam nesse quebra-cabeça desde 1940, quando Roosevelt pedira sua ajuda pela primeira vez. Tipton tinha feito o que podia, intrigado com o desafio de Andrew Mellon, mas história não era seu forte e o enigma continuara sem resolução. Principalmente porque o presidente não lhe permitira requisitar ajuda de ninguém de fora.

— Puxe esse caixão mais para perto — disse Roosevelt.

Todos tinham notado mais fatalismo recentemente. Muitas referências à morte, a maioria de brincadeira, mas ainda assim não características dele. Quando chegaram a Warm Springs, duas semanas antes, um grande caixote de madeira cheio de livros tinha vindo junto, e Roosevelt constantemente referia-se a ele como um caixão.

— Tenho lido esses livros — disse o presidente. — Sabemos que essas letras na nota de um dólar formam a palavra Mason. Tentei cada combinação possível, mas esta é a única palavra que estas cinco letras podem formar. Então, é mesmo Mason. Pode me passar esse livro ali de cima?

Tipton tirou o livro do caixote.

A vida de um patriota americano — *George Mason.*

— Tem de ser ele — disse Roosevelt. — Mellon disse que este papel é uma pista da história, de alguém que sabia que um homem como eu ia aparecer um dia. Um aristocrata tirânico. Ele com certeza se referia a isso como um insulto,

e Deus sabe que foi assim que eu o entendi. Mas ele insistiu que este era o ponto de partida. Abra o livro na página que eu marquei. Veja o que sublinhei.

Tipton fez isso.

Mason foi um dos três delegados da Convenção Constitucional que se recusaram a assinar o documento finalizado. Ele disse que a minuta, se adotada, implicaria um "poder perigoso" que ia acabar "em monarquia ou em uma aristocracia tirânica". Mason declarou: "Prefiro amputar minha mão direita do que a pôr na Constituição como ela agora se apresenta."

— E ele nunca a assinou — disse Roosevelt. — Mason disse que a Constituição não protegia o indivíduo e estava preocupado com a extrapolação do poder do governo. É claro, a Declaração de Direitos veio depois e resolveu tudo isso. Mas assim como Mason fez com os fundadores, Mellon tampouco aprovava o uso que fiz do poder. Ele efetivamente empregou essas mesmas palavras, aristocrata tirânico. Ele me disse que a história e Mason eram o início da busca. É uma quantidade incrível de enigmas, Mark, mas acho que se trata de George Mason. É a ele que Mellon se referia.

Roosevelt pegou a folha de papel amassada.

— Estou muito contente que Missy tenha guardado isso.

Missy trabalhara vinte e um anos como secretária particular de Roosevelt, cuidando de tudo. Havia quem dissesse que ela era mais do que uma funcionária, outra das muitas "relações particulares" do presidente, como as descrevia o Serviço Secreto. Infelizmente, Missy tinha falecido em julho do ano anterior.

— Estou lhe dizendo, Mark. Vamos nos concentrar em George Mason. Ele é o começo. Este caixão está cheio de livros e de anotações que fiz. Quero que você trabalhe nisso e guarde todo esse material para mim, inclusive a nota de um dólar e a folha de papel. Já ficaram comigo por tempo suficiente.

— Senhor, posso perguntar por que isso ainda é tão importante?

— Não era. Realmente, nem um pouco. Mas a guerra está chegando ao fim. Logo tudo estará terminado. A Depressão acabou. Finalmente estamos de volta a uma situação segura. Então me vi pensando no futuro e no que devemos fazer com ele. Mellon estava bastante certo de que este pedaço de papel seria o meu fim. Ele disse isso explicitamente. O meu fim. Ele queria que eu perdesse tempo, fosse atrás disso, mas não o fiz. Com as coisas começando a se acalmar, agora estou curioso. O que esse filho da puta deixou para que encontrássemos? O que é tão importante? Ele disse que havia dois segredos. Quero saber quais são. Então, guarde isso.

— Farei isso, senhor.

Ouviram sons que vinham da sala de estar.

— *Parece que as senhoras chegaram e que vou posar para o retrato. Soube que depois teremos um piquenique e que está sendo preparada uma grande panela de ensopado Brunswick.*

— *Era para ser uma surpresa.*

Roosevelt deu uma risadinha.

— *Eu sei. Então não vamos tocar no assunto.*

O presidente terminou de fumar seu cigarro, depois ajustou a capa em seus ombros.

— *Leve-me para lá. Não posso deixar as senhoras esperando.*

— Duas horas depois, um vaso sanguíneo se rompeu em seu cérebro e pouco depois disso Franklin Delano Roosevelt estava morto — disse Tipton.

— O que foi que Mellon deixou para que encontrasse? — disse Danny, a voz denotando entusiasmo. — Esses dois segredos?

Stephanie também estava ansiosa para saber.

— Não tenho ideia. Meu pai nunca descobriu. E aquele caixote de livros está aqui em casa há muito tempo.

— Nunca ninguém fez perguntas sobre isso? — perguntou Danny.

Tipton balançou a cabeça.

— Vivalma, e assim meu pai presumiu que ninguém, a não ser ele mesmo, sabia nada sobre isso. No entanto, com relação àquele pedaço de papel a história foi outra. Henry Morgenthau veio procurar meu pai alguns dias após eles terem enterrado FDR. Parecia saber de tudo que Mellon tinha feito. Aparentemente o presidente tinha contado a ele também.

Ela conhecia a história. Morgenthau tinha trabalhado como secretário do Tesouro durante quase todos os doze anos de mandato de Roosevelt. Talvez fosse o amigo e conselheiro mais próximo que Roosevelt tivera.

— Morgenthau perguntou sobre a folha de papel amassada. Queria saber onde poderia estar. Então, meu pai a entregou a ele. Ele não perguntou sobre o caixote de livros nem sobre a nota de um dólar.

— Podemos ver a nota? — perguntou Danny.

— Achei que o senhor ia querer ver, por isso eu a deixei separada.

Tipton abriu o livro que estava no topo da pilha sobre a mesinha e entregou a Danny uma velha e desbotada nota.

Ela viu as seis linhas que formavam uma estrela de seis pontas, unindo as letras que formavam a palavra *Mason*.

Igual à que Danny tinha feito.

— Segundo o meu pai — disse Tipton —, o próprio Mellon desenhou essas linhas e entregou a nota a FDR. Dá para ver que é uma emissão autêntica de 1935. Não temos mais notas como essa.

Ela já tinha notado a maior das diferenças. Acima do ONE não estava impresso IN GOD WE TRUST. Isso havia mudado na década de 1950.

— Seu pai descobriu algo a respeito desta nota? — perguntou Danny. — Algum detalhe?

Tipton balançou a cabeça.

— Tinha alguma ideia a respeito da folha amassada?

— Ele me disse que o que havia nela não fazia sentido. Só algumas fileiras de números aleatórios.

Stephanie soube na mesma hora.

— Um código.

Tipton assentiu.

— Era isso que Roosevelt achava.

— Por que não pediram a um criptógrafo que o decifrasse? — perguntou Danny.

— FDR não queria mais ninguém envolvido, exceto ele e meu pai. Ao menos foi isso que ele lhe disse. Foi só mais tarde que meu pai se deu conta de que Morgenthau também sabia alguma coisa.

— Os números podem ser cifras que substituem outras cifras — disse ela. — Foi um tipo de código popular entre as duas guerras. Os números representam letras, que formam palavras. Mas é preciso ter a chave com a qual o código foi montado. O documento gerador. Sem ele, há pouca ou nenhuma chance de se quebrar as cifras. Por isso é tão efetivo.

— Onde está o caixote? — perguntou o presidente.

Tipton apontou.

— No armário do corredor.

— Você tem alguma ideia de com o que estamos lidando? — perguntou Danny. — Qualquer coisa?

Tipton balançou a cabeça.

— Depois que Roosevelt morreu e Morgenthau levou a folha de papel amassada, meu pai nunca mais procurou saber disso novamente. Parecia não ser importante mais. Ninguém mais tocou no assunto, e meu pai só guardou o caixote. Eu o tenho desde que ele faleceu. Ninguém, até ontem, me perguntou sobre ele.
— Não preciso dizer que...
Tipton ergueu a mão interrompendo a advertência do presidente.
— Guardo este segredo há muito tempo, posso continuar a fazê-lo.
Stephanie tinha mais perguntas, mas uma batida na porta da frente rompeu o silêncio. Um dos agentes que tinha ficado do lado de fora?
Tipton levantou-se e foi atender.
O primeiro homem que entrou na casa era Edwin Davis, chefe de gabinete da Casa Branca. Era um homem bem-apessoado, mais ou menos da idade dela, vestido com seu costumeiro terno escuro, rosto alerta e bem barbeado, em nada indicando que era o meio da noite. Ele reconheceu a presença dela com um sorriso e uma piscadela. Tinham passado por muita coisa juntos e eram amigos próximos.
Davis se apresentou ao seu chefe e disse:
— Ele está aqui.
Ela olhou de relance para o presidente.
— Quando marquei esta reunião, perguntei ao Sr. Tipton se poderíamos tomar emprestado seu lar para outra conversa que eu precisava ter com privacidade. Ele gentilmente concordou.
— Estou indo para a cama, senhor presidente — disse Tipton. — Por favor apaguem as luzes e fechem a porta quando saírem.
— Farei isso. Mais uma vez, obrigado.
— Meu pai não esperaria de mim outra coisa.
O homem mais velho foi até uma escada e subiu por ela.
O homem que entrou depois pela porta da frente tinha uns 50 anos e feições asiáticas. Seu espesso cabelo preto era longo e cortado com estilo. Usava um terno sob medida — Armani, se é que ela não estava enganada —, paletó abotoado na frente, sapatos de cordovão polidos até que refletissem.
Ela conhecia aquele rosto.
O embaixador nos Estados Unidos.
Da República Popular da China.

Capítulo 25

VENEZA

Isabella estava logo na entrada do terminal do cruzeiro, perto do posto da alfândega. Passageiros continuavam a sair do prédio, arrastando suas bagagens atrás deles. Ela estava encharcada, envergonhada e com raiva. Felizmente, seu celular era à prova d'água, como era padrão no Tesouro. Não tinha conseguido ver o homem que a tinha jogado na lagoa, somente como estava vestido. Não queria fazer a ligação internacional, mas não tinha escolha. O secretário do Tesouro estava aguardando um relatório, e antes tinha deixado claro que um bom resultado da parte dela era imperativo.

— Os documentos foram perdidos? — perguntou ele quando ela terminou de falar. — É isso que você está dizendo?

— Meu palpite é que fomos descobertos, e quem me empurrou, seja quem for, está trabalhando com a mulher.

— Nem sabemos quem ela é?

— Ela só surgiu faz poucas horas. Mas se eu tivesse de adivinhar, diria que está trabalhando com Anan Wayne Howell.

Ela tinha lido as transcrições das ligações telefônicas e e-mails interceptados entre Larks, Howell e Kim. Embora Kim tivesse usado um pseudônimo quando se comunicou com os dois americanos, comparações entre as vozes realizadas na NSA confirmaram sua identidade. Originalmente, o plano do Tesouro tinha sido aproveitar essa viagem no exterior como a situação perfeita para resolver tudo, pois aqui não era preciso se preocupar com proteções constitucionais. Operações de inteligência no exterior possuíam poucas regras, ou nenhuma. Só resultados.

— Isso não é nada bom, Isabella. Você sabe disso, não sabe?

Ela também detestava o fracasso.

— Larks foi assassinado por algum motivo. Deve ter sido Kim quem fez isso. Malone acabou se metendo e Kim quis se livrar tentando o culpar pela morte de Larks. O lado bom da história é que também não acho que Kim esteja com os documentos. Então ele provavelmente está num dilema.

— Os documentos, Isabella, é disso que estamos atrás. É tudo que nos importa. Sinto que Larks esteja morto, mas foi ele quem escolheu fazer um acordo com o diabo. Só aconteceu o que acontece com as pessoas que fazem isso. Temos de recuperar esses documentos.

Ela era a única agente designada para essa missão. Tudo dependia dela.

— Achei o rastro antes. Posso achá-lo novamente.

Por alguns momentos só o silêncio lhe encheu os ouvidos.

— Está bem, continue. Mas outra agência está prestes a se envolver.

E ela sabia qual era.

— O Magellan Billet?

— Exatamente. Você é tudo que o Tesouro tem aí, Isabella. Isso tem de ser contido. Faça o que for necessário.

A ligação foi encerrada.

Maldição, ela tinha ferrado com tudo. Mas se antes tratava-se apenas de Larks e de Kim, agora uma nova provisão de personagens tinha aparecido em cena. Personagens demais para ela saber com certeza quem era quem, ou o que era o quê. Estava num voo cego, e isso nunca era boa coisa. Perfeição. Era o que seu chefe queria e o que ela lhe daria.

Seu pai e seu avô tinham ambos trabalhado para o FBI, seu avô tendo sido um dos assistentes em que Hoover mais confiava. O trabalho com a lei, era isso que corria em suas veias. Não era capaz de pensar em nada, em vez disso, que pudesse fazer com sua vida. Essa era uma das razões porque continuava solteira. Homens nunca lhe tinham interessado, ela se perguntara se isso poderia ter mais algum significado. Mas mulheres tampouco a atraíam. Trabalho, este era seu afrodisíaco. Sua ficha no Tesouro continuava irrepreensível, a taxa de prisões e condenações obtidas por ela, soberba. Tinha investigado grandes fraudes bancárias, desfalques, casos de corrupção no governo, e um número incontável de sonegadores fiscais. Muitos agentes do Tesouro eram CPAs (contadores públicos) e lidavam mais com questões de contabilidade. Seu treinamento fora todo em casos de aplicação da lei. Do tipo antiquado. Trabalho das pernas e do cérebro, funcionando juntos. Foi isso que seu pai lhe ensinara.

Tinha 36 anos, mas parecia mais velha, e ela na verdade gostava disso. Trabalhava muito duro há muito tempo, e tinha tido sorte. Pessoas a invejavam, ela sabia. Desde o primeiro dia sentira-se sob a pressão de ser bem-sucedida, e os resultados falavam por si mesmos. Alguns dos maiores sonegadores de impostos na história dos Estados Unidos foram pegos graças a ela. Alguns anos antes tinha conseguido a maior parte das evidências danosas no grande fiasco do United Bank of Switzerland, que levou a drásticas mudanças no sistema de sigilo dos bancos suíços. Não tinha havido erros. A operação decorreu com perfeição. Ela detestava quem passava o governo para trás. Para ela, evasão de impostos era uma forma de traição. O governo existia para proteger o povo, e o povo lhe devia fidelidade. Violar essa confiança, roubar dela, era equivalente a uma declaração de guerra. *O certo é o certo*, dizia seu avô. E era mesmo. Quando ele se aposentou, o próprio J. Edgar Hoover foi lá apertar a mão de seu avô. Ela mantinha uma fotografia desse momento em seu gabinete em D.C. Um dia, quando seu tempo de serviço terminasse, algum presidente poderia cumprimentá-la da mesma maneira.

— Sinto muito ter falhado com você — sussurrou ela para seu avô, que morrera antes mesmo de ela nascer.

Recompôs-se e tentou não ficar agitada.

No outro lado do terminal ela vislumbrou um homem mais jovem vestido com jeans de cintura baixa, uma blusa preta sem gola e uma jaqueta clara. Ele se movimentava com a vigorosa facilidade de um atleta e se aproximava de um dos funcionários de alfândega italianos, mostrando um distintivo. Tinha talvez 20 e muitos anos, cabelo louro cortado curto, mas revolto nas extremidades, rosto bem barbeado e aquecido por um amplo sorriso que lhe exibia os dentes. Havia nele uma aparência militar, e estava tentando entrar no terminal, mas o guarda resistia. Conseguiu entrar, eventualmente. Com certeza era americano, e pela maneira com que andava empertigado em suas botas, da variedade sulista. Talvez até mesmo um tanto caipira. Ela conhecia o tipo, um curioso rebento do homem americano.

O recém-chegado caminhou direto até ela.

— Sra. Schaefer — disse ele —, sou Luke Daniels.

— E isso supostamente significa alguma coisa?

Ele riu.

— Estou vendo que os relatórios estavam corretos. Você tem mesmo atitude.

Já tinha ouvido o que diziam sobre ela. Vinte e dois parceiros em onze anos. Nenhum durava muito, mas também nenhum deles se importava tanto quanto ela.

— Que tipo de distintivo você estava mostrando ali?

— Do tipo que pode salvar sua pele.

Resposta interessante. Muito bem. Ele conseguira chamar um pouco da atenção dela.

— Eu vi seu grande mergulho há pouco — disse ele. — Quem empurrou você foi Anan Wayne Howell.

Agora ele tinha toda sua atenção.

— Sei onde Anan Wayne Howell está agora.

— Ele é a última das minhas preocupações — disse ela.

— Na verdade, ele é a única pista que você tem. Todos os outros foram embora.

Era intuitivo, ela tinha de reconhecer. Mas ele também poderia estar blefando.

— Posso lhe mostrar o caminho certo — disse ele. — Mas isso vai lhe custar algo.

A seu charme sulista ele acrescentou um amplo sorriso, que a irritou. Mas guardou o sentimento para si mesma, e perguntou:

— Quem tem o prazer de empregar você?

— Isso é uma gentileza? Não esperava por isso. Disseram-me que você não é do tipo mais agradável.

— Talvez eu seja só muito seletiva.

— Ou talvez haja alguma outra palavra para isso, mas não quero começar com o pé esquerdo. Eu mesmo nunca compro os pêssegos que estão na parte de cima. Muitas mãos tocaram neles. Os que ficam por baixo estão sempre muito mais firmes.

Ela apreciou que ele não estivesse abusando de sua autoridade. É claro que estava por cima, e aparentemente estava a par dos apuros dela. Mas não se mostrava petulante ou arrogante, e parecia genuinamente interessado em fazer um acordo. O que a fez se perguntar quanto esse sujeito sabia. Ou seria parte de sua missão descobrir com ela tudo que pudesse?

— Você ainda não respondeu à minha pergunta — disse ela. — Para quem você trabalha?

— Para o Magellan Billet.

Nenhuma surpresa. Mas eles agiam rápido.

— Você está com Malone? — perguntou ela.

— Temo ter de confirmar isso.

— Ele não foi para casa, foi?

Ele balançou a cabeça.

— Esse cachorro simplesmente não obedece às ordens.

— Que preço tenho de pagar para saber onde Howell está?

— Quero saber o que está acontecendo. Exatamente, sem embromação. Ou então você terá de se virar sozinha. Mas estou lhe dizendo, você nunca vai descobrir nada sem mim. Fugiram todos.

Ela achou que poderia entregar o bastante para satisfazer esse caubói sem prejudicar nada.

— Você já ouviu falar de Haym Salomon?

Ele sacudiu a cabeça.

Ela lhe contou sobre uma dívida que agora totalizava centenas de bilhões de dólares.

— É isso que está na bolsa preta? — perguntou ele, quando ela terminou. — Provas de uma antiga dívida?

Ela assentiu.

— Uma dívida muito cara.

Ela então ficou esperando.

Era a vez dele de lhe contar alguma coisa.

Capítulo 26

VIRGÍNIA

Stephanie tentou se lembrar de tudo que sabia sobre o embaixador chinês. Havia nascido de raízes humildes, mas chegara a obter um doutorado em economia. Seu pai tinha sido um funcionário de baixo escalão no governo, e insistira em que seu filho se tornasse algo mais. Ambição, juntamente com o capitalismo, tinham feito sólidas incursões na cultura chinesa. Ela tinha lido relatos em que esse diplomata era descrito como um homem de língua afiada e sagaz. Mas também era notório que ele nunca desafiava a autoridade central comunista em qualquer questão. O que, mais do que qualquer outra coisa, explicava por que estava lá. Ter obtido o ambicionado posto de embaixador nos Estados Unidos, muito longe dos olhos e das orelhas de Beijing, significava que confiavam nele além de qualquer medida.

As relações com a China tinham ficado definitivamente mais calorosas após a escolha de Ni Yong como novo líder. Ela, Malone e Danny Daniels tinham tido um papel chave em sua ascensão. Mas o país continuava a ser uma espantosa tapeçaria de costumes antigos e segredos obscuros. Até onde conseguia se lembrar, esta era a primeira vez que Danny se encontrava cara a cara com este embaixador. Se havia se encontrado com ele antes disso, nenhum relatório desses encontros jamais circulara, o que era procedimento padrão quando se tratava de um lugar como a China. O fato de o embaixador ter concordado com esse encontro, e depois viajado de D.C. no meio da noite para a casa de um estranho, demonstrava claramente o nível de importância ali envolvido.

Foram feitas as apresentações, depois Danny disse:

— Agradeço por ter vindo esta noite. De sua ligação de ontem, entendo que temos um problema em comum.

— Desculpe, senhor presidente, mas eu pedi para falar sozinho com o senhor.

— Sua mensagem dizia que o senhor tem informações sobre a Coreia do Norte e Kim Yong Jin. Esta senhora está profundamente envolvida com esse problema, por isso precisa ouvir o que o senhor tem a dizer. É ela quem está encarregada disso por mim, e o tempo é curto.

O embaixador considerou a situação, parecendo aceitar o argumento, e disse:

— Concordo, o tempo é curto. Durante o último mês temos notado uma alarmante quantidade de menções da Coreia do Norte sobre Kim Yong Jin. Há pessoas lá quase entrando em pânico por causa dele.

— Captamos as mesmas conversas — disse o presidente. — E imagino que o motivo de o senhor estar aqui é porque eles também mencionaram o seu país.

O embaixador assentiu.

— A Coreia do Norte sempre foi um fator de contenção para nós. Tentamos ajudar; eles são, afinal, nossos vizinhos. Mas é um lugar que a razão parece estar evitando.

Danny deu uma risadinha.

— É uma forma agradável de se referir à questão. Pelo menos os dois países são aliados. Eles nos odeiam. Então por que vocês estão tão preocupados?

— Nosso relacionamento com Pyongyang não tem sido o mesmo desde que reconhecemos as sanções internacionais.

As Nações Unidas havia muito tempo tinham imposto punições à Coreia de Norte devido aos seus testes nucleares. O país estava, sem dúvida, desenvolvendo uma bomba, e ninguém achava isso uma boa ideia. Poucos meses antes a China finalmente tinha aderido às sanções econômicas, o que era mais uma evidência da mudança de sua orientação política.

— Estou ciente — disse o embaixador — do grande respeito que meu *premier* tem pelo senhor. Estou aqui por ordem direta dele. Nossa adesão às sanções de âmbito mundial foi algo que a Coreia do Norte claramente não esperava. Seu Querido Líder deixou evidente que não estava contente conosco. Mas é óbvio que não pode ir além disso, porque sem nós ele na verdade não tem nada. Somos a única rota de comércio que lhe resta.

Ela tinha lido a análise confidencial da CIA. Os chineses tinham assinado as sanções internacionais para apaziguar o mundo, mas tinham continuado a suprir silenciosamente a Coreia do Norte com alimentos, remédios e bens manufaturados.

— Também emprestamos dinheiro à Coreia do Norte — disse o embaixador. — O Querido Líder se arvora a ser um grande construtor. Ele ergueu parques de diversão, blocos de apartamentos, até mesmo uma estação de esqui. Recentemente lhe fornecemos trezentos milhões de dólares americanos para uma nova ponte sobre o rio Yalu. Também lhe adiantamos dinheiro para estradas e conexões ferroviárias. Cremos que é do interesse de todos manter esse país estável.

— Sem mencionar as concessões que vocês obtiveram para mineração de magnesita, zinco e ferro.

Ela ficou impressionada com o nível de conhecimento do presidente. Digam dele o que quiserem, bobo ele não era.

— O comércio governa o mundo — disse o embaixador. — Temos de receber algo em troca de nossa generosidade.

O presidente sorriu.

— Mais uma vez, por que essa preocupação? Parece que vocês têm o Querido Líder na palma da mão. Onde está o problema?

— Kim Yong Jin não é tão leal assim a nós.

Um ponto válido. Mas ela disse:

— Senhor embaixador. Kim dificilmente está numa posição em que possa causar muito dano. De acordo com todos os relatórios ele bebe demais, aposta sem parar, e está mais interessado em mulheres do que em política. Não volta à Coreia do Norte desde a morte de seu pai, há doze anos. Ele não é um jogador neste jogo. O que ele poderia efetivamente realizar?

— Acreditamos que é sua intenção depor seu meio-irmão, para provar ao seu falecido pai, e a si mesmo, que ele não é, como foi chamado, um *incapaz*.

— Mas ele teria de ter os meios para conseguir isso — disse ela.
— O que mal podemos dizer que tem.

— Não temos certeza quanto a isso. E é por isso que vim aqui esta noite. Preciso fazer uma pergunta, à qual não temos sido capazes de responder. O *premier* espera que o senhor seja aberto e sincero em sua resposta.

Ela e Danny ficaram esperando.

— O que existe no passado de vocês que tanto interessa a Kim Yong Jin? Sabemos de nossas interceptações que Kim tem se comunicado com um ex-funcionário de seu Departamento do Tesouro, Paul Larks, e com um foragido de seus tribunais, um homem chamado Anan Wayne Howell. Estão falando de uma grande fraude e injustiça de seu passado. Do que se trata?

Stephanie também gostaria de saber a resposta a essa pergunta.

— Só posso dizer, senhor embaixador — disse Danny —, que pode haver aí alguma coisa capaz de causar encrenca para todos nós. Eu não estava totalmente ciente disso até poucos dias atrás. Então não tenho como fornecer quaisquer detalhes concretos, ao menos por enquanto.

— O senhor não tem nada a oferecer?
— Não neste momento.

Mas ela se perguntou quanto Danny realmente sabia.

— Parece, com muita clareza, que Kim está encenando um retorno — disse o embaixador. — Ele quer ver seu meio-irmão deposto e seu direito original restaurado. Para fazer isso ele aparentemente está planejando causar dano tanto aos Estados Unidos quanto à China. Está apostando alto, isso tenho de reconhecer. Se tiver êxito, vai conseguir o que nenhum Kim jamais conseguiu; uma vitória sobre nós dois.

Ela percebeu apreensão na voz do embaixador, que continuava tentando obter informações.

— Eis aí uma coisa que posso lhe contar — disse o presidente. — Algumas horas atrás Kim tentou roubar vinte milhões de dólares. É um dinheiro produzido num esquema fraudulento de seguros, que todo ano é enviado ao Querido Líder no dia de seu aniversário. Nós estávamos lá, observando, mas o dinheiro foi destruído num acidente de helicóptero. Tudo isso aconteceu em Veneza. Kim está lá, agora mesmo, com Howell, esse foragido que o senhor mencionou.

— E o ex-funcionário do tesouro, Larks. Que está morto — disse o embaixador, num claro sinal de que o outro lado não estava totalmente no escuro. A própria Stephanie só tinha recebido essa informação poucas horas antes, graças a uma segunda ligação de Luke Daniels.

— Temos pessoal nosso no local — disse o embaixador. — Parece que o corpo de Larks foi encontrado em sua cabine. Não se identificou imediatamente a causa de sua morte.

— Que tipo de pessoal vocês mantêm lá? — perguntou o presidente.

Ela também queria saber, pois eles poderiam constituir um problema. Danny estava dando o seu melhor, improvisando à medida que a conversa seguia seu rumo. Ele era em parte Lyndon Johnson, com sua voz profunda e táticas violentas — em parte Bill Clinton com charme de sulista e olhares que desarmavam o outro. Congressistas tinham reclamado durante anos de se sentirem incapazes de lhe dizer não. Ele era adepto de uma fórmula de comprovada eficiência. Recompense seus amigos e puna seus inimigos.

E ele fazia isso vingativamente.

A questão nesta noite, no entanto, era em qual desses dois lados se encontrava a China.

— Vocês vão dar cabo de Kim, não vão? — perguntou Danny.

— Nós não. Mas Pyongyang tem uma agenda diferente. Eles só estão esperando que Kim encontre o que quer que esteja buscando. Depois planejam ficar com isso.

— E usá-lo para nos coagir.

O embaixador assentiu.

— Agora o senhor está se dando conta da extensão de nosso problema *comum*. Independentemente de quem vença a luta entre os irmãos coreanos, nós dois estaremos em risco.

— O meio-irmão louco, desgraçado e exilado não é tão estúpido quanto todos pensam que é — disse Danny. — Isso sabemos agora. Temos um ditado lá no Tennessee, de onde eu venho. *Mesmo um relógio parado consegue estar certo duas vezes por dia.*

— E nós temos um adágio semelhante. *Com tempo e paciência, a folha da amoreira vira um vestido de seda.*

Seguiram-se alguns momentos de silêncio entre os dois. No que concernia ao embaixador chinês, tudo sinalizava contenção e preocupação.

Finalmente, ela disse:

— Temos nossos melhores funcionários em Veneza, bem agora, trabalhando nisso.

— Assim como os norte-coreanos. — O embaixador encarou Danny. — Saiba, por favor, senhor presidente, que a China não tem qualquer queixa quanto aos Estados Unidos. Não começamos e não queremos essa briga. Manter a atual estabilidade entre nossos países é bom para todos nós. Mas Kim Yong Jin já é outra história. Ele é uma incógnita. Então torço para que tenhamos sucesso em detê-lo.

O embaixador se levantou e se despediu com um boa-noite. Danny não tentou impedir que saísse. Aparentemente já fora dito o bastante. A porta da frente se fechou e a sala recobrou o silêncio de antes, as luzes ainda acesas. Edwin Davis ficara esperando do lado de fora, uma vez que sua missão era levar o embaixador de volta a Washington.

Somente quando ouviram o carro partir ela disse:

— Você sabe que ele está mentindo.

— Claro. A China também está atrás de Kim. Com certeza eles têm gente por lá, pronta para agir. Mas não vão se mover enquanto não tiverem aquilo que Kim está procurando. Beijing não pode e não vai deixar essa oportunidade passar, não importa quanta boa vontade possa haver entre nós.

— O que suscita a pergunta, por que então nos alertar?

— Esta é fácil. Primeiro: eles não querem comprometer essa boa vontade que realmente existe entre nós. E segundo: eles têm de saber se isso tudo vale o esforço.

— E "isso" é real?

— Infelizmente é, mas não vou cometer o mesmo erro que Joe Levy cometeu. Cotton e Luke têm de saber o que estão enfrentando.

— O que estamos enfrentando?

Ela viu que ele tinha compreendido sua pergunta. Ela não estava se referindo a espionagem ou alguns potenciais assassinos. Sua pergunta era mais específica.

Mais americana.

— Vou lhe dizer — disse ele. — Mas primeiro faça uma ligação para a Itália.

Capítulo 27

MAR ADRIÁTICO

Malone estava sentado a uma mesa próxima de uma das janelas exteriores, no comprido e lotado refeitório, o ar com cheiro de ovos mexidos e café amargo. A balsa parecia mais um navio, com mais de trezentas cabines, salões, bares, *lounges*, até mesmo um teatro. Um espaço para mais de cem caminhões e automóveis ocupava o convés inferior. Lá fora, podia ver passando o azul mar Adriático, enquanto o cruzavam para o leste, em direção à Croácia, num navegar suave e estável. Ele seguira Howell o dia inteiro, embarcando logo atrás dele, mantendo distância. Havia a bordo várias centenas de pessoas espalhadas nos muitos conveses, muitos lugares nos quais seria fácil sumir, mas Howell tinha vindo direto para cá e enchera seu prato no bufê do café da manhã.

Não era má ideia, na verdade. Assim, ele fez o mesmo, pegando um *baguel*, banana e suco de laranja. Não tinha comido desde a tarde do dia anterior. Mas isso não era incomum. No passado, quando era um agente em tempo integral, passava dias sem comer. A ansiedade e o estresse do trabalho em campo faziam com que não conseguisse comer. Isso também acontecera no departamento jurídico da Marinha, quando atuara em casos no tribunal. Felizmente, assim que a pressão diminuía, seu apetite sempre voltava. Neste momento, no entanto, as coisas estavam num crescendo. Tinha localizado Howell, logo a mulher com a bolsa não deveria estar muito longe. Em Veneza, ela tinha ido numa direção e Howell em outra, com certeza a ideia era despistar quem estivesse interessado. Ele duvidava, é claro, que Howell tivesse percebido que duas facções separadas — o Departamento de Justiça e o Tesouro — estavam agora interessadas nele. Mas o esquema tinha funcionado em parte, já que lá estavam sem ninguém do Tesouro à vista.

Como se tivesse sido sincronizado, a mulher com a bolsa Tumi preta entrou no lado mais afastado, foi até Howell e sentou-se ao seu lado.

Eles se beijaram.

Malone relaxou, comendo seu café da manhã ao clamor de pratos, talheres e conversas, fingindo estar desinteressado em tudo e em todos, num comportamento em nada diferente do das quase cem outras pessoas à sua volta. O barulho, com o estrépito incessante do motor, era quase hipnótico, e ele resistiu ao impulso de fechar os olhos.

O telefone tocou.

Na tela lia-se desconhecido.

Decidiu atender, no que também em nada diferia de uma multidão de outros, absortos com seus próprios celulares.

Era Stephanie.

— Seu número não foi reconhecido — disse ele.

— Estou em outro lugar, num telefone fixo.

— Estou com Howell e os documentos à vista — sussurrou ele.

— Conte-me — disse ela.

Ele lhe fez um rápido relato.

— Você vai ter companhia em algum momento — disse ela.

Ele ficou ouvindo enquanto ela lhe contava sobre Kim Yong Jin, um exilado que caíra em desgraça e que uma vez tinha sido o próximo na linha de sucessão para liderar a Coreia do Norte, e sobre seus contatos com Howell e Larks. Depois lhe contou sobre a conversa com o embaixador da China.

— Suspeitamos que os chineses e os norte-coreanos estejam atrás de Howell e dos documentos. Que tal você conseguir os dois antes que alguma coisa ruim aconteça?

— Isso está se tornando algo bem maior que um trabalho de babá de meio expediente.

— Não se preocupe — disse uma voz masculina. — Vou garantir que ela aumente seu pagamento.

Danny Daniels.

— Vocês dois estão sempre juntos? — perguntou ele. — É o que parece, toda vez que falamos ao telefone.

Daniels riu.

— Precisamos que você consiga esses documentos de volta. Na verdade, eles são mais importantes que Howell. Então, se você tiver de fazer uma escolha...

— Torçamos para que eu não tenha.

— Não consigo pensar em mais ninguém que eu gostaria que estivesse aí.

— Seu sobrinho pode se ofender.

— Experiência prevalece sobre juventude. Isso é tudo.

— Os chineses estavam por trás do roubo do dinheiro? — sussurrou ele.

— Não, foi Kim — disse Daniels. — Ele não queria que seu meio-irmão pusesse a mão no dinheiro este ano. Mas esse dinheiro para nós não é uma perda.

Seu palpite estava correto. Tudo isso estava relacionado.

— O senhor quer que eu faça uma abordagem direta ou empregue uma certa sutileza para pegar os documentos de volta?

— A decisão é sua — disse Stephanie. — Mas consiga-os, e traga Howell para casa junto com você, se puder. Pode lhe dizer que os chineses têm muito menos consideração com a segurança física dele do que nós. Ele está na mira deles. Estará muito mais seguro numa penitenciária federal.

— Vamos adoçar a pílula — disse Daniels. — Diga a Howell que terá o perdão do presidente se jogar do nosso lado.

— É um senhor de um prêmio — disse ele.

— O gado vai muito mais rápido para o matadouro quando tem comida na manjedoura.

— Vou ficar com isso em mente.

Ele encerrou a ligação e voltou a comer. A balsa provia acesso livre a wi-fi, ele se conectou e usou o navegador de seu smartphone para reunir mais informação sobre Kim Yong Jin, sempre de olho em Howell e na mulher.

O nome era familiar, mas não se lembrava de muitos detalhes. Leu que Kim tinha agora 58 anos. De um artigo mais antigo ficou sabendo que quando Kim fora pego tentando entrar ilegalmente no Japão ele tinha adotado uma estranha identidade, fazendo-se passar por um frade dominicano chamado Pang Xiong. Urso Gordo. O que parecia corresponder, fisicamente, a Kim. Todas as imagens on-line demonstravam que seu peso sempre tinha sido um problema. Tinha outros dois irmãos. O atual Querido Líder, que era o mais jovem. E um irmão do meio, que nunca fora competidor para nada, já que seu pai o considerava feminino demais para liderar. Kim ainda era cidadão norte-coreano, apesar de viver em Macau. Seu único comentário público sobre a atual liderança norte-coreana era de dez anos atrás, e nada lisonjeira: *"A elite no poder que tem governado o país continuará no controle. Tenho minhas dúvidas quanto a se uma pessoa com apenas alguns anos de preparo como líder seja capaz de governar."*

Outro artigo mais recente descrevia como a Coreia do Norte tinha estado durante muito tempo ativamente engajada na produção de mísseis balísticos e de ogivas nucleares. O país continuava sob sanções internacionais e sob pressão para encerrar desenvolvimento nuclear vinda de todos os lados, inclusive agora de seu principal aliado, a China.

Achou depois um fascinante artigo no *New York Times* do verão anterior, descrevendo um espetáculo que fora transmitido ao vivo em toda a Coreia do Norte. Pessoas fantasiadas de Tigrão, Minnie Mouse, Mickey e outros personagens de Disney tinham desfilado ante o Querido Líder e um punhado de generais uniformizados, que batiam palmas. O próprio Mickey Mouse regia mulheres em vestidos pretos colantes tocando violino. Cenas de filmes da Disney eram projetadas em telas atrás dos artistas. Canções da Disney eram tocadas e cantadas. Um porta-voz da Disney era citado como tendo afirmado que nada daquele uso proprietário fora liberado ou licenciado pela companhia. Dizia que o espetáculo encenado fora organizado pelo próprio Querido Líder, que, assim constava, teria um *plano grandioso para uma dramática reviravolta no campo da literatura e das artes.*

Ele sorriu. Que ironia.

Um irmão fora punido e destituído do poder por seu interesse no tipo de entretenimento ocidental. E o outro usava a mesma coisa para aparentemente reforçar sua popularidade. Podia compreender o ressentimento de Kim Yong Jin em relação ao seu meio-irmão. Mas nada disso explicava exatamente o que estava acontecendo ali. Havia muitas minúcias, e partes e detalhes, mas nada até agora tinha entrado nitidamente em foco.

Terminou sua refeição e tomou o que restava do suco. Howell e a mulher continuavam em sua mesa. Estava a ponto de ir para lá e resolver tudo quando um homem entrou no refeitório. Tinha uma fronde arredondada numa cabeça arredondada e carnosa em cima de um corpo pesado e massudo. O rosto era largo e esquálido, cabelo cortado curto, pescoço grosso e nenhum queixo. Substitua camisa, calça e paletó de grife — que com certeza cairiam melhor nos cabides — por um uniforme verde opaco abotoado até o pescoço e ele caberia num perfeito estereótipo norte-coreano.

Kim Yong Jin.

Capítulo 28

Isabella tinha mudado de roupa e secado o cabelo. Sua bagagem estava ao lado do timoneiro do táxi aquático, junto com duas bolsas que Luke Daniels tinha jogado a bordo. Estavam se dirigindo ao aeroporto. Logo antes de deixarem o terminal do navio de cruzeiro, Daniels tinha atendido a uma breve ligação telefônica. Depois ele a informou de que não apenas Howell, mas também Kim e a mulher com os documentos estavam agora numa balsa para Zadar, na Croácia, programada para chegar lá em três horas.

Exatamente o que ela esperava ouvir.

A pista fria começava a esquentar.

Estava novamente otimista, tranquilizada, no comando. Então, providenciou um voo rápido cruzando o Adriático num avião fretado, que os deixaria em terra pouco antes de a balsa chegar. A única coisa que Daniels não mencionara foi como tinha sabido de tudo aquilo.

Então ela perguntou.

— Malone está na balsa — disse ele. — Identificamos Howell depois que ele jogou você na água, e o seguimos.

Estavam sozinhos numa cabine fechada que normalmente acomodava cerca de dez passageiros. O táxi aquático corria rente à água, e o ronco de seus motores encobria a conversa.

— Talvez seja bom isso de Malone não obedecer às ordens — disse ela.

Não fosse assim, ela estaria de volta à estaca zero, três meses de trabalho verdadeiramente perdidos.

— Este Haym Salomon — disse Daniels. — Ele foi realmente tão importante assim?

Contar mais a ele sobre esse assunto não iria prejudicar nada.

— Eu diria que sim. O Congresso Continental estava quebrado. Não tinha ouro nem prata, e naquela época a moeda tinha de ser lastreada num ativo real. Cada colônia imprimia seu próprio dinheiro, mas a hiperinflação tinha tomado conta. Os preços dispararam, os lojistas deixaram de aceitar dólares do Continental. Precisávamos desesperadamente de um empréstimo dos franceses, mas ele nunca veio. O que veio foi dinheiro francês, que inundou o mercado americano. Títulos enviados para pagar soldados que estavam lutando do nosso lado.

Ela explicou como Salomon tinha percebido a utilidade desses títulos franceses e começara a comprar essas letras de câmbio, com o objetivo de estabelecer um valor padrão. Mas havia um risco. Se a Revolução Americana fracassasse, os títulos não teriam valor e Salomon perderia tudo. Não haveria como recuperar seu investimento.

— Mas ele acreditou na causa — disse ela. — E o que fez financiou o exército Continental. Investiu toda a sua fortuna comprando essas letras de câmbio francesas. Depois fez empréstimos ao Congresso, principalmente de suas próprias reservas. Esperava que esses empréstimos fossem pagos quando a luta acabasse, mas ele morreu em 1785 antes que isso acontecesse.

— E sua mulher foi roubada da restituição?

— *Roubada* é uma palavra forte. Ela apresentou documentação das dívidas e pediu restituição, mas os papéis desapareceram. Sem eles, ela ficou sem provas das dívidas. A documentação está desaparecida desde 1785.

O barco continuava a avançar, rodeando o setor noroeste de Veneza, a caminho do aeroporto internacional.

— Durante a Guerra Revolucionária, George Washington e Salomon se aproximaram um do outro. Washington estava grato por tudo que Salomon estava fazendo. Quando a guerra terminou, ele perguntou do que Salomon gostaria, em troca. O homem era modesto e disse que não queria nada para si próprio, mas gostaria de algo para os judeus americanos. Por isso, anos depois, como presidente, após a morte de Salomon, Washington cuidou de que um tributo a eles fosse acrescentado ao Grande Selo da nação. Você tem uma nota de um dólar?

Ele tirou uma de sua carteira e entregou a ela.

Ela virou a nota e apontou, no lado direito, para a figura familiar da águia segurando treze flechas.

— Olhe aqui, acima da ave. Treze estrelas. Percebe alguma coisa em relação a elas?

Ela traçou com um dedo o contorno de dois triângulos.

Uma estrela de seis pontas.

— A estrela de davi — disse ela. — O presente de Washington a Haym Salomon.

Ele ficou impressionado.

— Nunca tinha notado isso antes.

— Poucos notaram. Mas depois que você vê, é difícil deixar de perceber. Tipo aquela seta embutida no logo do FedEx.

Ela podia ver que ele estava fascinado. Ela também ficara, quando lhe contaram pela primeira vez.

— Presumo que história não era um de seus interesses na escola?

— Que diabo, a escola não era um de meus interesses na escola. Não era o meu lance.

— Paul Larks estava investigando algumas questões sensíveis para o secretário do Tesouro, que tinham a ver com Haym Salomon e as reivindicações de seus herdeiros pela restituição. O próprio presidente ordenou esse inquérito. Larks descobriu alguma coisa, mas infelizmente a parte importante tinha sido removida por Andrew Mellon em 1925, quando o Congresso estava mais uma vez considerando se autorizava a restituição. Uma investigação anterior, ordenada em 1937 por FDR, confirmou que provavelmente Mellon tinha levado os documentos relativos ao pagamento da dívida com Salomon.

— O que demonstra que o governo dos Estados Unidos deve agora aos seus herdeiros trezentos e trinta bilhões de dólares.

— Algo assim.

— Entendi. Que interesse isso pode ter para um sujeito como Kim Yong Jin? Tudo bem, podemos estar devendo a alguém trezentos e trinta bilhões, mas isso não é um incidente internacional.

Ela precisava que esse homem acreditasse nela.

Consiga os documentos, Isabella.

Ela não podia tornar a falhar com seu chefe.

— Larks copiou alguns documentos confidenciais...

— Isso eu entendo. Mas vocês têm os documentos originais. Não é o fim do mundo.

— Na verdade, é. Essas cópias são importantes, particularmente quando você sabe o que está vendo. Não queremos que elas fiquem pairando por aí. E Anan Wayne Howell, com todo o seu fanatismo, pode de fato saber exatamente o que elas significam.

Ela se perguntava há quanto tempo Luke Daniels estava trabalhando com o Magellan Billet. Pelo que sabia, essa agência só contratava os melhores. Stephanie Nelle, que há muito tempo a chefiava, era uma figura quase lendária. Uma vez ela mesma tinha considerado se candidatar à agência. Durante muito tempo, para ser aceito era preciso ser advogado, mas em anos recentes essa exigência tinha sido abandonada. Talvez Stephanie Nelle ouvisse falar dela agora. Uma mudança para espionagem internacional seria boa. Ela experimentara o gosto disso em diversas missões.

Daniels sorriu para ela.

— Você deve estar me achando um idiota.

Ela não disse nada.

— Eu ouvi o que você estava dizendo. Mas também ouvi o que você não estava dizendo. Toda essa encrenca por causa de um monte de cópias? Besteira. Vou lhe conceder o benefício de guardar o que está escondendo para você mesma. Ao menos por mais algum tempo. Porque neste momento exato, isso realmente não importa.

Ela continuou em silêncio.

— O gato comeu a sua língua? — perguntou ele. — De vez em quando acontece comigo também. Uma palavrinha, como conselho. Não tente essa história fajuta com meu velho. Ele é...

Um ar de perplexidade assomou no rosto dela, e ele percebeu.

— Malone. É o meu velho. Eu? Sou pura simpatia comparado com ele. Ele tem nível de tolerância zero para besteiras. Não o pressione.

— Vou me lembrar disso.

Ela o observou enquanto ele examinava novamente a nota de um dólar.

— É bem surpreendente, no entanto, essa coisa da estrela de davi — disse ele. — Você quase me pegou com essa.

— O que eu falei sobre isso é verdade. Há muito mais coisas surpreendentes que dizem respeito à nota de um dólar.

Ela tinha decidido lhe jogar mais um agrado.

— Em anos recentes as notas de dez, vinte, cinquenta e cem dólares foram todas redesenhadas. Acrescentaram-se uma porção de detalhes e minúcias para dificultar a falsificação. Já ouviu falar do Omnibus Appropriation Act?

Ele balançou a cabeça.

— A seção 111 proíbe expressamente o Tesouro ou a Casa da Moeda a empregar quaisquer fundos apropriados pelo Congresso para o redesenho da nota de um dólar.

Ela apontou para a nota na mão dele.

— Ela tem de permanecer exatamente como é.

A expressão no rosto dele perguntava por quê.

Assim, ela o levou na conversa.

— Isso *é* parte do que estamos aqui para descobrir.

Capítulo 29

MAR ADRIÁTICO

Kim estava curtindo sua anonimidade. Nem Howell nem a mulher dispunham de alguma pista que pudesse identificá-lo. Este salão apinhado estava cheio de estrangeiros, exceto um rosto, no lado mais afastado, sentado sozinho a uma mesa junto à janela.

Malone.

O americano não só tinha conseguido escapar da armadilha que deixaram para ele, como também conseguira chegar até aqui. Ele presumiu que fora Howell quem o guiara, já que não tinha havido sinal da presença de Malone quando estavam seguindo a mulher com a bolsa.

Hana estava de pé junto a um balcão a vinte metros de distância bebendo água de uma garrafa.

Para ele, saber reconhecer a situação no terreno e os participantes do jogo numa sala vinha de ter vivido numa sociedade autocrática na qual ninguém confiava em ninguém. Deixar todo mundo desprevenido era o mecanismo mais eficaz de manter o controle. Sua família, ao ocupar o ápice da pirâmide política, tinha sempre usufruído do luxo de só procurar encrenca abaixo dela, nunca acima. Mas isso não significava que você poderia ignorar sua família. Seu pai tinha executado o irmão de seu próprio pai, estigmatizando o tio-avô de Kim como inimigo do estado. Quando jovem, nunca tinha entendido isso. Mas ao se tornar adulto, a ideia de que a família pudesse representar a maior ameaça tornara-se uma realidade muito mais clara.

Seu meio-irmão era prova viva.

Sua própria família, contudo, continuava, para ele, a ser benigna. Seus filhos estavam todos crescidos, todos eles, exceto Hana, casados. Nenhum deles, ao que sabia, tinha qualquer interesse em política. Seus filhos eram homens de negócio, as filhas ou mães ou professoras, vivendo na Coreia do Norte. Não tinha falado com nenhum deles desde que deixara o país. Parecia que sua queda do poder também incluíra a perda dos filhos. Somente Hana continuava leal a ele, nunca julgando, sempre presente. Fazia-o se lembrar muito da mãe dela. Não tinham se casado, ela era uma das muitas amantes que uma vez mantivera. Nesse aspecto ele, seu pai e seu avô eram muito parecidos. Não conseguiu evitá-lo. As mulheres eram sua fraqueza. Tinha conhecido a mãe de Hana vinte cinco anos atrás, quando ainda usufruía de sua posição, atraído por sua beleza. Sua mulher nunca se incomodara com seus namoros, satisfeita com a riqueza e o privilégio que estar casada com o herdeiro propiciava. Mas ela, também, o deixou após a queda, ficando na Coreia do Norte quando ele fugiu para Macau. O que na realidade não o incomodou. O matrimônio tornara-se deprimente, drenando dele talentos e energias muito necessários.

Ao observar Howell e a mulher que Larks dissera se chamar Jelena, ficava óbvio que havia uma conexão entre eles. O modo casual com que se tocavam e a conversa informal parecia demonstrar uma relação próxima. Pareciam estar totalmente à vontade um com o outro, contentes de que tudo tinha corrido como planejado. Então, o que fazer em seguida? Podia agir de várias maneiras.

Mas Jelena decidiu por ele.

Ela se levantou, beijou Howell levemente nos lábios, e foi embora, deixando a mochila em cima da mesa. Talvez tivesse ido ao banheiro? Ou a algum outro lugar? Na verdade, não tinha importância. Agora estavam separados, e ele captou o olhar de Hana com o seu.

E ele viu que ela sabia exatamente o que fazer.

Malone estudava Kim Yong Jin, que estava claramente interessado em Howell e na mulher. Tinha de supor que Kim conhecia tanto a sua identidade como a de Howell — ninguém mais a bordo daquele cruzeiro teria armado para culpá-lo pela morte de Paul Larks.

Então, agora o quê?

A resposta veio quando a mulher da bolsa deixou Howell e partiu em direção aos banheiros.

Kim imediatamente foi até a mesa de Howell e sentou-se na cadeira vazia.

— Sr. Howell, o senhor e eu nunca nos encontramos pessoalmente. Mas nos conhecemos. Sou Peter da Europa.

Levou um instante para Kim perceber que Howell aparentemente tinha registrado sua identidade.

— Nós trocamos e-mails — disse Howell. — O que está fazendo aqui?

— Estava procurando você.

Howell se parecia muito com sua foto no site. Entre 30 e 40 anos, em boa forma, cabelo preto começando a ficar mais ralo. A biografia no site registrava também uma graduação em ciências políticas. Nenhuma referência à sua experiência de trabalho, e Kim duvidava que este homem tivesse realizado muita coisa, fora ter tropeçado no que poderia ser a arma mais inteligente de destruição em massa jamais concebida.

— Como me encontrou? — perguntou Howell, a voz denotando preocupação.

— Paul Larks facilitou isso. Presumo, pelo que ele me disse, que você me conhece como *o coreano*.

Ele captou a surpresa no rosto de Howell enquanto o americano pegava a bolsa e fazia menção de ir embora.

— Isso não seria prudente.

— Vá se foder.

Howell ergueu a mochila.

— Estou com Jelena.

Howell ficou paralisado.

— Ela é minha refém.

O olhar de Howell varreu a sala na direção em que a mulher tinha saído.

— Isso mesmo. Ela acabou de sair. Mas meus associados a levaram para um lugar seguro. A vida dela está em suas mãos.

Ele manteve um tom de voz baixo, dirigindo suas palavras e seu olhar diretamente ao seu interlocutor. O uso do nome de Jelena enviava mais uma mensagem, a de que estava informado. Mas não tinha se esquecido de Malone, no outro lado da sala, que certamente estava observando.

Howell sentou-se.

— Muito melhor — disse ele.

Concedeu a Howell um momento para que se recompusesse.

— Devo dizer que estou desapontado com você e com Larks. Eu paguei para que ele e você viessem até aqui, porque queria me encontrar com vocês dois. Pensava que partilhávamos os mesmos ideais. Mas então eu soube que você me considera *in*digno de confiança. Um estrangeiro.

— Isso não tem nada a ver com você. Não sou um traidor.

— Você é apenas um homem que pensa que as regras não se aplicam a ele.

— Elas não se aplicam a ninguém.

— Será que você tem razão, Sr. Howell? Isso que diz é verdade? Foi isso que vim descobrir. Partilhamos os mesmos ideais. Quero acreditar no que você diz.

Ele achava que apelar para o ego desse homem poderia funcionar. Pessoas como Howell, que haviam convencido a si mesmas da justiça de sua causa, eram facilmente levadas por uma audiência simpática. A mesma tática funcionava todos os dias em toda a Coreia do Norte.

— Você é cidadão americano? — perguntou Howell. — Você realmente paga impostos? Está sujeito a nossas leis?

Ele sacudiu a cabeça.

— Nada disso. Menti sobre minha situação. Mas somente porque eu realmente queria entender o que é que você sabe.

— Por que isso diz respeito a você?

— Parece que todo aquele que queira ajudar a sua causa deveria ser considerado um amigo. Duvido que tenha muitos aliados. Pelo que sei, você é um criminoso condenado, um foragido da justiça americana. Ainda assim, você quer julgar os meus motivos?

O homem mais jovem inclinou-se para a frente e sussurrou.

— Não vou lhe contar coisíssima alguma.

Howell parecia ter se acalmado. Sua compostura voltara, com a ousadia que seguramente o tinha guiado no exílio.

Ele deixou clara sua intenção.

— Então ela vai morrer.

— Vou pedir ajuda à tripulação. Denunciar você.

— E eu farei o mesmo com você. Exceto que você estará então suscetível de ser preso e extraditado para os Estados Unidos, e Jelena estará no fundo do mar Adriático, com um peso amarrado ao corpo, afundada nas profundezas.

Ele pôde ver que Howell estava começando a se dar conta de que a situação era séria.

— O que você quer?

Ele apontou para a bolsa.

— Ler o que está aí dentro. Depois disso, você e eu vamos conversar novamente.

A balsa continuava tranquilamente sua rota para o leste, atravessando águas tranquilas.

Ele não tinha tempo para a óbvia agonia de Howell em sua indecisão. Assim, tomou a decisão por ele, estendendo a mão para a bolsa e dizendo:

— Espere aqui.

Capítulo 30

VIRGÍNIA

Stephanie estava se sentindo melhor agora que seus agentes estavam informados do perigo potencial. Ela fora sincera com Joe Levy. Jamais havia arriscado a vida de seu pessoal sem necessidade. Depois de encerrar a ligação para Cotton, havia ligado para Luke, que tinha acabado de fazer contato com os olhos e os ouvidos do Tesouro, uma agente chamada Isabella Schaefer.

— Eu devia fazer o Tesouro chamá-la de volta — disse o presidente.

Estavam agora sozinhos na casa de Ed Tipton. Não faltava muito para o alvorecer. Ela estava cansada e precisava dormir, mas sabia como funcionar em cima da adrenalina. O presidente era um notório noctívago.

— Melhor não fazer isso — disse ela. — Essa agente tem uma vantagem de dez dias em relação a nós. Podemos usar o que ela sabe.

Ele não discutiu ou se opôs. Em vez disso ficou sentado em silêncio, como se considerasse uma nova ideia. Ela havia feito as duas ligações pelo telefone fixo de Tipton. Danny tinha lhe assegurado que seu anfitrião concordara com isso. Mas ela começara a captar a ideia.

— Os chineses agora sabem que estou no jogo.

— O que significa que vão estar observando *e* ouvindo você.

Isso queria dizer: tome cuidado com chamadas. Com eles nada era seguro.

— É esse maldito FDR — disse ele. — Tudo é por culpa dele. Ele foi o bastardo mais sortudo do mundo.

— Ele era deficiente físico.

— O que não o deteve. Seus maiores êxitos vieram depois da pólio. Antes disso ele foi apenas um garoto rico e mimado, filho único, filhinho da mamãe. Tudo que fez em toda a sua vida foi exatamente o que quis fazer. Não conhecia o significado da palavra *não*.

Ela sabia um pouco sobre Roosevelt. O pai dele tinha morrido quando ele tinha 18 anos e sua mãe realmente fora uma influência predominante. Quando jovem fora atraente, inteligente e ambicioso, usando o dinheiro e as conexões da família para escalar com firmeza os degraus da política. Mas não havia nada de errado nisso, qualquer um em sua posição teria feito o mesmo. Ainda assim, perdeu duas eleições antes de contrair poliomielite em 1921. Depois disso ganhou as seis eleições seguintes. Dois mandatos como governador de Nova York. Quatro como presidente dos Estados Unidos.

— Li muito sobre nosso velho e querido FDR — disse Danny. — Nunca tinha me dado conta, mas ele não era tão brilhante assim e nunca teve grandes resultados na escola. Falava mais do que ouvia, e não deixava de tomar liberdades com a verdade quando isso lhe convinha. Os professores não falavam muito bem dele. Sabia pouco ou nada sobre dinheiro ou economia. E por que deveria? Sua família, de pai e mãe, era rica. Tudo lhe foi sempre provido. Seu avô materno vendia ópio para a China. Pode imaginar o que a imprensa faria com isso hoje em dia?

Ela estranhou aquele falatório, que parecia um pouco fora do comum.

— Seus primeiros dois mandatos como presidente foram um fracasso — disse ele. — A taxa de desemprego em 1939, depois de seis anos de Roosevelt, era pior do que em 1931, antes de ele ter sido eleito. A bolsa de valores também tinha mergulhado para novas baixas. E a dívida nacional? Esta foi sua maior dádiva. Cresceu mais na década de 1930 do que nos cento e cinquenta anos anteriores. Tudo que ele fez foi imprimir dinheiro, gastá-lo, depois imprimir mais. Se não fosse a

Segunda Guerra Mundial ele teria tido dois mandatos, ido embora e sido esquecido. Foi a guerra que salvou este país, não FDR.

— Mas ele deu esperança ao povo — disse ela.

— Stephanie, ele apenas estava tocando as cordas do coração do povo e lhes dizendo o que queriam ouvir. Que ele era defensor da bandeira, de Deus e da maternidade. Hoje em dia ele seria cortado em pedacinhos pela imprensa. Sua mudança de posição em questões importantes seria motivo de piadas em programas da madrugada na TV. Mas em vez disso ele viveu numa época em que ninguém sequer mencionava que era deficiente físico. A imprensa era mais do que amigável, era totalmente complacente. Olha só para 1940, quando ele fez campanha com base no pleito de ficar fora da guerra. Depois, em 1941, assim que tomou posse pela terceira vez, implementou o Lend-Lease para os britânicos. Isso era ficar de fora? Nós lhes fornecemos equipamento, eles pegam esse equipamento e lutam. Quanto tempo ele achava que os alemães iam aguentar isso? Se o Japão não tivesse atacado Pearl Harbor, os próprios alemães certamente teriam uma iniciativa. Mas nenhum repórter jamais o criticou por isso. Ninguém jamais disse uma palavra sequer. Roosevelt tinha passe livre.

— De onde vem tudo isso? — perguntou ela. — Por que esse interesse em FDR?

— Porque ele foi um imbecil condescendente, complacente e humilhante. E essas palavras não são minhas. Elas vêm de Dean Acheson, que trabalhou para ele e viu isso por si mesmo. Agora aqui estamos nós, depois de décadas, diante dos resultados dessa arrogância.

Ela ainda estava intrigada.

— O homem pregava liderança moral, mas tinha mais amantes do que se pode contar. Nós falamos de Kennedy e de Clinton e de suas indiscrições. Eles foram amadores comparados com FDR. Mentia para sua mulher diariamente. Todo homem capaz de fazer isso não terá problema para mentir ao país. Ele decidiu ir contra Andrew Mellon simplesmente porque podia. Mas ele perdeu, e muito. Ele subestimou Mellon. O velho não era estúpido.

— Você não contou tudo ao embaixador — disse ela. — Não lhe contou do que se trata tudo isso. Mas você sabe, não sabe?

— Este é outro filha da puta, duas caras. A China quer o que era para FDR descobrir.

— Você se incomodaria de me contar o que é?
— Sabemos que Mellon deu alguma coisa a FDR quando se encontraram em 1936. Deve ter sido aquela folha com números. O código. Era o que FDR deveria descobrir. Mellon provavelmente estava de posse de certos documentos que poderiam ser prejudiciais aos Estados Unidos. Provavelmente diziam respeito a Haym Salomon. Houve uma espécie de investigação interna do Tesouro em 1937. Disso sabemos também. Larks copiou o relatório. Fez a cópia também de outros documentos sigilosos.
— Cotton está de olho nos documentos — disse ela. — Você ouviu.
— O que me dá certo conforto. Não quero que eles caiam em mãos erradas.

Finalmente o nome Haym Salomon a fez lembrar algo.
— Há uma grande estátua de bronze no centro de Chicago, junto ao rio. George Washington, Robert Morris e Haym Salomon. Eu a vi.

Ele assentiu.
— Está lá desde 1941. Roosevelt a chamou de *"este grande triunvirato de patriotas"*. É um dos poucos memoriais erigidos a Salomon. Ele é uma figura esquecida, mas parece ter sido importante. Que diabo, podemos estar devendo aos seus herdeiros trezentos bilhões.
— Mas você e eu sabemos que dificilmente isso seria tudo que concerne a este caso.
— Concordo. Mas, em 1936, essa dívida ainda estava em uns muitos bilhões e teria sido um caso sério. O mesmo era verdade na década de 1920, quando Mellon deu de cara com a informação pela primeira vez. O ressarcimento poderia então levar a nação à falência. Sem mencionar o grande vexame que tudo isso representaria. Assim, Mellon, sendo Mellon, usou o que sabia para tirar vantagem e conseguiu ficar no poder até que a Depressão fez com que sua chantagem se tornasse irrelevante. Foi quando Hoover se livrou dele.
— Tem de haver mais do que só isso.
— E há.

Já estavam havia muito tempo na casa de Tipton, e ela achou que deviam terminar a conversa no carro, onde estariam sozinhos.
— Não devíamos ir embora? — perguntou.

Danny se levantou.

— Preciso voltar para a Casa Branca, antes que o dia comece por lá. Sua voz ficara baixa e cansada.

— É o seguinte, Stephanie. Mellon imaginou algum tipo de caça ao tesouro. Algo que seria, em suas próprias palavras, *o fim de FDR*. Ele deu o código e um ponto de partida, mas sendo FDR o imbecil arrogante que era, amassou-o e jogou fora. Agora sabemos que esse papel amassado ainda existia em abril de 1945, quando FDR morreu, e que foi entregue a Morgenthau do Tesouro.

Ela ouviu o que ele não tinha dito.

— Mas não estava entre os documentos que você leu ontem.

Ele sacudiu a cabeça.

— Não, não estava.

O que suscitava uma série de outras perguntas. Mas ela as evitou por agora, e só disse:

— Por que Mellon esconderia algo que era potencialmente tão prejudicial, e depois daria a FDR uma pista para encontrá-lo? Se ele odiava o presidente, era só usar e acabar com isso.

— É como escreveu Finley em seu diário. Mellon *era* um patriota. Ele odiava FDR, mas não a América. Ele escondeu o que tinha, depois deu ao seu inimigo uma pista para encontrá-lo, mas só para atormentá-lo. Ele na verdade *queria* que FDR o encontrasse. Certamente, se fosse tão ruim quanto Mellon disse que era, Roosevelt o teria destruído. Nenhum mal seria causado, FDR só teria de dançar conforme a música de Mellon. Para homens com um ego como o desses dois, isso seria uma satisfação mais do que suficiente. Hoje em dia fazemos a mesma coisa. Atormentamos nossos inimigos na mídia, na internet, nas redes sociais. Deixamos que fiquem à mercê da mídia, o bastante para levá-los à loucura.

E ela não tinha dúvida de que Danny estava falando por experiência.

— Mas Mellon superestimou sua importância, e FDR não mordeu a isca.

— Pelo menos não de imediato, como Tipton nos contou antes. Parece que no dia em que morreu, nove anos após o fato, FDR finalmente decidiu prestar atenção. O problema para nós é que isso ainda está por aí, à espera de que *nossos* inimigos o encontrem. — Ele fez uma pausa, parecendo estar pensativo, depois perguntou: — Você realmente acha que o que está naquele papel é um código?

— Certamente parece ser um, e faz sentido que seja.

— Então temos de achar o pedaço de papel amassado perdido.

Capítulo 31

MAR ADRIÁTICO

Malone viu Kim sair com a bolsa Tumi preta. Ele hesitou quanto ao que fazer. Ir atrás dele? Ou ficar aqui? O rosto de Howell expressava preocupação. Estava claro que o que acabara de acontecer estava longe de ser o que ele esperava. Como não havia como Kim deixar a balsa, ele decidiu ficar com Howell e ver o que poderia descobrir. Levantou-se, atravessou a sala e sentou-se à mesa de Howell.

— Quem com todos os diabos é você?

Howell olhava para ele com instintiva suspeita. Depois o reconhecimento tomou seu rosto.

— Ah, que droga. Você é do governo. O que? Imposto de Renda? FBI?

— Nada disso. Mas sou um cara que pode ajudar. O que acabou de acontecer?

— Será que o mundo inteiro sabe o que estou fazendo? Como você me encontrou?

Estavam atraindo atenção.

— Mantenha sua voz baixa, está bem? E a cavalo dado não se olham os dentes. Do que é que Kim está atrás?

— Quem é Kim?

— O sujeito que estava aqui agora mesmo. Kim Yong Jin.

— Quem é esse?

— Não é alguém com quem você gostaria de se meter.

— Você está aqui para me levar preso?

— Este era o plano original, mas as coisas mudaram. Paul Larks está morto.

Ele percebeu que Howell não estava sabendo disso.

— Kim o matou.

Howell parecia estar frustrado e apavorado.

— As coisas estão saindo do controle. Você talvez não acredite, mas eu não tenho ideia de quem é esse coreano. Ele e eu trocamos alguns e-mails, mas ele usou outro nome. O que ele quer de mim?

— Na verdade, acredito sim. Mas preciso saber o que há naquela bolsa.

— Olha... como é seu nome?

— Cotton Malone.

Howell lhe lançou um olhar estranho.

— Como é que se ganha um apelido desses?

— É uma longa história, e não temos tempo para isso. Responda a minha pergunta.

— Esse sujeito, Kim, está com Jelena, minha namorada. E disse que a mataria se eu não lhe entregasse a bolsa. Ela é inocente. Nós nos conhecemos na Croácia. É onde eu estava me escondendo. Ela só estava me fazendo um favor. Larks comprou minha passagem para aquele cruzeiro, mas eu mudei para o nome dela.

Ele duvidava que Larks tivesse comprado qualquer coisa. Mais provável que Kim estivesse financiando todo o empreendimento como um meio de que todos estivessem no mesmo lugar.

— O que há na bolsa? — repetiu.

— Prova de uma conspiração que vai pôr a América de joelhos.

— É uma declaração atrevida.

— Para quem você trabalha?

— Departamento de Justiça.

— Não posso deixar que aconteça alguma coisa com Jelena. Ela não merece isso. Ele disse que voltaria depois de dar uma olhada nos documentos.

Ele olhou fixamente nos olhos de Howell e disse pela última vez.

— Conte-me o que há naquela bolsa.

Kim entrou na cabine que Hana tinha reservado para eles. Nela havia duas camas de solteiro e um pequeno banheiro com chuveiro. Ambos estavam viajando com passaportes falsos, sob pseudônimos, que ele obtivera em Macau. Ele gostava de poder se movimentar pelo mundo sem ser obstruído, e comparado com o da época em que tentara entrar no Japão anos atrás, o estado da arte na falsificação era muito superior. Além do mais, ninguém lhe dava a mínima atenção.

— Como vai nossa visitante? — perguntou ele.

Hana apontou para a cama onde estava a mulher, sob os efeitos da mesma droga utilizada em Malone e em Larks. Ele achava muito mais fácil viajar com drogas do que com armas. Ninguém jamais as questionava. A maioria das pessoas carrega consigo pequenas farmácias.

— Ela não criou problemas — disse Hana.

Estavam dois conveses abaixo do refeitório, na direção da proa. Ele percebeu que ela tinha notado a bolsa, e sorriu por terem tido sucesso.

— Tempo de verificarmos se tudo isso valeu a pena.

Malone ficou ouvindo enquanto Howell explicava que a Décima Sexta Emenda da Constituição viera como consequência direta de uma decisão da Suprema Corte em 1895, pela qual os impostos sobre a renda deveriam ser rateados de acordo com o Artigo I, Seção 2 da Constituição. Isso significava que pessoas que viviam em estados menos populosos deveriam pagar uma taxa de imposto de renda mais elevada de modo que a porção daquele estado no total geral fosse igual à dos estados mais populosos. Essa fundamental ausência de equidade tinha sido intencional por parte dos Pais Fundadores, que não eram a favor de impostos diretos. O rateio era o meio de desestimulá-los.

E tinha funcionado.

O Congresso evitou aplicar impostos diretos.

Mas durante a primeira parte do século XX a percepção mudou. A Era Dourada tinha produzido classes claramente definidas dos que "têm" e dos que "não têm". Instalou-se firmemente uma inquietação social, e a ideia de um imposto que "depenasse os ricos" ficou popular entre os liberais tanto no partido Democrata quanto no Republicano. Os democratas apresentaram várias vezes projetos de lei na Câmara dos Representantes para taxar as rendas mais altas, mas a cada vez a ala conservadora dos republicanos rejeitava a medida no Senado. Foi quando os democratas começaram a chamar os republicanos de "partido dos ricos".

E o rótulo pegou.

Causando ansiedade quanto à reeleição.

Em abril de 1909 os democratas propuseram mais um projeto de lei para um imposto de renda nacional, como um truque para envergonhar os republicanos e obrigá-los a reconhecer publicamente seu apoio aos ricos. Ninguém dava ao projeto qualquer probabilidade de ser aprovado — e mesmo se fosse, ainda havia a questão de que impostos não rateados tinham, quinze anos antes, sido decretados inconstitucionais. Mas para a surpresa de todos, Teddy Roosevelt e outros republicanos liberais endossaram a medida. Os republicanos conservadores entraram em pânico. Se se opusessem ao projeto de lei estariam com certeza se tornando "o partido dos ricos". Se apoiassem o projeto, estariam perdendo sua base política — que eram os ricos.

Assim, optaram por uma manobra evasiva.

Em junho de 1909 o presidente William Taft, republicano, pegou os democratas desprevenidos e propôs a Décima Sexta Emenda. No momento exato em que parecia que os democratas iam aprovar o projeto de lei do imposto de renda, os republicanos optaram por submeter toda a matéria aos estados, para sua aprovação. Melhor ainda, se a emenda fosse aprovada, isso eliminaria a oposição da Suprema Corte ao imposto de renda, anulando a exigência do rateio, e permitindo que o imposto fosse aplicado igualmente em nível nacional. A estratégia republicana parecia brilhante no papel, já que a emenda tinha pouca probabilidade de ser aprovada no Congresso, e mesmo que fosse, certamente não teriam o apoio de três quartos dos estados.

Mas estavam enganados.

O Senado apoiou a emenda por 77 a 0, e a Câmara por 318 a 14.

Depois disso, foi ratificada em cada estado até que, em 12 de fevereiro de 1913, o secretário de Estado Philander Knox declarou que a emenda estava "em vigor".

— Quando o primeiro imposto de renda foi aprovado em 1913 — disse Howell a Malone —, era só de um por cento para os primeiros vinte mil e de sete por cento sobre tudo que estivesse acima de quinhentos mil dólares. Hoje em dia, isso corresponderia a um por cento sobre os primeiros duzentos e noventa e oito mil, e sete por cento sobre o que excedesse sete milhões e seiscentos e quarenta mil dólares. Em 1939 apenas cinco por cento da população tinham de pagar o imposto. Hoje em dia mais de oitenta por cento têm de pagar.

Howell parecia ser um desses verdadeiros fanáticos que gostam de se valer de estatísticas para fundamentar seu posicionamento.

— O processo de recolhimento mudou em 1943. Foi quando FDR começou a reter pagamentos e salários. O imposto de renda começou a ser recolhido diretamente da folha de pagamento, antes mesmo de ser uma obrigação do contribuinte. Foi quando um imposto para ricos se tornou um imposto para as massas.

Ele estudou o salão mais uma vez e não viu sinal de Kim.

— Estou preocupado com Jelena — disse Howell.

— Continue falando, eu lhe garanto que ela está bem. Por enquanto.

Kim abriu a mochila e tirou de dentro um grosso maço de papéis preso por um clipe de metal preto. Centenas de páginas que pareciam ser cópias, exceto uma. Ele percorreu toda aquela pilha, vendo que se tratava de fragmentos de diversos assuntos. Grupos de folhas estavam grampeadas juntas.

Uma das cópias lhe chamou a atenção.

Um relatório.

Departamento de Justiça

Gabinete do procurador

Memorando
24 de fevereiro, 1913
Ratificação da Décima Sexta Emenda à
Constituição dos Estados Unidos

Tinha ouvido falar do relatório no livro de Howell. Fora escrito pelo procurador-geral para o secretário de Estado. Havia referência a ele em outros documentos — tudo isso aprendera no livro de Howell —, mas o relatório em si nunca tinha sido visto pelo público. Aparentemente tinha sido ocultado em arquivos sigilosos no Departamento do Tesouro Americano, e fora achado por Paul Larks.

Estava cada vez mais animado.

Em parte, acreditava em Howell por ter acreditado que este documento existisse.

E aqui estava ele.

Malone ouvia Howell, tentando avaliar a credibilidade do homem mais jovem.

— Eu nem te conheço — disse Howell. — Não deveria estar falando com você. Passei três anos me escondendo do governo.

— Não o culpo por não confiar em mim. Você tem razão. Me mandaram até aqui para levar você de volta. Mas as coisas mudaram. Larks está morto, e sua amiguinha está em grande encrenca. Então faça a si mesmo um favor e continue falando.

— Você é sempre tão agradável assim?

— Na verdade, este está sendo um dia bom para mim.

O jovem sacudiu a cabeça.

— Escrevi meu livro usando fragmentos de muitas coisas e ainda mais conjecturas. Admito isso. Mas era tudo que eu tinha. Ouvi a história sobre Mellon e FDR anos atrás. Uma dessas lendas urbanas das quais a história americana está cheia. Supostamente, Mellon tinha prova de que a Décima Sexta Emenda era ilegal. Ele também tinha evidências de que a América tinha uma imensa dívida com os herdeiros de um homem que nos emprestou dinheiro durante a Revolução.

— É por isso que você não paga impostos?

— Isso mesmo. O que eles estão fazendo é ilegal. Criei um website e tentei repassar isso ao mundo, mas tudo que obtive foi uma visita do Imposto de Renda. Apareceram um dia e revistaram toda a minha casa. Ah, sim, eles tinham um mandado de busca, mas não estavam à procura de nada. Vieram só para me mandar uma mensagem.

— O que sua sonegação de impostos lhes deu um motivo válido para fazer.

— Eu sei. Eles me indiciaram e julgaram rapidamente. Compareci no primeiro dia do julgamento e vi que era tudo uma farsa, então dei o fora de lá antes que me condenassem. O que eles fizeram, à revelia. Estou foragido desde então.

— Você não teve de entregar o passaporte quando o indiciaram?

Howell balançou a cabeça.

— Esses imbecis nem sequer perguntaram se eu tinha um, e eu não ofereci informação alguma. Tinha tirado o passaporte alguns anos antes para um cruzeiro no Caribe. Foi muito oportuno quando eu fugi. Dirigi do Alabama para o México, depois simplesmente desapareci, e acabei na Croácia. Imaginei que ninguém ia dar a mínima para um pequeno sonegador.

Tinha imaginado errado.

— Quando foi que Paul Larks apareceu?

— Ele me contatou através de meu site. Aquela parte de o governo estar devendo dinheiro aos tais herdeiros era verdadeira. Poucos meses atrás Larks foi encarregado de descobrir se havia qualquer coisa nos registros oficiais sobre uma dívida com Haym Salomon. A solicitação veio do próprio presidente. Não havia muita coisa, mas ele descobriu que Mellon, na década de 1920, pode ter obtido prova dessa dívida nos registros do Tesouro. Depois Larks se deparou com material sobre a Décima Sexta Emenda nos mesmos arquivos sigilosos, um material que o deixou chocado. Ele era um desses velhos excêntricos. Bem estranho. Para um funcionário de governo, ele não gostava muito de seu empregador. A possibilidade de os Estados Unidos estarem cometendo fraude fiscal desde 1913 o deixou puto. Foi ao secretário do Tesouro, que lhe ordenou que esquecesse tudo que tinha visto. Isso o deixou com ainda mais raiva. Graças a Deus, antes de perder o emprego ele conseguiu fazer cópias de um bocado de material. Era isso que ele me estava trazendo.

— Por que você?

— Ele achou meu livro on-line, o leu, e me disse que dispunha efetivamente de material para provar que eu tinha razão. Ficava incomodado que pessoas como eu estivessem sendo perseguidas e mandadas para a prisão. E realmente ficou aborrecido com o fato de seu chefe ter lhe dito que esquecesse tudo. Contou-me dos documentos que tinha com ele, e eles preenchiam algumas das lacunas. Larks tinha razão. O que o governo está fazendo é errado.

— Onde é que Kim entra nisso?

— Comigo? Em lugar algum. Eu pensava que era outro cara que estava sendo perseguido pelo Imposto de Renda. Ele se apresentou como Peter da Europa. Ele e eu conversávamos on-line sobre os assuntos comuns nestes casos. Impostos, prisão, esse tipo de coisa. Só discutia detalhes com Larks.

Malone imaginou que Kim estava jogando dos dois lados para chegar ao meio, manobrando Howell e Larks, aprendendo dos dois o que pudesse.

— Larks finalmente mencionou que estava falando com um coreano — disse Howell. — Mas eu nunca fiz uma conexão entre os dois. Por que deveria? Ele me disse que o coreano queria um encontro. Não havia como eu voltar para os Estados Unidos, mas ele disse que isso não seria um problema; o sujeito estava no exterior. E assim Larks se ofereceu para pagar meu cruzeiro e fez a reserva da passagem. Eu apenas a mudei para o nome de Jelena. Depois de conversar mais um pouco, Larks e eu concordamos que não queríamos estrangeiros envolvidos nisso. Íamos fazer isso nós mesmos. De qualquer maneira, precisávamos nos encontrar, e para isso íamos aproveitar essa viagem. Olha, não deveríamos fazer alguma coisa? Fazer uma busca? Jelena está encrencada.

— Este barco é grande, e até atracarmos não há para onde ir.

Uma imagem estava se formando na cabeça de Malone, mas faltava uma peça.

— O Tesouro enviou uma agente para cá para levar as cópias de volta. Você a jogou dentro d'água lá em Veneza. Como soube que ela estava lá?

— Não soube. Eu apenas a vi seguindo Jelena, então tentei me livrar dela. Não sabia quem ela era.

— Então me diga o que ainda não disse. E não minta para mim. Tentei deixar isso claro, mas parece que você não entendeu. Sou o único amigo que tem.

Ele pôde perceber que Howell estava começando a acreditar nisso.

— Há um documento entre esses que Larks trouxe que é muito especial. O único original entre todas aquelas cópias. É esse que eu realmente queria ver. Foi por isso que Larks veio.

Ele ficou esperando.

— É uma folha de papel amassada que se supõe que Andrew Mellon tenha dado a FDR.

Capítulo 32

Departamento de Justiça

———————

Gabinete do Procurador

———————

Memorando
24 de fevereiro, 1913
Ratificação da Décima Sexta Emenda à
Constituição dos Estados Unidos

Previamente, o secretário de Estado informou-se com o Gabinete do Procurador para determinar se as comunicações de ratificações pelos diversos estados à proposta da Décima Sexta Emenda à Constituição estavam em formato adequado, e se estivessem em formato adequado, requerendo que esse órgão preparasse o necessário anúncio a ser feito pelo secretário de Estado sob a Seção 205 dos Estatutos Revistos.

Há onze dias este gabinete entregou ao secretário de Estado um memorando detalhado a respeito de problemas verificados no processo de ratificação da Décima Sexta Emenda. Não será reiterado o que foi ali declarado, exceto para questionar por que nenhuma ação foi tomada em relação ao seu conteúdo. Parece que algo mais do que silêncio está aí afiançado, dadas as graves questões legais levantadas (motivo que levou à inclusão do exemplo de Kentucky). Mas em vez de continuar a investigação, o secretário de Estado requereu agora um esclarecimento legal quanto aos seus poderes no que tange a declarar uma emenda constitucional ratificada. A Suprema Corte nunca considerou diretamente esta exata questão, mas determinou em Field v. Clark, 143, U.S. 649 (1892) que

O que o presidente foi solicitado a fazer foi simplesmente em execução de um ato do Congresso. Não a criação de lei. Ele era o mero agente do departamento legislativo para certificar e declarar o evento pelo qual a vontade expressa deste entrará em vigor.

O mesmo princípio vale para o secretário de Estado quanto a declarar uma proposta de emenda à Constituição ratificada. O Congresso lhe delegou a autoridade para declarar a "vontade expressa" dos estados relativa a qualquer emenda proposta. O secretário de Estado é o único funcionário administrativo que pode tomar esta determinação legal. Como isso é feito pelo secretário cabe somente a ele decidir. A história, no entanto, é instrutiva. Em relação a todas as outras emendas constitucionais previamente aprovadas (e não aprovadas) desde 1787, em cada caso o secretário de Estado declarou que o número requerido de estados tinha notificado seu gabinete quanto à sua aprovação ou desaprovação. Essa declaração nunca foi questionada por qualquer tribunal.

Kim interrompeu a leitura.

Ali estava a prova de que houvera dúvidas, em 1913, quanto à validade da Décima Sexta Emenda à Constituição da América, exatamente como Anan Wayne Howell havia especulado. A emenda, ele sabia, fora declarada válida — consultou o livro de Howell — em 25 de fevereiro de 1913, um dia após o memorando que tinha na mão ter sido enviado do procurador-geral para o secretário de Estado. Mas, como observara Howell em seu livro, esse ato oficial meramente dizia que a emenda estava "em vigor", e não "propriamente ratificada". Jogo de palavras, certamente, mas importante. Talvez feito pelo secretário de Estado em resposta às preocupações, por escrito, do procurador?

Mas que preocupações seriam essas?

O memorando silenciava quanto a detalhes, referindo-se, em vez deles, a outro documento datado de onze dias antes. Folheou as outras páginas e não encontrou cópia daquela comunicação. Mas encontrou um relatório, do secretário do Tesouro, Henry Morgenthau, ao presidente dos Estados Unidos, datado de 26 de janeiro de 1937. Este também tinha sido mencionado no livro de Howell.

Mais fatos não substanciais.

Agora, ali estava.

> De acordo com sua ordem presidencial, a cédula de um dólar foi redesenhada em 1935. As mudanças então incorporadas foram as seguintes: No anverso, o numeral 1 em azul foi mudado para cinza e reduzido em tamanho; o ONE em cinza à direita foi retirado: o selo do Tesouro foi reduzido em tamanho e a ele se superpôs WASHINGTON D.C.; e um ONE DOLLAR estilizado foi acrescentado acima do selo do Tesouro. O verso foi também modificado para incluir o Grande Selo dos Estados Unidos. De acordo com sua solicitação específica (como descrita na página seguinte) o selo foi representado com seu verso à esquerda, seu anverso à direita.

Ele passou à página seguinte e examinou uma cópia da imagem da cédula, notando que Roosevelt não só tinha aprovado como também pedido especificamente que o selo fosse representado daquela maneira.

Voltou a dar atenção ao memorando, que explicava que o verso do Grande Selo dos Estados Unidos, como representado na cédula redesenhada de um dólar, mostrava uma paisagem agreste dominada por uma pirâmide não terminada com treze degraus, com o

Olho da Providência no topo. Na base da pirâmide estavam gravados os numerais romanos MDCCLXXVI, 1776. Acima, uma expressão latina, ANNUIT COEPTIS, que pode ser interpretada como "Deus favorece nosso empreendimento". Na base do selo havia uma faixa semicircular que proclamava NOVUS ORDO SECLORUM, extraída de Virgílio, significa "uma nova ordem dos séculos", referência à nova era americana. Uma fieira com treze pérolas estendia-se para fora, em direção à margem da cédula.

O anverso do Grande Selo exibia uma águia-careca, símbolo dos Estados Unidos. Acima da águia, um brilhante aglomerado de treze estrelas arrumadas em forma de uma estrela de seis pontas. O peito da águia estava coberto com um escudo heráldico com treze listras, semelhantes às da bandeira americana. As estrelas e as listras representavam os treze estados originais da União. A águia segurava no bico uma fita onde se lia *e* PLURIBUS UNUM, "A partir de muitos, uma só". Em suas garras da esquerda a águia segurava treze flechas. Nas garras da direita, um ramo de oliveira com treze folhas e treze olivas. Juntos, representavam as forças opostas da guerra e da paz. Outra fieira com treze pérolas estendia-se para fora e para a margem da cédula.

> Sua pergunta relativa à mensagem oculta no Grande Selo foi considerada. O fato de que linhas desenhadas entre as letras A M S O N no lado com o verso do selo não só formam uma estrela de seis pontas mas também apontam letras que formam a palavra MASON não pode ser explicado. O Grande Selo foi elaborado durante um período de vinte e três anos, de 1776 a 1789. Muitos projetos foram considerados e rejeitados. No selo abundam simbolismos, especialmente com o uso repetido do treze em grande parte de sua arte. Mas tudo isso teve a intenção de refletir um sabor patriótico, uma celebração dos recém-formados Estados Unidos da América. Não se achou evidência alguma de quaisquer mensagens secretas inseridas intencionalmente.
>
> O último redesenho da cédula de um dólar ocorreu num período entre o final de 1933 e o final de 1934, por ordem sua. Participaram nele muitos funcionários de carreira do Tesouro,

a maioria dos quais foi contratada quando Mellon era secretário do Tesouro, mas não se descobriu qualquer influência dele no redesenho.

As cópias restantes tratavam do redesenho de 1935, os motivos e as justificativas oferecidas para cada inclusão artística. Nada parecia ser particularmente relevante. Então ele se deparou com mais um relatório.

Mais recente.

Datado dos últimos noventa dias.

De Paul Larks para o atual secretário do Tesouro.

Capítulo 33

ZADAR, CROÁCIA

Isabella desceu do pequeno avião, Luke Daniels já no asfalto, sem seus óculos de sol. O tempo havia piorado cada vez mais durante o voo através do Adriático. O esplêndido brilho de sol na manhã italiana fora empanado pela cortina escura de uma ventania balcânica que soprava do leste, acompanhada de uma perceptível queda na temperatura.

O voo tinha sido rápido e sem incidentes. Deviam estar uma hora à frente de Malone. O cais no terminal da balsa estava a uns onze quilômetros de distância, na estreita península onde ficava o centro da cidade de Zadar. Ela nunca estivera na Croácia, suas viagens no exterior haviam se restringido à Europa central e à Inglaterra, e sempre a trabalho. Nunca tirava férias. O acúmulo de férias que lhe eram devidas tinha ultrapassado em muito as medidas, a ponto de seu supervisor lhe dizer que era obrigada a tirá-las. Até então ela tinha ignorado a instrução.

— Vi alguns táxis no outro lado do aeroporto, quando nos aproximávamos para o pouso — disse Luke. — Você precisa saber que os chineses e os norte-coreanos devem ter ativos aqui, no encalço de Kim. Podemos dar de cara com eles.

— Como saberiam onde Kim está?

Ele deu de ombros.

— Provavelmente porque devem vigiá-lo também. Apenas fique alerta.

— Sempre fico.

— Sei, como ficou lá no cais, em Veneza.

— Dizer isso faz você se sentir melhor?

— Na verdade, faz. Mas vamos mandar a real, está bem? Qual é a sua experiência quanto a enfrentar um esquadrão da morte? Não se trata de um bando de sonegadores grã-finos. Essa gente vai machucar você de verdade.

Ela olhou para ele.

— Sei como usar uma arma. Posso cuidar de mim mesma.

Ele deu uma risadinha.

— Moça, você não faz a menor ideia.

— Apenas faça o que eu falar — disse ela —, e tudo dará certo.

— Uma notícia. O velho não acata ordens.

— O velho não está encarregado disso. Eu estou.

— Desde quando?

A brusquidão masculina parecia ser parte da profissão. Ultimamente, contudo, a do tipo feminino começara a levantar sua feia cabeça. Seus últimos dois parceiros tinham sido mulheres, ambas imprevisíveis, ambas tentando se afirmar no que acreditavam ser um mundo de homens. Assim, assumiam riscos. Cometiam erros. Ela detestava a expressão *um mundo dos homens*. As mulheres poderiam se sair bem. Ela era prova viva disso, agora trabalhando diretamente para o secretário do Tesouro numa missão supersecreta. Tudo que tinha de fazer era jogar de acordo com as regras, fazer o que lhe diziam para fazer, e entregar os frutos de seu trabalho. Isso sempre traria resultados, independentemente do sexo. Tudo que dizia respeito àquela missão fora explicado em detalhes. Ela havia entendido. Os riscos eram altos. E ela sabia o que tinha de ser feito, e este caubói sulista e o sujeito aposentado que ele chamava de velho que se danassem.

Era. Ela. A. Encarregada.

Durante o voo tinha conseguido informações sobre Luke Daniels. Washington enviara um e-mail dizendo que ele era um ex-militar das forças especiais, condecorado, com várias missões no exterior.

Trabalhava havia dois anos com o Magellan Billet e tinha a boa sorte de ser sobrinho do presidente dos Estados Unidos. O que o fez cair no conceito dela. Nunca ninguém a ajudara a subir a escada, ela se ressentia com tudo e todos que tomavam atalhos.

— Precisamos chegar ao cais da balsa — disse ela. — Antes que a tempestade chegue.

Malone ficou esperando que Howell explicasse.

— Larks me contou do original que ele tinha encontrado nos arquivos do Tesouro todo amassado. Assim que ouvi o que ele tinha a dizer, tudo fez sentido. Sabemos que Mellon se encontrou com Roosevelt na véspera do Ano-Novo, em 1936. Isso vem do diário de David Finley, uma das pessoas mais próximas de Mellon, publicado na década de 1970. O encontro era para finalizar os detalhes para a Galeria Nacional de Arte, mas Mellon deu a Roosevelt algo que o presidente tinha amassado e jogado fora.

— Você acha que é o mesmo pedaço de papel?

— Se não é, é uma baita de uma coincidência.

Contra isso ele não tinha argumentos.

— Esse papel contém números aleatórios. Larks o escaneou e enviou para mim.

— Então isso está na conta de e-mail de Larks, num computador na casa dele?

Howell balançou a cabeça.

— O velho era paranoico como o diabo. Disse-me que o enviou de outro lugar. Não disse por intermédio de quem ou de onde, e não perguntei. Todas as minhas contas de e-mail estão sob nomes falsos. Em uma delas está armazenada a cópia. É uma espécie de código, mas não consegui decifrá-lo. Eu queria muito ver o original, e por isso ele o trouxe consigo. É parte do que o coreano acabou de pegar e levar. O que punha em questão sua decisão de permitir que Kim fosse embora. As ordens de Stephanie e do presidente tinham sido claras. Recupere os documentos.

— Há também na bolsa uma cópia de um relatório do procurador-geral, datado de 1913. Larks também me enviou ele escaneado. É relevante porque ele diz ao secretário de Estado que este pode fazer o que bem entender no que tange a declarar válida uma emenda constitucional. Faz referência a um memorando anterior do procurador-geral. Esse memorando anterior, creio, é a prova irrefutável. É nele que estão descritos todos os problemas. Mas Larks nunca conseguiu encontrá-lo nos arquivos.

Ele compreendeu.

— Você acha que Mellon o levou?

— É totalmente possível.

— Como diabos você sabe de tudo isso? Parece que toda informação relevante foi escondida e lacrada. Como é que você juntou todas essas peças?

— Primeiro li sobre isso na internet. Está cheia de tudo quanto é tipo de material sobre a Décima Sexta Emenda. Durante décadas, pessoas tentaram convencer os tribunais de que o imposto de renda é ilegal. Ohio era um estado na época em que a emenda foi ratificada? Alguns dizem que não. Eu discordo. Ele era. Outros dizem que a emenda não rejeita especificamente cláusulas anteriores da Constituição que a contradizem, sendo, portanto, inválida. Isso é ridículo. Outros ainda dizem que declarar o imposto de renda viola a Quinta Emenda, que protege qualquer um de se autoincriminar, ou que o tributo equivale a uma "tomada", e não pode ser imposto sem "uma justa compensação". Um sujeito alegou que a Décima Sexta Emenda era inconstitucional porque violava a proibição da Décima Terceira Emenda à "servidão involuntária". Original, mas totalmente doido. Nenhum desses é o caminho.

— Você é advogado?

— Diabos, não, eles são inúteis. Sou apenas um cara que leu um bocado sobre um certo assunto. Leia várias centenas de livros sobre a mesma coisa e você terá uma ideia de o quanto não sabem os assim chamados especialistas.

— Então qual é a maneira de ganhar essa briga?

— Deixe-me lhe contar o que descobri no Tennessee.

Ele ficou ouvindo enquanto Howell contava sobre uma viagem que um amigo dele fizera aos arquivos do estado em Knoxville cerca de um mês antes. Tinham escolhido o estado ao acaso, um dos 42 que supostamente tinham ratificado a Décima Sexta Emenda. Em sua declaração de certificação de 1913, o secretário de Estado Philander Knox observou que o Tennessee tinha aprovado a Décima Sexta Emenda em 7 de abril de 1911. Registros demonstravam que a própria emenda tinha sido transmitida para trâmite ao governador em 13 de janeiro de 1911. Em 25 de janeiro foi apresentada uma resolução de ratificação no senado estadual.

— Foi aí — disse Howell — que encontramos um problema. Uma provisão da Constituição do Tennessee diz especificamente que nenhuma emenda constitucional pode ser apresentada para ratificação a menos que a legislatura atuante na época tenha sido eleita *depois* de a emenda ter sido submetida. Não me pergunte por que eles tinham essa lei. Ela é estranha, eu sei. Mas era a lei estadual na época. Em sua constituição, nada menos que isso. Mas eles a ignoraram e seguiram em frente.

Howell explicou então como a legislatura do Tennessee tinha violado suas próprias regras procedurais, que dispunham que os casos fossem lidos uma vez, em três dias diferentes, na Câmara, depois, se aprovados, submetidos ao Senado para consideração.

E vice-versa.

— Isso não foi feito com essa resolução de ratificação. Mais grave ainda, a Constituição do Tennessee na época proibia a legislatura de conferir qualquer poder de taxação que afetasse o povo do estado. Mas ele o fizera assim mesmo, dando ao Congresso o poder de taxar a renda sem apropriação. Isso, definitivamente, era algo novo. E depois, a cereja do bolo, não há qualquer registro de que o senado estadual jamais tenha votado a ratificação. Zero. Nada. Então como é que foi aprovada? E como é que o secretário de Estado dos Estados Unidos marcou o Tennessee na coluna do "sim"?

O advogado que havia em Malone buscou uma brecha, um indício ao qual se agarrar que explicasse esses erros, mas não havia nenhum. A legislação teria de ser aprovada de acordo com a lei. Omitir ou ignorar qualquer parte do processo seria absolutamente fatal. E em relação a uma proposta de emenda constitucional? "Quase" nunca seria bom o bastante.

— E escuta isso — disse Howell. — Não existe uma única folha de documentação original sobre nada disso em lugar algum dos arquivos do Tennessee. Tudo desapareceu. Meu amigo juntou tudo isso de fontes secundárias, e de uma funcionária realmente colaborativa que sabia onde achar esses antigos registros.

— Então nada disso tem a menor utilidade para você.

Howell balançou a cabeça.

— Nem um pingo. Preciso de provas. Acho que o outro memorando, aquele que Larks não conseguiu encontrar, é meu salvo-conduto para a liberdade. Antes de eu ser indiciado, fiz mais de cinquenta requisições aos federais com base na Liberdade de Informação. A maior parte do material que me forneceram era inútil, mas de vez em quando eu descobria uma coisinha aqui, outra ali. Esse meu amigo desde então viajou até outros quatro capitólios estaduais, procurou em seus arquivos e encontrou as mesmas coisas. Às vezes havia documentação original, mas na maior parte das vezes tinha sumido. Como se tivesse vindo alguém e limpado tudo. Em alguns dos registros dava para ver onde tinham sido cortadas páginas dos livros de atas.

Ele acrescentou aquela informação ao contexto geral, permitindo que pairasse solta em sua mente.

As coisas começavam a fazer sentido.

E seu problema tinha se tornado maior.

Kim leu o memorando que Paul Larks tinha entregado ao secretário do Tesouro americano.

> Procedi a um cuidadoso exame de todos os documentos relativos a qualquer reivindicação de dinheiro devido aos herdeiros de Haym Salomon. Parece que a documentação dos débitos foi de fato entregue, pela viúva de Salomon, ao tesoureiro da Pensilvânia em 1785. Essa documentação posteriormente foi encaminhada a Alexander Hamilton, que aparentemente não adotou qualquer ação relativa a ela. Esses documentos permaneceram nos arquivos nacionais até o final do século XIX, quando foram devolvidos ao Departamento do Tesouro, com vários milhares de outros registros. Mas não estão mais nos arquivos do Tesouro, seja ou não sob sigilo. Sem os efetivos instrumentos comerciais, assinados

pelas partes envolvidas, não há como avaliar adequadamente se qualquer reivindicação de ressarcimento aos herdeiros de Haym Salomon é válida.

No entanto, contida nos escassos documentos que mencionam a reivindicação de Salomon há uma perturbadora informação relativa à Décima Sexta Emenda à Constituição. De particular interesse havia um memorando do então procurador-geral ao então secretário de Estado, Philander Knox, com declarações específicas de que havia preocupações associadas ao processo de ratificação. Havia referência específica ao estado de Kentucky. Assim, num esforço para verificar a validade do que estava escrito, fui pessoalmente a Frankfort e examinei os registros existentes nos arquivos de Kentucky. Essa investigação revelou que a resolução de ratificação da Décima Sexta Emenda aprovada na Câmara Estadual (primeiro em 26 de janeiro de 1910, depois novamente em 10 de fevereiro de 1910) e a que foi considerada no Senado Estadual (primeiro em 9 de fevereiro de 1910, depois novamente em 11 de fevereiro de 1910) tinham redações diferentes. Ainda mais perturbador, a votação efetiva pela ratificação no Senado Estadual (que ocorreu pela última vez em 11 de fevereiro de 1910) foi de nove a favor e vinte e dois contra. Mas o memorando transmitido de Kentucky ao secretário de Estado indicava que a votação de ratificação no Senado Estadual fora de vinte e sete a favor e dois contra. Inacreditavelmente, conquanto rejeitada, a medida de ratificação saiu efetivamente do Senado Estadual e chegou à mesa do governador. Mas a medida foi vetada (em 11 de fevereiro de 1910). Nunca mais a legislatura de Kentucky debateu a ratificação. Não houve anulação do veto. Mas Kentucky consta como tendo ratificado a Décima Sexta Emenda em 8 de fevereiro de 1910. Minha visita aos arquivos do estado também revelou outro fato perturbador. Estão faltando muitos dos registros originais. Os dos diários da Câmara e do Senado, a efetiva resolução de ratificação, e a mensagem com o veto do governador já não se encontram lá. O que descobri vem de fontes secundárias não oficiais.

Para mim está claro que Kentucky pode nunca ter ratificado validamente a Décima Sexta Emenda. Este fato foi levado à atenção do secretário de Estado Knox, que, em 1913, aparentemente não fez qualquer tentativa de investigar o assunto. Knox parece ter ignorado um comunicado prévio de procurador-geral, que expressava preocupações ainda maiores. Não foi possível localizar em nossos arquivos esse memorando específico, que devia estar datado de 13 de fevereiro de 1913. Recomendo que toda essa questão seja submetida a uma investigação total e completa.

Ele ergueu o olhar para Hana.

— Parece, minha querida, que podemos ter aqui aquilo que viemos buscar.

Ele encontrou entre as cópias a única página original.

Uma simples folha amassada.

Em suas conversas com Larks, antes que aparentemente o tivesse percebido como uma ameaça, ele tinha lhe contado sobre um pedaço amassado de papel, que continha números. Algum tipo de código que Anan Wayne Howell achava que Andrew Mellon tinha entregado ao presidente americano Franklin Roosevelt. Será que tinha agora na mão aquele pedaço de papel? *A chave*? Fora assim, segundo Larks, que Howell o descrevera. Que mais poderia ser?

— Você já pensou em como vamos sair deste barco? — perguntou a ela.

Ela assentiu.

Ele ouviu sua explicação.

A mulher chamada Jelena estava na cama, ainda meio tonta com as drogas que Hana lhe tinha administrado.

Mas ele tinha trazido um estimulante também.

— Desperte-a o bastante para que possamos conduzi-la — disse. — Vamos levá-la conosco. Ela pode ser útil.

Capítulo 34

Malone avaliou suas opções, decidindo qual seria a melhor ação. Imaginou que Kim estava escondido em uma das muitas cabines da balsa. Não seria difícil descobrir qual era. Cem euros para um dos marinheiros deveriam bastar para conseguir a informação. Duvidava que a reserva estivesse no verdadeiro nome de Kim, mas quantos coreanos com mais de 50 anos poderia haver a bordo? Alguém devia tê-lo visto, ou talvez ajudado com a bagagem. Ele encontraria esse alguém. Se não, esperaria na rampa de desembarque.

— Larks se meteu em muita encrenca — disse Howell. — O memorando de 1913, no qual o secretário de Estado era informado das preocupações do procurador-geral, é bem convincente. Kentucky era mencionado explicitamente. Larks foi a Kentucky e encontrou problemas, como os que meu amigo descobriu no Tennessee. Achou também originais que tinham sumido. Quando relatou isso, mandaram que esquecesse tudo que tinha visto e que sabia. Mas o velho não ia deixar isso passar assim. Finalmente fizeram com que assinasse um acordo de sigilo e o tiraram de campo, fazendo com que se aposentasse. Ele não teve escolha, era aceitar ou perder a pensão.

— Mas Larks contou a você tudo isso.

Howell assentiu.

— E estava me trazendo as provas, para que eu fizesse alguma coisa sobre isso.

O zumbido dos motores ficou mais fraco e a velocidade do barco diminuiu. Ele já tinha avistado a Croácia pela janela, a alguns quilômetros de distância, indicando que se aproximavam de seu destino.

— Logo vamos atracar — disse ele.

— Qual é o seu plano de ação?

Era uma boa pergunta, mas ele queria que Howell soubesse.

— Se o que você está me dizendo é verdade, vou garantir que isso não seja enterrado.

— E isso deveria fazer eu me sentir melhor?

Ele hesitou se devia mencionar a Howell um perdão presidencial, depois decidiu guardar essa informação para um pouco mais tarde.

Soou um alarme.

Um murmúrio de preocupação varreu o salão.

O grito áspero de uma voz profissional ecoou pelo barco.

— *Fuoco. Fuoco.*

Fogo.

Kim seguia à frente abrindo caminho. Hana atrás dele, ajudando a mulher atordoada, que mal conseguia andar. Tinham decidido deixar a bagagem às chamas. Objetos pessoais eram a última de suas preocupações. Sair deste barco antes que atracasse — era isso que importava — e com a pasta preta, que ele carregava juntamente com uma bolsa com seu laptop e algumas coisas essenciais.

Hana tinha feito um reconhecimento dos conveses em Veneza, depois de embarcarem, para o caso de precisarem sair às pressas. Antes de deixar a cabine tinham posto fogo nos lençóis, nas toalhas, na mobília e no restante de suas roupas. O incêndio ganhou força rapidamente. Ele admirou a engenhosidade dela. Que distração perfeita.

Tinham subido dois conveses até onde os botes salva-vidas pendiam de seus turcos. Compacto e modular, cada bote tinha cinco metros de comprimento, era completamente fechado, pintado de um laranja vivo e branco. Sua descida era controlada por guinchos, e os controles ficavam no nível do convés, facilmente acessíveis.

Os alarmes de incêndio soavam por todo o barco.

Ele olhou na direção da praia. Uma tempestade estava se formando. Nuvens espessas começavam a despejar chuva e um vento vindo do leste, frio e cortante como uma foice, formava espuma nas cristas do mar. Estava vários quilômetros ao oeste de Zadar, logo depois de uma série de arquipélagos que protegiam o porto do mar aberto. Ele se aproximou de um dos painéis de controle onde luzes brilhavam, com certeza interruptores ativados pelo alarme. Tinham instruções em italiano e em inglês. Pessoas passavam correndo por ele no convés, sem lhe dar qualquer atenção. Ele acionou um dos comandos com os dizeres carregando. O turco girou para fora, depois os guinchos baixaram o bote ao nível do convés. Hana levou a mulher para dentro da cabine fechada. Ele as seguiu. Presumia que houvesse lá dentro controles para movimentar o bote — e lá estavam, um conjunto quase idêntico ao do painel externo.

A balsa diminuíra a velocidade até quase parar.

Ele ativou o comando baixar, e o bote salva-vidas desceu rapidamente.

No momento em que a quilha tocou a água revolta, ele acionou soltar, e se desvencilharam da balsa.

Hana levou a mulher até um dos reluzentes bancos de encosto alto. O interior era espaçoso, onde caberiam talvez vinte ou mais pessoas. Ele observou Hana pressionar um botão e acionar os motores. Ela depois acelerou ao máximo e girou o leme.

E estavam indo embora.

Malone pôs-se de pé num salto e acenou para que Howell o seguisse. Não era possível que um alarme de incêndio simplesmente tivesse sido acionado. Toda a balsa estremeceu quando as hélices mudaram de passo e começaram a girar no sentido oposto. Alguns membros da tripulação elevavam as vozes ordenando a todos que mantivessem a calma. Ele se encaminhou para fora. Um dos marinheiros passou correndo e ele lhe perguntou em italiano:

— O que está havendo?

— Fogo lá embaixo.

— Jelena — balbuciou Howell.

Ele concordou. Isso muito provavelmente tinha a ver com ela. Depois notou alguma coisa à popa. Um dos barcos salva-vidas estava sendo baixado para a água. Não fora dada qualquer ordem de abandonar o navio. Ele correu naquela direção e chegou bem na hora em que o bote se soltou e começou a se afastar. Sua portinhola estava aberta e um rosto apareceu só por um instante, antes que um braço se estendesse para fora e fechasse a abertura.

Kim Yong Jin.

— Pensei que você tivesse dito que ele não tinha para onde ir — disse Howell.

— Eu estava enganado.

Ele avaliou os botes restantes. Por que não? Tinha funcionado uma vez.

Howell pareceu ter lido sua mente.

— Não sem Jelena. Não vou abandoná-la.

Ele não estava com paciência.

— Você pode escolher se vem do modo fácil ou do modo difícil.

E ele estava falando sério. Ia deixar esse homem desacordado e jogá-lo no bote, se tivesse de fazer isso. Howell pareceu compreender que não tinha escolha, e assentiu.

Empurrou o homem mais jovem à sua frente e correram para o painel que controlava outro bote. Começava a sair fumaça da proa do barco. Pessoas corriam em todas as direções, em pânico diante daquela visão ameaçadora. Um membro uniformizado da tripulação apareceu e gritou em italiano que ele se afastasse dos controles. Ele ignorou a ordem e baixou o bote ao nível do convés, acenando a Howell que pulasse para dentro. O membro da tripulação abriu caminho pela multidão e passou um braço pelo pescoço de Malone, puxando-o para trás.

Ele não tinha tempo para isso, e deu uma cotovelada nas costelas do atacante.

Uma. Duas vezes.

A pressão no pescoço aliviou.

Ele girou e jogou seu punho direito no queixo do tripulante, atirando o homem no convés. Alguns passageiros se inclinaram para ajudá-lo. Ele aproveitou o momento para saltar para dentro do bote e fechar a portinhola, trancando-a por dentro. Achou os controles internos e acionou o botão de baixar.

A descida foi rápida e logo eles estavam sobre as ondas e a espuma. Ele soltou os cabos do guincho e ligou os motores.

Isabella desceu do táxi, enquanto Luke Daniels pagava ao motorista. Tinham feito a curta viagem, passando por ruas congestionadas pelo tráfego, em pouco menos de vinte minutos. Sua bagagem, bem como a de Malone, fora deixada no guarda-volumes do aeroporto. Cuidariam dela depois. Neste momento, a balsa era sua principal preocupação.

Zadar parecia ser um estudo de contrastes. Os subúrbios eram mais modernos, com parques industriais e zonas comerciais, já a cidade velha era cheia de igrejas, monumentos, e ruínas romanas. Seu centro histórico, uma matriz de construções baixas com telhas vermelhas e cercadas por muros de grossas pedras, ocupava uma península de formato retangular com cerca de cinco quilômetros de comprimento e um e meio de largura, que se projetava sobre a baía. Uma passarela a conectava ao continente. Na aproximação para o pouso no aeroporto, ela tinha notado que o porto era protegido do mar aberto por uma sequência de ilhas, que se dispunham em fileiras paralelas à costa. A silhueta recortada de enseadas e angras profundas marcava suas praias. Eles estavam do lado de fora das muralhas da cidade velha, na ponta da península, onde os barcos atracavam. Aquela tempestade que temia tinha chegado, num frio e escuro envoltório cinzento. Os galhos nus de árvores próximas estremeciam à brisa gelada. Na baía, a cerca de um quilômetro e meio de distância, ela avistou a balsa, e ouviu uma sirene.

— É um alarme — disse Daniels.

Da parte fronteira do barco estava saindo fumaça, logo capturada pelo vento. Algo estava errado. Eles avistaram um bote salva-vidas sendo baixado para a água e se afastando a todo motor.

— Aposto que sei quem está nesse barco — disse ele.

— O que quer dizer?

— Aposto que Kim está fugindo. Ele tinha de sair daquela porra antes de o barco atracar.

— Como foi que ele conseguiu roubar um bote? Isso não deveria ser possível.

— Você é tão ingênua assim? Ou só é burra? Aqui é cada um por si. Você faz o que tiver de fazer.

— Não trabalho dessa maneira. Nunca fiz isso. Nunca farei.

Ele balançou a cabeça parecendo estar aborrecido.

Outro bote caiu na água.

— E sei quem roubou este — disse Daniels.

Pegou seu celular e digitou um número.

O vento espalhava a chuva nevoenta pela baía, como se fossem fantasmas. O frio machucava o rosto dela. Teriam de buscar abrigo, mas Luke Daniels não se moveu, a atenção focada nos dois botes cor de laranja que se distanciavam da balsa em direção ao norte, afastando-se da cidade. Quando atenderam à ligação, ela pôde ouvir a conversa, pois Luke ativara o viva-voz.

— Meu velho, é você num desses botes?

— Sou eu. Kim está à nossa frente.

— Estamos em terra — disse Daniels. — No cais. A Mulher-Maravilha está comigo.

Ela ficou ressentida com a atitude condescendente dele e com o insulto com que, ela sabia, seus colegas no Tesouro se referiam a ela.

— Kim pegou os documentos — disse Malone. — Não podemos deixá-lo escapar. Lá tem um original que precisamos recuperar.

Ela percebeu a importância do que Malone tinha conseguido descobrir, o que aumentou o problema que seria conter essa situação.

— Talvez eu não consiga alcançá-lo — disse Malone. — Essas banheiras não foram equipadas para serem velozes. Dá para você acompanhá-lo de terra firme?

O olhar de Daniels deixou as ondas revoltas para se fixar na margem à sua direita, que seguia em zigue-zague em direção ao norte, onde se entremeavam prédios e pinhais. A uma distância de talvez três quilômetros, uma marina coberta era visível.

Mas ela viu, também.

Uma estrada margeava a costa até onde a vista alcançava, com praias arenosas entre ela e a água.

— Consigo, meu velho. Logo estaremos com você.

Capítulo 35

VIRGÍNIA

Stephanie dirigia o carro, afastando-se da casa de Ed Tipton. Como lhes fora pedido, apagaram as luzes da casa e trancaram a porta da frente. Danny tinha pegado emprestado vinte dólares com ela e os deixado sob o telefone de Tipton, como pagamento pelas ligações internacionais. Ela achou isso estranho, mas bem típico dele. O presidente não gostava de ficar devendo nada a ninguém.

Ele estava sentado no banco de trás com o caixote de madeira que tinham tirado do armário do corredor. Tinha acendido uma das luzes na parte traseira do carro e estava revirando o conteúdo da caixa. O brilho da luz não permitia que ela visse o que estava acontecendo pelo espelho retrovisor, mas sabia que não era caso de lhe pedir que a apagasse. O carro com os dois agentes do Serviço Secreto os seguia de perto. Faltava menos de uma hora para o amanhecer. Estranhamente, não estava cansada, embora devesse estar. Tinha ultrapassado o limiar do cansaço várias horas antes e chegara ao ponto em que o corpo começava a funcionar no piloto automático, que se danasse o sono.

— Está cheio de livros antigos — disse ele. — A maioria deles é sobre George Mason. E também tem esse aqui.

Estendeu o braço à frente, exibindo entre os dois assentos dianteiros um exemplar de um volume fino com capa dura. *Taxation: The People's Business.* Escrito por Andrew W. Mellon.

— Não sabia que ele era escritor — disse ela.

O livro voltou ao assento traseiro.

— Deste eu já sei tudo sobre. Edwin me fez um resumo ontem.

— Vocês dois têm estado ocupados. Você não tem um país para governar?

Ele riu.

— Na verdade, a coisa se governa sozinha. Especialmente quando você é um pato manco. Ninguém liga para o que eu tenho a dizer.

Mas ela não se deixava enganar.

— A menos que você queira que eles liguem.

— A página do copyright diz que o livro foi publicado em 1924 pela MacMillan. Edwin me diz que David Finley, associado de Mellon, foi quem o escreveu para ele, mas tudo nele soa completamente como Mellon.

Ela o ouviu folhear o livro.

Depois começou a ler em voz alta.

> O problema do governo é estabelecer taxas que tragam o máximo de receita para o Tesouro e ao mesmo tempo não constituam um ônus pesado para o contribuinte ou para empreendedores de negócios. Uma política de impostos sensata deve levar em consideração três fatores. Deve produzir receita suficiente para o governo; deve atenuar, tanto quanto possível, o peso dos impostos sobre aqueles que são menos capazes de suportá-lo; e deve também remover as influências que possam retardar o contínuo e estável desenvolvimento dos negócios e da indústria dos quais, em última análise, a nossa prosperidade depende tanto. Além disso, um sistema permanente de impostos deveria ser projetado não somente para um ou dois anos, nem para o efeito que possa ter sobre quaisquer determinadas classes de contribuintes, mas deveria ser concebido em função das condições a longo prazo e tendo em vista seu efeito final sobre a prosperidade do país como um todo.

Esses são os princípios nos quais a política de taxação do Tesouro está baseada, e qualquer revisão de impostos que ignore esses princípios fundamentais demonstrará ser meramente um paliativo e deverá ser posteriormente substituída por um sistema baseado em considerações econômicas, e não políticas.

Não há motivo para que a questão da taxação não seja abordada de um ponto de vista de negócios e não partidário. A revisão de impostos nunca deveria se tornar a bola do jogo de política partidária ou de classe, e sim deveria ser elaborada por quem tenha feito um estudo cuidadoso do assunto em seus aspectos mais amplos e esteja preparado para recomendar o processo que, no fim, demonstre ser o de interesse maior para o país.

Nunca considerei a taxação um meio de recompensar uma classe de contribuintes em detrimento de outra. Se um tal ponto de vista alguma vez controlar nossa política pública, as tradições de liberdade, justiça e igualdade de oportunidade, que são as características distintivas de nossa civilização americana, terão desaparecido, e em seu lugar teremos uma legislação de classe, com todos os seus correspondentes males. O homem que busca perpetuar o preconceito e o ódio entre classes está prestando um mau serviço à América. Ao tentar promover ou derrubar legislação arregimentando uma classe de contribuintes contra outra, ele demonstra ter uma concepção totalmente errada quanto a esses princípios de igualdade sobre os quais se fundou este país.

— É fácil ver por que Mellon e Roosevelt brigavam — disse Danny. — A luta de classes foi o bilhete de Roosevelt para quatro mandatos. Ele usava essa carta sempre que tinha oportunidade. Mas era uma jogada esperta. Havia muito mais "não temos" do que "temos", e números ganham eleições.

Ela percebia que algo ainda o preocupava.

Estivera preocupado a noite inteira.

— Mellon tinha razão — disse ele. — Aumentar os impostos não aumenta as receitas. Na verdade, acontece o contrário. Os ricos encontram um meio de proteger legalmente seu dinheiro e de evitar as taxas mais elevadas de imposto. E quem pode culpá-los por isso?

Mas toda vez que baixamos as taxas de imposto, as receitas aumentaram. Harding. Coolidge. Hoover. Kennedy. Reagan. Bush. Todos conseguiram isso.

— Qual é o problema? — perguntou ela finalmente.

— Meu secretário do Tesouro mentiu para mim. Edwin descobriu que Larks pode ter roubado um documento original junto com todas aquelas cópias. Joe Levy nunca disse uma só palavra sobre isso. Aposto meu traseiro que Morgenthau arquivou como sigilosa aquela folha de papel amassada que pegou com Mark Tipton, aquela que Mellon deu a Roosevelt, e Larks a roubou do Tesouro.

— E agora está lá fora, perdida no mundo, e pode cair nas mãos de pessoas que podem descobrir como decifrar o código. Pergunte ao secretário do Tesouro se ele mentiu. Joe trabalha para você. Se ele não falar, você pode demiti-lo.

Ele apagou a luz do carro.

— Mas é exatamente isso. Não acho que esteja fazendo o que quer que seja para me prejudicar. Na verdade, acho que está tentando me proteger.

— De quê?

Ela chegou à rampa que leva à interestadual e entrou na autoestrada, aumentando a velocidade, os dois faróis mantendo-se firmemente atrás dela.

— Do pedaço de papel amassado — disse ele.

E ela concordou.

— Não vou demitir o cara por estar se responsabilizando por um erro. Você precisa ler o livro todo de Howell.

Da leitura que fizera no tribunal ela percebera o bastante para ter uma ideia geral.

— Ele é um fanático do imposto de renda. Parece que está cheio de questionamentos quanto à Décima Sexta Emenda.

— O negócio é o seguinte — disse ele, a voz baixa e distante. — Nossa dívida nacional é de dezesseis trilhões de dólares. Os juros dessa dívida são de duzentos bilhões por ano. Outro dia achei um website com um contador que vai registrando a dívida nacional à medida que cresce a cada segundo. Fiquei lá sentado e olhando o diabo da coisa. É algo como um milhão de dólares a cada minuto. Pode imaginar? É insano.

— E você ficou sentado lá, olhando?
Ele riu.
— É como estar hipnotizado.
Ela sorriu. Às vezes ele realmente parecia uma criança grande.
— Noventa por cento dos recursos usados para pagar a dívida vêm de uma única fonte — disse ele.
E ela sabia qual era. O imposto de renda.
— Imagine se esse imposto fosse ilegal? — Ele estalou os dedos. — Nada mais desses noventa por cento. Perdidos. Num piscar de olhos.
Ela percebeu as implicações, mas teve de perguntar:
— Poderia ser substituído?
— Será? O Congresso teria de aprovar uma nova emenda, e depois trinta e oito estados teriam de ratificá-la. Isso levaria muito tempo, enquanto a dívida iria crescendo a uma taxa de um milhão de dólares por minuto. Aliás, não conseguiríamos tomar emprestado nem um centavo para cobrir qualquer déficit já que nosso crédito não ia valer porcaria alguma. Mesmo que fosse aprovado um novo imposto de renda, nunca iríamos nos recuperar. Os trilhões em débito acumulado nos levariam à falência. É pior ainda se sabíamos que a Décima Sexta Emenda era ilegal esse tempo todo, mas a declaramos válida e continuamos a cobrar os impostos. Isso é fraude, o que nos faz responsáveis por todos esses trilhões de dólares que roubamos das pessoas.
— Um pouco exagerado, você não diria?
— Não tenho tanta certeza. Tenho um mau pressentimento aqui, Stephanie, do tipo que aprendi a levar a sério. Continuo pensando nos chineses *e* nos norte-coreanos. E em Kim. Ele está atrás de quê? Então me lembro que nosso credor número um é a China. Devemos a ela um trilhão e duzentos bilhões de dólares, dívida que também cresce a cada minuto. O que você acha que aconteceria se deixássemos de pagar essa dívida?
Ela sabia. Poderia causar um colapso na economia da China.
— Você acha que Kim está atrás de munição para acabar com o nosso imposto de renda?
— Você ouviu o que o embaixador disse. Diferentemente do Querido Líder, Kim não deve nada à China. Ele tanto pode meter no

traseiro deles como não. Aquele embaixador estava apavorado. Eu vi isso nos olhos dele e ouvi em sua voz. Ele tentou esconder, mas estava com medo.

Ela também estava apreensiva, percebendo na conversa algumas expressões ocultas, e alguma hesitação onde não deveria haver nenhuma.

Continuaram a percorrer a autoestrada em alta velocidade em direção ao norte, ainda sem o movimento de começo de dia. O céu acima deles passava do preto ao salmão. Ao leste, a nítida linha de um brilhante nascer do sol já começava a iluminar a luz cinzenta da aurora.

— Essa nossa roupa suja — balbuciou ele — está realmente fedendo. Mas graças a Paul Larks ela pode estar prestes a ser exposta. Você sabia que algo estava me incomodando. Vi nos olhos, lá no Tesouro. É isso aí. Nosso calcanhar de aquiles.

Continuaram a viagem em silêncio por alguns momentos, ambos imersos em pensamentos.

— Não podemos deixar isso acontecer — disse finalmente Danny.

— Vou entrar em contato com Luke e Cotton, depois de deixá-lo na Casa Branca.

— Faça isso. Preciso saber o que eles descobriram por lá.

As luzes do Capitólio surgiram à sua frente. Mais alguns minutos e logo estariam na Casa Branca.

— Antes de chegarmos lá — disse Danny do assento traseiro —, há outras coisas que você tem de saber. Coisas que não pude dizer na frente de Harriett.

Capítulo 36

CROÁCIA

Isabella correu sob a chuva atrás de Luke Daniels, as pedras redondas do calçamento brilhando com a umidade. Ela se perguntou o que ele quis dizer quando falou para Malone *"Logo estaremos com você"*. A resposta veio quando Luke fez um táxi parar e, quando o carro estacionou para ele, abriu bruscamente a porta do motorista, arrancou o homem de lá e o jogou no concreto molhado.

Ele lhe fez um sinal de que entrasse.

Ela hesitou.

— Está bem, fique aí. Você é um pé no saco, de qualquer maneira — gritou ele.

Que se dane. Ela tinha de ir. Então correu para a porta do carona, abriu-a e entrou. Ele se instalou atrás do volante, colocou a marcha em *drive* e partiram, os pneus girando e assobiando na chuva.

— Você nunca roubou um carro antes? — perguntou ele.

— Não.

Ele balançou a cabeça.

— Bem-vinda ao meu mundo.

— Você sabe que o motorista vai chamar a polícia — disse ela.

— Espero que tenhamos desaparecido muito antes de que possam nos encontrar.

Ele estava seguindo por uma estrada que margeava a península, fora dos muros da cidade e ao longo de um cais, em direção à ponte que levava ao continente e, ela presumiu, à estrada que se estendia pela praia em direção ao mesmo lugar para onde Kim e Malone estavam se dirigindo nos botes. Estavam tentando alcançá-los, mas Luke estava conseguindo se adiantar, ultrapassando carros, irrompendo cruzamentos, ignorando todas as leis de trânsito.

E atraindo muita atenção.

Buzinas soavam e freios chiavam.

— Pelo jeito você já fez isso antes, certo? — perguntou ela, tentando manter a calma e aguentar firme.

Ele girou o volante bruscamente para a esquerda e eles viraram para o norte, agora seguindo a estrada da baía.

— Tenho alguma prática.

O táxi era um Audi cupê sujo e cheio de amassados. O interior fedia, cheirava a nicotina e ela entreabriu a janela o suficiente para entrar um pouco de ar fresco.

— Fica de olho lá na baía — disse a ela.

A chuva continuava a fustigar o carro como se fossem projéteis, atingindo o para-brisa em ondas. Ela avistou a balsa entre os movimentos dos limpadores. Os dois botes cor de laranja não estavam à vista, mas um pontal que se projetava para a baía, perto da marina que tinham visto antes, bloqueava sua visão. Tinham de seguir adiante pela estrada, além do trecho que se projetava, para poderem enxergar alguma coisa.

Aparentemente Daniels se dera conta disso também.

E o motor roncou mais forte.

Kim estava de pé junto à Hana.

Ela pilotava o bote, afastando-se da balsa em direção à praia. A chuva caía agora em torrentes, o que era bom e ruim. A tempestade provia excelente cobertura, mas também fustigava a baía, agitando e tumultuando as águas. Sua refém ainda jazia em um dos bancos, sem se mexer. A pasta preta ainda estava em seu ombro, a bolsa de viagem aos seus pés. Precisavam encontrar um lugar onde desembarcar, preferivelmente com poucas pessoas, ou nenhuma, por perto. De lá, com certeza poderiam pegar um táxi ou outro tipo de transporte terrestre para o aeroporto ou uma estação de trem.

O bote salva-vidas avançava numa marcha lenta, mas estável. Os limpadores mal conseguiam manter o para-brisa livre da chuva. Ele foi para a janela a bombordo e viu a silhueta de uma das muitas ilhas que protegiam a baía. Pelas janelas de estibordo divisou o litoral da Croácia, onde se alinhavam prédios e árvores. Pela janela traseira avistou outro bote que avançava em sua direção.

O americano.

Quem mais?

Malone mantinha o leme firme enquanto atravessava o mar revolto. O bote salva-vidas mais parecia uma rolha provida de motor, projetado para se manter na vertical, mas não necessariamente estável. Seus motores, da mesma forma, tinham sido projetados para serem duráveis, sacrificando a velocidade por milhagem. Seu veículo era idêntico ao que Kim estava usando para fugir, de modo que, a menos que o bote da frente diminuísse a velocidade, não havia como ele cobrir a distância de um quilômetro e meio entre eles. Mas podia mantê-la, e era o que pretendia fazer. Só podia torcer para que Luke estivesse lá quando Kim saltasse em terra.

Tinha recuperado rapidamente o equilíbrio, enjoo nunca fora um problema. Mas era óbvio que Howell não era um marinheiro. As sacudidas para cima e para baixo e para os lados o tinham afetado.

— Ponha a cabeça para fora da portinhola — disse ele. — Um pouco de ar fresco vai te fazer bem, e fique de olho em Kim ao mesmo tempo.

O uivo do vento ficou mais forte quando ele abriu a portinhola lateral. A chuva fria penetrou na cabine. Ele não conhecia nada da geografia local, só sabia que estavam indo para o norte, rumo a uma baía protegida por terra pelo dois lados. Normalmente, a água deveria ser calma e clara.

Mas não hoje.

Ouviu Howell botar os bofes para fora.

O acelerador estava no máximo e estavam se movendo o mais rápido que podiam, o que não adiantava nada.

Mas pelo menos estavam indo na direção certa.

Kim foi até onde estava Hana e tomou uma decisão.

— Temos de fazer com que o outro bote perca velocidade — disse ele. — É quase certo que seja o Sr. Malone, mas independentemente disso, seja quem for, vai ter de se ocupar com outra coisa. Felizmente temos algo que pode fazer isso acontecer.

Seu olhar foi em direção da mulher semiconsciente.

— É hora de nos livrarmos dela — disse ele.

Abriu a portinhola lateral, ergueu do banco a mulher atordoada e a levou até a abertura. Duvidava que fosse capaz de nadar, tão pronunciados eram os efeitos da droga em seus músculos e seus nervos.

Mas seu afogamento seria uma distração ainda melhor.

Ele a jogou, a cabeça primeiro, para o mar.

Malone viu um corpo cair do bote à frente. Ele gritou para Howell:

— Você viu isso?

— Tem alguém na água, e eles não estão fazendo nada.

Esperou que Howell não ligasse os pontos.

Mas ele o fez.

— É Jelena, Malone. É ela. Está desaparecendo nas ondas.

Ele se deu conta que Kim o estava obrigando a escolher, onde não havia escolha, e o norte-coreano sabia disso. Ele virou a proa para bombordo.

— Mais para a esquerda — gritou Howell. — A corrente a está carregando.

— Vem cá — gritou.

Howell correu até ele.

— Segure o leme e use o acelerador. Mantenha-nos perto dela.

Ele correu para a portinhola.

E saltou para a água.

Kim ficou olhando para trás, e viu um homem pular para as ondas, enquanto o outro bote dava uma guinada e diminuía a marcha até parar.

— Isso deve mantê-los ocupados o bastante para que a gente chegue à margem — disse ele.

A costa à sua direita era cada vez menos acidentada, com menos prédios e mais pinhais, e uma praia deserta. Depois a terra firme terminava, e ele avistou um ponto arborizado que formava outra península, e além dela, à direita, mais água e o litoral da Croácia.

— Ali. Evite esse trecho mais agreste e vá na direção do continente.

Isabella estava vendo os dois botes na baía, um bem à frente do outro. Depois viu algo saindo do bote da frente e caindo na água. Uma pessoa. O segundo barco agora diminuía a marcha, e alguém pulou dele para o mar revolto. O primeiro bote seguiu em frente, sem hesitar. Eles tinham contornado as obstruções na costa e agora avistavam a baía inteira. O primeiro bote estava se afastando de outra península em direção ao litoral aberto.

— Vamos conseguir pegá-los — disse Daniels. — Estão vindo em nossa direção.

Ainda avançavam em grande velocidade, a estrada sem tráfego nos dois sentidos. A neblina continuava a obstruir a visão do para-brisa e das janelas, o sistema de ar quente produzia mais barulho do que surtia efeito. Breves lampejos do caos apareciam quando as rajadas de vento e chuva amainavam. Depois, outra coisa atraiu seu olhar. Luzes vermelhas piscando. E uma sirene que uivava. Ela virou a cabeça e viu um carro de polícia atrás deles.

— Não temos tempo para eles — disse Daniels.
— Talvez eles não vejam as coisas da mesma maneira.
— Terão de me alcançar primeiro.

Acelerou, impulsionando-os num trecho em linha reta. Depois, mais adiante, ela viu mais luzes piscando e carros bloqueando a estrada. Contou seis. Isso explicava a ausência de tráfego na outra pista. Estavam se aproximando rapidamente de uma barricada, a pouco mais de um quilômetro de distância. Homens de uniforme estavam de prontidão. Vários deles apontavam suas armas.

— Você vai acertá-los? — perguntou ela.

Oitocentos metros.

Ela esperou para ver o que Daniels ia fazer.

Quatrocentos metros.

De repente o para-brisa foi tomado por mil linhas opacas reluzentes em formato de teia de aranha. Alguém tinha atirado neles, e agora era impossível enxergar o que havia à frente. Daniels pareceu perceber a inutilidade de qualquer outra tentativa, e tirou o pé do acelerador, acionou os freios e manobrou o volante bruscamente para a direita. A traseira do carro girou, deixando-o perpendicular à estrada, e eles deslizaram cem metros pela superfície encharcada até parar completamente.

Depois, silêncio.

Apenas a chuva caindo no teto perturbava o silêncio.

Homens cercaram o carro e gritavam palavras numa língua que ela não entendia.

Nem precisava entender.

— Isso não é nada bom — disse ele.

E dessa vez ela concordou.

Capítulo 37

WASHINGTON, D.C.
7:25

Stephanie deixou Danny na Casa Branca e depois foi para o Mandarin Oriental, onde sempre se hospedava quando estava na cidade. Sua mala tinha sido entregue por um mensageiro do Departamento de Justiça, que fora buscá-la no avião quando havia chegado de Atlanta, horas atrás. Felizmente, o hotel tinha um quarto disponível imediatamente, e seus pertences a esperavam quando abriu a porta. Um dos porteiros a ajudou com o caixote de madeira que continha os livros, ela deu cinco dólares de gorjeta depois que ele deixou a caixa sobre o carpete.

Um banho quente e um pouco de comida cairiam bem. Então ela se arrumou e foi até o oitavo andar e ao Tai Pan Club, onde era servido o café da manhã. Tinha de saber o que estava acontecendo em Veneza. Não tinha chegado nenhum relatório havia várias horas. Da última vez que falara com Luke Daniels ele estava a caminho da Croácia com a agente do Tesouro e Cotton estava numa balsa com todos os demais integrantes do jogo, inclusive a bolsa cheia de documentos. Talvez estivessem fazendo uma pausa, tudo sob controle. Por outro lado, tinha aprendido a não contar com a sorte. Melhor fazê-la ela mesma.

Naquele momento, nove de seus doze agentes estavam em missões espalhadas pelo mundo todo. Ela sempre delegava o controle operacional de oito deles ao seu vice no comando. Tinha ficado com Luke Daniels. Cotton era independente, o único freelancer que atualmente estava trabalhando para ela. Às vezes fazia uso deles, mas bem raramente. Preferia ter controle total sobre sua gente. Cotton era a exceção, conquanto pudesse, às vezes, se mostrar problemático. Ainda assim era o melhor agente que já trabalhara para ela. No entanto, ela nunca lhe diria isso. Nem era preciso, na verdade. Ele sabia.

Danny a tinha incentivado a ler o livro de Howell, e queria um relatório completo assim que chegassem notícias do exterior. Então, para passar o tempo, ela seguiu a sugestão dele e baixou uma cópia de *A ameaça patriótica*. Antes de sair da página em que ia comprar o livro, ela checou os quarenta e três comentários de clientes, que tinham uma avaliação média de quatro estrelas. A maioria tinha gostado das ideias originais apresentadas, mas achavam a premissa um tanto exagerada. Vários tinham gostado, mas soavam como anarquistas, e quase todos odiavam o imposto de renda.

Quem não?

Ela passou um tempo no saguão lendo o livro. A introdução declarava que Howell não era um advogado, mas tinha passado vários anos estudando o imposto de renda federal. Convidava os leitores a desafiarem suas afirmações e investigarem as conclusões dele por si mesmos. *O debate é saudável*, escrevera a certa altura.

E era mesmo.

Deu uma olhada no sumário e decidiu pular capítulos, concentrando-se primeiro naquele no qual Howell mencionava, como hipótese, a possibilidade de que a Décima Sexta Emenda não tinha sido ratificada adequadamente. No parágrafo de abertura ele admitia francamente que não possuía provas, mas depois declarava:

> Durante as duas décadas passadas muitos dos que protestam contra os impostos (inclusive eu mesmo) temos declarado que a Décima Sexta Emenda na verdade não faz parte da Constituição. Portanto, o imposto de renda é ilegal. Será que este argumento é válido? Alguns dos protestantes realizaram extensa pesquisa,

e descobriram que versões da emenda, na forma em que foram ratificadas individualmente por estados, contêm pequenos erros no texto. Alguns deixaram de escrever a palavra "Estados" com inicial maiúscula, ou se referiram à "renda" em vez de "rendas". Outras usaram a palavra "remuneração" em vez de "enumeração". Outras ainda registram "arrecadar" em vez de "lançar" etc. Assim a questão se impõe, se o número requerido de estados não votou o mesmo e idêntico texto da Décima Sexta Emenda, ela realmente pode ser considerada como tendo sido ratificada?

Deve-se admitir, é uma boa pergunta. Quando o Congresso, ou uma legislatura estadual, promulga uma lei, as duas casas devem sempre aprovar o mesmo texto. Senão, não existe lei. Em vez disso, haverá duas votações separadas para duas versões diferentes dessa lei. Da mesma forma, se estados não votaram todos o mesmo texto, um deles poderia alegar que eles não tinham, no todo, ratificado a mesma Décima Sexta Emenda.

Há uma certa lógica nesta conclusão, mas os tribunais têm consistentemente afirmado que pequenas variações nas versões que os estados votaram não são importantes. Essas mesmas cortes asseveram que toda legislatura estadual que se manifestou sobre a emenda tencionava ou ratificá-la ou rejeitá-la *exatamente como fora proposta pelo Congresso*. Quando votaram, elas entendiam que estavam votando para aprovar ou rejeitar a Décima Sexta Emenda, *como proposta pelo Congresso*. Juízes que consideraram a questão sustentaram todos que: "O texto daquela emenda, como apresentado para aprovação nos vários instrumentos estaduais, estava ali somente para fins de enunciação. Quaisquer erros no texto não consistiam em propostas para mudar a emenda a ser ratificada, eram erros apenas por inadvertência que não desvirtuam a intenção global da legislatura estadual de ratificá-la, como proposta."

Outra regra que os tribunais utilizaram para derrotar os que protestavam contra o imposto foi a de que a declaração oficial (pelo agente apropriado do governo) da data em que uma emenda constitucional entra em vigor é definitiva. Em 1913, o secretário de Estado era o agente oficial do governo encarregado de determinar se uma emenda à Constituição tinha sido ratificada apropriadamente (hoje em dia, a missão é realizada pelo chefe do Arquivo Nacional dos Estados Unidos). Os tribunais, conquanto se vejam com o poder de determinar o significado da Constituição e das leis, consideram-se *não* competentes para dizer quando o texto definitivo da Constituição e de suas emendas deve começar a ser aplicado. Em 1922, a Suprema Corte sustentou em *Leser* v. *Garnett*, 258 U.S. 130 (1922), que quando o secretário de Estado certifica que uma emenda à Constituição foi ratificada, nenhum tribunal tem o poder de reexaminar essa afirmação para determinar se realmente foi ou não. Claro, essa decisão veio nove anos após Philander Knox ter certificado a Décima Sexta Emenda. Mas o mesmo princípio fora aplicado em 1913. Assim, o que aconteceria hoje se uma emenda proposta não fosse ratificada por três quartos dos estados, mas o chefe do Arquivo Nacional dos Estados Unidos ignorasse essa realidade e a declarasse ratificada? A Suprema Corte diz que os tribunais não podem questionar essa ação patentemente errada. O senso comum diria que é claro que os tribunais questionariam. O que, por si mesmo, suscita uma questão.

Um arrazoado final que os tribunais apresentam para derrotar os que protestam contra o imposto é que a Décima Sexta Emenda está em vigor há mais de cem anos, foi considerada e aplicada pelos tribunais, inclusive a Suprema Corte, em inúmeros casos, e, portanto, ela é válida. Como escreveu um juiz: "Conquanto isso por si mesmo não seja suficiente para barrar uma inquirição judicial, é persuasivo quanto à questão da validade." Estendamos isso à sua conclusão lógica. Se uma lei foi ilegal desde o início, mas assim mesmo foi adotada, o simples fato de ter estado em vigor durante muito tempo bastaria para torná-la legal?

É claro que não.

Eis a realidade: os tribunais simplesmente não querem ouvir que a Décima Sexta Emenda pode não ter validade. As implicações dessa conclusão são terríveis demais para eles sequer as levarem em conta. Então, os juízes conceberam sua própria forma de lógica distorcida para descartar todos os desafios. O problema é que sua lógica não resiste a um exame. E quando chegar o dia em que alguém for capaz de efetivamente apresentar uma prova concreta não só do fato de que a emenda não foi ratificada, como de que a declaração de sua entrada em vigor pelo secretário de Estado em 1913 foi equivocada desde o início, os tribunais não terão outra opção a não ser levá-la em consideração.

E aí está uma questão final. Há quem diga que mesmo que a Décima Sexta Emenda não tenha sido adequadamente ratificada, isso não quer dizer que o Congresso não poderia impor um imposto sobre a renda. Isso é verdade. O Congresso ainda poderia impor um imposto sobre a renda, mas ele teria de ser rateado, como requer o Artigo 1, Seção 2. Isso, é claro, nunca aconteceria. O medo que os Pais Fundadores tinham de "impostos diretos" não declinou. Ao contrário, hoje são ainda mais acentuados. Nenhum Congresso aprovaria um imposto de renda que tenha alíquotas radicalmente diferentes, dependendo de onde se mora.

E que não se esqueça a "parte terrível" que os tribunais realmente temem. Imagine-se por um momento que a Décima Sexta Emenda seja inválida, que tenha sido inválida desde o início, e que o secretário de Estado em 1913 sabia o suficiente para ao menos ter suspeitas — e ainda assim a declarou "em vigor". Isso, em qualquer definição, chama-se fraude. Não só a aplicação atual da Décima Sexta Emenda cessaria imediatamente, mas os Estados Unidos seriam responsáveis por trilhões e trilhões de dólares que confiscaram ilegalmente de seus cidadãos. Considerando essa possibilidade, é fácil ver por que os tribunais trabalham tão duramente para manter sua validade.

Ela interrompeu a leitura.

Tudo que Howell escrevera fazia total sentido. Seus argumentos eram perfeitos, as implicações claras, algumas delas ecoavam os temores que Danny tinha expressado no carro. Ela agora conseguia entender por que ele estava preocupado. Obviamente, tinha lido o livro. Ela também tentou se lembrar de outra coisa que a corte federal de apelação tinha escrito no caso de Howell, logo após ter declarado que "para que Howell prevalecesse, teríamos de requerer, numa hora tão tardia, uma demonstração excepcionalmente forte de que a ratificação foi inconstitucional". Ela pressionou uma tecla de seu laptop e encontrou a opinião do tribunal on-line, e localizou a passagem no final.

Howell (por intermédio de sua defesa designada) não fez tal demonstração, apenas concluindo audaciosamente que a emenda foi ratificada impropriamente. Não foi apresentada evidência que prove essa assertiva, nem Howell citou qualquer autoridade factual ou legal que ligue esta corte (ou, para esta questão, o secretário de Estado Knox em 1913) à sua contestação de que a Décima Sexta Emenda foi impropriamente ratificada. Em resumo, Howell não deu conta do ônus de demonstrar que esta emenda que já existe há cem anos foi ratificada inconstitucionalmente.

Será que a prova que Howell procurava estava na bolsa preta que naquele momento atravessava o mar Adriático em direção à Croácia? Aparentemente a China, a Coreia do Norte e Kim Yong Jin achavam que ali havia algo de substancial.

Ela concordou com Danny.

Essa crise era, decididamente, diferente.

E ela, também, tinha um mau pressentimento.

Capítulo 38

CROÁCIA

Kim continuou a vigiar pela janela traseira, contente de ver que o outro bote salva-vidas estava bem longe, ocupado com o resgate. Melhor ainda, uma neblina começava a se espraiar, engolindo tudo em seu caminho e oferecendo excelente cobertura. Ela e a chuva deveriam encobrir sua fuga. Permaneciam a meio quilômetro da costa, cortando a espuma da baía. Nem ele nem Hana pareciam estar afetados por algum enjoo, embora devessem estar. O bote se erguia e caía, com uma regular instabilidade.

— Precisamos saber onde estamos — disse a ela.

Definitivamente, estavam ao norte de Zadar. Ele tinha avistado o porto da cidade durante a fuga. Neste momento estavam seguindo em paralelo o continente, protegidos ao oeste pela barreira de ilhas e arquipélagos rochosos. A tempestade, contudo, tinha vindo do leste e não estava perdendo força. Felizmente, a linha do litoral continuava visível. Hotéis, resorts, e vários outros prédios se alinhavam nas praias, onde as ondas estouravam numa agitação de espuma.

A bolsa preta continuava pendurada em seu ombro, bem ajustada. Ele não podia deixar que a chuva danificasse nada do que havia dentro dela. Precisava de tempo para examinar tudo, sem qualquer pressão. Seguir diretamente para o aeroporto ou para pegar um trem agora não parecia ser uma medida sensata. Malone ainda estava lá, e talvez contasse com ajuda. Então, um quarto em um dos resorts à beira-mar parecia ser um excelente lugar para uma trégua.

Mais à frente ele viu mais prédios em estreito aglomerado.

E um cais.

Ele apontou para lá.

— Vamos terminar nossa jornada ali.

Malone sentiu o mar se fechar sobre ele, a água fria como um golpe físico, tirando-lhe a respiração, sugando a força de seus músculos. Ele voltou à superfície, as ondas chegando seguramente a um metro ou a um metro e meio de altura, e procurou por Jelena.

Mas ela não estava à vista.

Inspirou fundo e mergulhou, nadando com vigor. Suas roupas logo ficaram perigosamente pesadas, mas ele continuou. Subia e descia, os olhos tentando vislumbrar algum sinal dela nas ondas agitadas. Ficou se perguntando se ela teria sido drogada. Essa parecia ser a arma predileta de Kim. Se fosse assim, não haveria como ela conseguir nadar.

Fique calmo, disse a si mesmo.

— Jelena, Jelena — gritou tentando se sobrepor ao vento.

Ele batia forte as pernas, tentando permanecer à tona, e lutou para controlar o pânico. Tinha aprendido na marinha sobre a sensação de desespero associada a quem estivesse sozinho num mar revolto. Uma tempestade furiosa só fazia acrescentar a essa ansiedade, e o frio entorpecia suas pernas, fazendo-o movimentá-las ainda mais energicamente. O nevoeiro surgira não se sabe de onde. A visibilidade caíra para pouco mais de quinze metros. Esperava que Howell estivesse mantendo o leme firme, seguindo seu rumo pela água. Senão, poderia ser arrastado para longe, assim como Jelena.

Então o bote salva-vidas surgiu de dentro da neblina, à sua direita.

— Aqui — gritou o mais alto que podia.

A proa arredondada foi em sua direção, os limpadores de para-brisa ainda funcionando. A água fria forçava seus olhos para dentro das órbitas com uma dor lancinante. Entre as braçadas para se manter à tona ele ergueu o braço no ar para chamar mais atenção. Howell aparentemente o tinha visto e chegou com cuidado mais perto. Não ia ser fácil. Howell apareceu junto à portinhola aberta.

Seus olhares se encontraram.

Ele balançou a cabeça.

— Não, não — balbuciou Howell.

O choque tomou o rosto do homem mais jovem, depois a tristeza.

Ele subiu para o bote. Seus músculos doíam e estava respirando com dificuldade. Howell cambaleou para o outro lado da cabine fechada, uma das mãos no rosto, lágrimas nos olhos.

Os pulmões de Malone continuavam a se encher com inspirações profundas, o oxigênio no sangue se estabilizando. O frio fazia seus músculos doerem e ele ainda sentia o forte sabor da água salgada. Debaixo dos bancos de madeira certamente havia cobertores, e ele encontrou um e se enrolou nele.

Olhou pela janela.

Nada a não ser neblina.

Kim tinha sumido.

Isabella tinha prendido muita gente, mas ela mesma nunca tinha sido levada com as mãos presas atrás das costas. A polícia local não estava de bom humor, arrastando ambos do táxi e depois os tirando rapidamente do local. Luke Daniels, sabiamente, tinha mantido sua boca fechada, assim como ela. O que quer que pudesse ser resolvido, não o seria ali na chuva. Ela teria de falar com alguém com posição muito mais elevada na escala do poder — em ambos os lados do Atlântico.

Foram levados de volta ao centro de Zadar para um prédio de quatro andares que ficava no continente, de frente para a península da cidade velha. No percurso ela viu que a balsa tinha chegado e atracado, e que dela não saía mais fumaça. Estavam sentados sozinhos no banco traseiro do carro de polícia, com dois guardas no banco dianteiro.

— Quando resolvermos isso — sussurrou ela para Daniels —, cada um de nós vai seguir seu próprio caminho.

Ele lhe lançou um olhar.

— E eu pensava que tínhamos algo especial.

— Foi essa atitude presunçosa que permitiu a fuga de Kim.

— Foi o azar que permitiu a fuga de Kim. Eu estava dando meu melhor.

Ela só podia esperar que Malone tivesse conseguido deter Kim. Aqueles documentos não podiam ser perdidos.

Tinham acabado de estacionar o carro, mas, antes que os policiais saíssem, um celular tocou com uma melodia suave, como a de sinos de igreja. Os dois aparelhos tinham sido confiscados depois da prisão, mas o que estava tocando não era o dela.

— É para mim — sussurrou Daniels.

O policial no banco do carona atendeu.

— Luke. É você?

Eles ouviram a voz de Malone, graças ao alto-falante, que estava ativado.

— Quem fala? — perguntou o policial.

— Quem, com todos os diabos, é você?

— *Policija*.

Malone se deu conta de que a voz ao telefone não era de Luke Daniels, e apesar de croata não ser uma das línguas em que era especialmente proficiente, entendeu o que fora dito.

Polícia.

Decidiu jogar um pouco pesado.

— Aqui é Cotton Malone, Departamento de Justiça dos Estados Unidos. O agente Daniels e a agente Schaefer estão com você?

Isabella ouviu o que Malone disse e viu que o policial tinha entendido cada palavra. Os dois policiais se entreolharam, aparentemente tentando decidir o que responder. Finalmente, o policial com o telefone disse:

— Temos os dois conosco. Eles estão presos.

— Sob que acusação?

— Roubo de automóvel. Condução imprudente. Pôr a vida de outros em perigo.

— Eles são agentes do governo dos Estados Unidos, em missão. Sugiro que entre em contato com a embaixada americana imediatamente.

— Não recebemos ordens de você, e não temos como saber quem você é e se está falando a verdade.

— Você saberá quem eu sou assim que eu chegar aí.

Ela gostava do atrevimento de Malone. Pão, pão, queijo, queijo. Direto. Sem rodeios. Daniels tinha dito que sua tolerância era zero.

Mas os dois policiais não pareciam estar preocupados.

Encerraram a ligação.

Malone enfiou o telefone de volta no bolso e retomou o leme do bote salva-vidas, acelerando os motores. O que o policial tinha dito funcionava para os dois. Ele também não tinha como saber com quem tinha falado.

Mas não podia cuidar disso naquele momento.

A neblina ainda os envolvia, o vento e a chuva continuavam, fustigando com a solidez de chumbo grosso. Se Luke e Isabella estavam em apuros, isso significava que Kim tinha desaparecido há muito tempo com os documentos. Eles também precisavam desaparecer. O bote salva-vidas era propriedade roubada, e, àquela altura, a balsa estava no porto e a polícia estava envolvida. Não tinha tempo para nada disso. Stephanie poderia cuidar do pessoal local mais tarde, era o trabalho dela. O dele era achar Kim e aqueles documentos. Tinha calculado mal na balsa quando deixou o norte-coreano sair do refeitório. Naquele momento, é claro, não tinha ideia da sua importância nem de quão descarado Kim poderia ser. Sua única chance agora era Howell, que estava sentado imóvel em um dos bancos.

Ele ficou olhando pelo para-brisa frontal, tentando enxergar algo através da bruma, o nariz rombudo do bote salva-vidas abrindo o mar.

— Vou precisar da sua ajuda.

— Ele a matou. Jogou seu corpo do bote e deixou que se afogasse.

Não havia tempo para remorso.

— Pague a ele na mesma moeda.

Acrescentou uma incisiva urgência em sua voz, na esperança de que Howell a captasse.

— Tem razão. Farei isso. Mas estou em risco, também. Minha liberdade está naquela bolsa.

— Talvez você não precise dela.

— O que quer dizer com isso?

Capítulo 39

Hana estava de pé na sala de aula, em silêncio, como era exigido. Desde o primeiro dia, todos tinham sido instruídos a ficar de pé eretos, fazer uma reverência ao professor, e nunca falar a não ser que lhes fizessem diretamente uma pergunta. O prédio da escola era semelhante àquele em que ela e sua mãe moravam, um simples quadrado de concreto, um vinil imundo cobrindo as janelas. O professor ficava de pé num pódio, com um quadro de giz atrás dele. Usava uniforme e carregava uma pistola num coldre em seu quadril. Ela não sabia o nome dele, mas isso não tinha importância. Obediência era tudo que importava. Os quarenta estudantes ficavam separados, meninos num lado, meninas no outro. Ela só conhecia o nome de poucos. As regras do campo desencorajavam amizades próximas e alianças eram proibidas, uma vez que ambos criavam conflitos.

— Vocês têm de purgar os pecados de sua mãe e seu pai — disse-lhes Professor. — Então, trabalhem duro.

A maior parte de cada dia era dedicada a lembrá-los de sua inutilidade.

O dia na escola começava às oito horas da manhã. Nunca era permitido faltar. Na semana anterior ela tinha ajudado Sun Hi, que estava doente, no outro lado do campo. A menina talvez fosse a única amiga de Hana, embora não tivesse certeza de qual seria a definição exata dessa palavra. Se significava que gostava de estar com ela, então ela era uma amiga. Quando

Professor lhes dava um tempo para remover os piolhos do cabelo, ela e Sun Hi limpavam uma à outra. Entre as aulas, quando Professor permitia que brincassem de pedra, papel e tesoura, elas sempre jogavam juntas. Ambas tinham nascido no campo. Permitia-se que os internos tivessem nomes simplesmente como um meio de identificá-los. Mas identidades, personalidades, caráter — esses eram proibidos. Ainda assim, ela sentia uma atração por Sun Hi, se não por outro motivo, só por estar com alguém de sua idade. Alguém que não fosse sua mãe. Uma interação simples entre dois prisioneiros não era desencorajada, pois ajudava a erradicar o descumprimento das regras.

O dia de aula sempre começava com chonghwa. Harmonia. A hora em que Professor os criticava por tudo que tinham feito de errado no dia anterior. Mais lembretes de que eles não valiam nada. Só que daquela vez os pecados não eram de seus pais, eram deles mesmos.

Estava com 9 anos, e lentamente aprendera a ler e escrever. Todo ano cada um recebia um único caderno. Os lápis consistiam em pedaços afiados de madeira carbonizada. Exercícios de escrita se limitavam a explicar como ela tinha fracassado em trabalhar duro. A leitura consistia num aprendizado das regras do campo. Hoje Professor parecia estar especialmente zangado. Suas críticas tinham sido severas, mas ninguém emitiu um som sequer. Se lhes perguntassem qualquer coisa, a resposta apropriada seria a mesma para todos eles. Hoje vou fazer melhor.

— Atenção — gritou Professor para a turma.

Ela sabia o que estava por vir. Uma busca surpresa.

Um por um eles se aproximaram dele e Professor os apalpou, depois revistou seus bolsos. Ninguém tinha nada que violasse as regras, exceto Sun Hi, que levava com ela cinco grãos de milho apodrecidos.

— Sua vadia. Você roubou comida? — disse Professor. — Nós cortamos as mãos dos ladrões.

Sun Hi ficou tremendo, sem dizer nada, uma vez que ele não havia lhe feito uma pergunta.

Professor exibiu os cinco grãos escurecidos na palma de sua mão.

— De onde eles vieram?

Uma pergunta. Que tinha de ser respondida.

— Do... campo.

— Você se atreveu a roubar? Seu arremedo inútil de pessoa. Você não é nada. E ainda pensa que pode roubar?

Falava rápido, a voz muito alta. Sua mão direita tinha procurado duas vezes a pistola em seu quadril, mas não tinha, até agora, sacado a arma. Atirar em prisioneiros era uma ocorrência diária, embora isso nunca tivesse acontecido na escola dela.

— Olhem para esse nada imprestável — disse Professor. — Cuspam nela.

Todos fizeram o que ele tinha mandado, inclusive ela mesma.

— Ajoelhe-se — ordenou Professor à Sun Hi.

Sua amiga se deixou cair no chão.

Todos eles vestiam as mesmas calças pretas, camisa, e sapatos fornecidos no ano anterior. Agora meros trapos esfarrapados cobrindo muito pouca pele.

— Repita para mim a subseção três da regra número três do campo — disse Professor à Sun Hi.

— Quem quer que roube... ou esconda... qualquer alimento será... imediatamente fuzilado.

— E o que foi que você fez? — perguntou Professor.

— Eu... descumpri essa... regra.

Ela ouviu o medo na voz de Sun Hi.

Nenhum dos alunos se moveu, cada um ereto e imóvel.

Esconder comida era um dos piores crimes no campo. Aprendiam isso a partir do momento em que começavam a falar, ao que se acrescia a noção de que todo aquele que violava essa regra merecia um castigo rigoroso. O desejo de roubar era apenas mais uma falha de caráter que tinham herdado do sangue traiçoeiro de seus pais. O imprestável só alimentava mais o imprestável.

Professor pegou o ponteiro de madeira, que usava para apontar para o quadro durante as aulas. Sua mão direita açoitou o ar, e a tira fina de madeira atingiu um lado da cabeça de Sun Hi.

A menina desabou, estirada no chão.

— Levante-se — gritou Professor.

Sun Hi ergueu-se lentamente, atordoada com a pancada. Veio outra. Depois outra. De sua boca não saiu um som sequer, o rosto distorcido pela dor e pelo desamparo. Ela começou a cair novamente, mas Professor a manteve de pé segurando-a pelos cabelos e continuou o ataque, todos os golpes visando a cabeça.

Apareceram protuberâncias no couro cabeludo.

Sangue começou a escorrer do nariz.

O ombro de Sun Hi oscilou, um cotovelo enfiado no flanco, o corpo frágil inclinou-se para um lado, depois os olhos ficaram vidrados e ela começou a *cair para a frente. Mas Professor continuou batendo, trincando os dentes num estranho sorriso arreganhado, nos olhos uma mistura de ódio e desprezo. Finalmente a soltou, deixando que o corpo da menina caísse no chão.*

Olhou para os alunos, a respiração ofegante. Depois foi até a porta aberta e atirou ao vento os cinco grãos de milho apodrecidos. Pigarreou com repugnância e disse para a turma:

— Ninguém pode pegar esses aí.

Sun Hi jazia sangrando, sem se mover, o rosto inchado e tomado pelo pesar.

E lá ficou o resto do dia, enquanto eles aprendiam suas lições.

O desapontamento sempre fazia Hana pensar em Sun Hi. Sua amiga estava morta há quatorze anos. E era isso que tinha sido. Uma amiga. Agora tinha certeza disso.

Ninguém na turma jamais tornou a falar de Sun Hi. Era como se ela nunca tivesse existido. Tampouco questionaram o castigo. Todos se deram conta de que tinha sido necessário. Tristeza e arrependimento eram emoções que ela só viera a conhecer *depois* de deixar o campo. Dentro de suas cercas a sobrevivência era a única coisa que importava. Nenhum prisioneiro jamais julgava outro prisioneiro, por motivo algum. Tampouco julgavam os guardas, ou Professor.

Mas aquele dia a tinha feito mudar.

Conquanto só tivesse 9 anos, decidiu que ninguém jamais a golpearia com um ponteiro de madeira até sua cabeça explodir. E nunca mais ia cuspir num amigo. Se para evitar isso tivesse de morrer, então era isso que ia acontecer. O suicídio, é claro, sempre seria uma opção. Muitos adotavam essa medida, especialmente os externos. Mas quaisquer familiares do suicida eram severamente punidos por esse ato de rebeldia, o que fazia essa opção ser ainda mais tentadora. A ideia de sua mãe sendo punida lhe agradava. No entanto, se matar dentro do campo era um problema. Alguns se atiravam nos poços de mineração. Outros preferiam veneno. O modo mais rápido era correr para as cercas e esperar os guardas atirarem. Mas o pior que poderia acontecer era uma tentativa falhar. Depois disso só viriam mais trabalho árduo, fome, espancamentos e tortura.

No dia em que Sun Hi morreu, Hana não sabia nada do que havia além do campo. Mas decidiu então que iria descobrir. Como? Não sabia. Mas ia encontrar um jeito. Os crimes de sua mãe não eram dela. Sun Hi tinha roubado cinco grãos de milho porque estava morrendo de fome. Professor estava errado. Os guardas estavam errados. Naquele dia, com apenas 9 anos, ela deixou de ser criança.

— *Você é tão esperta* — disse Sun Hi.

— *E você, tão obediente.*

— *É o que meu nome significa. Obediência e alegria. Foi minha mãe quem me deu.*

— *Você gosta de sua mãe?* — perguntou ela.

— *É claro. Foram os pecados de meu pai que nos puseram aqui.*

Ela nunca tinha esquecido Sun Hi, com seu nariz sempre escorrendo e seu sorriso com os lábios úmidos. A mãe de Hana a tinha chamado, quando nasceu, de Hyun Ok. Que significa "inteligente". Mas ela odiava tudo que tivesse relação com sua mãe, e assim nunca dissera esse nome. Os guardas e Professor a chamavam de vadia, como faziam com todas as demais mulheres. Ela gostava de como Sun Hi lhe chamava quando tinham permissão de brincar na floresta ou nadar no rio, antes que os cinco grãos de milho mudassem a vida das duas.

Hana Sung.

Queria dizer "primeira vitória", e ela nunca entendera bem por que Sun Hi pensava nela assim. Mas gostou do nome, e ficou com ele, nunca o pronunciando perto de sua mãe.

Duas vezes na vida tinha feito uma escolha. No dia em que sua amiga morreu, e no dia em que seu pai a encontrou. Os dois tinham levado a decisões irrevogáveis. E os dois tinham sido especiais porque *ela* havia tomado as decisões.

Estava chegando a hora de uma terceira.

Que caberia a ela, também, tomar.

Capítulo 40

WASHINGTON, D.C.

Stephanie continuou a ler *A ameaça patriótica*, o texto realmente interessante, com uma meticulosa linha de raciocínio, suas conjeturas claramente delineadas a partir de fatos. Howell tratava das refutações à Décima Sexta Emenda tão habilmente quanto qualquer advogado. Seus argumentos pareciam ser uma cuidadosa mescla de lenda, história, especulação e hipótese. O bastante para ela querer saber mais. Especialmente sobre Andrew Mellon, que parecia estar no centro de tudo aquilo. Lembrou-se dos trechos que tinha lido antes, no tribunal, sobre Mellon e Philander Knox. Eram amigos íntimos, tanto que Knox, em 1920, tinha convencido Warren Harding a nomear Mellon seu secretário do Tesouro. Ela achou o trecho que tinha sido marcado por Joe Levy e as palavras que tinham intrigado tanto ela quanto Harriett Engle.

Alguns dizem que antes de morrer ele contou um grande segredo a Mellon.

As páginas seguintes aprofundavam essa instigante afirmação, trechos que não tinham sido destacados por Levy para que elas lessem.

Philander Knox era mais um peão do que uma torre ou um bispo. Sua capacidade de se movimentar no tabuleiro político parecia limitada a uma casa de cada vez. Seu sucesso advinha de fazer o que os outros queriam. Pessoalmente, queria ser presidente, mas nunca foi capaz de fazer disso uma realidade. Várias perguntas sobre ele continuam sem resposta.

Primeiro, supondo que pode ter havido problemas com o processo de ratificação, em 1913, por que Knox iria ignorar esses problemas e declarar que a Décima Sexta Emenda estava "em vigor"? Knox era republicano. Seu chefe, Taft, era um presidente republicano, e a emenda tinha sido proposta por Taft e aprovada por um Congresso republicano. Lembrando que toda a ideia, em 1909, tinha sido de que a Emenda não passasse, ou no Congresso ou no processo de ratificação. Mas a aprovação do texto pelo Congresso foi esmagadora, e os estados, um a um, começaram a ratificar.

Em 1913 o país tinha se voltado decisivamente para a esquerda. O progressismo tornou-se popular, e apoiar a elite rica seria suicídio político. Todos os três candidatos à presidência em 1912, Taft, Teddy Roosevelt e Woodrow Wilson, apoiavam a ratificação. O democrata Wilson ganhou a eleição, impondo aos republicanos uma derrota decisiva. Em fevereiro de 1913, quando Knox atuou na ratificação (uma de suas últimas tarefas como secretário de Estado), a última coisa que a nação queria ouvir era que poderia haver problemas. Aquela revelação tipo de última hora poderia até mesmo ser interpretada como um truque sujo dos republicanos. Mesmo que Knox tivesse declarado a emenda inválida, os democratas que, em 1913, estavam no poder, teriam simplesmente a reapresentado e ressubmetido à ratificação, ficando com todo o crédito. Então, os republicanos não obteriam nada de politicamente produtivo desafiando a ratificação.

Os biógrafos observam que Knox estava orgulhoso de estar no centro da atenção. Legalmente, cabia somente a ele decidir o futuro da Décima Sexta Emenda e ele optou por mantê-la de pé. Mas alguma sombra de consciência pode ter se manifestado. Em vez de declarar a emenda "ratificada", como se fizera com todas as emendas constitucionais precedentes e subsequentes, ele escolheu a curiosa linguagem de meramente certificá-la como "em vigor". Seria uma mensagem? Um indício da verdade? Nunca saberemos. Tudo que sabemos é que durante sua curta campanha para ser o candidato republicano à presidência em 1920, Knox diversas vezes comentou que "tinha salvado o partido lá atrás, em 1913". Contudo, em lugar algum e em momento algum essa afirmação foi explicada.

A segunda questão restante é um corolário da primeira. Se há nisso algo de verdade, por que iria Knox, afinal, revelar o que tinha feito? A resposta a isso vem da reprimenda de Harding a Knox. Em março de 1921, quando Harding tomou posse, Knox, embora ainda atuando como senador dos Estados Unidos pela Pensilvânia, tinha se tornado um homem amargo. É razoável supor que, em algum momento, ele possa ter contado ao seu amigo íntimo Andrew Mellon o que havia acontecido em 1913. Será que Knox tinha pensado que Mellon, como novo secretário do Tesouro, deveria saber que poderia haver problemas com o imposto de renda? Ou talvez só tenha procurado em Mellon um ombro amigo? Ou talvez estivesse simplesmente exibindo sua aparente importância? Seja como for, Philander Knox morreu em 21 de outubro de 1921, e com ele se foi toda possibilidade de se obterem mais explicações.

Ela sabia, é claro, coisas que Howell nunca soubera. Informação que preenchiam as lacunas e transformavam algumas das especulações dele em fato.

Ela definitivamente concordava com Danny.

O atual secretário do Tesouro estava escondendo algo.

Mas o quê? Quão ruim poderia ser?

Ela foi até o fim do livro de Howell, e leu o parágrafo final.

Meu caso legal não é atípico. Há milhares de pessoas que foram julgadas e condenadas por sonegação, evasão ou fraude no imposto de renda. Muitas dessas pessoas receberam sentenças de prisão, inclusive eu mesmo. Mas e se a especulação corresponder à verdade e a Décima Sexta Emenda estiver de alguma forma contaminada? E se esse fato já fosse conhecido quando Philander Knox declarou a emenda "em vigor"? Não é segredo que nosso governo guarda segredos. Às vezes é em nosso próprio interesse que certas coisas permaneçam ocultas. Mas outras vezes o manto do sigilo é usado para nada mais do que obter vantagem política e esconder erros cometidos. Lyndon Johnson tentou isso com o Vietnã. Nixon, com Watergate. Reagan durante o Irã-Contras. Claro, todas essas tentativas falharam e a verdade afinal foi revelada. O que dirá a história quanto à Décima Sexta Emenda? Tudo que já foi dito vai ser tudo que jamais será dito? Ou o capítulo final ainda está por ser escrito? Só o tempo dirá.

Seu celular tocou.

Ela o tinha deixado no silencioso para que não chamasse a atenção, embora no saguão, em volta dela, não houvesse agora muita gente. O LCD mostrava que era Cotton. Finalmente. Ela se levantou, foi até um canto afastado e se voltou para o papel de parede.

— Eu estava esperando.

— A coisa está uma bagunça.

Não era o que ela esperava ouvir.

— Tivemos uma porção de problemas — disse ele —, todos eles ruins.

Capítulo 41

CROÁCIA

Isabella estava sentada na cela, junto com Luke Daniels. Tinham se passado duas horas desde que os tinham levado da chuva para lá. Durante esse tempo, pouco tinha falado. Assim como Daniels, que parecia estar despreocupado, deitado num outro banco de aço, os olhos fechados. Descanso era o que estava mais longe de sua mente. Sair de lá e voltar ao rastro, era o que importava.

Quando chegaram, tinha pedido para usar o celular, mas os locais negaram. Daquela breve ligação no carro, era mais do que provável que Malone tivesse percebido que eles estavam em dificuldades. Assim, havia a esperança de que enviasse ajuda. Ela nunca tinha estado antes nesse tipo de situação, por isso a solução não lhe parecia muito clara. Aparentemente, Daniels não se preocupava.

Ela se levantou, foi até ele e o sacudiu, para acordá-lo.

— Que diabo — disse ele, despertando do cochilo.

— Você estava roncando.

Ele se sentou e esfregou os olhos, afastando o sono.

— Eu não faço isso.

— Se você diz que não...

Ele consultou o relógio.

— Você precisa estar em algum lugar? — perguntou ela.

— Não, Vossa Alteza. Só que as coisas deviam estar acontecendo mais ou menos agora.

— Você quer explicar?

Ele sorriu e balançou a cabeça.

— Na verdade, não.

— Isso de você bancar o Speed Racer nos meteu nessa confusão.

— E o que sabe você do *Speed Racer*? O programa é da década de 1960. Quantos anos você tem?

Ela não lhe respondeu. Em vez disso, disse:

— Por que simplesmente não pegou o táxi e disse aonde queríamos ir? Para que roubar o carro? E depois dirigir como um idiota. Você poderia ter machucado alguém.

Ele se recostou na parede.

— Você tem de ir para casa, pegar sua calculadora e caçar sonegadores de impostos. Esse tipo de trabalho não é para você.

— Eu faço o meu trabalho — disse ela. — E sem causar tanta encrenca. Não é necessário.

Ele lhe lançou um olhar impaciente.

— Eu gostaria que não fosse. Mas às vezes você tem de fazer o que tem de fazer. Só podemos torcer que Kim não tenha escapado.

Nisso ele tinha razão. Os documentos tinham de ser encontrados. Essas eram suas ordens. Mas para fazer isso ela tinha de encontrar Cotton Malone. O que não parecia ser tarefa fácil. E graças ao espertalhão sentado no outro da cela, Malone poderia ser a única pista restante.

Portas de metal se abriram do outro lado das grades, e ela viu um homem num terno molhado entrar na área das celas. Era de meia-idade, a cabeça calva, o bigode descuidado, e uma gravata-borboleta. Entrou sozinho, as portas se fechando atrás dele. Aproximou-se da cela e se apresentou como vice-adido da embaixada americana.

— Vim dirigindo de Zagreb — disse o homem.

Daniels se levantou.

— Já era tempo, temos muito o que fazer.

— As acusações contra vocês são bem sérias. Os croatas querem processá-los.

— E eu quero ganhar na loteria, mas nada disso vai acontecer.

— Não é preciso ser tão obstinado — disse o homem.

Ela não conseguiu resistir.

— Você tem de vê-lo quando ele fica realmente irritado.

Daniels deu uma risadinha.

— Que bonitinho. Olha, estamos numa missão, enviados pelo Departamento de Justiça no meu caso, do Tesouro no caso dela. Já explicaram para você?

O salvador deles assentiu.

— Ah, sim. Recebi um informe do próprio secretário de Estado. Ele me disse para tirar vocês daqui imediatamente.

— Então por que estamos falando por trás das grades?

Ela quis saber.

— E Cotton Malone? Sabe alguma coisa sobre ele?

O homem assentiu.

— Acabo de passar a última meia-hora com o Sr. Malone.

Agora ela ficou interessada. Ao menos ficara sabendo que Malone estava nas proximidades.

— Onde ele está?

— No American Corner. Fica dentro da biblioteca da cidade, não muito longe.

Explicou que o "cantinho americano" compreendia uma coleção de livros e DVDs sobre a vida americana, a história, e a sociedade. Havia oito desses repositórios espalhados pela Croácia, e o primeiro tinha sido aberto aqui, em Zadar. A biblioteca em que se localizava oferecia espaço nas prateleiras, serviços, conexão à internet, e um coordenador no local. A embaixada contribuía com uma televisão, um tocador de DVD e vários computadores.

— É um modo de as pessoas locais poderem aprender sobre nós em primeira mão, e por elas mesmas. Eu ajudei a implementar o programa.

— Vejo que está orgulhoso — disse Daniels. — Mas você poderia nos tirar daqui?

O homem assentiu.

— É claro. O Sr. Malone disse que eu devo levá-los diretamente à biblioteca para encontrar com ele.

Algo a estava incomodando.

— Você disse que o secretário de Estado ligou pessoalmente para você?

Ele assentiu e mostrou seu celular.

— Bem aqui. Na verdade, foi muito empolgante. A embaixada fica a duas horas daqui, em Zagreb, mas eu já estava a caminho daqui, de Zadar, para passar o dia tratando de outro assunto. O secretário me disse para primeiro contatar o Sr. Malone e levá-lo até a biblioteca, depois vir direto para cá.

Seu tom de voz era conciso e preciso, direto ao assunto, e ela gostou disso.

Mas essa franqueza estava claramente irritando Daniels.

E ela gostou disso também.

— As acusações estão sendo todas retiradas — disso o enviado. — Vamos ressarcir o motorista do táxi por seu veículo, com algum acréscimo para compensar pelo incômodo. Felizmente, ninguém saiu ferido, o que faz com que isso seja muito mais fácil de resolver.

— E o meu celular? — perguntou Daniels.

— Ah, foi bom você ter lembrado.

Ele tirou dois aparelhos do bolso de seu paletó e os estendeu a eles através das grades.

— Para vocês dois.

— Preciso fazer uma ligação — disse Daniels.

— Eles não funcionam aqui — observou o enviado. — É uma delegacia de polícia, você sabe.

— Então nos tire daqui.

Ela concordou. Quanto mais depressa se livrasse de Luke Daniels melhor. Agora que sabia onde estava Malone, iria ela mesma ao seu encontro e falaria diretamente com ele. Com sorte, ele estava com os documentos, ou ao menos saberia onde estavam.

— Os guardas logo estarão aqui para abrir a cela.

— Obrigada — disse ela, com um sorriso. — O Sr. Daniels e eu não deveríamos ter ficado juntos aqui. Não vejo a hora de seguir meu próprio caminho.

— Mas isso não será possível — disse o enviado.

Ela notou que o comentário chamara a atenção de Daniels também.

— O que quer dizer? Deixa ela seguir seu caminho, com toda a certeza.

— Fui instruído a levar a Sra. Schaefer conosco. Não é para ela ir embora sozinha. Essas foram minhas ordens.

Ela quis saber:

— Ordens de quem?

— O secretário de Estado disse que tinham vindo diretamente do presidente dos Estados Unidos.

Capítulo 42

WASHINGTON, D.C.
10:30

Stephanie, numa sala fechada, examinava o acervo secreto de documentos com o secretário do Tesouro, que tinha trazido tudo que Paul Larks tinha supostamente copiado.

— Joe, você precisa explicar. Por que esse material foi classificado como sigiloso? É um monte de coisa sem sentido.

Ele deu de ombros.

— Boa pergunta. Mas a decisão de classificar como sigiloso foi tomada por outras pessoas, já faz muito tempo. Presumo que tivessem suas razões.

— Isso é tudo que Larks levou?

Ele assentiu.

— Está tudo aí. É isso.

Ela sabia que ele estava mentindo. Cotton lhe relatara o que ele, por sua vez, tinha descoberto, inclusive a presença de um memorando do procurador-geral datado de 1913, e um pedaço de papel amassado original cheio de números, que Paul Larks tinha roubado.

Nenhum dos dois estava ali.

— Joe, vou presumir que você está tentando ajudar. Que o que está acontecendo é tão ruim que você quer proteger o presidente, proteger o país. — Ela fez uma pausa. — Mas você tem de parar de mentir para mim.

Ele pareceu ter percebido algo em seu tom de voz.

— O que é que você sabe?

— Meu agente descobriu muita coisa.

Ela ficou esperando.

— É ruim — murmurou ele. — Realmente ruim. Pode haver um problema com a Décima Sexta Emenda. Sabe o que Howell escreveu nesse livro? Está incrivelmente próximo da verdade.

— Então me conta sobre a folha original que Larks roubou. Com os números.

— Ela é o problema.

— Preciso de mais do que isso.

Ele se levantou.

— Siga-me.

Saíram da sala e caminharam por um longo corredor até uma porta dupla com a marcação privado. Pessoas passavam por lá, indo e vindo, em plena atividade de uma manhã de terça-feira. Depois de falar com Cotton, ela havia deixado o hotel e vindo direto para cá. O relatório para o presidente teria de esperar até ela saber mais do que sabia. Cotton tinha razão, muitas coisas tinham corrido mal lá. E as coisas estavam deteriorando rapidamente no lado dela também.

Mas poderia haver um jeito de reverter tudo aquilo.

No outro lado da porta havia pouca gente. Ela nunca tinha estado antes nessa parte do prédio. Mas só se lembrava de ter vindo uma única vez ao Tesouro. Antes deste encontro, o departamento não tivera grande participação nos assuntos do Billet. O Serviço Secreto cuidava da maior parte de suas necessidades de proteção. O secretário a levou até outra porta fechada que ele destrancou com uma chave que levava consigo. Dentro havia um pequeno gabinete de trabalho com uma mesa e algumas cadeiras. Havia pilhas de pastas enfileiradas, e papéis espalhados sobre a mesa. Junto à mesa, um picador de papel.

— É aqui que tenho trabalhado em tudo isso — disse ele. — Desde que Larks deu com a língua nos dentes. Aqui está cada pedacinho de papel de nossos arquivos que mesmo remotamente mencione qualquer coisa relacionada com o assunto de que estamos tratando. Pedi à minha agente Isabella Schaefer, essa que está agora na Itália, que reunisse todos.

Ela se aproximou da mesa e esperou que ele explicasse.

Ele fechou e trancou a porta.

— O problema é que não temos uma cópia do original que Larks roubou. Quando ele foi para a Europa, confiscamos seu computador pessoal e fizemos uma busca em seus e-mails. Lá também não havia nada. Só passamos a monitorar as ligações de Larks nas últimas três semanas. Sabemos que houve muitas outras com Howell antes disso. Só soubemos da importância desse papel amassado graças a um memorando que Henry Morgenthau escreveu para FDR. Este nós temos. Foi localizado num conjunto de arquivos sigilosos que Larks não examinou. E graças a Deus, ele não fez isso. Se tivesse levado esse memorando também, poderíamos não estar sabendo de nada.

— Sua agente já se reportou a você?

Ele balançou a cabeça.

Ela lhe contou o episódio com a polícia na Croácia e como tinha conseguido que a Casa Branca interviesse. Edwin Davis tinha se entendido com o governo da Croácia, e o secretário de Estado enviara um representante a Zadar, para providenciar a soltura dos dois agentes.

— A Sra. Schaefer recebeu restrições — disse ela. — Fiz com que a Casa Branca lhe ordenasse que ficasse com meu agente. Espero que você não se importe, mas me pareceu melhor mantê-los juntos.

Ele assentiu.

— É claro, eu compreendo. Este jogo agora é seu.

— Não totalmente. Ainda não sei o que você sabe.

— Tem certeza de que quer saber?

Ela não tinha escolha.

— Conte-me.

Ele foi até a mesa, pegou um dos papéis e o entregou a ela. Ela viu que era um memorando do secretário do Tesouro Henry Morgenthau para Franklin Roosevelt, datado de 5 de dezembro de 1944. No topo, em letras grandes, as palavras exclusivamente para o presidente.

Tenho a resposta para as perguntas que o senhor me fez na semana passada. Fiz com que agentes entrevistassem vários empregados, atuais ou antigos, do Tesouro, pessoas que estavam aqui na década de 1920. Descobrimos que em 1925 o ex-secretário Mellon ficou interessado numa possível reivindicação financeira que os herdeiros de Haym Salomon poderiam ter contra os Estados Unidos. O Congresso, na época, estava considerando alguma forma de ressarcimento e fez uma requisição formal ao Tesouro de qualquer documento sobre isso que pudesse haver em nossos arquivos. Havia, de fato, documentos. Eles foram retirados e entregues diretamente ao secretário Mellon. Esses documentos nunca foram devolvidos e continuam desaparecidos. Se preferir um relato pessoal, posso lhe fazer um sobre a reivindicação relativa a Salomon. Devido à sua natureza delicada, preferiria não registrar essas considerações por escrito.

Ainda estou preocupado com o que o senhor me contou a respeito das ações do secretário Mellon em 31 de dezembro de 1936. Essa investigação que ele lhe deixou não é apenas insultuosa, é limítrofe da traição. Este país está agora numa guerra e não podemos permitir que nada prejudique uma atuação eficaz do governo. É vital que mantenhamos uma postura forte e decidida. O comentário de Mellon de que aquilo que ele deixou, seja o que for, poderia ser "o seu fim" é perturbador. A nota de um dólar que o senhor me mostrou e o anagrama são particularmente preocupantes. Será que isso representa uma coincidência? Se for assim, parece que apenas Mellon tem noção de qual seja. Mas a referência a "aristocrata tirânico" não é difícil de decifrar. Sou um estudioso da história, e essas palavras foram uma vez pronunciadas por George Mason, da Virgínia, um dos vários delegados que se recusaram a assinar a Constituição na Filadélfia. O que também explicaria o significado da palavra Mason formada pela estrela de seis pontas. A folha de papel amassada com os números que o senhor me mostrou é definitivamente um código. Eu sugeriria que seus criptógrafos a examinassem.

É possível que aquilo que o ex-secretário Mellon lhe deixou, para que os procurasse, sejam os documentos de Salomon que estão faltando. Estou inteirado de que eles não somente poderiam ser financeiramente danosos, mas também manifestamente vergonhosos. Segundo seu relato, Mellon observou que a página com os números se refere a "dois" segredos nacionais. O que possa ser o segundo, não sei. Minha sugestão seria seguir a pista e ver aonde ela leva.

Silenciosamente, ela preencheu as lacunas com aquilo que já sabia. Obviamente, FDR tinha discutido a situação de Mellon com alguém mais do que seu agente do Serviço Secreto Mark Tipton. Mas isso não era uma surpresa. Ela sabia que Roosevelt tinha adquirido o hábito de delegar a mesma tarefa a várias pessoas, dizendo a cada uma que não o revelasse a mais ninguém. Era um meio de ele colecionar diversos pontos de vista. Ed Tipton tinha dito a ela e a Danny que FDR estava focado em George Mason. De fato, o caixote de madeira estava cheio de livros sobre Mason. Agora ela sabia como e por que ele havia se concentrado nisso.

— Henry Morgenthau odiava Mellon — disse Levy. — Ele apoiou entusiasticamente a vendeta de Roosevelt contra Mellon. Claro, o tiro saiu pela culatra, atingindo os dois bem na cara.

— O que serve de lição para que não se faça isso.

— Entendi, Stephanie. Eu também estou jogando um jogo. Mas não estamos em 1944. O mundo hoje é um lugar diferente. O país está diferente. Roosevelt tinha uma guerra com que se preocupar, mas seis meses depois desse memorando de Morgenthau, ele estava morto. E tudo isso foi esquecido.

Ela percebeu que havia mais ainda.

— O que é, Joe?

Ele lhe entregou uma folha rasgada de um papel acastanhado. Um memorando original do procurador-geral ao secretário de Estado, datado de 24 de fevereiro de 1913.

— Larks encontrou isto e fez uma cópia. Eu o omiti dos documentos que o presidente examinou ontem, e dos que mostrei a você anteriormente. A bagunça de Salomon é uma coisa, mas isso é algo totalmente diferente. Este é o segundo segredo ao qual Mellon estava se referindo.

Ela leu, e depois disse:

— Isso fala de possíveis problemas quanto à Décima Sexta Emenda. Menciona especificamente Kentucky.

— E Larks foi até lá. Descobriu que o estado pode nunca ter ratificado a emenda, conquanto Knox tenha certificado que sim.

Ela acenou com a folha.

— E o outro memorando? O que foi enviado onze dias antes e parece que traz ainda mais preocupações?

Ele sacudiu a cabeça.

— Não está aqui. E estou falando a verdade.

Ela tornou a gesticular com a página.

— Existe alguma evidência de que Morgenthau viu este memorando do procurador-geral?

— Se viu, nunca o mencionou em qualquer dos documentos que sobreviveram. Mas naquela época, encontrar qualquer coisa em nossos arquivos levaria semanas de busca manual. Era fácil as coisas se perderem.

— Talvez ele não quisesse saber.

— É possível. Mas não há evidência alguma, em qualquer lugar, de que ele sequer tenha procurado. Estava focado definitivamente no que concernia a Salomon, e se deu conta de que devia haver algo mais, porém nada sugere que tenha buscado saber. Novamente, estavam todos preocupados com a guerra, e então FDR morreu. Fiz também outra verificação. O procurador-geral que escreveu o memorando de 1913, que você tem na mão, deixou o cargo e morreu três meses após tê-lo enviado.

— Então me diga, o que é tão terrível que o faz querer arriscar seu emprego e sua carreira?

— Larks leu o memorando de 1913 e deu a doida nele. Foi a Kentucky e encontrou problemas, o que não ajudou em nada. Eu lhe disse que esquecesse e deixasse isso para lá, mas ele não parou. Finalmente, enviei Isabella Schaefer, a agente que está agora na Croácia, não só ao Kentucky como a mais três estados, e ela encontrou problemas semelhantes. Procedimentos questionáveis, negligência no cumprimento de regulamentos, originais faltando. Mais do que o suficiente para pôr em questão se esses estados tinham ratificado adequadamente a Décima Sexta Emenda. Mas então Larks já tinha ficado louco de vez, pedindo a abertura de uma investigação formal. Não havia como fazermos isso. Então eu o pus para fora e selei seus lábios, com um acordo de sigilo e uma ameaça de prisão.

— E sem prova alguma, ele seria apenas outro conspirador descontrolado.

— Foi o que pensei. Mas o velho estava um passo à nossa frente e fez cópias. Depois descobrimos que tinha roubado aquele original, guardando a melhor evidência para si mesmo. Uma única página com números aleatórios...

— Amassada.

Ele pareceu ficar surpreso.

— Certo. Como você sabia?

— Kim Yong Jin está com ela agora.

O rosto de Levy era a expressão de seu choque.

— Stephanie, não acho que a emenda tenha sido adequadamente ratificada. Poderia ser invalidada, e até pode ter sido nula, desde o início. Acho que Mellon sabia e usou isso para tirar vantagem política.

E ela conhecia o resto:

— Mas era para isso nunca ser revelado. Era um assunto entre Mellon e FDR.

A advogada que havia nela calculava os efeitos colaterais. Danny tinha razão quanto ao que dissera no carro na viagem de volta da Virgínia. Se a pessoa que certificou a Décima Sexta Emenda tinha recebido a notícia de que o processo de ratificação poderia ter sido falho, e assim mesmo fizera a certificação, aquilo era fraude. O que significava que cada centavo arrecadado devido a uma Décima Sexta Emenda erroneamente adotada estava sujeito a um processo de restituição. Esses milhões de processos destruiriam a economia americana. Não apenas isso, a atual arrecadação de imposto de renda cessaria até que uma fonte substituta de arrecadação pudesse ser legalmente implementada. Talvez um imposto direto, sujeito a rateio proporcional? Ou algum tipo de imposto nacional sobre venda, ou um imposto fixo? Ou uma nova emenda que permitisse um imposto de renda legal sem rateio proporcional? Todas eram opções. Mas levaria tempo para serem implementadas, durante o qual o governo dos Estados Unidos estaria sem mais de noventa por cento de sua receita.

— Kim quer usar isso numa ofensiva contra nós — disse Levy.
— Ele pode fazer isso. Será capaz de nos destruir, sem disparar um só tiro. Poderá efetivamente voltar nosso sistema legal contra nós mesmos. Poderia fazer o que a Coreia do Norte há décadas tem ameaçado fazer. Nós ríamos deles. O que são eles? Apenas um minúsculo, insignificante país no outro lado do mundo. Mas veja o dano que poderia causar.

O que também explicava por que os chineses estavam tão interessados. Mais de um trilhão de dólares de uma dívida tornada impagável os atingiria seriamente também. O esquema era inteligente, ela tinha de admitir. Esperto também. E nunca teriam percebido sua aproximação a não ser devido a alguns acasos fortuitos que os tinham posto na direção correta.

— Você está vendo por que tentei conter isso — disse ele. — Se o presidente viesse a saber alguma coisa a esse respeito, ele seria parte da conspiração. Como as coisas estão, ele tem o direito de negar conhecimento.

— Eu entendi, Joe.

Ela apontou para o picotador.

— Você está planejando uma limpeza?

Ele assentiu.

— Cada pedacinho disso vai virar confete. Isso é o que deveria ter acontecido há muito tempo.

Ela não discordava necessariamente.

— Ainda não, está bem? Vamos terminar isso primeiro. Por enquanto vamos manter tudo entre nós dois.

— E quanto a Kim? Se ele está com o papel amassado original, poderá achar o que quer que Mellon tenha deixado para Roosevelt.

— Ele poderia, mas Kim tem um problema. Ele está a mais de seis mil quilômetros de distância, na Croácia, e o que ele quer não está lá. O jeito será detê-lo por tempo suficiente para que nós possamos encontrar aqui antes dele.

— Mas ele tem a única pista para saber onde procurar.

Ela sorriu.

— Talvez não.

E havia aquele *outro* problema.

Mas como a Justiça e o Tesouro agora eram aliados...

— Joe, vou precisar de sua ajuda para terminar isso.

Capítulo 43

CROÁCIA

Malone esperava na biblioteca municipal de Zadar, um prédio cinza-azulado de um só pavimento que — lá atrás, na década de 1920, lhe disseram — tinha servido como clube de oficiais do exército italiano. Durante uma reforma recente, suas três alas tinham sido conectadas com corredores todos de vidro que, em seu centro, abrigavam uma cafeteria em forma de pavilhão, formando um pátio interno transparente. A biblioteca ficava no continente, de frente para a península com a cidade velha. Do lado de fora do vidro o nevoeiro se fora, mas a chuva continuava a cair, embora não com a intensidade de antes. Ao longe, a balsa ainda estava atracada na extremidade norte da península.

Ele tinha conseguido levar o bote salva-vidas até a costa, abandonando-o numa faixa de praia junto a um dos hotéis ao norte do centro da cidade. O nevoeiro e o vento tinham limitado suas escolhas, mas o importante era voltar a terra firme e ao rastro de Kim. Tinha falado com Stephanie e relatado tudo que acontecera, inclusive que Luke e Isabella Schaefer podiam estar precisando de alguma ajuda. Não tinha dúvida de que ela cuidaria das coisas. Seu problema era Howell e Kim. Numa outra ligação de Stephanie ele descreveu a ela onde tinha desembarcado com Howell. Ficaram lá até chegar um carro, dirigido por um sujeito de aparência estranha, de gravata-borboleta, que apresentou credenciais do departamento de Estado e os levou diretamente para a biblioteca, explicando no caminho por quê.

Enfiada em uma das alas internas havia uma seção que continha livros, biografias, romances — todos eles americanos, para os não iniciados. Havia também três computadores conectados à internet, que o enviado disse estar à sua disposição. Isso fora há cerca de uma hora. Howell mantinha-se afastado, ainda abalado por causa de Jelena. Ele, também, estava incomodado por tudo que tinha acontecido, sentado em silêncio, olhando para uma dúzia de aves que chegavam na baía. Elas circulavam, voando baixo, depois se jogavam na água com as asas fechadas e as cabeças projetadas para a frente, formando um míssil, os bicos como pontas de lança em busca de alimento. A oeste, onde o céu encontrava o mar, o cinza pálido da água se matizava numa névoa sépia.

Ele ouviu uma movimentação e se virou. O enviado tinha voltado com Luke Daniels e Isabella Schaefer.

— Não posso deixar vocês dois sozinhos por mais de cinco minutos sem que sejam presos? — perguntou.

— Foi tudo culpa dele — disse Isabella, apontando para Luke.

Ele acreditava nela. Contou tudo que tinha acontecido na balsa, depois disse:

— Não conseguimos encontrar Jelena. Kim a atirou para fora do barco, para me fazer perder velocidade.

— Ela não tinha que morrer — disse Howell. — Não fazia parte disso.

— Até você envolvê-la — disse Isabella. — Você a mandou para esse cruzeiro.

Os olhos de Howell se arregalaram.

— Para pegar alguns documentos de um velho doido. Eu não tinha ideia de que os norte-coreanos estavam envolvidos nisso.

— Isso é o que acontece quando alguém enfia o nariz onde não é chamado.

— Deixa ele em paz — disse Malone. — A namorada acabou de morrer.

— Não recebo ordens de você. — Schaefer apontou um dedo para Howell. — Você vai para a prisão.

— Na verdade, não vai. Um perdão presidencial está a caminho.
— Por que motivo?
Ele deu de ombros.
— Por que não liga para Danny Daniels e pergunta a ele? Tudo que sei é que ele me disse que esse cara tem um passe livre. Acabou. Então, para com isso.
Howell olhou para ele.
— O que ele quer? A minha ajuda? Ou o meu silêncio?
Malone assentiu.
— Isso é mais grave do que você não ter declarado o imposto de renda. Você, mais do que qualquer outra pessoa, deveria se dar conta disso. E creio que deve algo a Kim Yong Jin.
Howell se levantou.
— Você tem toda a razão. O que quer que eu faça?
Ele apreciava a coragem daquele jovem.
— Você me disse que tem uma cópia escaneada daquele memorando do procurador-geral e da página com os números.
Howell assentiu.
— Estão numa conta de e-mail protegida, sob um nome falso.
— Você pode acessar essa conta agora?
Howell assentiu.
Ele apontou para um dos computadores.
— Faça isso.
Quando Howell se sentou e começou a digitar, Cotton se dirigiu a Luke.
— Kim já tem o bastante desse quebra-cabeça para começar a ligar os pontinhos. Mas não acho que seja suficiente para acertar em cheio. Aposto que ele não está vendo a situação como um todo. É por isso que precisava de Howell. Sabemos coisas que ele não sabe, e, o que é mais importante...
— Ele não está do lado certo do oceano para poder efetivamente achar alguma coisa — disse Luke.
Ele assentiu.
— E se conseguirmos detê-lo aqui poderemos manter isso sob controle.
— Mas você está presumindo que ele trabalha sozinho — disse Isabella. — E se ele tiver gente nos Estados Unidos esperando notícias dele?

— Aí está de novo — disse Luke —, o raio de sol que aprendi a amar. Infelizmente, ela tem razão. Não sabemos nada sobre isso.

— Estou apostando que ele não tem. Nada do que diz respeito a esse cara indica que ele atue em equipe. Então, presumo que Kim está aqui apenas com a mulher que enfiou uma agulha na minha perna.

Malone dirigiu-se a Isabella.

— Você tem alguma ideia de quem ela possa ser?

— Hana Sung. A filha dele. Ela estava no cruzeiro, seguindo Larks enquanto você o seguia também.

Ele percebeu o insulto implícito por não ter notado a presença dela.

— É só na TV que o herói sabe que tem mais alguém vigiando. Havia três mil pessoas naquele barco. São muitos rostos para se atentar. E não nos esqueçamos, foi você quem deu muita corda para Larks.

— Você acha que eu não sei? Já entendi. Vocês são os profissionais. Eu sou a recruta amadora que estragou tudo.

Ele precisava efetivamente da assistência daquela mulher, então decidiu pegar leve com ela.

— Esta é uma das maneiras de ver. Outra seria que você fez uma mudança tática com o jogo em andamento. Todos fazemos isso. Às vezes funciona, às vezes não. Então não vamos nos desgastar, e chega.

— Consegui — exclamou Howell.

Foram até o computador e olharam para a tela, que exibia a imagem de uma página amassada com quatro linhas de números.

```
869, 495, 21, 745, 4, 631, 116, 589, 150, 382, 688,
900, 238, 78, 560, 139, 694, 3, 22, 249, 415, 53, 740,
16, 217, 5, 638, 208, 39, 766, 303, 626, 318, 480, 93,
717, 799, 444, 7, 601, 542, 833
```

Como Malone suspeitava, aquela folha era um código. Stephanie tinha lhe contado todos os detalhes que sabia, e agora cabia a ele decifrá-lo. Foi buscar em sua memória eidética. *Aristocrata tirano. George Mason. História e Mason inicia a busca. Uma citação de lorde Byron. Uma estranha coincidência, para usar uma expressão, com a qual essas coisas se resolvem hoje em dia. E Mellon disse que estaria esperando por Roosevelt.* Era o que Stephanie tinha lhe contado. Elementos aleatórios, todos de algum modo conectados.

— Eu sei o que é isso — disse Isabella.

Ele ficou curioso para ouvir o que ela ia dizer.

— Isso me faz lembrar das cifras de Beale... Já ouviu falar delas?

Ele balançou a cabeça.

— Há uma história de que por volta de 1820 um homem chamado Thomas Beale e vinte e nove outros homens acharam um tesouro nas montanhas Blue Ridge da Virgínia. Por algum motivo, eles o esconderam de novo e marcaram sua localização com três páginas de números, exatamente como estes aí. Um dos códigos foi decifrado. Os outros dois continuam a ser um mistério.

— E como é que você sabe disso? — perguntou Luke.

— Tenho meus interesses fora do âmbito do trabalho. Códigos me fascinam.

Ela foi até um dos computadores.

— Posso?

Malone assentiu.

— Sem dúvida alguma.

Sentou-se e começou a digitar, utilizando o teclado para obter uma imagem on-line das folhas com as cifras de Beale. E tinha razão. As páginas eram semelhantes. Números aleatórios, uma linha após outra.

115, 73, 24, 807, 37, 52, 49, 17, 31, 62, 647, 22, 7, 15, 140, 47, 29, 107, 79, 84, 56, 239, 10, 26,
811, 5, 196, 308, 85, 52, 160, 136, 59, 211, 36, 9, 46, 316, 554, 122, 106, 95, 53, 58, 2, 42, 7,
35, 122, 53, 31, 82, 77, 250, 196, 56, 96, 118, 71, 140, 287, 28, 353, 37, 1005, 65, 147, 807, 24,
3, 8, 12, 47, 43, 59, 807, 45, 316, 101, 41, 78, 154, 1005, 122, 138, 191, 16, 77, 49, 102, 57, 72,
34, 73, 85, 35, 371, 59, 196, 81, 92, 191, 106, 273, 60, 394, 620, 270, 220, 106, 388, 287, 63,
3, 6, 191, 122, 43, 234, 400, 106, 290, 314, 47, 48, 81, 96, 26, 115, 92, 158, 191, 110, 77, 85,
197, 46, 10, 113, 140, 353, 48, 120, 106, 2, 607, 61, 420, 811, 29, 125, 14, 20, 37, 105, 28, 248,
16, 159, 7, 35, 19, 301, 125, 110, 486, 287, 98, 117, 511, 62, 51, 220, 37, 113, 140, 807, 138,
540, 8, 44, 287, 388, 117, 18, 79, 344, 34, 20, 59, 511, 548, 107, 603, 220, 7, 66, 154, 41, 20,
50, 6, 575, 122, 154, 248, 110, 61, 52, 33, 30, 5, 38, 8, 14, 84, 57, 540, 217, 115, 71, 29, 84, 63,
43, 131, 29, 138, 47, 73, 239, 540, 52, 53, 79, 118, 51, 44, 63, 196, 12, 239, 112, 3, 49, 79, 353,
105, 56, 371, 557, 211, 505, 125, 360, 133, 143, 101, 15, 284, 540, 252, 14, 205, 140, 344, 26,
811, 138, 115, 48, 73, 34, 205, 316, 607, 63, 220, 7, 52, 150, 44, 52, 16, 40, 37, 158, 807, 37,
121, 12, 95, 10, 15, 35, 12, 131, 62, 115, 102, 807, 49, 53, 135, 138, 30, 31, 62, 67, 41, 85, 63,
10, 106, 807, 138, 8, 113, 20, 32, 33, 37, 353, 287, 140, 47, 85, 50, 37, 49, 47, 64, 6, 7, 71, 33,
4, 43, 47, 63, 1, 27, 600, 208, 230, 15, 191, 246, 85, 94, 511, 2, 270, 20, 39, 7, 33, 44, 22, 40, 7,
10, 3, 811, 106, 44, 486, 230, 353, 211, 200, 31, 10, 38, 140, 297, 61, 603, 320, 302, 666, 287,
2, 44, 33, 32, 511, 548, 10, 6, 250, 557, 246, 53, 37, 52, 83, 47, 320, 38, 33, 807, 7, 44, 30, 31,

250, 10, 15, 35, 106, 160, 113, 31, 102, 406, 230, 540, 320, 29, 66, 33, 101, 807, 138, 301, 316,
353, 320, 220, 37, 52, 28, 540, 320, 33, 8, 48, 107, 50, 811, 7, 2, 113, 73, 16, 125, 11, 110, 67,
102, 807, 33, 59, 81, 158, 38, 43, 581, 138, 19, 85, 400, 38, 43, 77, 14, 27, 8, 47, 138, 63, 140,
44, 35, 22, 177, 106, 250, 314, 217, 2, 10, 7, 1005, 4, 20, 25, 44, 48, 7, 26, 46, 110, 230, 807,
191, 34, 112, 147, 44, 110, 121, 125, 96, 41, 51, 50, 140, 56, 47, 152, 540, 63, 807, 28, 42, 250,
138, 582, 98, 643, 32, 107, 140, 112, 26, 85, 138, 540, 53, 20, 125, 371, 38, 36, 10, 52, 118,
136, 102, 420, 150, 112, 71, 14, 20, 7, 24, 18, 12, 807, 37, 67, 110, 62, 33, 21, 95, 220, 511, 102,
811, 30, 83, 84, 305, 620, 15, 2, 10, 8, 220, 106, 353, 105, 106, 60, 275, 72, 8, 50, 205, 185,
112, 125, 540, 65, 106, 807, 138, 96, 110, 16, 73, 33, 807, 150, 409, 400, 50, 154, 285, 96, 106,
316, 270, 205, 101, 811, 400, 8, 44, 37, 52, 40, 241, 34, 205, 38, 16, 46, 47, 85, 24, 44, 15, 64,
73, 138, 807, 85, 78, 110, 33, 420, 505, 53, 37, 38, 22, 31, 10, 110, 106, 101, 140, 15, 38, 3, 5,
44, 7, 98, 287, 135, 150, 96, 33, 84, 125, 807, 191, 96, 511, 118, 40, 370, 643, 466, 106, 41, 107,
603, 220, 275, 30, 150, 105, 49, 53, 287, 250, 208, 134, 7, 53, 12, 47, 85, 63, 138, 110, 21, 112,,
51, 63, 241, 540, 122, 8, 10, 63, 140, 47, 48, 140, 288

— O segundo dos três códigos foi decifrado usando a Declaração da Independência — disse ela. — Aqui está tudo explicado. Atribui-se um número a cada palavra na Declaração, depois se aplica a palavra correspondente ao número no código. O primeiro número nas cifras de Beale é 115. A centésima décima quinta palavra na Declaração da Independência é *instituted*. Começa com *i*. Então, a primeira letra no código é *i*.

Um código de substituição clássico. Simples e fácil, contanto que se saiba qual documento foi usado como chave. Sem saber qual foi, o código é praticamente impossível de ser decifrado.

— Parece que você acabou de justificar seu salário — disse Luke a ela. — Meu velho, acho que ela pode ter encontrado alguma coisa.

Ele concordou. Parecia ser bem possível.

— Tudo que precisamos fazer é descobrir que documento Mellon usou — disse Howell.

A mente de Malone já estava trabalhando nisso, mas primeiro:

— Você me disse que Kim contatou você usando um pseudônimo. Peter da Europa. Você ainda tem esse e-mail?

Howell assentiu.

— Eu guardo tudo.

Kim devia estar satisfeito consigo, conseguindo obter os documentos roubados e depois fugindo da balsa. Malone tinha cometido um erro ao lhe dar essa oportunidade, mas via agora um modo de reassumir o controle da situação.

— Kim ainda está com o código original — ressaltou Isabella.
— Do qual, presumo, o Tesouro não tem uma cópia — disse ele.
Ela balançou a cabeça.
— O que explica — disse Luke —, por que estão tão ansiosos por tê-lo de volta.
— Não podemos deixar que Kim continue com ele — disse ela.
— Acredite em mim, isso não vai ajudá-lo em nada — disse ele.
— Há coisas demais que ele não sabe.
Luke sorriu.
— E é isso que normalmente acaba machucando você.
Exatamente.

Capítulo 44

Hana estava debaixo do chuveiro, sua pele sensível pelo vapor da água. Tomar banho ainda era, para ela, um luxo. Toda vez que abria uma torneira e deixava que a água limpa e fresca a envolvesse, ela pensava no campo. Ninguém lá podia tomar banho, a menos que obtivesse permissão, e mesmo então só quando chovia, ou nas águas frias do rio. Até ser livre, nunca soubera quão horrível tinha sido sua vida. Os internos simplesmente não conheciam nada que fosse melhor. O campo *era* seu mundo. Lá tinha sido uma criança pequena e magra, seu cabelo apenas uma penugem, o couro cabeludo sempre coberto com um imundo pano branco amarrado no pescoço. Aos 6 anos, ser espancada por sua mãe já era uma ocorrência regular. E sempre por causa de comida. Até os 7 anos, todos os dias sua mãe saía para trabalhar nos campos, deixando-a sozinha. As migalhas deixadas para que comesse nunca chegavam até o meio-dia. Assim que sua mãe saía ela devorava não só sua porção, mas também a da mãe, nunca considerando o fato de que a mãe poderia morrer de fome. Por que deveria se preocupar com isso? Tudo que importava era o próprio estômago. Os guardas estimulavam esses conflitos e nunca se opunham aos prisioneiros se ferirem mutuamente. A violência simplesmente lhes poupava o trabalho, já que logo todos iam morrer de qualquer maneira.

Ela se perguntava se chegaria um dia em que não pensaria mais no campo. Provavelmente não. Quatorze anos tinham se passado, mas as lembranças não evanesceram. Relembrou o dia seguinte ao que Sun Hi fora assassinada, quando abordara a mãe pela última vez. Àquela altura quase não se falavam, seu mundo tinha evoluído para um silêncio quase total.

— Por que estou aqui? — *perguntou ela mais uma vez.*

Sua mãe não respondeu. Como sempre.

Não diferiam quase nada em tamanho e em peso. Ela crescera e sua mãe encolhera. Não sentia afeição alguma por essa pessoa que tinha lhe dado vida. Na verdade, odiava o fato de isso ter acontecido. E não por aquilo que pudesse estar perdendo fora da cerca, mas somente pelo que estava acontecendo dentro. Sun Hi se fora. E só agora se dava conta de o que essa perda havia significado para ela. Um sentimento estranho de medo crescera dentro dela desde o dia anterior, ao ver Sun Hi morta no chão, e pela primeira vez na vida sentiu-se inteiramente só.

Encostada na parede de blocos de concreto havia uma pá. Sua mãe a levava para o campo e trazia de volta todo dia. Ela agarrou seu cabo de madeira e a girou num amplo arco, atingindo sua mãe diretamente no ventre. Intencionalmente, assegurou-se de que o lado arredondado fosse primeiro a fazer contato. Sua mãe curvou-se para a frente agarrando a barriga. Um segundo e violento golpe com a extremidade arredondada atirou sua mãe ao chão.

Ela jogou a pá para um lado e se jogou, puxando a cabeça da mãe para trás.

— Você nunca mais vai bater em mim. — *Ela estava falando sério.* — Perguntei por que estou aqui. Responda.

A violência parecia ser a única coisa que funcionava dentro do campo. Os guardas a aplicavam como rotina. Aparentemente Professor tivera prazer em matar Sun Hi. As crianças mais velhas abusavam das menores. E uma vez, não havia muito tempo, ela tinha sido obrigada a assistir a como sua mãe satisfazia um dos guardas, sem que um pingo de emoção emanasse de qualquer um deles. Depois que terminou, o guarda a esbofeteou e chutou até sua conquista conseguir sair se arrastando.

A respiração ofegante da mãe se amainou. Os olhos estavam acesos, não com medo, mas com alguma outra coisa. Algo novo.

— Você... é uma... Kim.

— O que é isso?

— Isso é o que... você é.
— Explique ou bato em você novamente.
Sua mãe sorriu.
— Isso... é ser uma Kim.
Na época ela não tinha entendido nada.
Então tudo mudou.

Diferentemente da mãe, ela passava pouco tempo nos campos e nunca tinha sido enviada para as minas. Em vez disso, trabalhava em uma das fábricas, produzindo artigos de vidro. Em outros locais produzia-se cimento, cerâmica e uniformes. Sua vida deveria ter sido tão vã quanto a de sua mãe. Mas uma semana após Sun Hi ter morrido, quando estava indo da fábrica para casa, os guardas algemaram suas mãos atrás das costas e a vendaram. Foi jogada num jipe e transportada uma longa distância numa estrada esburacada. Depois foi levada para dentro de um prédio, onde a venda foi retirada. O espaço não tinha janelas e estava vazio, exceto por uma cadeira, na qual se sentou. Tinha ouvido histórias sobre lugares como esse, e se perguntou se naquele dia os guardas finalmente iam fazer com ela o que quisessem. A porta se abriu, e entrou um homem pequeno e corpulento com um rosto rechonchudo, vestindo uma roupa simples e escura parecida com um uniforme. O cabelo era cortado curto, como o dos guardas, sem costeletas. Mas em vez das feições inexpressivas e sem emoção que tinha visto à sua volta durante a vida inteira, esse homem sorria.

— Eu sou seu pai — disse ele.
Ela olhou para ele, insegura quanto ao que responder. Seria um truque?
— Eu e sua mãe nos conhecíamos. Estávamos apaixonados. Mas meu pai a mandou para cá. Eu nunca soube disso, a não ser recentemente. Tampouco soube que você existia.
Ela estava confusa.
— Pedi que trouxessem você até mim — disse ele. — Qual é o seu nome?
— Hana Sung.
Ele sorriu.
— Foi sua mãe quem a chamou assim?
— Foi outra pessoa quem o escolheu. Mas eu gosto dele.
— Então você será Hana Sung.

— Você conheceu minha mãe?
Ele assentiu.
— Eu e ela éramos próximos. Mas isso foi há muitos anos.
— Eu nasci aqui.
— Eu sei disso. Mas não vai mais viver aqui.
— Quem é você?
— Kim Yong Jin.
E ela soube então o que sua mãe quisera dizer.
Ela realmente *era* uma Kim.
Naquele dia seu pai a salvara do campo, mas qualquer ideia de gratidão continuava a ser algo estranho a ela, tanto então como agora. E tudo que passou por sua cabeça naquele primeiro encontro foi que talvez, só talvez, ela não iria mais comer repolho estragado ou milho podre. Nada mais de gafanhotos, ou libélulas. E não mais aquilo que era pior, vomitar o que tinha comido e depois comê-lo novamente, para enganar a fome. Ia sentir falta das uvas, groselhas e framboesas que às vezes encontrava na floresta, mas não dos ratos, sapos e cobras que também caçava às vezes.
— E quanto a minha mãe?
— Não posso ajudá-la.
O que na verdade a deixara feliz. Após a agressão com a pá, não tinham falado uma palavra mais, embora continuassem a morar juntas. Cada uma seguiu seu próprio caminho e, certamente, se a oportunidade se apresentasse, uma entregaria a outra aos guardas, então estavam sempre cautelosas.
— Sou um homem importante — disse o pai.
— Você pode dar ordens? — perguntou ela. — Como os guardas?
Ele assentiu.
— Ninguém vai questionar nada do que eu disser.
— Então quero que você faça algo para mim.
Ele pareceu ficar contente por ela ter lhe feito um pedido.
— Quero que alguém seja castigado pelo que fez com minha amiga.
— O que ele fez?
Ela lhe contou sobre Sun Hi, depois disse:
— Quero que ele seja punido por isso. Se você é importante, então pode fazer isso.
Duas horas depois ela foi levada a outro cômodo sem janelas. Professor estava pendurado de cabeça para baixo, os tornozelos algemados, o corpo a

uma distância tal do chão que ele não podia tocá-lo com os braços estendidos. Sua cabeça estava ruborizada por causa do sangue, as roupas fediam a urina.

— *O que você quer que eu faça com ele?* — perguntou seu pai.

— *Mate-o, como ele fez com Sun Hi.*

— *Pensei que você ia dizer isso, então trouxe isso junto com ele.*

Um guarda apareceu com um ponteiro na mão.

A água do chuveiro caía como chuva sobre ela e ela deixou que a sensação lubrificante do sabonete acalmasse seus nervos aturdidos. Religião nunca fora permitida no campo e seu pai não acreditava em nada. Na verdade, ela tampouco. Os internos só acreditavam em si mesmos. Naquele dia, ela ficou de pé vendo o crânio de Professor ser espancado com a vara, cada pancada seca e precisa. Não como Sun Hi, que fora espancada em silêncio, ele gania de dor como um cachorrinho. Surgiram vergões que logo se abriram, o sangue pingando no chão.

Ele primeiro resistiu, depois acabou desistindo e morreu.

— *Você é um homem importante* — disse ela ao pai.

— *Eu serei o próximo líder deste país.*

Durante os quatorze anos anteriores ela havia visto a ascensão do pai, e depois sua derrocada. Ele a tinha tirado do campo, e depois a levado com ele, quando deixou o país e foi para Macau. Fora educada primeiro na Coreia do Norte, depois em escolas particulares chinesas, onde se familiarizou com a história de um mundo que ficava além das cercas do campo.

E parte da qual a deixara atônita.

Há muito tempo, quase dois milhões e meio de pessoas, de um total de dez milhões, tinham morrido no que o mundo chamou de Guerra da Coreia. O norte tinha invadido o sul, e não houve claramente um vencedor daquela batalha. Milhões de norte-coreanos passavam fome, o país tão isolado e corrupto que nenhuma nação queria fazer qualquer coisa a respeito. Seu pai tinha nascido um príncipe comunista, criado no luxo e educado no exterior, enquanto dezenas de milhares de pessoas morriam todo ano de desnutrição. Hana tinha aprendido que berço e linhagem definiam tudo na Coreia do Norte.

Bem como o poder.

Seu pai tinha sido uma vez um general de quatro estrelas do Exército Popular da Coreia do Norte, embora carecesse de experiência para esse cargo. Quando ela estava no campo, não tinham lhe ensinado qualquer noção do que era o país, o mundo, ou seus líderes. Somente depois que saiu, durante o curto período em que frequentou as escolas oficiais, tinham lhe dito que a América era do mal, a Coreia do Sul ainda pior, e que a Coreia do Norte era, supostamente, motivo de inveja do mundo. Ao contrário de qualquer outro aluno de fora das cercas, ela, no campo, nunca tinha levado consigo nem cultuado uma foto do Querido Líder, nem do pai dele, ou do pai antes deles. Os prisioneiros eram desimportantes até mesmo para uma lavagem cerebral. Sua vida não tinha sido senão um lembrete constante dos pecados genéticos. Ter recebido a notícia, então, de que na verdade era parte da liderança nacional, parte da estrutura que condenara tanta gente a viver atrás das cercas — fora demais para ela.

Ela nunca conseguiria esquecer os prisioneiros.

Jamais.

Tinha visto o pai matar um velho indefeso, e depois jogar na água uma mulher drogada para que se afogasse. Para ele, a vida dos outros não tinha significado algum. Os Kims eram iguais aos guardas e ao Professor. Seu bisavô tinha criado os campos, seu avô os expandira, e seu tio os mantinha. Centenas de milhares continuavam prisioneiros, e mais se juntavam a eles diariamente. Os Kims tinham matado Sun Hi, isso era tão certo quanto se a tivessem espancado pessoalmente com aquela vara. E ela não tinha dúvida de que seu pai, uma vez empossado como líder supremo, daria continuidade a esse legado. Ele dizia que não, mas ela sabia que não era verdade.

Ele era um Kim.

Ela terminou o banho e fechou a água, o corpo imaculadamente limpo. O vapor a envolvia, as paredes de mármore molhadas e mornas ao seu contato. Ficou ali de pé, nua, a água pingando de sua pele. Uma coisa era certa.

Ela não era uma Kim.

Nomes a fascinavam, talvez porque nos primeiros nove anos de sua vida tinham significado tão pouco, ou nada. Tinha dedicado algum tempo a estudar o de seu pai, e aprendera que Yong se referia à bravura, e Jin uma joia.

Ele não era nem uma coisa nem outra.

O nome dela era diferente.
Hana Sung.
Primeira vitória.
O que lhe apontava o caminho.

Capítulo 45

Kim terminou seu almoço, trazido pelo serviço de quarto meia hora antes. Tinha escolhido muito bem o hotel, um estabelecimento de primeira linha de frente para a baía e que oferecia o nível de serviço que ele esperava.

Após abandonar o bote salva-vidas, ele e Hana tinham chegado a um pequeno subúrbio de Zadar e pegado um táxi. O motorista tinha sugerido aquele hotel e os levado até a porta de entrada. Ele continuava segurando firme a pasta preta, e Hana trouxera a bolsa de viagem. No geral, sua fuga tinha funcionado perfeitamente. Ele estava agora livre do americano, com os documentos, pronto para seguir adiante.

Hana estava tomando banho, e ele precisava fazer o mesmo. Estava vestido com um roupão macio do hotel, enquanto as roupas estavam na lavanderia. Teriam de comprar mais algumas, o que poderia fazer mais tarde, ou amanhã. Sua suíte era a maior do hotel, com dois quartos, dois banheiros e uma espaçosa sala de estar. Portas francesas abriam-se para um terraço com vista para o mar aberto. O dia tinha esfriado, o vento finalmente amainara, o nevoeiro se reduzira a uma fina película cinzenta. As ondas continuavam a agitar a baía, o movimento do mar era forte, constante, implacável.

Os documentos da pasta tinham sido espalhados sobre a mesa, direto de um esconderijo dos registros privados do Departamento do Tesouro dos Estados Unidos. Ele sabia que o único original era o mais importante. Era uma infelicidade não ter podido continuar a conversa com Howell. Ele queria extrair mais informações sob a ameaça de machucar sua amante. Infelizmente aquela alavanca já era, assim como Howell. Teria, então, de descobrir o resto por si mesmo.

Trouxera seu laptop na bolsa de viagem, e ele estava agora conectado à rede wi-fi do hotel. Uma rápida análise das notícias do dia revelou uma perturbadora história na Coreia do Norte. Seis administradores de alto nível do governo tinham sido presos, julgados e condenados por: "Tentativa de derrubar o Estado mediante todo tipo de intrigas e métodos desprezíveis, com desmedida ambição de se apoderar do poder supremo no partido e Estado." Os conspiradores tinham sido rotulados como: "Traidores da nação para todo o sempre."

Todos os seis tinham sido executados imediatamente.

Estudou a lista de nomes e notou que quatro deles eram fontes dentro do governo das quais ele se valia regularmente. Um tinha sido o informante que lhe contara sobre a transferência do dinheiro em Veneza.

Não era uma coincidência.

Seu meio-irmão sabia o que ele estava fazendo.

Kim estava esperando repercussões relativas aos vinte milhões de dólares, mas não tão rápido. Como teria Pyongyang rastreado o desastre em Veneza? Não tinha ouvido mais nada dos homens contratados para roubar os vinte milhões, mas o destino deles não significava nada. A menos que tivessem sido presos e interrogados, pouco havia que o conectasse a eles. Ninguém o tinha seguido até a balsa. Como poderiam? Tudo tinha acontecido espontaneamente. Divulgar para o mundo aquelas seis execuções era um modo de seu meio-irmão enviar uma mensagem. Décadas de inércia ancoraram a Coreia do Norte em cimento, havia muito tempo. O que tinha dito seu pai? *Temos de envolver nosso entorno num espesso nevoeiro para impedir que nossos inimigos saibam qualquer coisa sobre nós.* Assim, quando o nevoeiro era intencionalmente dissipado, isso queria dizer alguma coisa.

O laptop emitiu um som, sinalizando a chegada de um e-mail.

Olhou para a lista e verificou o remetente. PATRIOTA. Era o rótulo que Anan Wayne Howell sempre utilizava. Ele tinha muitos e-mails armazenados com esse rótulo.

Trouxe a máquina mais para perto e abriu a mensagem.

> Você me deixou na balsa. Suponho que era você em um daqueles botes salva-vidas, e um agente americano chamado Malone no outro. Ele veio me confrontar depois que você saiu, depois saiu correndo quando soou o alarme. O que foi ótimo para mim. Ele tinha vindo para me levar de volta aos Estados Unidos. Presumo que foi você quem começou o incêndio. Jelena não estava em parte alguma da balsa, então suponho também que esteja com você. Posso lhe garantir agora que sem mim não há como você fazer qualquer progresso com os documentos. Há coisas que você não sabe. Quero Jelena de volta, ilesa. Quero também minha liberdade. Você tem aquilo de que preciso para provar minha inocência. Vamos negociar. Está interessado?

Sim, ele estava.

Felizmente, Howell parecia estar no escuro quanto ao que tinha acontecido na água. Mas isso era compreensível, em vista da tempestade e do nevoeiro. A visibilidade tinha sido quase nula. Malone estava sabe-se lá onde, e Howell aparentemente escapara, e agora contatava a única pessoa que poderia ser capaz de ajudá-lo. Infelizmente, Howell tinha razão. Havia coisas que Kim não sabia, e não teria tempo para descobri-las por si mesmo. Só aquelas seis execuções já eram motivo bastante para acelerar o processo. Descobrir as peculiaridades legais e históricas daquele quebra-cabeça era uma coisa. O que fazer com a informação, uma vez obtida, era outra questão, totalmente diferente. Isso envolveria cuidadosas manobras entre advogados e jornalistas, a imprensa e os tribunais. Pôr os Estados Unidos de joelhos não seria fácil, mas já não parecia impossível.

Seus dedos trabalharam no teclado formulando uma resposta.

Malone estava apostando que Kim Yong Jin reagiria como um apostador. Do pouco que tinha lido, e do que tinha observado, Kim certamente se imaginava alguém mais esperto do que os outros. E esse tipo de arrogância geralmente leva a que se cometam erros. Assim, rascunhara um e-mail para que Howell o enviasse, com o intuito de se aproveitar do que percebia ser o principal ponto fraco de Kim.

A ambição.

Ele agora compreendia o que estava em jogo.

Kim queria destruir os Estados Unidos, e se parte dessa desgraça recaísse sobre a China, melhor ainda. Tinha de reconhecer, Kim havia topado com algo que bem poderia dar certo. Estava totalmente convicto do que acabara de dizer. Eles teriam de conter Kim aqui mesmo, e esperar que não houvesse ninguém do outro lado do Atlântico esperando instruções dele. Stephanie havia lhe dito antes que a NSA, graças a uma ordem judicial, estava grampeando especificamente o celular de Kim. No entanto, como era usual, todas as ligações internacionais dos e para os Estados Unidos também estavam sendo monitoradas. Milhões delas, com o software de reconhecimento da NSA em busca de palavras como *imposto de renda*, *Décima Sexta Emenda*, *Andrew Mellon*, *Roosevelt*, entre outras.

— Você acha que ele viu o e-mail? — perguntou Isabella.

— E se viu — disse Luke —, acha que morde a isca?

Ele tinha certeza disso.

— É sua única jogada. Há coisas que ele simplesmente não sabe.

Ainda estavam no American Corner, e toda essa seção da biblioteca estava temporariamente fechada. Suas roupas estavam molhadas e endurecidas pela água do mar.

O desktop emitiu um sinal.

Todos os olhares se fixaram na resposta de Kim.

Estou pronto para negociar.

Kim estava se arriscando muito, mas achava que era um risco calculado. Howell, sendo um foragido americano, após três anos de fuga, não deveria ter simpatia por um agente como Malone. Não necessariamente se importaria com Kim, mas, para Howell, Kim estava com Jelena, e com isso ele se importaria. Tudo que tinha a fazer era jogar usando esse blefe.

Um novo e-mail de Howell apareceu na tela.

> Precisamos nos encontrar, e quero que Jelena esteja lá, para ter certeza de que está bem. Assim que isso acontecer, vou lhe contar coisas que abrirão seus olhos. Não sei o que você tem em mente, tampouco me importa. Mas se você expuser tudo isso como a fraude que realmente é, isso só vai me ajudar. Não quero ir para a prisão. Passei anos estudando, e não publiquei no livro tudo que sei. Na verdade, você está com a peça mais importante do quebra-cabeça. A folha original com os números. Mas para que tenha qualquer utilidade, temos de conversar.

Isabella teve de admitir, o que Malone estava fazendo parecia ser inteligente. Ele estava manipulando um trapaceiro, usando os medos e as expectativas do próprio trapaceiro contra ele mesmo. Não muito diferente de como ela agia com um sonegador de impostos, fazendo ele ou ela pensar que estava lá para ajudar, e com isso se aproximando cada vez mais da verdade. Ela havia investigado muitos, e seu índice de condenações era de impressionantes noventa e três por cento. O que era ajudado pelo fato de ela ser seletiva, evitando os casos questionáveis e focando os verdadeiros transgressores. Infelizmente, esse luxo não existia aqui. Precisavam jogar aquele pôquer com as cartas que tinham na mão. Luke Daniels estava certo. Malone era durão, e esperto.

Mas ela também era.

Chegou outra resposta de Kim.

> Como você sugere que façamos tudo isso?

— O peixe mordeu a isca — disse Luke, sorrindo.

Malone acenou para Howell.

— Pode usar a manivela.

Capítulo 46

WASHINGTON
11:00

Stephanie fez mais duas ligações internacionais por um telefone fixo para Cotton, depois deixou o prédio do Tesouro pela entrada principal. Ela e Joe Levy tinham combinado guardar o que sabiam só para si, ao menos por mais algum tempo. Levy tinha razão. Conseguir negar oficialmente poderia ser importante, e assim, por enquanto, quanto menos a Casa Branca soubesse, melhor. Tudo clamava por cautela. *Pise de leve, caminhe devagar.* Muitas coisas estavam acontecendo. Ela sabia de algumas, mas teria de saber mais.

De sua leitura de *A ameaça patriótica*, lembrava-se de numerosas referências à Galeria Nacional de Arte. Howell tinha observado que Mellon morrera em 1937, exatamente quando começou a construção da galeria. O museu não foi inaugurado oficialmente até 1941. Segundo Howell, mesmo de seu túmulo, Mellon tinha dado muitas orientações concernentes ao projeto. O primeiro diretor do museu, David Finley, permaneceu leal ao seu antigo chefe e fez exatamente o que Mellon havia solicitado. Cotton tinha sugerido que se investigasse isso mais a fundo. Mellon tinha criado o código com um propósito, assim quanto mais soubessem sobre aquele homem, melhor.

Uma ligação para o escritório central da Galeria Nacional levou-a até um dos curadores assistentes, uma jovem mulher que era, supostamente, uma especialista em tudo que dizia respeito a Mellon. Alguns anos antes finalmente fora publicada a primeira biografia definitiva do homem, e essa curadora trabalhara para o autor como assistente de pesquisa. Assim, enquanto Cotton e Luke cuidavam das coisas na Croácia, ela decidira lançar suas próprias iscas.

Já tinha passado em frente à Galeria Nacional de carro milhares de vezes, mas só se aventurara a entrar uma ou duas vezes. Arte não era algo que alguma vez a tivesse realmente interessado. A imensa galeria ocupava um canto a nordeste do National Mall, na Constitution Avenue, à sombra do Capitólio. Seu exterior era um monumento ao classicismo, com altos portais em cada extremidade, pórticos jônicos no centro, e uma cúpula projetando-se para o céu. A harmonia e a proporção eram dominantes, tudo feito de mármore de um cálido tom rosado.

No interior, ela foi levada ao segundo andar, onde encontrou Carol Williams, uma mulher de aparência agradável e cabelos curtos e pretos.

— Este é meu primeiro encontro com uma agência de inteligência — disse Carol. — Curadores raramente tratam de coisas como essa, mas me disseram que você quer informações sobre o Sr. Mellon?

Ela assentiu.

— Um pouco de informação sobre ele poderia ser útil.

— Posso perguntar por quê?

— Você pode perguntar, mas eu não posso responder. Espero que compreenda.

— Assunto de espionagem?

Ela deu um riso forçado.

— Algo assim.

Carol fez um aceno para mostrar o seu entorno.

— Este é, definitivamente, o melhor lugar para se aprender sobre o Sr. Mellon. Aqui, na rotunda, temos um exemplo perfeito de sua influência. Ele queria que o prédio tivesse uma cúpula, como um ponto focal para quem olhasse de fora, compensando o efeito maciço das longas alas. Ele provocou muito descontentamento com essa decisão. As pessoas achavam que só o Capitólio devia ter uma cúpula. Aqui, do lado de dentro, dá para ver que ele tinha razão. Este espaço serve como um perfeito ponto de encontro dos grandes salões. Uma verdadeira peça central.

Acima de sua cabeça erguia-se uma cúpula em caixotão com nichos recortados e um óculo envidraçado no centro, impressionantemente similar à do Panteão em Roma. Uma procissão circular de grossas colunas de mármore verde sustentava o teto, guarnecida, em toda a volta atrás delas, por paredes de calcário bege. No centro, uma fonte ressoava.

— A figura em bronze na fonte é Mercúrio, e foi feita em algum momento no fim do século XVIII ou início do século XIX. O Sr. Mellon a adquiriu como parte de sua coleção.

— Por que você o chama de "senhor", como se ele ainda estivesse aqui?

— Ele ainda está aqui.

Estranha resposta.

— Este edifício é em tudo um reflexo dele. Este foi seu monumento ao país, e, uma vez que era ele que estava pagando as contas, seus desejos foram respeitados em geral.

Ela ouviu Carol explicar como Mellon escolhera o arquiteto e aprovara cada aspecto do projeto. Tinha escolhido mármore do Tennessee para a parte externa e a maior parte da decoração interna. Quis que os salões de exposição fossem harmoniosos, mas não elaborados demais, com a intenção de que representassem a época e o lugar do que estava exposto. Por isso usou-se revestimento em gesso para as salas com obras antigas italianas, flamengas e alemãs. Damasco para o italiano mais tardio. Painéis de carvalho para expor Rubens, van Dyck, Rembrandt e outros mestres holandeses. Painéis pintados receberam telas francesas, inglesas e americanas. Não foram permitidos outros adornos nas galerias, exceto alguns sofás. Nunca, insistira Mellon, o prédio deveria predominar sobre seu conteúdo.

— Ele tinha um bom olho — disse Carol —, e uma boa noção das coisas. Teria sido fácil para ele, com todo o seu dinheiro, construir um palácio. Mas, intencionalmente, ele se recusou. Em vez disso construiu um lugar onde obras de arte pudessem ser apreciadas.

— Você o admira?

— Por sua arte? Definitivamente. Seu gosto? Com certeza. Mas havia outros aspectos dele que não eram admiráveis. Ele foi, afinal, um claro produto de sua época. Primeiro, da Idade de Ouro na qual se construíam fortunas a partir de cobiça e de ambição. Depois, da próspera década de 1920, quando essas fortunas ou se expandiram ou desabaram. O Sr. Mellon multiplicou a dele por cem.

Sua anfitriã pôs-se a caminho e elas deixaram a rotunda, entrando em um dos longos salões com esculturas que se estendiam para o leste e o oeste. Acima, um teto abobadado com uma claraboia que deixava entrar a luz de um sol de final de manhã. Na parte central, alinhavam-se esculturas entre portas com frontão triangular que davam para mais salas de exposição. Visitantes desfilavam para cá e para lá, admirando as esculturas. Ela notou que o salão era outro espaço simples, elegante, que não se sobressaía.

— Ele se interessava por história? — perguntou ela.

Carol assentiu.

— O pai dele, Thomas, disse uma vez que "na curta viagem de uma vida, podemos ver as ondas e os redemoinhos na superfície, mas não as correntes que correm por baixo, mudando o principal canal em que as águas fluem". Só a história pode determinar os fatores que causam isso. O filho acreditava nisso também. A história era importante para ele. Seu livro sobre impostos ainda é considerado fidedigno. Muitas das coisas que ele escreveu então continuam a ser aplicadas hoje.

Stephanie se lembrou de que Danny tinha lido trechos do livro para ela, no carro.

— Ele não era partidário de um governo intervencionista — disse Carol. — Para ele, menos era mais. Nunca achou que o governo devia cuidar de pessoas. Acreditava que as pessoas deviam cuidar de si mesmas. E não era uma atitude cruel. Ele apenas era a favor de uma independência pessoal. O New Deal, para ele, infringia essa liberdade, o governo providenciando tudo para você. Previdência social, seguro desemprego, salário mínimo. Opunha-se a tudo isso. Ele era definitivamente um produto das condições pelas quais era cercado. Antes de 1932, as ideias de redistribuição de riqueza e de bem-estar social não eram populares.

Pararam na extremidade da galeria, antes de chegar a outro portal retangular.

— O Sr. Mellon apreciava alguma figura histórica? Como George Mason?

O rosto de Carol se iluminou.

— Como sabe? Ele admirava muito Mason. Era preciso ter coragem para não assinar a Constituição, mas Mason se manteve firme. Esse era o tipo de independência que o Sr. Mellon respeitava. Ele contribuía para a manutenção de Gunston Hall, a casa ancestral de Mason na Virgínia. Foi restaurada na década de 1930 e hoje é um museu muito bonito.

O que podia explicar por que Mellon optara por utilizar aquele nome no início de sua busca. O fato de que, sobreposta ao Grande Selo, uma estrela de seis pontas e cinco letras formavam o nome *Mason* era certamente apenas uma coincidência. Conquanto uma coincidência oportuna para Mellon, a qual ele usara para inflamar o trigésimo segundo presidente dos Estados Unidos. E não importava quanto FDR tivesse protestado, ele claramente ficou intrigado. O bastante para encarregar um agente do Serviço Secreto e o secretário do Tesouro de investigar. Infelizmente, Roosevelt não tinha vivido tempo suficiente para chegar ao fim de tudo isso.

Deixaram o salão e entraram num espaçoso pátio com um jardim.

— Este é mais um sinal da influência do Sr. Mellon — disse Carol. — Ele queria que as pessoas se sentissem revigoradas e animadas, e não desgastadas ou fatigadas. Assim, fez com que acrescentassem essas áreas verdes onde os visitantes pudessem descansar em meio a plantas e água corrente.

Mais luz do sol penetrava por claraboias em outro teto abobadado, contribuindo para a óbvia sensação de que estavam do lado de fora. Plantas verdes variadas erguiam-se a seis metros de altura. Rosas, begônias e crisântemos acrescentavam um resplendor de cores. Tudo era meticulosamente concebido. Sentaram-se em um dos bancos de pedra junto aos muros e ela ouviu a curadora contar mais sobre Andrew Mellon.

— O pai dele, Thomas, exigia que todos os filhos memorizassem cada palavra da "Epístola a um jovem amigo". É de Robert Burns. Leu alguma vez esse poema?

Ela balançou a cabeça.

— Burns o escreveu em 1786 para alguém que estava prestes a iniciar sua jornada no mundo. É um poema de conselhos que tratam de sabedoria prática e de autossuficiência. Um verso era o favorito do Sr. Mellon. *Para capturar da senhora fortuna o sorriso dourado, por ela espere, sem limite. E junte forças no momento dado em que a honra o permite. Não para se ocultar em sortilégio, nem, num trem, do atendente. Mas para o glorioso privilégio de ser independente.*

Ela sorriu da inteligência do verso.

— Ainda menino, com 10 anos, o Sr. Mellon recitava o poema e depois, juntos, ele e o pai repetiam em voz alta o sétimo verso. Burns escreveu o poema para um jovem chamado Andrew. Que, é claro, era o nome do Sr. Mellon também, uma coincidência que ele adorava.

O que ela ouvira na fita de FDR lampejou em sua memória. Roosevelt dissera a Mark Tipton que Mellon tinha citado lorde Byron. *Uma estranha coincidência, para usar essa expressão, com a qual essas coisas se resolvem hoje em dia.*

Estranho, realmente.

— Este verso de Burns definia o Sr. Mellon — disse Carol. — Ele literalmente levou a vida de acordo com ele.

— O que Roosevelt fez — disse ela —, o perseguindo, até o fim de sua vida, por sonegação de imposto deve ter sido devastador.

Carol assentiu.

— Para alguém da importância dele, ser descrito como trapaceiro e vigarista foi terrível. Ele comparecia aos procedimentos no tribunal todo dia, e isso se arrastou por meses. Ele enfrentou pessoalmente cada acusação, e venceu. Infelizmente, morreu antes da decisão ser anunciada.

— Alguma ideia de por que Roosevelt o perseguiu?

— Política. Não há outro modo de encarar isso. Quem iria se levantar e defender um dos homens mais ricos do país contra o presidente dos Estados Unidos? Especialmente quando metade da população estava desempregada. Roosevelt viu no Sr. Mellon um alvo fácil, um modo de fortalecer sua própria imagem política. Um alvo fácil, com pouca ou nenhuma repercussão.

Exceto pelo fato de que Roosevelt perdeu e Mellon passou à ofensiva. Mas essa mulher não devia saber nada sobre isso. Pensou em interrogá-la sobre algumas das particularidades do que Mellon tinha discutido com Roosevelt, mas reconsiderou. A conexão com George Mason tinha valido sua vinda até aqui. Mas ela lembrou outra coisa da gravação feita no Salão Oval, quando Roosevelt e Mark Tipton conversavam. *Ele disse que estaria esperando por mim. Pode imaginar arrogância igual? Ele disse ao presidente dos Estados Unidos que estaria esperando por mim.*

Isso fora na véspera do Ano-Novo, em 1936.

— O que Mellon fez nos últimos meses de vida? — perguntou ela.

Um grupo de escola entrou no pátio, a maioria das crianças em silêncio, mas ainda animadas. Dois adultos os vigiavam enquanto iam para fonte e o jardim no centro, em um nível mais baixo.

— Em 1937 ele estava, essencialmente, aposentado. Tinha passado a outros o controle de seus negócios, se retirado da vida pública, e o processo por sonegação finalmente terminara. Dedicou-se a colecionar arte durante esse período, e a maior parte está exposta aqui. Mas também sabia que estava morrendo. Assim, estava focado principalmente no planejamento da Galeria Nacional.

— Estou curiosa, por que ele não lhe deu seu próprio nome?

— Em relação a isso, ele foi esperto. Queria que a galeria crescesse, que adquirisse muitas obras de arte de fontes variadas. Achou que os colecionadores estariam mais propensos a fazer doações a algo reconhecidamente ligado à nação como um todo e não a um único indivíduo. E tinha razão. Adquirimos um número enorme de itens graças ao fato de que é a Galeria *Nacional*.

— O que aconteceu quando ele morreu? — perguntou ela.

— Ele estava na casa da filha, em Long Island. O câncer tinha feito um estrago, mas ele continuara focado em dar início à construção da galeria. Ela começou em junho, mas ele morreu em 26 de agosto de 1937. Alguns dias depois, houve um grande funeral em Pittsburgh.

Dava para ver que Carol Williams era uma verdadeira fã, e ela teve de admitir:

— Ele deixou um legado de respeito. Este lugar é extraordinário. Parece que essas crianças aí acham que ele é fascinante.

— Dezenas de milhares vêm aqui a cada ano.

— Quando Mellon soube que estava morrendo?

Carol pensou um pouco antes de responder, depois disse:

— Em novembro de 1936. Começou imediatamente um tratamento com rádio e raios X, o que o exauriu.

Isso queria dizer que quando Mellon se encontrou com FDR na véspera do Ano-Novo ele sabia que era terminal.

Ele disse que estaria esperando por mim.

— Você visitou o lugar de seu sepultamento em Pittsburgh? — perguntou ela.

— Não é lá que ele está sepultado.

Isso lhe chamou a atenção.

— Apenas uma suposição, uma vez que o funeral foi lá...

— A família inteira está enterrada junta. O Sr. Mellon, seu filho, sua filha, e a mãe deles, Nora, sua ex-mulher. Todos os quatro no mesmo lugar. Um pouco irônico, já que não eram especialmente próximos em vida. O Sr. Mellon e sua ex-mulher se divorciaram trinta anos antes de ele morrer, e não foi um divórcio amigável. Paul e seu pai mal se entendiam. Entre irmão e irmã a situação não era muito melhor. Mas na morte, lá estão eles, lado a lado, para sempre.

Ela sorriu com a ironia.

— E onde é essa reunião de família?

— Upperville, Virgínia. Na Igreja Episcopal da Trindade. É um pequeno cemitério coberto de relva e cercado por um muro de pedra.

As crianças da escola continuavam a se divertir na fonte. Tinha várias perguntas a fazer, mas deixaram de ser importantes quando um homem chegou ao jardim. Estava vestido com um terno escuro e usava gravata.

A mesma roupa que usara em Atlanta, se não estava enganada.

Foi diretamente até ela.

O homem do Chick-fil-A.

Capítulo 47

CROÁCIA
18:10

Isabella tinha uma opinião ambivalente em relação a Cotton Malone. Ele ainda parecia ser o mesmo macho alfa, arrogante, egocêntrico com quem lidava todo santo dia. Para ele, ela certamente não era importante — primeiro, porque era mulher, e segundo, porque trabalhava para o Tesouro, e não para a CIA, a NSA, ou alguma outra agência com jurisdição fora dos Estados Unidos. Mas ela estava seguindo esse rastro muito antes que qualquer um do Magellan Billet sequer tivesse ouvido falar do problema, e sabia mais sobre ele do que qualquer outra pessoa.

Tinha saído do American Corner e se refugiado no café da biblioteca, e agora segurava uma xícara de chá verde. Café nunca a interessara, nem drogas nem cigarros. Uma taça de vinho? Bem, isso era algo que ela poderia curtir, e ela o fazia, em seu apartamento sozinha, quase sempre à noite, quando voltava do trabalho para casa. Nunca bebia com seus superiores ou colegas, sempre preferindo manter-se bem lúcida na presença deles. Algumas das suas colegas agentes pensavam de outra maneira, sem se dar conta de que, não importa o quanto tentassem, nunca chegariam a ser "um dos rapazes".

Poucas pessoas estavam ocupando as mesas, a biblioteca estava tranquila nessa tarde chuvosa. Ela ficou sentada, os dedos cruzados atrás da cabeça, emaranhados em seus cabelos, uma perna erguida, o joelho no ar. Seus olhos estavam fixos além das paredes de vidro.

Vindo de um dos corredores, Malone apareceu.

Entrou no café, foi direto até ela e perguntou:

— Posso me sentar?

Ela assentiu, e gostou de ele ter perguntado.

— Eu entendo — disse ele. — Esta missão é sua. Você está aqui desde o início. E agora nós chegamos e tomamos conta das coisas.

— O próprio secretário do Tesouro me encarregou. Eu fiz pesquisas nos arquivos sigilosos. Estive nos capitólios estaduais em busca de registros. Você não tem a menor ideia.

— Na verdade, tenho. Acho que já entendi. Essa folha de papel amassada vai levar à prova de que a Décima Sexta Emenda pode ter sido nula desde o início. Pior ainda, é fraude, já que o governo sabia que a emenda podia ter sido impropriamente ratificada, mas seguiu com ela assim mesmo. Kim vai usar isso para nos derrubar, e os chineses, com um tiro só.

Ele realmente tinha compreendido. E já que sabia tudo isso, ela sentiu-se livre para dizer:

— Vou lhe falar agora, há problemas relacionados com a ratificação. Isso é grave. Vi esses problemas em primeira mão nos registros dos estados. Mas eu entendo como funciona. Vocês, rapazes, são os figurões, e eu sou apenas do Tesouro...

— Besteira. Você é uma agente treinada. E me disseram que é das melhores.

— Que foi atirada na água por um foragido federal.

Ele riu.

— Se você soubesse só algumas das porcarias que me aconteceram. Além disso, fui eu que realmente estragou tudo aqui. Eu deixei Kim pôr a mão nesses documentos.

Tinha estragado mesmo, mas ela gostou de ele ter admitido.

— O presidente realmente mandou que eu ficasse aqui? — perguntou ela.

Ele assentiu.

— Sim. Eu disse a ele que queria que você ficasse. Precisamos de sua ajuda.

— Luke acha que eu sou um pé no saco.
— Você tem de ouvir o que ele diz sobre mim.
— Eu ouvi. Ele na verdade tem um respeito danado por você. Ele não diria isso nunca, mas é óbvio.
— E me disseram que o charme não é uma das suas especialidades.
— Mas aparentemente é das suas.
E ela fora sincera quanto a isso.
— Não vim até aqui para brincar com você — disse ele. — Vim para pedir sua ajuda. Foi bem pensado aquele lance das cifras de Beale. Você pode ter acertado o alvo.
Ela ficou surpresa com todo aquele mea-culpa.
— Como é que você entendeu tudo isso?
— Falei com Stephanie Nelle. As coisas estão se desenrolando em D.C. Seu chefe e a minha agora estão trabalhando juntos. Esta é uma operação conjunta que está em iminência de se complicar. Os chineses e os norte-coreanos estão envolvidos. Eles querem o que Kim está buscando, e depois querem Kim morto. Como eu disse, preciso de sua ajuda.
Ela acenou com seu chá.
— Quer que eu busque seu café? Garanta que haja petiscos para todo mundo?
— É tão ruim assim? — perguntou ele. — Têm lhe faltado ao respeito tanto assim? Por que, como eu já disse, trabalhei doze anos para o Magellan Billet, e as mulheres eram tão boas, tão duronas, tão espertas quanto qualquer homem. Na maioria das vezes, melhores. Nunca, nem uma só vez, tratei uma agente mulher diferentemente de como tratava os homens. Nem sequer me passou pela cabeça.
Ela começava a achar que talvez tivesse julgado mal esse homem.
— Do que preciso — disse ele —, é que você jogue com o time. Já não é mais um trabalho para o Cavaleiro Solitário. Vai exigir uma combinação de esforços, e você tem uma vantagem que eu não tenho. Kim não sabe que você existe. Também não sabe de Luke. Isso quer dizer que vocês dois vão ter de assumir a linha de frente. Você pode fazer isso?
Agora ela sabia exatamente por que ele tinha vindo. Para avaliar por si mesmo se ela estava à altura da tarefa. Ela queria estar, disso

tinha certeza, tanto que resolveu dar a esse homem o benefício da dúvida.

— Eu posso fazer isso.

— É isso que eu queria ouvir. E, além do mais, eu lhe devo uma.

Ela ficou curiosa.

— Você ficou de olho em mim no quarto de Larks enquanto eu estava inconsciente. Quis que eu pensasse que estava lá só para me esculachar, mas também foi para se certificar de que ninguém ia voltar para confirmar o serviço.

Era verdade. Agentes fazem isso uns pelos outros.

— Obrigado — disse ele. — Agora fale um pouco sobre a filha de Kim, que você não mencionou quando eu acordei no quarto de Larks.

— Você entende por que eu guardei isso para mim mesma.

Ele assentiu.

— Eu teria feito o mesmo. Eu era um estranho, um desconhecido. Você me queria fora do seu caminho.

— O nome dela é Hana Sung. É norte-coreana, 20 e poucos anos, cabelo preto, baixinha, bonita. Sabemos pouco ou nada sobre ela, exceto que é uma filha ilegítima, mas a maioria dos filhos de Kim estão nessa categoria. Ela embarcou no navio de cruzeiro junto com ele, e ficou seguindo Larks a maior parte do tempo.

— Em nenhum momento eu notei sua presença.

— Seria impossível. Ela manteve distância, e se misturava aos outros coreanos a bordo. Eu tampouco a teria notado, mas tínhamos informações da inteligência sobre ela, inclusive um retrato, alertando para que a vigiássemos.

— Você sabia que ela matou Larks?

Ela deu de ombros.

— Ela ou Kim. Quem mais poderia ser?

— Os norte-coreanos estão entre os mais brutais agentes do mundo. Você terá de manter os olhos e os ouvidos atentos, porque eles podem vir de qualquer lugar. Não morra, certo?

Dava para perceber que a preocupação dele era genuína, e ela gostou disso.

— Vou tomar cuidado. O que você tem em mente?

Ele se levantou.

— Beba o seu chá e relaxe um pouco. Não vai haver muito tempo para descanso nas próximas horas.

Ela o observou enquanto ele saía do café, sua opinião sobre Harold Earl "Cotton" Malone bem diferente da que era alguns minutos antes. Silêncio voltou a reinar e ela deixou que aquela quietude acalmasse seus nervos. Lá estava ela bem no meio de uma operação internacional de inteligência. Chineses? Norte-coreanos? Luke Daniels tinha razão. Isso era muito diferente de tudo com que estava acostumada a lidar.

Mas estava gostando.

Capítulo 48

WASHINGTON, D.C.

Stephanie se levantou do banco e encarou o homem do Tesouro. Manteve a calma e perguntou:

— Você está me seguindo?

Ele não respondeu, e ela entendeu por quê.

Virou-se para Carol Williams e disse:

— Você poderia nos dar licença? Obrigada pelo seu tempo. Ligarei para você se precisar de mais informações.

A jovem curadora foi embora.

— Uma nova amiga? — perguntou ele.

— Não é de sua conta.

— Gostaria que isso fosse verdade. Não queria estar aqui mais do que você quer que eu esteja. Eu lhe disse em Atlanta que você deveria deixar que nós cuidássemos de tudo.

— E eu disse ao seu chefe não faz nem uma hora que isso agora é uma operação da inteligência americana, da qual você não faz parte.

Estavam falando em voz baixa, mais baixa que o barulho ambiente da fonte e das crianças, que continuavam a curtir o jardim.

— O que você está fazendo aqui? — perguntou ela.

— Vim para lhe contar algumas coisas.

Ele se sentou no banco. Ela não teve escolha a não ser sentar-se também.

— Hoje não tem sanduíche de frango? — perguntou ela.

— Ainda sentida por causa do seu telefone?

— Ainda sentida por causa de uma porção de coisas. Pensei que Joe Levy e eu tivéssemos combinado que ele ia deixar isso por minha conta.

— Olhe, não atire no mensageiro. Meu chefe me disse para encontrar você...

— E como você já estava me seguindo de qualquer maneira, isso não foi muito difícil.

Ele riu.

— Algo assim.

— E o que é tão importante?

— Houve uma certa reorganização na Coreia do Norte. É uma notícia de última hora, e o secretário achou que você poderia querer saber.

Ela ficou ouvindo enquanto ele contava que seis funcionários do governo tinham sido condenados por traição e sumariamente executados.

— Isso acontece lá o tempo todo — disse ela.

— Tem mais.

— O que faz você ser tão convencido e seguro de si?

Ele deu de ombros.

— Esses amigos em altas posições de que lhe falei em nossa primeira conversinha.

Isso tampouco a intimidou.

— Conte-me mais.

— O outro irmão do Querido Líder, o do meio, foi executado, junto com sua mulher e seus três filhos adultos. Dois desses filhos eram casados, então as mulheres e os quatro filhos deles também foram mortos. Parece ser uma meticulosa limpeza doméstica.

Definitivamente, estava sendo enviada uma mensagem de irmão para irmão. E com rapidez. Só havia decorrido cerca de dezoito horas desde a perda dos vinte milhões de dólares. Nesse ínterim a Coreia do Norte tinha avaliado a situação, atribuído a culpa e concebido a resposta apropriada. Nada mau. Ao eliminar o irmão do meio e todos os seus herdeiros, Querido Líder estava dizendo ao irmão mais velho que sobrinhas e sobrinhos restantes seriam os próximos. Até onde se lembrava, todos os filhos e netos de Kim ainda viviam na Coreia do Norte, o que fazia deles alvos fáceis.

Ele disse:

— O que apresentou oficialmente como motivo foram "atos de traição concernentes a uma controvérsia de negócios". Imagino que é assim que se referem à perda dos vinte milhões. Não foi um agente seu que estragou tudo?

— Meu agente fez o trabalho dele. Pelo menos o dinheiro não será usado para comprar componentes nucleares. Prefiro vê-lo reduzido a cinzas.

— Isso não se discute, mas aposto que a família daquele irmão do meio gostaria que as coisas tivessem tomado outro rumo.

Ela olhou para o homem.

— Algo mais?

Ele enfiou a mão no bolso e tirou uma nota de vinte dólares.

— Ouvi dizer que você está se envolvendo com símbolos ocultos e mensagens secretas que aparecem no dinheiro. Eis aí uma que talvez você não conheça.

Ela ficou olhando enquanto ele dobrava a nota ao meio, no sentido do comprimento, e depois as extremidades direita e esquerda para cima, a nota agora no formato de uma casa com um telhado em cumeeira.

Ele apontou para sua criação.

— Está vendo alguma coisa?

Apontou para um detalhe.

— Bem aqui — disse ele —, logo acima da dobra. É o Pentágono em chamas em 11 de setembro.

Ele virou a nota mostrando o outro lado.

— E aqui temos as torres gêmeas.

Ele tinha razão. Ambas as imagens eram chocantemente impactantes.

— Quais são as chances? — perguntou ele.

— Isso é alguma bobagem do Departamento do Tesouro? — questionou ela.

— Se você trabalha com dinheiro o tempo todo, então se depara com essas coisas. Francamente, acho que isso é assustador como o diabo.

— Você veio até aqui para me mostrar isso?

Ele balançou a cabeça.

— Não. Vim até aqui para ver sua reação.

— Reação a quê?

— Sabemos onde Kim está na Croácia.

Ela não escondeu sua surpresa.

— Como é possível vocês saberem isso?

— Somos, lá no Tesouro, estúpidos demais para sabermos alguma coisa? A NSA ainda está monitorando o celular e o e-mail de Kim. Conseguimos fazer o rastreio. Parece que ele está ficando descuidado, ou desesperado. Depende, acho, de seu ponto de vista.

— E por que você está me contando isso?

— São os *seus* rapazes que estão em campo, por isso meu chefe quis que você soubesse. E decidimos não transmitir isso para o mundo por uma linha de celular.

— Diga a Joe Levy que eu agradeço pelas notícias de última hora, mas que não preciso de babá.

— Meu chefe não confia em você. Tem muita coisa em jogo aqui.

— Eu poderia mandar prender todos vocês.

Ele riu.

— Mas não vai. Isso chamaria muita atenção, especialmente da Casa Branca, coisa que você não quer.

Ela não disse nada.

— Tem mais um detalhe. Você sabe que os chineses estão envolvidos, mas eles também puseram os norte-coreanos na jogada. A NSA descobriu isso. Beijing decidiu fazer um agrado aos seus vizinhos e contou a eles tudo o que sabe. Os norte-coreanos vão fazer o trabalho sujo, enquanto os chineses se recostam e observam. Isso lhes permite negar qualquer participação. Felizmente, todos eles são burros como uma porta, mas infelizmente também são doidos como o diabo, de modo que não dá para saber o que vai acontecer. E não há mais ninguém metido nisso junto com você. Zero. Você está num voo solo. Então, meu chefe achou que poderia ter uma pequena ajuda de um velho amigo, como eu.

— E quando eu descobrir o que tem de ser descoberto, você vai estar lá para se assegurar de que será devidamente destruído.

Ele deu de ombros.

— Isso é perfeitamente possível.

— Onde está Kim?

— Ele se refugiou num resort de luxo na Croácia, no mar de Virsko. O Hotel Korcula. Está numa suíte com dois quartos. Quer o número da suíte?

— Qual é?

Um sorriso afetado e irritante formou-se em seus lábios.

— 3506. Aposto que você estava pensando que eu não sabia.

Ela se pôs de pé.

— Diga ao seu chefe que prefiro levar um tiro dos chineses, ou dos norte-coreanos, a ter a sua ajuda. Pare de me seguir.

— Tudo bem por mim. Seja como for, não gosto de você.

Ela percorreu o pátio com o olhar. Os alunos da escola estavam indo embora. Contou mais seis pessoas nos outros bancos. Duas mulheres, quatro homens. Nenhum deles prestava a menor atenção a ela ou ao homem do Chick-fil-A. Na verdade, ela estava se sentindo um pouco só. Os dois únicos agentes em que ela confiava em relação àquela confusão toda estavam na Croácia. Do lado de cá, o caso era dela. E ela estava de mãos atadas até que Cotton decifrasse o código. Sua última mensagem de texto, criptografada, indicava que estava próximo.

Ela saiu de lá.

Deixando o homem do Chick-fil-A sozinho.

Capítulo 49

CROÁCIA

Malone estava de volta no American Corner, com Luke e Howell.

— A Mulher-Maravilha vai entrar no jogo? — perguntou Luke.

— Sabe, ela bem que pode surpreender você.

— Ela é tão verde quanto uma banana que não está madura, meu velho.

— Ela é sua parceira aqui, então faça com que funcione. Diabos, da última vez eu fiquei com você e deu tudo certo.

Luke pareceu ficar surpreso.

— Pensei que tivesse sido o contrário.

Malone olhou para Howell.

— Você parou para pensar naquilo que conversamos?

— Não precisa ficar preocupado comigo. Posso fazer isso.

— Eu me preocupo. Kim matou duas pessoas nas últimas vinte e quatro horas. Matar uma terceira não seria um problema para ele.

— Deixa ele tentar.

Malone lhe apontou um dedo.

— É a isso que estou me referindo. Bem aí. A arrogância *vai* matá-lo, e isso não vai ser bom para nenhum de nós, especialmente para você.

Howell pareceu ter captado a mensagem.

— Se quer saber, estou terrivelmente assustado. Mas vou fazer isso.

— Isso é o que eu queria ouvir. O medo é uma coisa boa, quando em pequenas doses. Agora conte-me sobre esse lugar em que você andou se escondendo.

Antes de sair para ir ao encontro de Isabella, ele tinha explicado seu plano a Luke e a Howell. Precisava de um lugar onde encenar seu show. Howell sugeriu um local bem no interior da Croácia.

— Solaris é uma pequena aldeia a cerca de duas horas de trem daqui, nas montanhas. Jelena era de lá. Eu estava perambulando por aí, tentando desaparecer do mapa, e um dia ao descer do trem eu a conheci e ela me pediu que eu ficasse.

Ele ficou ouvindo enquanto Howell lhe contava que na aldeia só havia algumas centenas de habitantes, que ficava perto da fronteira oriental, entre a Dalmácia e a Bósnia. Os sérvios tinham dominado a região, mas quando a Croácia retomou o território na década de 1990 eles tinham sido expurgados numa limpeza étnica.

— Ainda há lá muitas construções em ruínas e lugares vazios — disse Howell. — Em grande parte foi reconstruída, mas ainda está em depressão econômica. Os croatas não se deram conta disso na época, mas eles precisavam dos sérvios.

— Algum deles retornou? — perguntou Malone.

Howell balançou a cabeça.

— Muito poucos.

— Aposto que é um bom lugar para se esconder — observou Luke.

— Foi o que pensei. Então conheci Jelena e decidi que seria um ótimo lugar.

Howell soou alegre por um momento.

— Você vai ter de dar corda a Kim e mantê-lo pendurado — disse Malone. — Diga-lhe a verdade. Assim você vai precisar pensar menos. Mentiras podem ficar difíceis de sustentar em situações de estresse. Ele vai querer ouvir a história, então conte em partes e pedacinhos, mas nunca ela inteira.

— Isso não é arriscado? — perguntou Luke. — Ele já sabe de muita coisa.

Malone balançou a cabeça.

— Ele não vai a lugar algum. Nós só temos de ficar balançando o berço dele, deixá-lo calminho e sonolento até esse trem parar em Solaris. Eu vou estar lá, esperando. — Dirigiu-se então a Howell: — Luke e Isabella são o seu reforço. Nisso estamos em vantagem, pois Kim não sabe que eles existem. Mas preste atenção na filha. Ela é uma caixinha de surpresa. Não sabemos nada sobre ela, exceto que gosta de espetar agulhas nas pessoas.

Se tudo desse certo, ele poderia encurralar Kim numa aldeia remota da Croácia, mais de cento e cinquenta quilômetros para o interior do país, sem ele ter para onde ir. Devia haver comunicações internacionais, mas, no melhor dos casos, irregulares. E quantos norte-coreanos poderia haver lá? Poucos lugares para se esconder, opções de fuga limitadas. Ao todo, uma excelente armadilha.

— Tem uma coisa — disse ele a Howell. — Em nenhum momento pode deixá-lo pensar que você sabe da morte de Jelena. Se isso acontecer, você vai passar a não valer nada para ele. Ele vai matar você.

— Eu sei disso. Sei como jogar esse jogo. Você esqueceu que estou foragido há três anos.

— E quanto aos chineses? — perguntou Luke.

— Ainda é uma incógnita, mas enquanto falamos Stephanie está trabalhando para descobrir se eles estão realmente aqui.

Luke assentiu.

— Nesta parte do mundo eles usam um bocado de freelancers. Assim, você nunca sabe de onde eles vão atacar.

— Isso não me parece bom — disse Howell.

— E não é nada bom — disse Malone. — Os chineses e os norte--coreanos querem isso que está com Kim, e eles matariam qualquer um de nós para obtê-lo.

— Não vamos deixar que isso aconteça — disse uma nova voz.

Eles se viraram, e lá estava Isabella.

— É principalmente com isso que você e Luke devem se preocupar — avisou Malone, deixando claro. — Deixem que Howell cuide de Kim. Vocês dois se assegurem de que estrangeiros fiquem fora disso. Se aparecer alguma encrenca, será com vocês.

O enviado da embaixada veio pelo corredor e entrou no American Corner. Malone o tinha encarregado de uma tarefa que, aparentemente, ele tinha cumprido. O homem com a gravata-borboleta agora trazia consigo uma maleta de couro.

— Você as conseguiu? — perguntou Malone.

O enviado colocou a maleta sobre uma das mesas e a abriu, tirando duas pistolas semiautomáticas. Malone pegou uma e estendeu a outra para Luke. O enviado colocou a mão de volta na maleta e tirou uma terceira.

— Esta é para você — disse ele a Isabella.

Ela empunhou a arma.

O enviado deu um carregador reserva a cada um.

— O que você vai fazer com Kim quando o tiver capturado? — perguntou Howell.

Era uma boa pergunta, que ele e Stephanie ainda teriam de responder. Ele tinha um palpite do que ela gostaria que acontecesse. Não havia como permitir que se abrisse um processo. Isso iria se constituir num fórum demasiadamente público. Escondê-lo seria tão impraticável quanto ineficaz. Não. O que ela ia querer é que ele morresse. Assim como acontecera apenas um mês antes disso, em Utah, com outro fanático. Para Stephanie isso fora uma boa solução, para ele nem tanto. No processo, tinha perdido alguém com quem se importava muito.

Mas aquilo fora então, e isto era agora.

Ele fez um aceno a Howell.

— Mande o e-mail para Kim.

Kim tornara a vestir suas roupas, já lavadas e passadas na lavanderia do hotel. As de Hana também tinham sido revitalizadas. Ela já se vestira e descera para checar suas opções para partir. O relógio dele marcava seis e quarenta da tarde. O dia tinha sido bastante agitado e cheio de ocorrências. Ainda estava perturbado com a notícia recente das seis execuções, e, pior ainda, com o segundo relato, do massacre de toda a família de seu outro meio-irmão, também noticiado pela imprensa do mundo inteiro. Não que nutrisse sentimentos especiais por qualquer um deles. Para ele, essencialmente, eles eram estranhos. Mas a mensagem que isso transmitia era gritante e clara.

O Querido Líder estava zangado.

O destino de seus próprios filhos e netos estava na balança. Se havia antes qualquer dúvida quanto à possibilidade de se tornarem alvos, ela fora eliminada pelos novos relatos. Alguns observadores tinham suposto que toda a história da execução era falsa, inventada por jornalistas que tinham preconceito contra a Coreia do Norte. Na verdade, isso acontecia com frequência. Apenas mais uma repercussão dos acontecimentos de uma sociedade que se tinha fechado e isolado do mundo. Mas ele tinha certeza que a família de seu meio-irmão estava morta. Era assim que agiam os Kims. Nada iria interferir no poder que detinham e ao qual se agarravam. Seu meio-irmão mais novo certamente sabia da destruição dos vinte milhões de dólares. E conquanto não fosse o responsável por essa fortuita ocorrência, a ele, definitivamente, caberia a culpa. Ele não tinha como proteger seus filhos ou seus netos, mas, para ser honesto, não tinha nenhuma vontade de fazer isso. Eles o haviam abandonado quando fora substituído, sua lealdade rapidamente transferida para o tio. Já era tempo de perceberem o erro de suas atitudes. Que os matasse todos, ele pouco se importaria.

O laptop emitiu um sinal.

Ele estava esperando há meia hora por uma resposta à sua pergunta. *Como você sugere que façamos tudo isso?*

Pegue o trem das 19:40 para o leste de Zadar, até Knin. Eu vou estar nele. Leve Jelena com você. O que você quer está em Solaris. Vamos conversar no caminho.

Ele clicou em responder e disse que estaria lá.

A porta se abriu e Hana tornou a entrar na suíte.

— Há dois homens espreitando lá embaixo — disse ela. — Eles estão atrás de nós.

Mais uma vez sentiu um frio na espinha.

A batalha estava ficando mais próxima.

Felizmente, Hana estava com ele. Tinha aprendido a confiar nela. Nove anos no campo aguçaram seus instintos de sobrevivência e suas suspeitas. A tempestade havia passado, embora o dia ainda estivesse sombrio. Não ia tardar a escurecer, e tinham menos de uma hora para pegar o trem.

Olhou para ela e disse:

— Temos de ir embora.

Capítulo 50

Hana gostava que seu pai dependesse dela. Nisso ele era diferente de sua mãe. O campo forçava o isolamento e a independência. Ninguém lá podia realmente cuidar de outra pessoa. A morte de Sun Hi tinha sido uma prova dessa realidade. Sua mãe tinha se dado repetidas vezes aos guardas, pensando que eles cuidariam dela. Mas estivera errada. Nenhuma clemência tinha sido oferecida a ela. Os guardas não tinham a menor consideração por prisioneiros. Eles eram meros itens de sua propriedade, com os quais podiam fazer o que quisessem.

Quando seu pai a encontrou, ela estava trabalhando na fábrica diariamente. Seu corpo se desenvolvera o bastante para atrair a atenção dos guardas, e seria apenas uma questão de tempo até um deles violentá-la. Mas ela já tinha decidido que, fosse quem fosse, iria pagar um alto preço por isso. Diferentemente da mãe, ela o mataria ou mutilaria e seria punida, qualquer que fosse o castigo, que certamente seria a morte.

Mas fora poupada desse suplício.

Uma vez identificada como uma Kim, pela primeira vez foi tratada como gente. O medo no rosto dos guardas naquele dia em que seu pai a buscara tinha sido prazeroso. Ver Professor morrer tinha sido uma satisfação ainda maior. Levou aproximadamente uma hora, mas finalmente ele sucumbiu. Depois, ela pediu que ele fosse baixado e deixado no chão imundo, estirado, até que o dia terminasse.

Assim como Sun Hi.

— *Você tem um coração frio* — *disse seu pai.*

— *Não tenho coração.*

Ele gentilmente pousou a mão em seu ombro. Ela detestava ser tocada, mas sabia que não devia repelir o gesto.

— *Seu tempo aqui acabou* — *disse ele.* — *A vida vai ser diferente.*

Mas ela sabia que isso não era verdade. Embora pudesse estar deixando o campo, o campo jamais a deixaria.

Ela era um produto do mal que existia nele.

Tão impossível de mudar quanto as regras do campo.

Hana deixou a suíte pela segunda vez e desceu para o saguão. Seu pai escutara atentamente enquanto ela lhe explicava o que queria que fizesse. Ele lhe garantiu que seguiria suas instruções. Ela sabia que os dois homens que tinha localizado desconheciam sua identidade. Não a tinham visto antes, estava certa, e disse a si mesma que tomasse cuidado para que não a vissem agora.

O Hotel Korcula era verdadeiramente gigantesco e havia sido renovado com paredes de mármore, detalhes dourados e elevadores com painéis de madeira. Hana tinha explorado seu luxuoso restaurante, e examinado o que era chamado de Salão de Baile Esmeralda. O saguão era espaçoso, dominado por três grandes aquários cheios de peixes coloridos e plantas ondulantes. Ela saiu do elevador e evitou a área principal com a recepção, virando à direita e percorrendo um corredor curto que levava aos toaletes. Entrou no banheiro feminino, e viu que estava vazio. Os toaletes eram tão luxuosos e elegantes quanto o resto do hotel. Três pias de mármore se alinhavam num balcão de pedra diante de um espelho comprido. Ela se postou diante de uma das pias, acalmou sua ansiedade com um pouco de água fria, e esperou.

Kim tinha verificado. O trem que seguia para leste de Zadar até Knin era um expresso noturno com apenas quatro paradas. Duas logo nos arredores de Zadar, e a penúltima em Solaris, a cerca de trinta quilômetros do fim da linha em Knin. A viagem levaria menos de duas horas. Ele não tinha escolha, teria de ir. Precisava entender tudo aquilo e Howell era o caminho mais curto para atingir esse objetivo. Levava consigo a bolsa estilo pasta preta e a bolsa de viagem. Confiava que Hana iria dar um jeito de possibilitar a fuga, embora ainda estivesse preocupado e se perguntando quem poderia tê-lo encontrado tão depressa. Tinha de ser seu meio-irmão. Quem mais? E o fato de ter sido encontrado só somava ao seu senso de urgência. Antes de poder formular os estágios finais de seu miraculoso retorno, ele tinha de conseguir tudo que faltava descobrir e que ainda precisava saber. Para conseguir isso, teria de ser mais esperto que seu oponente.

Ele desceu pelo elevador, saiu no térreo e dobrou à esquerda. Entrou no saguão e passou pelo aquário, os olhos registrando a presença dos dois homens que Hana tinha descrito. Ambos eram europeus, bem barbeados, cabelos escuros, vestidos com longos casacos. Nenhum deles tentou disfarçar que estavam interessados nele, e imediatamente foram em sua direção.

Ele parou, fez uma meia-volta de ordem unida e voltou pelo corredor que levava aos elevadores, virando à direita, como instruíra Hana. Não precisou olhar para trás. Sabia que estavam vindo. Uma porta dupla com o dístico salão de baile esmeralda era visível à frente e ele continuou a caminhar em sua direção.

— Pare — disse uma voz de homem atrás dele, em inglês.

Continuou a caminhar.

— Eu lhe disse que parasse — disse novamente a voz.

Ele entrou no salão de baile, um salão cavernoso, atapetado, com um teto alto decorado com redemoinhos de gesso. Não havia ninguém lá dentro, cadeiras circundando mesas descobertas e vazias, a única iluminação proveniente de umas poucas luminárias com lâmpadas incandescentes, evitando que o lugar parecesse uma caverna. Hana tinha descrito perfeitamente o interior. Ele ouviu as portas duplas se abrirem e depois se fecharem atrás dele.

— Pare agora — disse a voz.

Ele parou e se virou.

Os dois Casacos bloqueavam a saída.

Eles chegaram mais perto.

Um deles puxou uma arma e disse:

— Vamos ficar com a bolsa preta.

— Queria saber, foi Pyongyang que enviou vocês?

Antes que qualquer um deles pudesse responder, os dois gritaram de dor e se curvaram para a frente, os braços se projetando para trás dos ombros. Um dos homens tentou se virar, mas não completou o movimento. Os dois desabaram no tapete, revelando Hana atrás deles, cada mão empunhando uma seringa, os polegares nos êmbolos. Tinha esperado no banheiro no fim do corredor até ele ter trazido os homens, entrando furtivamente e os derrubando com o mesmo sedativo que usara em Larks e Malone.

Não como seus outros filhos, que tinham se tornado traidores, esta filha era uma alegria de se contemplar.

Hana jogou fora as seringas e imediatamente revistou os homens, encontrando suas armas e carteiras. As duas armas estavam equipadas com silenciadores. Aparentemente tinham se preparado. Foram identificados como austríacos, e nada indicava para quem poderiam estar trabalhando. Ela pôs as carteiras no bolso. Quanto menos as autoridades soubessem sobre esses homens, melhor. Entregou uma das armas ao pai e ficou com a outra. Pegou a bolsa de viagem de seu pai e a pendurou num dos ombros. Ele ficou com a pasta.

— Vamos precisar pegar um táxi na entrada — disse ele. — Mantenha as armas ocultas.

Ela escondeu a arma na parte de trás da bolsa de viagem. O pai fez o mesmo utilizando a pasta. Deixaram o salão de baile e voltaram para o saguão. Quando passavam bem no meio dele, mais dois homens apareceram à esquerda. Um problema a mais se materializou junto à porta de saída. Os dois primeiros mudaram de posição, e rodearam um dos aquários, com a intenção de impedir que fossem em direção aos elevadores.

Ela girou e a arma surgiu em sua mão, atirando.

Não neles.

Mas no vidro do aquário.

Uma muralha de água irrompeu atingindo os dois homens e espirrando para o mármore. Os dois perderam o equilíbrio e deslizaram no chão, entre peixes e plantas. O caos e a confusão se instalaram entre as vinte e tantas pessoas espalhadas por ali. Eles se aproveitaram da comoção e correram para a saída. O outro homem, junto à porta, sacou uma arma. Ela estava prestes a derrubá-lo com um tiro na coxa quando seu pai disparou dois tiros, com silenciador, que o atingiram no peito.

O homem desabou no chão.

— Depressa, minha querida — disse ele.

Ela continuou a se mover em direção às portas de saída, passando pelo corpo e saindo para a calçada lá fora, ao longo de uma parede feita de plantas, que levava a um ponto de chegada de meios de transporte. Sem perder o ritmo, chegaram à entrada e acenaram para um dos táxis que aguardavam.

O motor do veículo foi ligado, e eles saltaram para o banco traseiro.

— Para a estação de trem — disse seu pai.

Capítulo 51

Malone acomodou-se no banco do carona do cupê Mercedes, com o enviado da embaixada na direção. A viagem de Zadar a Solaris seria de pouco mais de uma hora. Ao longo do caminho, o trem tinha paradas a fazer, e não sairia antes de decorridos vinte minutos, então sair antes e seguir viagem diretamente pela rodovia o faria chegar antes de Isabella e Luke.

Planejara usar bem o tempo da viagem no carro, tentando decifrar as fileiras de números. Stephanie tinha lhe falado de George Mason em suas ligações, e mandado uma mensagem codificada havia poucos minutos, informando-o da contribuição filantrópica de Mellon à casa da família de Mason, o que demonstrava ainda mais uma conexão.

Ele conhecia a história americana e o nome de George Mason lhe era familiar, um dos Pais Fundadores menos celebrados. O homem tinha acreditado num governo federal fraco e em direitos vigorosos para os estados. E embora tenha ajudado a modelar o texto, recusara-se a assinar a Constituição, alegando que ela não protegia devidamente o indivíduo. Seus argumentos levaram mais tarde à Declaração de Direitos. E quando James Madison redigiu essas propostas de emendas, ele foi fortemente influenciado por um documento anterior — a Declaração de Direitos da Virgínia — adotado em 1776, escrito por George Mason.

As semelhanças entre os dois eram notáveis. Ambos, quase na mesma linguagem, confirmavam a liberdade de imprensa e de religião, o direito de confrontar um acusador, a capacidade de convocar testemunhas e ter um julgamento rápido perante um júri. Penas cruéis e não usuais eram proibidas, assim como buscas e prisões sem fundamentos e a privação de um devido processo penal. Até mesmo o direito garantido pela Segunda Emenda, de possuir e portar armas, tinha sua origem na Declaração da Virgínia. Madison tinha efetivamente ajudado Mason a redigir esses primeiros artigos, e assim, em 1789, ele incorporou as ideias finais de Mason em sua proposta da Declaração de Direitos. Jefferson também as usou quando elaborou a Declaração de Independência. Stephanie lhe contara que Mellon empregou a expressão *aristocrata tirânico* referindo-se a Roosevelt. Se as suspeitas de Isabella se confirmassem, as quatro fileiras de números que agora tinha nas mãos poderiam ser algo semelhante às cifras de Beale. As cinco letras da cédula de um dólar formavam a palavra *Mason*. O código de Beale aparentemente tinha usado a Declaração de Independência como chave. Assim, talvez Mellon tivesse usado outro documento, que trouxesse uma proteção contra *aristocratas tirânicos* que tivessem uma conexão com alguém chamado Mason. Malone imprimira uma cópia da Declaração de Direitos da Virgínia para testar sua hipótese. Era um tiro no escuro, porém calculado. Se esse caminho se mostrasse improdutivo, quando o assunto em Solaris estivesse encerrado ele tentaria outra coisa. Mas parecia um lugar tão bom quanto qualquer outro para começar.

— Deve ser emocionante fazer essa viagem e lidar com toda essa intriga e todo esse perigo — disse o enviado.

Estavam saindo de Zadar, numa estrada de duas pistas que parecia ter sido recentemente pavimentada, a superfície impecável, as grossas linhas de marcação em sua pintura fresca plenamente visíveis à luz dos faróis. Eram quase oito horas da noite, e o sol já se pusera no oeste.

— Não é o que você pensa — disse ele.

E não era.

Ter a vida ameaçada a cada segundo poderia ser excitante para alguns, mas não para ele. Gostava da tarefa, da missão, dos resultados. Anos atrás, quando trocara a marinha pelo Departamento de Justiça, tinha se perguntado se era a coisa certa a fazer. Rapidamente descobriu que era. Tinha talento para pensar sob pressão e fazer as coisas acontecerem. Nem sempre de acordo com o plano, ou sem danos colaterais, mas sempre entregando resultados. Agora estava de volta ao trabalho. Um agente, encarregado de uma operação que poderia ter consequências calamitosas se ele estragasse tudo.

— Eu já servi em todo canto — disse o enviado. — Alemanha, Bulgária, Espanha. Agora aqui na Croácia. Gosto desses desafios.

Ele precisava que esse homem calasse a boca, mas o cavalheiro que nele habitava o impediu de dizer isso tão diretamente. Felizmente, ao ver que ele não comentara sua carreira, o homem voltou a atenção para a estrada.

Depois de Luke, Isabella e Howell terem saído para a estação de trem, ele tinha lido mais sobre as cifras de Beale. A história falava de um tesouro que fora enterrado em 1820 por um homem chamado Thomas Jefferson Beale. A localização, secreta, era em algum lugar de Bedford County, Virgínia. Supunha-se que Beale tenha confiado a um estalajadeiro local uma caixa com três mensagens criptografadas, e depois desapareceu e nunca mais foi visto. Antes de morrer, o estalajadeiro deu os três códigos criptografados a um amigo. O amigo passou os vinte anos seguintes tentando decodificar as mensagens, mas só conseguiu resolver uma delas. Esse amigo publicou os três códigos e sua solução a um deles num panfleto de 1885. O interessante é que as três mensagens originais da caixa depois foram destruídas num incêndio, e assim só restara o panfleto.

Ele baixara o panfleto em seu telefone e leu que a Declaração de Independência fora a chave para um dos códigos. Nunca se explicou direito como foi feita essa descoberta. O que o levou a acreditar que, ao menos no caso das cifras de Beale, talvez a solução tivesse vindo antes do código. O que não era o caso agora.

Como Isabella tinha observado, o primeiro número das cifras de Beale, reproduzido no panfleto, era 115. A centésima décima quinta palavra na Declaração de Independência era *instituted*. Assim a primeira letra dessa palavra, *i*, seria a primeira letra do texto decodificado. A ideia era repetir o processo com cada número, acrescentando uma nova letra a cada vez. Ele concordava com a avaliação de Stephanie de que Mellon queria que FDR decifrasse o código, e por isso não o fizera difícil demais. E de tudo que tinha lido, as cifras de Beale eram um artigo bem conhecido na época de Mellon. Além disso, outra coisa que Stephanie tinha dito tornava a conexão mais plausível. Ela soubera que Mellon estava sepultado em Upperville, Virgínia, na Igreja Episcopal da Trindade. Um fato interessante, considerando que todas as conexões de Mellon eram com a Pensilvânia.

O que Mellon tinha dito a FDR?

Estarei esperando pelo senhor.

Ele tinha trazido uma caneta com cópias impressas do código de Mellon e da Declaração de Direitos da Virgínia. Levaria alguns minutos, mas tinha de numerar cada palavra.

Começou a fazer isso a partir do topo.

  1   2   3   4   5   6 7   8   9 10
A Declaration of Rights made by the representatives of the

11   12   13 14   15   16 17 18 19
good people of Virginia, assembled in full and free

   20   21   22   23   24   25   26   27   28
convention which rights do pertain to them and their

29   30 31 32   33   34   35 36
posterity, as the basis and foundation of government.

   37 38 39 40 41   42 43 44   45   46   47
Section 1. That all men are by nature equally free and

     48   49   50   51   52   53 54 55
independent and have certain inherent rights, of which,

  56   57 58 59 60 61   62 63   64   65 66
when they enter into a state of society, they cannot, by

67   68
any compact,

Passaram-se mais vinte minutos até ele chegar à palavra final e escrever o número 901 acima de *other*. O motorista permanecera em silêncio, aparentemente por ter percebido que ele precisava se concentrar.

Estudou novamente o código de Mellon.

869, 495, 21, 745, 4, 631, 116, 589, 150, 382, 688, 900, 238, 78, 560, 139, 694, 3, 22, 249, 415, 53, 740, 16, 217, 5, 638, 208, 39, 766, 303, 626, 318, 480, 93 717, 799, 444, 7, 601, 542, 833

O primeiro número era 869. Procurou pela palavra que correspondia a esse número e a encontrou. *Equally.* Notou que outras palavras também começavam com *e*. Olhando rapidamente contou mais de vinte.

Escreveu um *e* na página.

Estava supondo que, assim como nas cifras de Beale, os números correspondiam às primeiras letras das palavras correspondentes na chave, mas poderia ser o contrário, e se referirem às últimas. Sabia que certos códigos de substituição até utilizavam uma determinada posição dentro de uma palavra — como, por exemplo, a terceira letra de cada uma — o que realmente poderia ser um complicador.

O número seguinte era 495. *Demand.* Havia diversas palavras que começavam também com um *d*, e a primeira aparecia no prólogo, com *declaration.*

Acrescentou um *d*, ao lado do *e*.

O terceiro número, 21, levou a *which*, do prólogo. Continuou nesse processo até que, na sexta correspondência, ele tinha uma palavra.

Edward.

A probabilidade de que isso fosse total coincidência era próxima de zero. Aparentemente ele tinha encontrado alguma coisa.

— Sr. Malone — disse o enviado —, não queria perturbá-lo, mas devo lhe transmitir uma mensagem que chegou antes de sairmos de Zadar.

Ainda estavam percorrendo a rodovia, mergulhada na escuridão.

— E só agora você me diz isso? — perguntou ele.

— Quis contar antes, mas vi que estava absorto em seu trabalho, então o deixei em paz. Afinal, ainda temos meia hora até chegarmos, e você não ia mesmo a lugar algum.

O homem tinha mais diplomacia do que a que ele lhe tinha creditado.

— A Sra. Stephanie Nelle, sua superior, eu creio, passou uma mensagem através do canal seguro da embaixada.

Ele esperou, enquanto o enviado procurava no bolso interno do paletó e retirava uma folha de papel dobrada, que lhe estendeu.

Ele leu o parágrafo.

A última frase foi a que mais lhe causou preocupação.

Eles morderam a isca e armaram uma emboscada para Kim em Zadar. Ela fracassou. Kim escapou, e matou um homem no processo. Os chineses e/ou os norte-coreanos definitivamente estão aí.

Isso o fez parar.

Torcia para que Luke e Isabella conseguissem dar conta das coisas.

Capítulo 52

Hana olhava para a noite através da janela. A fria escuridão do lado de fora parecia ameaçadora. No campo, noite e dia pareciam ser a mesma coisa, nunca dando uma trégua ao sofrimento. O trem avançava trepidando e sacudindo, atravessando a zona rural da Croácia, nada além de preto atrás do vidro. Ela e seu pai estavam num compartimento de primeira classe com quatro lugares, dois de cada lado, de frente uns para os outros, a porta fechada, mas não trancada.

— Por que matar o homem no hotel? — perguntou ela.

Não tinham trocado uma palavra desde que fugiram de Zadar.

— Foi necessário. Não podemos ter interferência alguma. Não agora.

Durante toda a vida lhe tinham dito que matar era *necessário*. Para impor o regulamento do campo, para evitar fugas, ou para libertar um prisioneiro de uma servidão de gerações. *A morte é libertadora*. Era o que Professor lhes dizia todo dia. Se isso fosse verdade, ela esperava que Professor estivesse aproveitando a liberdade dele.

Seu pai parecia estar totalmente confortável com a ideia de que podia matar quem quisesse. Três haviam morrido nas últimas vinte e quatro horas.

— Eu fiquei sabendo mais cedo — disse ele — que nosso Querido Líder matou meu outro meio-irmão e toda a família dele. Seu tio e seus primos. Ele fez isso para me mostrar que podia fazê-lo.

Ela quis dizer *Assim como você*, mas se conteve.

— Temos de estar vigilantes — disse ele —, e não podemos ser fracos em momento algum.

— E quanto aos seus outros filhos?

Ela queria saber o que ele pensava quanto a isso.

Ele deu de ombros.

— Não há nada que eu possa fazer por eles, e duvido que eles fossem querer isso. Nenhum deles foi leal a mim, exceto você.

Porque ela não tivera outra escolha. Mal tinha 10 anos quando seu pai caiu em desgraça, ainda não acostumada ao mundo fora das cercas. Então, quando ele optou por deixar o país, ela não teve outra escolha senão segui-lo. Verdade que quando ficou mais velha poderia tê-lo deixado, mas não tinha vontade alguma de voltar para a Coreia do Norte. Detestava todas as coisas associadas àquele lugar. Só voltara lá uma vez, para uma visita pessoal arranjada pelo pai, e por um dia apenas. Isso foi dez anos após ter saído do campo. Tinha 19 anos, estava totalmente recuperada de anos de desnutrição, e queria ver sua mãe. Seu pai conseguiu a permissão, e naquele dia ela entrou no campo numa limusine, com a presença do superintendente, que foi cumprimentá-la pessoalmente. Nenhum dos dois mencionou o passado. Foi levada diretamente à sua mãe, que agora trabalhava na fábrica de cerâmica, seus dias de trabalho no campo, obviamente, já encerrados.

Sua mãe lhe pareceu estar mais fraca do que se lembrava, ainda vestindo as mesmas roupas imundas que mais pareciam sacos fedendo a suor, lodo e sangue. E enquanto seu próprio cabelo havia ficado mais longo e espesso, e seu corpo se desenvolvera — não mais encovado e macilento com a pele lívida — sua mãe tinha encolhido ainda mais. A maior parte dos dentes já se fora, os olhos profundamente afundados por falta de alimentação, prelúdio, ela sabia, de problemas mais graves.

— *Pensei que você estivesse morta* — *disse sua mãe.* — *Não me disseram nada. Então, presumi que tivesse morrido.*

As palavras foram pronunciadas com a mesma monótona falta de emoção da qual se lembrava tão vividamente.

— Meu pai veio me buscar.

Um olhar de surpresa apareceu no rosto cansado, que era exatamente o que ela tinha vindo ver.

— E ele não salvou a mim?

— Por que faria isso?

E ela realmente pensava assim.

Ainda queria uma resposta para a pergunta que se fizera tantas vezes. Por que eu era uma prisioneira? Seu pai lhe contara do caso deles e como o pai dele desaprovava, a mãe sendo enviada para o campo sem que ninguém na época soubesse que estava grávida.

— Porque ele me amava — disse sua mãe, a tristeza estampada na voz. — Eu era muito bonita, cheia de vida e animação.

Então a frieza retornou aos seus olhos.

— Eu nunca lhe contei a razão de estarmos aqui porque nunca quis que você soubesse nada sobre ele.

Uma resposta curiosa, que a compeliu a perguntar.

— E por que você não quis?

— Foi ele quem me mandou para cá.

— Isso é mentira.

A rapidez de sua refutação a surpreendeu.

— O que foi que ele lhe contou? Que o pai dele me mandou para cá? — Sua mãe riu. — Você é tão tola. Sempre foi tola. Ele me mandou para cá. Ele me queria fora do caminho. Primeiro aproveitou de mim tudo que queria, e quando se cansou de mim, fui mandada para cá, para desaparecer.

Ela nunca tinha acreditado muito no que essa mulher dizia. O campo obrigava os prisioneiros a se verem como inimigos, constantemente desconfiando uns dos outros. Mas o olhar raivoso nos olhos tristes que a fitavam de volta — e que pela primeira vez, ao que lembrava, pareciam expressar um sofrimento real — lhe dizia que sua mãe estava dizendo a verdade.

— Ele é um homem cruel. Nunca se esqueça disso. Não se deixe enganar. Ele é como os que o antecederam. Você está aí de pé com suas belas roupas, de barriga cheia, toda prosa em sua liberdade. Mas você não é livre. Ele é um Kim. Não têm lealdade a não ser com eles mesmos.

Sua mãe cuspiu em seu rosto.

— *E você é uma Kim.*

Essas foram as últimas palavras que disseram uma para a outra. Como não houvera nem sombra de nada parecido com amor entre elas, não voltou a pensar na mulher. Soube um ano depois que sua mãe estava morta, fora pega quando tentava fugir. Quantas vezes tinha testemunhado esses *momentos didáticos*, como os guardas descreviam as execuções.

Assim, foi fácil imaginar a sina de sua mãe.

Uma estaca de madeira seria fincada na terra dura. Prisioneiros seriam reunidos, na única circunstância em que se permitia que mais de dois se juntassem. Um dos guardas, em altos brados, contaria como se oferecera àquela vadia ingrata a redenção mediante trabalho duro, e como ela rejeitara aquela generosidade. Para evitar que refutasse, encheriam a boca de sua mãe com pedrinhas e lhe cobririam a cabeça com um capuz. Seria então amarrada à estaca e fuzilada, o corpo atirado num carrinho para ser levado a uma das valas comuns, nas quais a identidade dos ocupantes era tão sem importância na morte quanto fora em vida lá.

Mas nunca esqueceu o que sua mãe lhe dissera naquele último dia.

Foi ele quem me mandou para cá.

Observava o pai, enquanto ele lia mais alguns documentos da bolsa preta. Quem eram aqueles homens no hotel? Por que tinham vindo? Deviam ser de Pyongyang. Quem mais se importaria com eles? Os americanos? Possivelmente. Tinha certeza de que ninguém os havia seguido do hotel, e chegaram até o trem sem incidentes. Mas alguma coisa lhe dizia que não estavam sozinhos. Havia perigo rondando ali.

— Vou dar uma olhada no trem — disse ela.

Seu pai ergueu os olhos da leitura.

— Acho que é uma excelente ideia.

Antes que chegasse a se levantar, a porta do compartimento se abriu e ela viu um homem. Trinta e tantos anos, cabelo ralo, compleição frágil. Ela conhecia aquele rosto.

Anan Wayne Howell.

— Onde está Jelena? — perguntou Howell.

— Não longe daqui — disse seu pai. — Depois que tivermos nossa conversa, você a verá.

Mas ela sabia que era mentira. Howell muito provavelmente ia acabar morto também. Quantos mais iriam morrer? Cinquenta? Cem? Dez mil? Milhões? O fato de ela não poder ter certeza quanto a isso era prova bastante de que seu pai era realmente um Kim.

— Sente-se — disse ele a Howell. — Minha filha já estava de saída.

Ela se levantou e saiu para o estreito corredor. Howell deixou que passasse, e entrou no compartimento.

Ela correu a porta, fechando-a.

Parecia que a cada palavra ela ia ficando mais distante. Seu pai mentia com muita facilidade. Nada mudava em seu tom ou sua fisionomia, fossem suas palavras verdade ou ficção.

Por isso, não podia acreditar em nada do que dizia.

Mais uma prova de que era um Kim.

Isabella tinha seguido Howell enquanto ele percorria o trem, fazendo uma busca. Ela o observava por uma janela na extremidade do vagão, de onde se via o vagão seguinte, quando Howell aparentemente tinha encontrado o que buscava, desaparecendo em um dos compartimentos de primeira classe.

Uma jovem apareceu no corredor.

Hana Sung.

Isso queria dizer que Kim estava lá.

Ela rapidamente ocupou um assento em frente a uma mulher com duas crianças pequenas, que lhe dirigiu um leve sorriso. Devolveu o sorriso e ouviu a porta na extremidade do vagão se abrir e depois fechar. Estava voltada para o outro lado, em uma poltrona que ficava num conjunto de quatro, duas a duas, de frente umas para as outras. Esperou até Hana Sung passar, em direção à porta que levava aos vagões na retaguarda do trem. Sung não deveria ter ideia de quem ela era. No cruzeiro ambas tinham mantido distância de Larks, e uma variedade de perucas tinha mudado a aparência de Isabella a cada dia.

Até agora, tudo bem.

Howell estava em posição, e os olhos e os ouvidos de Kim estavam em movimento, temporariamente cegos e surdos.

Vantagem para os heróis.

Capítulo 53

Kim encarava o americano.

— Não vou lhe dizer nada antes de ver Jelena — disse Howell, a voz ríspida e seca.

— Não entendo como você acha que esteja em posição de exigir o que quer que seja. Vamos conversar. Depois, quando eu tiver aquilo de que preciso, você terá sua dama.

Ele podia ver que Howell não estava satisfeito, mas também que o jovem percebia que não tinha escolha.

— O que você quer saber?

Ele acenou com a folha de papel original amassada.

— O que são esses números?

— São um código de substituição que Andrew Mellon criou.

— Você o decifrou?

Howell balançou a cabeça.

— Eu não, mas Cotton Malone decifrou. Ele me disse isso na balsa.

— E por que ele faria isso?

— Porque queria saber se tinha acertado.

— E acertou?

— Na mosca. A solução dele faz todo sentido. — Howell fez uma pausa. — Quero saber o que você vai fazer com tudo isso.

— Meu plano é acabar com o imposto de renda.

— O que vai acabar com a América.

Ele deu de ombros.

— As sementes dessa destruição foram lançadas em 1913 quando a emenda foi falsamente certificada como legal. Você foi condenado com base nessa injustiça. Eu só quero corrigir esse erro.

— Ainda assim, isso vai destruir o país.

Ficou perplexo com esse comentário.

— O que não pareceu incomodar você quando publicou seu livro e divulgou sua teoria para o mundo. Agora, tenho eu a culpa de você ter tido razão? Foi você quem começou com isso tudo.

— Eu estava lutando pela sobrevivência.

— Assim como eu estou.

— O que você vai fazer? Direcionar o que tiver aí para alguma organização anti-impostos e para as redes de notícias a cabo? Isso poderia criar uma agitação tão grande que não ia dar para varrer para debaixo do tapete.

Ele sorriu.

— Felizmente, a América está cheia de pessoas que querem adotar uma causa. Eu simplesmente vou dar uma a elas. Tenho certeza de que muitos membros de seu Congresso vão querer defender o problema. Vai haver muitos e intermináveis processos.

— O imposto de renda representa noventa por cento dos recursos federais. Se for abolido, os Estados Unidos irão à falência. Você se dá conta do efeito que isso teria em todo o globo terrestre?

— Catastrófico, presumo. Mas viver numa sociedade fechada, como a da Coreia do Norte, vai se tornar então uma vantagem. Não dependemos do mundo em quase nada. E certamente não dependemos dos Estados Unidos. Assim, sua queda trará poucas consequências. O isolamento será nossa maior vantagem.

— E quanto à China?

Ele deu de ombros.

— Vai doer, mas eles vão se adaptar. Uma coisa é certa. Eles terão um novo respeito pela Coreia do Norte, e por seu novo líder. Não vão me ignorar nem me ridicularizar. Se você quiser, eu posso lhe dar cidadania e você poderá viver lá também.

— Como se você fosse me deixar ficar e reivindicar parte do crédito.

— Nisso você se engana. Eu não me incomodaria com isso. Você teve a ideia, mas eu a aperfeiçoei. E você não deveria estar mesmo ressentido com seu governo? Ele mentiu para você e para milhões de seus cidadãos, cobrando um dinheiro de impostos ao qual legalmente não tinha direito. Você chegou a ser condenado à prisão. A América gosta de se proclamar um país governado por leis. Ela denuncia no mundo inteiro governos que ignoram a força da lei. Vamos ver quão receptiva é a América quando essas leis se voltam contra ela mesma.

Ele estava curtindo esse momento de triunfo. A última década tinha sido de um fracasso após outro. Somente nos últimos meses as coisas tinham começado a mudar de rumo. Agora parecia que ele estava no limiar da grandeza. Mas se obrigou a afastar a mente dos grandes esquemas para se concentrar num problema mais imediato.

Acenou com o papel amassado.

— O que isso quer dizer?

Hana percorreu todos os vagões de passageiros, indo da primeira classe para a comum e observando os passageiros. Não eram tantos assim, o trem talvez estivesse com um quarto de sua lotação máxima. A arma que pegara do homem no hotel estava alojada junto à sua coluna, por baixo da jaqueta. Não tinha havido revista de segurança para embarcar no trem, e ela agradecia por isso. Dois anos antes seu pai insistira para que fizesse aulas de tiro. O mundo era um lugar perigoso, dissera ele, e ela devia ser capaz de se proteger. Ela não tinha discutido, pois a sensação de estar segura era sempre bem-vinda. Todo o propósito dos campos era destituir as pessoas de respeito próprio e mantê-las em constante estado de pânico. Era um método de controle que ela agora reconhecia e deplorava. Ela era uma pessoa. Um indivíduo. Seu nome não era *vadia*. Era tão única quanto cada grão de areia na praia.

E os pecados da mãe não eram pecados dela.

Até aqui sua expedição de reconhecimento não tinha levantado suspeitas.

A velocidade do trem diminuiu.

Estavam chegando à primeira estação.

Ela se dirigiu a uma das saídas entre vagões. Uns poucos passageiros se levantaram e foram para lá também. Aparentemente, para eles era o fim da viagem.

O trem parou dentro de uma construção iluminada.

Pessoas entravam e saíam.

Ela desceu para a plataforma e olhou nas duas direções, para checar quem estava chegando. Dois vagões mais adiante avistou um homem prestes a embarcar. Jovem, cabelo escuro, feições coreanas. Não carregava nada consigo, as mãos enfiadas nos bolsos do paletó. Lançou-lhe um olhar que encerra uma expressão de triunfo, aparentemente despreocupado por não ter passado despercebido. Queria que ela soubesse que ele estava lá, como que a desafiando a fazer alguma coisa quanto a isso.

Um sinal avisou que a parada tinha terminado.

Ela tornou a entrar no trem.

Isabella tinha conseguido percorrer alguns vagões acompanhando Sung. Quando seu alvo desceu para a plataforma da estação, ela olhou pela janela e avistou um homem de aparência asiática subindo no trem. Uma olhada à frente e viu o mesmo homem indo direto para o vagão dela e tomando um assento, as mãos sempre no bolso do paletó.

Era encrenca na certa.

Hana Sung tinha pensado o mesmo, também.

Ela captou a expressão de apreensão no rosto da jovem.

Soou o sinal anunciando que o trem estava partindo. Levantou-se e voltou para vagão de trás, onde Luke Daniels estava esperando. Ela o encontrou mergulhado numa conversa com um homem mais velho. Quando ele a viu, pediu licença ao homem e veio até onde ela tinha se sentado.

— Um novo amigo? — perguntou ela num sussurro.

— Achei que isso ia ajudar a me misturar. Confraternizar com os locais.

— Howell está com Kim. Sung está se movimentando, e temos companhia.

Ela descreveu a ameaça potencial à espera, três vagões adiante.

— Ele é o cão de caça — disse Luke. — Está aqui para encontrar a raposa e fazê-la correr. Os caçadores estão esperando lá na frente.

— Ainda há uma parada antes de Solaris — disse ela.

— E nossa tarefa é chegar lá inteiros. Mas não há como saber o que o outro lado tem em mente.

Ela tinha de admitir, isso era mais emocionante do que sonegação de impostos. Mas também percebia que estava um pouco assustada. Ao contrário do que tinha se gabado, era sua primeira luta sem luvas.

— Pondo a brincadeira de lado — disse ele em voz baixa —, fique atenta. Não se machuca. Tá bom?

— Farei isso, se você fizer também.

Ele sorriu e apontou um dedo para ela.

— Aí está o charme de novo. Eu posso começar a gostar disso.

Lá atrás, em Zadar, Isabella tinha reclamado da imprudência dele, mas para dizer a verdade, sentia-se agora reconfortada ao constatar que Luke Daniels sabia como cuidar de si mesmo. Não dava para saber o que iria acontecer. Não saber, era a pior parte. Mas estava confiante de que poderiam cuidar da situação.

O trem começou a se mover, deixando a estação, ganhando velocidade.

— E agora? — perguntou ela.

— Vamos dar a Howell o tempo que lhe for necessário.

Capítulo 54

Malone continuou trabalhando no código.

Tinha acendido uma das luzes internas do carro, usando seu brilho amarelado para iluminar as páginas à sua frente. O enviado da embaixada tinha lhe informado havia poucos minutos que já estavam próximos de Solaris. Isso queria dizer que o trem não estava muito atrás. Gostaria de poder estar ele mesmo a bordo, mas sabia que era impossível. Luke era capaz de dar conta do recado. Assim como Isabella. Era Howell quem o preocupava. Tinha advertido o jovem quanto a manter suas emoções sob controle, mas podia entender a dor de quem perdera alguém tão querido. Embora Cassiopeia não tivesse morrido no sentido literal, ela se fora. E a angústia que tal perda originava definitivamente obscurecia o juízo. Ele era um profissional, mas ainda assim isso o afetava. Podia imaginar como afetava Howell. Mas, dadas as circunstâncias, não tinha outra opção. Kim só tinha interesse em Howell. Com sorte, Luke e Isabella iam dar um jeito para manter o controle da situação *antes* que pessoas de fora conseguissem intervir.

Lentamente, tinha associado os quarenta e dois números do código de Mellon às palavras correspondentes na Declaração de Direitos da Virgínia. Felizmente, seu palpite estava certo, e tinha descoberto a chave. Depois de ter associado o último número do código, leu a mensagem finalizada:

Edward Savage Eleanor Custis
Martha Washington 16

Não tinha tempo para averiguar seu significado, o que seria fácil de determinar usando a internet e os mecanismos de busca. Queria saber o que estava acontecendo naquele trem. Mas tinha de seguir o plano, então perguntou ao enviado:

— Quanto tempo falta, exatamente, para chegarmos lá?

— Menos de dez minutos. O trem deve chegar às nove e cinquenta.

O que lhe dava sólidos quinze minutos de vantagem.

— Direto para a estação. Não deve ser difícil de achar.

— Eu verifiquei antes de partirmos, e sei exatamente onde fica.

Ele dobrou a folha com a mensagem decodificada de Mellon e a estendeu ao enviado.

— Depois de me deixar lá, ache um telefone fixo e faça com que a embaixada transmita o que decodifiquei para o Magellan Billet, por alguma linha segura. Nada de celulares neste caso aqui.

O enviado sinalizou que tinha entendido.

— Não quero alertar ninguém que esteja lá esperando, então me deixe a mais ou menos um quilômetro da estação, e vou continuar a pé.

Checou seu iPhone e viu que havia sinal.

Perfeito.

Seguir o plano.

Digitou o número.

Stephanie estava no National Mall, ao sol, do lado de fora, após ter saído da Galeria Nacional. Tinha feito uma pausa de meia hora e comido algo no café do museu, localizado no subsolo, abaixo do ponto de convergências das galerias, no andar acima. O homem do Chick-fil-A tinha desaparecido e ninguém a seguira até o café ou depois, quando saíra dele. Estava fazendo hora, à espera de uma reposta à mensagem que enviara a Cotton por intermédio do Departamento de

Estado. A última coisa que soubera era que ele estava a caminho do interior da Croácia, para uma cidade chamada Solaris. Tudo dependia de que as coisas acontecessem exatamente como tinham previsto. Graças a Deus era Cotton quem estava lá. Ele era a única pessoa de quem ela sempre poderia depender. Nunca a desapontara. A Casa Branca tinha ligado duas vezes e nas duas vezes evitara atender. Ela sabia que isso só poderia ser feito por um tempo, uma vez que o presidente dos Estados Unidos era difícil de ignorar.

Seu celular tocou.

Estava caminhando entre a grama e as árvores nuas, logo antes do Museu Nacional de História Natural do Smithsonian. O Capitólio se ancorava na outra extremidade do Mall, atrás dela, o Monumento de Washington erguia-se à sua frente. Pessoas iam para cá e para lá sob o sol da tarde, o ar tipicamente fresco e claro de novembro em D.C.

— Eu decifrei — disse Cotton.

— Onde você está?

— Prestes a entrar em Solaris e esperar o trem.

— Fale da mensagem que Mellon deixou para Roosevelt.

— É uma mensagem estranha. Vou digitar e enviar a você.

Ela esperou um momento, seu aparelho tocou com a chegada da mensagem, e ela leu.

— Que estranho.

— Você pode descobrir aí do que se trata. Não deve ser difícil.

— O secretário do Tesouro mandou que me seguissem. Eu estupidamente cheguei a pensar que estávamos do mesmo lado.

— O que pretende fazer?

Sinos soaram ao longe, marcando três e meia da tarde.

Ela disse:

— Vou descobrir o que Mellon deixou, e destruí-lo.

Hana estava um vagão à frente do coreano que tinha entrado na primeira parada, cuidadosamente o vigiando de longe. O trem estava desacelerando para a segunda parada, e depois levaria menos de meia hora até Solaris. Ela supunha que Howell e seu pai ainda estivessem no compartimento de primeira classe. O homem que ela estava vigiando ainda não tinha feito uma busca em nenhum dos outros vagões.

O que ela deveria fazer?

Eles não tinham para onde ir, e ele sabia disso.

Durante anos ela havia meditado sobre sua vida, e, nos últimos poucos dias, o rumo que ela tomaria no futuro tornara-se claro. Os americanos. Os homens no hotel. Este aqui no trem. Ela se ressentia de todas essas intervenções. O que ia acontecer aqui seria escolha *dela* e *somente dela*. Então, decidiu assumir a ofensiva. Um só homem seria fácil de conter.

O trem parou em outra estação iluminada.

Pessoas entravam e saíam, como da última vez. Através do vidro, no outro vagão, ela viu mais três coreanos entrarem e se juntarem ao primeiro homem.

Quatro?

Isso poderia ser um problema.

Mas a arma aninhada à sua coluna a tranquilizou.

Isabella ficou sentada enquanto Luke avançava percorrendo os vagões, avaliando quem tinha entrado para ir até a parada final. Aproveitou para checar seu celular, e descobriu que não havia sinal disponível. Diferentemente dos trens americanos, este não tinha Wi-Fi.

Estavam literalmente por sua própria conta.

Agentes do Tesouro não eram escolados para esse tipo de operação. Mas isso não queria dizer que ela não era capaz de cuidar de si mesma. A preocupação de Daniels com a segurança dela parecia ser genuína. Pela primeira vez sua fachada de petulância tinha caído, e o homem que havia por trás dela tinha se deixado entrever. Ela disse a si mesma que devia pegar mais leve com ele e com Malone. Estavam confiando a própria vida a ela, cada um deles agora dependendo do outro. Três contra o que quer que lhes surgisse no caminho, e estava determinada a fazer sua parte.

O aviso tocou, anunciando a partida de mais uma estação.

Ela olhou em volta de sua poltrona e viu que Luke estava retornando.

O trem começou a se movimentar.

Ele sentou-se ao lado dela.

— Temos quatro problemas três vagões adiante. Hana Sung está um vagão atrás deles. Ela deve saber que estão lá. Isso está prestes a ficar muito feio.

— Você tem alguma ideia?

— Meu velho me ensinou que a abordagem direta é a melhor na maioria das vezes. Então, acho que temos de tirar esses caras de ação.

Ela estava pronta para jogar com o time.

— Estou ouvindo.

Malone ficou olhando pelo para-brisa enquanto o carro se aproximava de Solaris, a estrada passando por um rude desfiladeiro entre rochas íngremes e pontiagudas. A Dalmácia propriamente dita constituía a região sul da Croácia, ao longo do litoral, uma faixa estreita com quase quinhentos quilômetros de comprimento. Shakespeare a chamou de Ilíria. Seus fiordes e suas ilhas tinham sido uma vez esconderijo de piratas. Grécia, Roma, Bizâncio, os turcos, Veneza, Rússia, Napoleão, e os Habsburgos, todos tinham deixado sua marca. Assim como a guerra civil dos anos 1990, quando milhares tinham morrido. Muitos milhares mais foram chacinados na limpeza étnica, quando a Iugoslávia se desintegrou num pandemônio de rivalidade. Aqui, na extremidade leste da fronteira do país, tinha sido o marco zero.

Solaris ficava no topo de uma colina em meio a uma densa floresta, suas ruas estreitas e pavimentadas se arrastando para cima em direção a uma catedral brilhantemente iluminada, com duas torres. Uma neblina leitosa tinha se formado e envolvia tudo numa bruma fantasmagórica. Tinham atravessado um dos antigos portões da cidade, remanescentes da época em que grossas muralhas garantiam a segurança, um leão de Veneza de guarda. Dentro, ele viu muitas edificações de pedra cinzenta, a maioria em variados estados de decadência ou de renovação, sinalizando que Solaris era apenas mais uma prosaica cidade de província. Havia poucas pessoas à vista. As lojas estavam todas fechadas. Aparentemente tinham escolhido o cenário correto.

— A estação de trem fica mais ou menos meio quilômetro à frente — disse o enviado.

— Então me deixe aqui mesmo.

O carro parou.

Ele abriu a porta e um ar frio e úmido invadiu o interior aquecido.

— Quando tiver saído daqui, envie a mensagem que lhe dei.

— Será feito. Não se preocupe.

— E guarde bem esses papéis. Quando voltar à embaixada, escaneie e envie para o Magellan Billet. Mantenha os originais bem guardados.

O enviado assentiu.

Desceu para a rua e enfiou a arma entre o cinto e a coluna, por baixo da jaqueta de couro.

— Tome cuidado, Sr. Malone — disse o enviado.

Fechou a porta e viu o carro ir embora. Fora deixado entre as lojas fechadas, e as ruas desertas, o ar frio e brumoso agitado apenas por um sino solitário de igreja sinalizando que eram nove e meia. As pedrinhas redondas sob seus pés estavam escorregadias com a umidade. Solaris certamente não era um lugar de vida noturna. Howell tinha lhe dito que havia alguns cafés, mas deviam ser mais afastados, colina acima, perto da catedral. Duvidava que estivessem abertos tão tarde. A estação de trem ficava junto às muralhas da cidade, onde os trilhos passavam por uma brecha para contornar as terras altas em seu caminho até a fronteira e a Bósnia, a cerca de oitenta quilômetros de distância.

Lá estava ele novamente.

Na linha de fogo.

Capítulo 55

Kim consultou o relógio e percebeu que estavam se aproximando da terceira parada do trem, em Solaris. Então ele perguntou:

— Por que estamos indo para essa cidade?

— Todo o meu trabalho está aqui. Você vai ter de vê-lo. É mais complicado do que você pensa.

Howell ainda não tinha contado o que ele queria saber, e assim tornou a apontar para o papel amassado.

— O que quer dizer este código?

— Quando eu estiver com Jelena, você vai saber, mas não antes disso. Eu lhe asseguro, não há como você decifrá-lo sozinho.

Infelizmente, essa declaração parecia ser verdadeira. E presumiu que sem a solução toda a sua causa estaria perdida, e por isso decidiu fazer a vontade desse americano até chegarem a Solaris.

— Onde está Jelena? — perguntou Howell.

— Mandei trazê-la de carro. Ela vai estar lá. Meus empregados estão aguardando uma ligação... depois que você me der o que eu quero.

— Você tem alguma ideia do caos que está prestes a provocar? — perguntou Howell. — Isolada ou não, a Coreia do Norte sentirá o impacto de um colapso americano.

Mas ele na verdade não se importava. Enquanto isso estivesse acontecendo, ele estaria restaurando seu direito de nascença. Aqueles generais que lhe tinham dito que *não era confiável* e *inconsequente* iam em bando para ele, todos ansiosos por lhe jurar lealdade. Seu meio-irmão finalmente ia parecer um tolo, incapaz de dizer ou fazer qualquer coisa que contradissesse sua ineficácia. Seu próprio retorno a Pyongyang seria triunfal. Finalmente, um líder que tinha se dado bem e destruído o grande mal que era a América.

Já tinha pensado em qual seria seu novo título.

Seu avô fora intitulado o Eterno, seu pai o Grande, seu meio-irmão o Querido Líder.

Ele seria o Venerado.

Um verso de uma cantata italiana era o seu preferido. *Di lui men grande e men chiaro il sole*. Menos grande e menos brilhante que ele é o Sol. Era uma referência a Napoleão, mas ele a adaptaria para o coreano e sua intenção era ser distinto de todos.

Tudo que tinha a fazer era brincar mais algum tempo com Howell.

Hana decidiu que aquele era o momento. Estava cansada de tentar afastar sua mente do campo de prisioneiros, e já desistira há muito de qualquer coisa parecida com felicidade. Para ela, nunca houvera choro ou riso ou lágrimas. A vida não trazia alegrias. Somente os pesadelos eram constantes. Detestava ser tocada, ressentia-se com críticas e vivia num silêncio quase total. Não importava que quatorze anos tivessem se passado — ela ainda pensava em si mesma como uma interna, o campo era todo o seu mundo. Responsabilidade, raiva e vingança, tudo isso aprendera no lado de fora, e os três lhe apontavam a direção de um único caminho.

Momento de esvaziar o coração, derramar seus segredos, e expor seus temores.

E embora não se considerasse uma Kim, isso não significava que não era capaz de agir como um.

Kim olhou para Howell e disse:

— A destruição dos Estados Unidos é a única maneira de provar que tenho razão. Na verdade, eu acho que a maior parte do mundo vai gostar da derrocada da América. Vocês ficam nos dando lições sobre sua franqueza e sua democracia, mas nada disso parece ter importância quando se trata de seu próprio povo. Vocês mantêm segredos, como fazemos todos nós. Vocês têm mentiras e corrupção, exatamente como todos os outros. Esta fraude é um exemplo perfeito da hipocrisia americana. Se o seu sistema é tão precioso, tão especial, tão correto, ele sobreviverá ao que estou prestes a revelar.

— Você é louco!

Ele riu.

— Gosto de pensar que sou um inovador. Você também é. Só que você não possuía os meios. Felizmente, não tenho esse problema.

— Você é um assassino!

Seu tom tinha mudado. Os olhos de Howell cintilavam, brancos e ardentes, e Kim de repente se deu conta de que esse homem tinha mentido para ele.

— Você matou Larks. Depois jogou Jelena na água para que se afogasse. Você a matou sem motivo algum.

— Então você estava no bote com Malone.

Howell assentiu.

— E você não vai sair deste trem.

Ele ficou intrigado com essa bravata. Significava que os americanos estavam aqui? A pasta preta estava em seu colo, sua mão direita dentro dela o tempo todo em que ele e Howell estiveram conversando, empunhando a pistola que tinha pegado no hotel. Ele retirou a arma e a apontou diretamente para Howell.

— Fique sabendo apenas que quando atirar em mim seu pequeno esquema estará perdido, porque você não vai ficar sabendo de nada sem mim. Pode atirar. Ainda assim não vai sair deste trem, e seu grande plano estará terminado.

Um dilema, com certeza, mas não insuperável.

A porta do compartimento se abriu.

Hana tinha voltado.

Ela entrou, fechou a porta e disse:

— Tem quatro coreanos aqui.

Howell continuou sentado com um ar presunçoso.

— É fácil matar uma mulher indefesa e um velho. Vejamos o que vocês vão fazer com eles.

Ele manteve a pistola apontada.

— O Sr. Howell sabe que era tudo um truque, e parece que ele pensa que a vida dele tem algum valor para mim. Felizmente para ele, realmente tem.

Sua mente estava a toda.

— Onde estão esses quatro homens?

— Dois carros para trás.

— Fique aqui — disse ele. — Verei o que pode ser feito.

Ele enfiou a arma de volta na pasta preta, mas deixou o grosso maço de páginas presas com clipe em cima de seu assento.

Hana tirou sua própria arma, que Howell agora via.

— Não a tente — disse ele. — Ela é menos paciente do que eu.

E depois saiu do compartimento.

Malone caminhava pelas ruas de Solaris, e passou por uma joalheria uma loja de tapetes e várias lojas de comida fechadas, os prédios às escuras, bem juntos um do outro. Numa loja de antiguidades, parou hesitante em frente a uma vitrine que exibia taças, jarros, mesas e cortinas. Nunca se interessara por antiguidades. Gostava que as coisas parecessem antigas, mas não necessariamente que fossem antigas.

Dobrou uma esquina e avistou a estação de trem na outra extremidade do quarteirão. O prédio era um dos maiores da cidade, uma profusão de nichos, pórticos, arcos e grades de ferro, suas pedras pintadas de um rosa pálido, e iluminado na noite. Algumas poucas pessoas iam e vinham por suas portas principais. Se a informação de Stephanie estivesse correta, devia haver uma equipe estrangeira em algum lugar das proximidades. A mensagem dela que tinha lido no carro informava que chineses ou norte-coreanos tinham se mobilizado contra Kim, o que significava que estavam por lá.

Era claramente uma guerra com duas frentes.

Uma estava sendo travada em D.C., com Stephanie; a outra, aqui. O que eles estavam fazendo era como que tentar manter cinco balões debaixo d'água ao mesmo tempo. Difícil. Mas poderia ser feito. Na verdade, tinha de ser feito.

Ele se agarrou às sombras e usou a neblina como cobertura. Luzes brilhavam na rua até a estação, seu brilho abafado pelo nevoeiro.

Havia três carros estacionados na curva, e ele viu que chegava outro veículo, saindo de uma rua lateral e indo em direção à estação.

Seu relógio marcava nove e quarenta.

O trem chegaria em dez minutos.

O carro parou e um homem saiu do lado do carona.

Um asiático.

Nada de freelancers. Mas, afinal, era um trabalho urgente, e eles certamente achavam que um lugar no meio do nada lhes ofereceria um porto relativamente seguro. Poderia até ser verdade, só que haviam caído na isca. Sua grande esperança era que ainda não o tivessem percebido.

Luke e Isabella estavam cobrindo o trem.

A estação era responsabilidade dele.

Então quando o homem entrou no prédio pela porta dupla, ele foi em direção ao carro.

Capítulo 56

WASHINGTON, D.C.

Stephanie esperou o carro fazer a curva e Joe Levy aparecer. Ela havia ligado para ele do National Mall logo após receber o relato que Malone enviara do exterior, e lhe informado que o código no papel amassado fora decifrado e ela sabia agora onde estava o que Andrew Mellon tinha deixado para Roosevelt descobrir. O secretário do Tesouro pareceu ficar animado e quis estar presente quando ela fizesse a descoberta, e assim ela lhe disse que a encontrasse em frente ao Castelo, o prédio do Instituto Smithsonian.

O edifício, com o arenito vermelho e a torre, era um remanescente da era Tudor, e seu estilo, ela sabia, era intencionalmente um meio de alinhar o prédio mais com a Inglaterra do que com a Grécia ou com Roma. Seus pináculos e suas torres eram icônicas, mais de igreja do que de museu, e lá estava ele, no canto sudoeste do Mall desde meados do século XIX. Diferentemente da Galeria Nacional, que pouco frequentava, o castelo era para ela um lugar familiar. Era uma boa amiga do curador, o que lhe tinha facilitado fazer contato e explicar o que precisava examinar.

— Muito bem — disse Levy —, estou aqui. O que você descobriu?

— Mellon escondeu o prêmio num lugar esperto. Cotton decifrou o código e agora eu sei onde está.

— Graças a Deus. Eu já estava com medo de que isso ficasse fora de controle.

O tráfego era intenso em ambos os sentidos da Independence Avenue, movimentado para uma tarde de terça-feira.

— Vamos ver, então? — perguntou ela.

Ela abriu caminho pelos jardins e para o interior do castelo, seu distintivo lhes permitindo contornar o detector de metais e a revista de segurança de visitantes. Dentro elevavam-se majestosos arcos e tetos abobadados, numa tonalidade cinza esverdeada cálida e convidativa. O andar térreo fora uma vez todo ele dedicado a exposições, mas agora abrigava escritórios, um café, uma loja de suvenires com uma série de mostras especiais. Esperando por eles havia um homem magro com um rosto contente, tufos de um cabelo ralo e cinzento nos lados de uma cabeça calva reluzente. Ele estava de pé no hall atrás de um posto de controle onde eram examinadas as bolsas dos visitantes.

Ela o conhecia havia anos.

— Joe — disse ela —, este é Richard Stamm, há muito tempo o curador da coleção do Castelo.

Os dois apertaram as mãos.

— Seu telefonema foi bem intrigante — disse Stamm. — A escrivaninha que você mencionou está aqui no Castelo há muito tempo. É uma de nossas peças especiais.

— Gostaríamos de vê-la — disse ela.

Foram conduzidos ao longo do térreo, passando pelo café e pela loja de presentes, até a ala oeste do prédio. Um corredor curto ia dar num hall com um só andar, pintado também na temática cinza esverdeada. Arcos alinhavam-se em cada lado. Vitrines preenchiam os espaços entre eles, contendo o que um cartaz anunciava serem suvenires da América — relíquias, lembranças, raridades. Atrás de um dos arcos, encostado numa parede externa, havia um armário ornamentado. Visitantes iam e vinham, admirando as outras vitrines. Stamm apontou para o armário e lhes disse que tinha sido feito no final do século XVIII pelo grande mestre alemão David Roentgen.

— É um clássico armário escrivaninha rococó.

Tinha mais de três metros de altura e quase dois metros de largura, sua fachada uma profusão de deslumbrantes ordens arquitetônicas, coroada com um relógio. Stamm explicou que era feito de carvalho, pinheiro, nogueira, cerejeira, cedro, bordo frisado, bordo nodoso, mogno, macieira, amoreira, tulipeiro e pau-rosa. Marfim, madrepérola, bronze folheado a ouro, latão, aço, ferro e seda adicionavam contraste e estilo. Painéis com marchetaria colorida e finamente detalhada decoravam a frente e os lados. A cúpula acima do relógio era encimada por uma escultura em bronze folheado a ouro de Apolo.

— Pode bem ser a peça mais cara de mobiliário já feita — disse ele. — Foram feitas três, uma para o duque Charles Alexander de Lorena, outra para o rei Luís XVI da França, e uma terceira para o rei Frederico Guilherme II da Prússia. Esta é a de Frederico. É ele quem figura no retrato do medalhão, na porta central. Parece um sistema feito para a diversão real, cheio de mecanismos engenhosos e compartimentos ocultos. A maioria deles se abre tocando música de flautas, címbalos, e um glockenspiel. O relógio também soa cor lindas melodias. É uma peça incrível de artesanato.

— Para quem é rico de verdade — observou ela.

Stamm sorriu.

— Frederico pagou oitenta mil libras francesas por isso, o que era uma quantia enorme na época.

— Há quanto tempo ela está aqui? — perguntou ela.

— Eu fui verificar, para ter certeza, e minha memória não havia falhado. Andrew Mellon a adquiriu na década de 1920. Ele a doou ao Smithsonian em 1936, com a ressalva de que teria de ser exposta em algum lugar no Castelo, o tempo todo.

— Está aqui desde então? — perguntou Levy.

Stamm assentiu.

— Em algum lugar, dentro do castelo. Não é incomum que doações sejam feitas sob condições. Quando aceitamos um presente que vem com restrições, respeitamos a exigência. Às vezes recusamos um presente simplesmente por causa das condições. Mas não neste caso. Imagino que este aqui era muito tentador. O curador da época achou que tinha de tê-lo, e isso eu posso compreender.

Ela admirava o primoroso armário.

— Eu anotei a informação que você me passou ao telefone e examinei a escrivaninha — disse Stamm. — Você tinha razão, há uma folha escondida dentro dela.

— Você leu? — perguntou Levy.

Ele balançou a cabeça.

— Stephanie me disse para não mexer nela, então eu a deixei aí. Ainda está aí dentro.

— Joe não sabe o que lhe contei — disse ela a Stamm.

Ele os levou mais para perto.

— Conheço a maior parte dos esconderijos da escrivaninha. Mas aquilo que você conseguiu decifrar me deu indicação de mais um e de como abri-lo. Foi emocionante.

Ele tirou uma chave mestra de seu bolso e inseriu-a numa fenda na porta central. Ao girá-la, ela acionou uma multidão de molas e trincos. Um painel de madeira deslizou suavemente para exibir a mesa da escrivaninha. Acima dela se formou um atril, num ângulo adequado para acomodar um livro ou uma folha de papel. Ao mesmo tempo dois compartimentos surgiram de cada lado com tinta, areia e utensílios de escrita. Toda essa metamorfose foi rápida e suave, ao som de uma música tilintante.

— É como um Transformer hoje em dia — disse Stamm. — Parece ser uma coisa e depois se torna outra. E é tudo tecnologia antiga. Alavancas, molas, pesos e roldanas.

Ele mostrou alguns outros compartimentos secretos. Uns, pequenos encaixes, outros mais longos, de madrepérola, gavetas giratórias escondidas em outras gavetas, todos deslizando para se abrir sem um som sequer e voltando a se fechar com facilidade.

— Talvez haja uns cinquenta desses espaços secretos — disse Stamm. — Essa foi toda a ideia. Ter lugares onde esconder coisas. Eu, na verdade, achava que conhecia todos eles.

Ele apontou para um espaço acima do atril, onde ela viu mais bronze folheado a ouro e festões de folhas e uvas. Havia um capitel coríntio entre dois retratos em marchetaria, um homem à esquerda, uma mulher à direita, cada um olhando para o outro por uma cortina lateral, o que acrescentava um toque de caprichosa extravagância. Stamm segurou de leve a pequena coluna entre as imagens e a torceu.

— Eu nunca faria isso antes, por medo de causar algum dano. Mas um giro rápido da coluna libera um trinco.

A imagem do homem à esquerda moveu-se de repente e o painel de madeira em que ele estava se abriu, revelando um compartimento secreto. Stamm delicadamente ergueu o painel num ângulo de noventa graus. Ela viu um envelope lá dentro, escurecido pelo tempo.

— Não acredito! — disse Levy.

Ela estendeu a mão e retirou o envelope. Nele estava escrito em tinta preta já esmaecida

Para um aristocrata tirânico

Ela se deu conta de que estavam num salão público, conquanto fora da área de maior movimento, em que as pessoas passavam em todas as direções, de modo que enfiou rapidamente o envelope num bolso do casaco e agradeceu ao seu amigo.

— Preciso que você guarde segredo sobre isso — disse ela.

O curador assentiu.

— Eu compreendo. Segurança nacional.

— Algo assim.

— Não acredito que você possa ao menos me dizer quem deixou isso aí.

— Andrew Mellon o escondeu para que FDR o encontrasse. Mas isso nunca aconteceu. Graças a Deus fomos nós que descobrimos isto.

— Um dia vou querer saber do que se trata tudo isso.

— E vou cuidar de que saiba, assim que puder. Sem ir para a prisão.

Ela e Levy deixaram o salão enquanto Stamm tratava de fazer a escrivaninha voltar ao seu aspecto mais inocente. Evitaram passar pela entrada que tinham usado ao chegar, que levava de volta à rua, e saíram do Castelo na direção do National Mall. Ela precisava de um lugar tranquilo onde pudessem ler o que estava dentro do envelope.

Seguiram por um largo caminho de cascalho em direção aos museus, na extremidade mais distante. Pessoas passavam em todas as direções. Surgiu, convidativo, um banco vazio logo à frente, debaixo de árvores desprovidas de sua folhagem de verão, e eles se sentaram.

Ela tirou o envelope do bolso.

— Definitivamente é de Mellon. FDR disse que ele empregava essas palavras, *aristocrata tirânico*, quando se referia a ele. Parece que isso realmente o irritava.

— Você percebe — disse Levy —, que o que está aí dentro poderia mudar o destino deste país.

— Sim. É por isso que temos de ter certeza de que ninguém mais veja isso, a não ser nós.

Ela estava a ponto de abrir o envelope quando ouviu passos atrás deles. Antes que conseguisse se virar ouviu uma voz que dizia:

— Fique sentada quieta e não se mova.

Ela sentiu a inconfundível pressão do cano de uma arma na base de seu pescoço. O homem que tinha falado estava muito perto, e outro homem estava também muito perto de Levy, obviamente tentando esconder suas armas.

— Vamos atirar nos dois — disse a voz. — Duas balas em sua cabeça e estaremos longe antes que alguém perceba o que houve.

Ela presumiu que as armas estavam munidas de silenciador, e que esses homens sabiam o que estavam fazendo. Levy parecia nervoso. Quem poderia culpá-lo? Ter uma arma encostada na cabeça nunca foi uma coisa boa.

— Vocês sabem que sou o secretário do Tesouro — tentou Levy, a voz entrecortada pelos nervos.

— Você sangra como qualquer um — disse a voz.

À sua direita ela avistou outro homem, vindo pelo caminho de cascalho, vestindo um sobretudo escuro, calça escura e os mesmos sapatos brilhantes de cordovão dos quais se lembrava, pois os tinha visto aquela madrugada.

Ele parou na frente deles.

O embaixador da China nos Estados Unidos.

Capítulo 57

CROÁCIA

Kim saiu do vagão de primeira classe e foi em direção à parte traseira do trem, onde Hana dissera que os quatro homens estavam esperando. Ele decidira que esta era a hora de tomar a iniciativa, e medo era a última coisa que iria demonstrar. Até agora tinha agido com decisão, dando um fim, sem hesitar, à vida de Larks, Jelena e do homem no hotel. Não permitiria que ninguém entrasse em seu caminho, e isso incluía os quatro coreanos que estava vendo, sentados juntos à sua frente. Ele apertou a pasta preta de encontro ao peito, a arma com o silenciador ainda dentro dela, e entrou no vagão. Aproximou-se dos quatro, sentou-se no outro lado do corredor, numa fileira vazia, o rosto de todos congelado e imóvel. Só havia mais oito pessoas no vagão, todas na outra extremidade.

— Estão procurando por mim? — perguntou com a voz baixa em coreano.

Isabella conseguia ver dentro do vagão à frente, e avistou Kim, aparentemente confrontando seus quatro problemas. Luke estava de frente para ela e de costas para a ação.

— Você não vai acreditar nisso — sussurrou ela.

E lhe contou o que estava vendo.

— Esse doido idiota está tentando assustá-los — disse ele.
— Ele está com a bolsa preta.
— Vamos chegar mais perto — disse ele. — Você vai na frente, até um assento na extremidade deste vagão, perto da porta de saída. Vou logo atrás.

Ela se levantou, caminhou pelo corredor central, contando seis pessoas espalhadas entre os assentos vazios. Achou um lugar perto da porta de saída, de frente para Kim, o qual ela via através do vidro da porta entre os carros. Luke chegou e sentou-se na mesma fileira no outro lado do corredor, olhando, ele também, para o que acontecia lá na frente.

— Onde está Howell? — murmurou ele acima do barulho das rodas nos trilhos.

Ela estava se perguntando a mesma coisa.

Howell tinha sido enviado para manter Kim ocupado.

Mas não era isso que estava acontecendo.

— Deve ser a filha — sussurrou ela. — Ela está com ele.

Hana estudava o homem chamado Anan Wayne Howell. Ele a fitava com um olhar duro que não mostrava o menor indício de medo. Ela tinha observado Howell e a mulher que morrera no refeitório da balsa. Obviamente eram próximos um do outro, seu toque e seus olhares pareciam ser de pessoas que se amavam. Ela o invejara. Nunca tinha experimentado afeição. Nem com sua mãe, nem com seu pai, seus irmãos, ou quem quer que fosse. Tinha até mesmo escapado do desejo dos guardas e mantido sua virgindade. Talvez somente com Sun Hi tivesse vivenciado alguma forma de conexão com outro ser humano.

— Foi você quem jogou Jelena no mar, ou foi ele? — perguntou Howell.

— Nunca matei ninguém.

O inglês dela era perfeito, aprendido numa escola particular em Macau, onde viveu durante os últimos doze anos. Foi difícil para ela alcançar o nível dos outros estudantes, mas estava determinada a livrar sua mente da ignorância. E conseguira. Ler era um de seus únicos prazeres. Os olhos de Howell demonstravam que não tinha acreditado no que ela dissera, mas ela não se incomodava com o que ele pudesse pensar.

Ela sabia a verdade.

— O que há de errado com você? — perguntou Howell. — Não há um pingo de sentimento em seu rosto ou em seus olhos. Está tudo em branco, como se você fosse uma máquina.

Ele era a primeira pessoa a lhe dizer isso. Nem uma só vez em quatorze anos seu pai perguntara como *ela* se sentia. Tudo sempre estivera centrado nele. Seus pensamentos. Suas vontades. Especialmente durante os últimos meses, quando a animação dele ia crescendo proporcionalmente ao seu potencial sucesso.

Ela não disse nada e continuou a olhar para ele.

— Estou indo embora — disse Howell.

Ela tirou a arma de dentro da jaqueta.

Howell ficou imóvel.

Kim encarava os quatro homens, a pasta preta no colo, zíper aberto, a arma dentro dela facilmente acessível.

— Eu fiz uma pergunta.

O homem que estava mais próximo dele, à sua direita, disse:

— Estamos aqui por causa dessa pasta e por sua causa.

— E foi o bastardo do meu irmão quem os enviou?

— Foi o povo da República Coreana que nos enviou. Você foi apontado como inimigo do Estado, assim como seu outro irmão.

— Que foi chacinado, junto com toda a sua família.

— Você não pode escapar deste trem — disse o homem em coreano. — Temos gente esperando em Solaris.

— Posso perguntar como é que vocês sabem tanto sobre onde eu estava?

— Temos amigos nos ajudando, fornecendo excelentes informações. E eles têm os meios para saber.

Isso significava os chineses. Então lhe ocorreu como o faziam. Estavam monitorando seu celular e seu computador. Tinha imaginado sinceramente que ninguém se preocupava com o que estava fazendo. Definitivamente, um erro de cálculo, mas não insuperável, dada sua atual situação. O isolamento funcionava em ambos os sentidos, e ele pretendia tirar vantagem da situação.

— Os chineses não são nossos amigos — disse ele ao homem, que aparentemente estava no comando dos outros três. — Na verdade, longe disso.

Acenou com a cabeça indicando a pasta em seu colo.

— Presumo que vocês querem os documentos que ela contém?

O homem assentiu.

— Todos eles, especialmente a folha original amassada cheia de números.

Espantoso. Quanto essas pessoas sabiam? E quem exatamente os chineses estavam monitorando?

— Você acha que sou um idiota? — perguntou.

— Acho que você é um homem razoável. Há quatro de nós aqui e tem mais esperando o trem chegar. Não há, literalmente, para onde você ir. Não podemos fazer isso sem violência?

Ele pareceu estar considerando a pergunta.

— Vamos começar — disse o homem — com você entregando esses documentos.

Ele perdeu toda curiosidade quanto às intenções desses homens quando um desejo mais vital se avolumou dentro dele. Sobrevivência. Um aceno de cabeça seu pareceu ser uma aceitação do inevitável e um toque de um sorriso tolerante disfarçou o movimento de sua mão direita que penetrava na bolsa e empunhava a arma. Não se preocupou em tirá-la da pasta. Isso daria aos seus alvos a oportunidade de reagir.

Em vez disso virou a bolsa para a esquerda e apertou o gatilho.

Isabella podia ver que algo estava acontecendo no outro carro. Kim moveu a bolsa preta primeiro para a esquerda, depois para a direita. Os quatro homens sentados diante dele no outro lado do corredor só estavam visíveis parcialmente, mas acima do ruído do trem ela ouviu sons abafados e viu um pedaço da pasta se romper. Um dos passageiros no carro em frente se levantou de um salto e a porta de saída abriu-se bruscamente. Um homem barbado vestindo um sobretudo passou correndo por ela. Pelo vidro ela viu outros correndo para a porta de saída na outra extremidade do vagão.

Luke viu isso também.

— Que diabo está acontecendo?

Kim deu três tiros, deixando três nítidos buracos nos dois homens à sua esquerda e em um à sua direita. O homem que os chefiava, sentado mais perto dele, claramente fora pego desprevenido, mas se recompôs e conseguiu girar em seu assento e atacar com as pernas. Seus pés foram de encontro à pasta e jogaram Kim para trás, mas ele conseguiu manter a arma na mão e a tirou de dentro da bolsa.

Seu alvo agiu com rapidez.

Jogando-se ao chão e sacando a própria arma.

Capítulo 58

WASHINGTON, D.C.

Stephanie permaneceu sentada ereta no banco sem se mover, seu olhar focado no embaixador chinês.

— Temos vigiado você e escutado suas conversas — disse ele —, mas seus agentes na China fazem o mesmo conosco. — Ele deu de ombros. — Assim é o mundo.

Na verdade, nenhuma surpresa, e assim ela disse:

— Quando deixou a Virgínia na noite passada você sabia que eu ia dirigir o espetáculo deste lado do mundo. Claro, a China nunca ia se arriscar num incidente internacional. Afinal, supostamente somos amigos. Mas a Coreia do Norte é um amigo também, com o qual vocês estão falando muito antes de você vir falar comigo e com o presidente.

— Eles contam com nossa ajuda. Que nós damos...

— Em troca dessas concessões de mineração que o presidente mencionou. A Coreia do Norte, com todos os seus problemas, tem muitos minérios em suas montanhas.

— Tem mesmo. Mas não sejamos hipócritas. Seu país também tem aliados que ele ajuda. Alguns, às vezes, com certeza, em detrimento de outros. Você há de admitir que a situação atual é, para dizer o mínimo, extraordinária.

O embaixador estendeu a mão para pegar o envelope.

Ela hesitou, depois o entregou.

— Você vai simplesmente dar isso a ele? — perguntou Levy.

Ela olhou para o secretário.

— Por favor, pode me dizer quais são minhas outras opções.

O silêncio dele confirmou não haver nenhuma.

Mas ela queria saber mais, e assim disse ao embaixador.

— Você obviamente mandou que me seguissem hoje. Tinha olhos e ouvidos na Galeria Nacional?

O embaixador assentiu.

— Uma das pessoas no jardim, quando você falava com a Sra. Williams, depois com o agente do Tesouro, monitorou tudo. É bem espantoso o que a tecnologia é capaz de fazer.

Verdade. Equipamento de escuta a distância era um recurso padrão. Não havia necessidade de plantar um dispositivo perto de ninguém. É só ficar a cinquenta metros, apontar o receptor a laser, e escutar.

— E dessas conversas você soube exatamente onde Kim estava na Croácia.

— Isso mesmo. Os norte-coreanos estão lá. Até tentaram matá-lo, mas falharam. Soube que eles agora têm Kim encurralado num trem.

Ela apontou para o envelope e perguntou.

— Os norte-coreanos vão realmente ver o que está aí dentro?

— Este foi o trato.

— Você está assumindo um risco extraordinário rendendo dois funcionários federais no National Mall.

— Não creio que seja um grande problema. Parece que ninguém está se importando. De qualquer forma, tinha de ser feito.

O que ela podia entender.

— Não havia como vocês deixarem que Pyongyang saísse na frente neste caso. Eles poderiam simplesmente passar vocês para trás. Então, vocês tinham de conseguir isso vocês mesmos, enquanto eles faziam o trabalho sujo do outro lado do oceano.

— Para o qual eles são muito mais capacitados. E estou fazendo isso tanto por vocês quanto por nós. Pelo menos agora podemos segurar as coisas, o que vocês jamais seriam capazes de fazer. Fui até o presidente ontem à noite para descobrir se tudo isso era real. Saí de lá sabendo que era.

— E não há como saber o que o Querido Líder teria feito, não é?

— Ele pode ser um pouco... imprevisível.

— Você estava no Smithsonian? — perguntou Levy. — Nos observando?

Ele assentiu.

— Consegui ver graças a um vídeo, vindo de uma câmera disfarçada, transmitido por um agente que estava na sala de exposições. Aquele armário é uma coisa admirável. Temos peças como essa na China, muito antigas. Andrew Mellon aparentemente teve muito trabalho para atormentar seu presidente Roosevelt.

— Seu primeiro-ministro realmente tem conhecimento dessa operação? — perguntou ela.

— Ele tem. E continua sendo seu amigo, grato por toda ajuda que vocês lhe deram. Mas isso é uma questão de interesse nacional. A potencial destruição da economia americana poderia nos prejudicar seriamente também.

— Então seu plano é se manter no controle do que há neste envelope, e esperar que isso seja como um chicote para nos manter na linha.

— Como disse seu presidente Reagan, confie mas verifique. Acreditamos na mesma coisa. Podem ter certeza de que se o potencial disto aqui for catastrófico, nós seremos os últimos a fazer uso dele. Como eu disse, seus interesses e os nossos são similares. Assim como os da Coreia do Norte, aliás. O Querido Líder não tem interesse em que seu meio-irmão tenha sucesso.

— Embora não se incomodasse de ser aquele que efetivamente nos derrubaria.

— Eu lhe garanto que isso não vai acontecer.

— E nós temos sua palavra para nos fazer sentir melhor — acrescentou Levy com sarcasmo.

O embaixador sorriu.

— Entendo seu pessimismo. Mas tudo que o Querido Líder quer no momento é seu meio-irmão morto. Como ele aniquilou toda a família de seu outro meio-irmão, isso deverá consolidar seu poder.

Não restaria qualquer ameaça a ele. Poderá voltar ao seu isolamento e continuar suas bravatas, às quais ninguém dá muita atenção. Logo, como podem ver, o fato de assumirmos o controle desse envelope não será um problema para os Estados Unidos.

— Exceto que nosso segredinho sujo não será mais um segredo.

O embaixador enfiou o envelope dentro do casaco.

— Este é o preço a ser pago, mas poderia ser muito pior. Os próprios norte-coreanos poderiam ter assumido o controle da situação e obtido essa informação. Felizmente para vocês, decidimos garantir que isso não acontecesse.

Oficialmente, os Estados Unidos não mantêm relações diplomáticas com Pyongyang. No passado, todas as comunicações necessárias eram encaminhadas através dos suecos. Mas essa não era uma opção neste caso.

Ela decidiu deixar que a conversa se encerrasse.

De qualquer forma, duvidava que o embaixador planejasse se demorar muito mais. O Mall estava silencioso, e havia câmeras de segurança por toda parte.

— Vou embora — disse ele. — Os homens atrás de vocês vão esperar mais um pouco, e depois irão também. Depois disso, consideremos o assunto encerrado.

O embaixador fez uma leve reverência, depois se virou e se afastou caminhando em direção ao museu de história americana e a um carro que esperava na rua antes dele. Ela o viu entrar no carro e o veículo se afastar. Depois de um minuto, os homens atrás deles também foram embora.

Ela e Levy continuaram sentados no banco.

O dia estava terminando, o ar ficando mais frio.

Ela olhou para Levy e sorriu.

Ele sorriu de volta.

Tinha funcionado.

Capítulo 59

CROÁCIA

Malone decidiu que o homem no carro seria o primeiro, esperando que esses dois fossem a única coisa com que teria de se preocupar ali. A rua estava tranquila, quase ninguém por lá, todas as lojas e pontos de venda fechados. O trem deveria chegar logo, e ele tinha de estar a postos e preparado. Perguntava-se o que estaria acontecendo em D.C., pois tudo dependia do show armado por Stephanie.

Avaliou a situação e tomou uma decisão.

Geralmente, a abordagem direta era a melhor.

Ele saiu das sombras e foi para a rua, atravessando os quinze metros sobre as pedrinhas úmidas entre ele o carro. Aproximou-se pelo lado do motorista e bateu no para-brisa traseiro.

— Táxi. Está livre? — gritou.

Captou a reação de espanto do homem no interior do carro.

— Estou com pressa. Está livre ou não?

A porta do carro se abriu e o motorista saiu. Mais um asiático, o rosto expressando sua agitação. Vestia um sobretudo longo e luvas. Ele cometeu um grande erro. Sem dar ao adversário tempo para pensar, Malone lançou seu punho direito diretamente no queixo do homem. A pancada atordoou o motorista e o americano aproveitou aquele instante de choque para agarrar um tufo de cabelos e esmagar o rosto do outro homem no teto do carro. Ele sentiu os músculos dele se afrouxarem enquanto a consciência se esvaía. Continuou a segurá-lo e jogou o corpo novamente para dentro do carro, estendido nos dois bancos da frente. Avistou um saco plástico de supermercado no piso e o pegou. Alguns rasgos, e tinha improvisado uma tira forte o bastante para prender as mãos do homem atrás das costas. Por segurança, embolsou as chaves do carro e confiscou a pistola do coreano inconsciente. Não precisava deixar por lá uma arma para que alguém a usasse.

Um a menos.

Consultou o relógio.

Menos de cinco minutos para o trem chegar.

Fechou e trancou a porta do carro, e entrou na estação.

Isabella levantou-se num salto e sacou sua arma, indo em direção à porta, a parte superior dela de vidro. Saiu do corredor para uma fileira de poltronas vazias, abrindo caminho para que três pessoas que vinham do vagão à frente completassem sua apressada fuga do tiroteio. Kim desaparecera à direita, um dos asiáticos mais para a frente.

Mais dois sons de tiro.

Desta vez mais altos.

Ela instintivamente se abaixou, depois avançou para a porta. A mão agarrou-a por trás.

— O que está fazendo? — perguntou Luke.

— Meu trabalho.

— Isso eu sei. Que tal trabalharmos juntos?

Ela assentiu.

Luke empunhou sua arma.

Mais um tiro no vagão à frente atraiu a atenção de ambos.

Hana ouviu os tiros e soube que seu pai estava matando mais gente. Não seria por outra razão que ele tinha ido com a arma dentro da bolsa. Ela contou seis disparos e se perguntou quantos, dos quatro homens, restavam. Howell também se deu conta de que algo estava acontecendo.

— Você não vai sair deste trem — disse a ela.

O que sabia este homem que ela não sabia? Não havia como ele estar sabendo dos coreanos, pois estava aqui, dentro do compartimento com seu pai, quando os quatro embarcaram.

Os americanos.

Eles estavam lá também.

Kim disparou na direção do problema restante, mas o homem já não estava mais no chão. Levou um segundo para perceber que seu alvo se abrigara na primeira fileira de assentos. Divisórias protegiam as fileiras, estendendo-se do topo das poltronas até o chão, e isso queria dizer que ele não poderia se certificar de nada ficando abaixado.

E erguer a cabeça iria expô-lo.

A porta de saída se abriu.

Ele arriscou um olhar.

O homem estava fugindo.

Ele foi atrás.

Isabella sentiu que o trem desacelerava.

— Estamos chegando à Solaris — disse Luke.

— Temos de chegar até Howell.

Ela viu que ele concordava. Com certeza, àquela altura, alguns passageiros em pânico tinham alertado os funcionários. Mas a composição era longa, com muitos vagões, e poderia levar mais um minuto ou algo assim para que alguém viesse investigar. Através do vidro das portas, ela viu Kim sair do vagão e ir para o da frente.

Luke pôs-se em movimento.

Eles o seguiram.

A três quartos do percurso no vagão seguinte ela viu os corpos de três asiáticos mortos.

— Isso quer dizer que restam dois, se contarmos com Kim — disse Luke.

— Você está se esquecendo da filha.

Ele assentiu, reconhecendo o erro.

— Que provavelmente está com Howell.

Hana imaginara este momento durante muito tempo, desde que se dera conta de que seu pai era uma pessoa do mal. Se sua mãe tinha razão, ele era o responsável pelo sofrimento que ela experimentara nos primeiros nove anos de vida. Nenhum guarda, nenhum professor, ninguém teria sido capaz de feri-la se ele não tivesse condenado sua mãe ao exílio. E embora desprezasse a mãe, dessa vez havia acreditado nela. Os Kims tinham criado os campos e os Kims os mantinham em funcionamento. Sun Hi tinha nascido lá por causa dos Kims. E morrera lá pelo mesmo motivo. Uma tarde, alguns meses antes, seu pai tinha lhe contado de um livro que lera, *A ameaça patriótica*, escrito pelo homem que estava sentado ali à sua frente. O livro deixava entrever um possível modo de destruir os Estados Unidos e talvez até mesmo a China. Ele parecia animado com as possibilidades, entusiasmado com a perspectiva de se vingar de seu meio-irmão. Desde então, dedicara cada minuto em que estava acordado a tentar fazer daquilo uma realidade. Tinham percorrido um longo caminho, ele tramando e planejando, ela observando e esperando. Ele nunca perguntara, e ela raramente voluntariava alguma informação sobre ela mesma. Para homens como seu pai — absorvidos em si mesmos, egoístas e maníacos — o que outros pensavam raramente importava. Desde que ela se mostrasse disposta, parecendo envolvida e sem nada perguntar, ele simplesmente presumiria que ela era sua aliada.

Esse truque ela aprendera no campo.

Mas, diferentemente de seu pai, os guardas raramente se deixavam enganar. Claro que o fato de que podiam espancar, torturar e matar à vontade tornava sua tarefa muito mais fácil. Seu pai, pelo menos, tinha de se sujeitar a algumas regras. Não muitas. Mas o bastante para lhe amarrar as mãos e anuviar sua capacidade de avaliar e julgar. Verdade, ele a tinha tirado do campo. Ela significava *alguma coisa* para ele. Só não tinha certeza do que era.

E esta parecia ser a única pergunta ainda sem resposta.

Tudo o mais estava claro.

Especialmente o que fazer agora.

Quantas pessoas ela vira sendo mortas no campo? Uma vez tentara contar, mas não tinha conseguido. Como era triste, terem sido tantas que ela sequer pudera determinar seu número!

Tantas vidas perdidas.

E tudo por causa dos Kims.

Por muito tempo fora simplesmente jovem demais para fazer qualquer coisa. Somente nos anos mais recentes tinha amadurecido o suficiente para estar atenta às oportunidades. Tristemente, sabia que nunca seria feliz, não ficaria satisfeita, nem livre de suas horríveis memórias. Qualquer coisa parecida com uma vida lhe fora negada. Felizmente, o instinto de sobrevivência que todos os internos desenvolviam nunca a abandonara. Ela continuava a ser, de muitas maneiras, a mesma prisioneira que não significava nada para ninguém.

Mas era também Hana Sung.

Primeira vitória.

Howell movia-se inquieto em sua poltrona, claramente ansioso.

Talvez não houvesse outra oportunidade.

Ela ergueu a arma.

Capítulo 60

WASHINGTON, D.C.

Stephanie entrou na Galeria Nacional com Joe Levy em seus calcanhares. Tinham caminhado do banco em que estiveram sentados até a extremidade do Mall, e acessaram o prédio pela imponente entrada sul. Uma ampla escadaria de mármore levava ao segundo andar. O homem do Chick-fil-A os esperava em cima, no pórtico, em meio a uma floresta de colunas.

— Gravou tudo? — perguntou ela a ele.

Ele assentiu.

— Tudinho, claro e nítido.

— Bom trabalho.

Estava sendo sincera. Ele desempenhara seu papel com perfeição. A tecnologia que o embaixador da China se gabara de ter usado estava disponível para os Estados Unidos também, e tinha sido usada para devolver o favor. Tudo que fora dito alguns minutos atrás naquele banco estava agora eternizado. Dentro do prédio, ela conduziu os dois homens até as portas que ficavam antes dos postos de revista de segurança, entrando pela que assinalava salão dos fundadores. Paredes revestidas de painéis de madeira ostentavam quadros a óleo emoldurados representando homens e mulheres, o mais proeminente dos quais era o de Andrew Mellon, pendurado bem alto, acima da lareira. Ela ficou maravilhada com aquela ironia, de que tudo estivesse terminando exatamente ali.

No momento em que o embaixador chinês deixou a casa de Ed Tipton ela passou a ser observada. Que era a razão pela qual, como lhe explicara Danny na viagem de volta a D.C., tinha sido incluída naquele encontro. Muitas interceptações da NSA já tinham determinado que os chineses estavam profundamente envolvidos e que estavam se comunicando com os norte-coreanos. Danny lhe contara tudo isso antes de ela chegar à Casa Branca. Ele também tinha concluído, corretamente, que não havia como se livrar dos chineses, e que provavelmente eles estavam atuando como agentes duplos junto aos norte-coreanos, e nada disso era bom para os Estados Unidos.

Então, ele lhe contou uma história.

— *Qualquer chamariz de peru pode atrair um macho para colocá-lo ao alcance de um tiro* — disse ele. — *Que é uma distância de mais ou menos quarenta metros. Mas muita coisa pode dar errado em quarenta metros. Pisque um olho ou mexa sua perna quando atirar, e seu peru já foi embora. Agora, se você quiser a ave a distância de um arco e flecha, vai precisar de um chamariz, e precisa ser um muito bom para atrair a ave. Se você não achar que seu chamariz parece ser real, a ave tampouco vai achar. Eu costumava gostar de caçar perus. Se você for sortudo o bastante para caçar aves que não estão sob pressão, então será fácil. Apenas fique em seu rastro até acabar com ela. Mas a pressão muda tudo. Perus sob pressão não vão ao encontro de más imitações de sua voz, de caçadores inquietos ou de chamarizes que não parecem ser reais. Para pegá-los, tudo tem de estar de acordo, principalmente o chamariz. É o que temos aqui, Stephanie. Um peru pressionado, indo direto em nossa direção. Precisamos é de um bom chamariz.*

Então, ela e Cotton tinham criado um.

Presumindo que os chineses estariam na escuta de seus celulares, eles usaram intencionalmente os aparelhos para criar um perfeito chamariz de peru. A ligação que ela fez para Cotton do oitavo andar do Mandarin Oriental provavelmente ainda estava segura. Não havia ninguém por perto para interceptar. Usou uma linha fixa no escritório de Joe Levy para fazer as ligações mais críticas para Cotton, nas quais tinham elaborado os detalhes. Ela depois arrumou uma visita à Galeria Nacional, com a ideia de usar o local como um meio de infiltrar informação para o outro lado. O homem do Chick-fil-A foi enviado para confrontá-la, toda a conversa entre eles fora encenada, semelhante à que acontecera em Atlanta, só que dessa vez estavam os dois do mesmo lado. Se tinha funcionado antes, ela imaginou, por que não mais uma vez? Prolongaram aquele confronto o máximo que puderam, e ela teve de admitir que o lance com a nota de vinte dólares fora fascinante. Mas a ideia principal era informar a quem quer que estivesse ouvindo a localização de Kim na Croácia. A NSA tinha acertado o alvo com o Hotel Korcula, graças a Kim ter usado seu laptop, que já estavam monitorando havia algum tempo. Se os chineses conseguissem matar Kim, tudo teria terminado. Claro que o papel amassado estaria em mãos chinesas, mas como ela estava bem à frente deles em relação àquela pista, não restaria mais nada para eles encontrarem. Não haveria danos. Se a tentativa falhasse, Kim seria simplesmente levado para a armadilha de Cotton. De qualquer modo, os heróis venceriam.

Mais cedo, antes de comer alguma coisa, ela se refugiara no escritório de Carol Williams e, numa linha fixa, soubera, de um funcionário que a embaixada tinha enviado ao hotel de Zadar, do ataque que deixara um homem morto por um tiro de Kim, o qual estava acompanhado de uma jovem mulher. O que não se sabia era de quantos agentes a China dispunha em território croata e se poderiam dar o troco e organizar um ataque no trem. Mas este era um risco que Cotton sabia que ia ter de enfrentar.

Uma vez decifrado o código, Cotton ligou para ela do celular e anunciou o fato ao mundo, enviando-lhe uma mensagem criptografada com a solução correta. Que ela repassou a Joe Levy por meio de outra mensagem segura enquanto conduzia os abelhudos que estavam na escuta a uma escrivaninha no Castelo Smithsonian, de cuja existência sabia havia muito tempo.

Se você não achar que seu chamariz parece ser real, a ave tampouco vai achar.

Felizmente, o Smithsonian dispunha dos recursos que atenderiam às suas urgentes solicitações. Seu laboratório de conservação era perito em restaurar livros antigos, mas também era capacitado a reproduzir documentos antigos. Assim, enquanto ainda estava no Departamento do Tesouro, tinha ligado para Richard Stamm e ele preparou o chamariz perfeito em menos de duas horas. Um envelope manchado e desbotado para parecer que tinha oitenta anos, e uma folha de papel com a impressão esmaecida da fita de uma antiga máquina de escrever manual, que o laboratório tinha à disposição. Cotton tinha sugerido o texto, e ela o refinara.

> Senhor presidente, espero que essa busca tenha sido tão prazerosa para o senhor quanto foi para mim criá-la. Eu queria ver se seria capaz de efetivamente seguir minhas instruções, e é bom saber que foi. Infelizmente, não existe nada a ser encontrado. Este país não corre perigo algum, exceto aqueles que o senhor lhe infligir. Certamente, a esta altura já estarei morto. Mas se por algum motivo o senhor encontrou esta mensagem antes de meu falecimento, por favor, assegure-se de que eu saiba quais foram seus pensamentos. Eu lhes darei a mesma atenção e consideração que o senhor sempre deu aos meus.

Ela já tinha visto antes o armário escrivaninha no Smithsonian, e sabia de seus muitos compartimentos secretos. Assim, o envelope com a falsa mensagem foi entregue a Stamm, que o escondeu num deles. Quando ela usou o celular para ligar do Mall para Joe Levy, os chineses estavam novamente na escuta. E, como aquele peru sob pressão, eles correram direto para um chamariz irresistível. Tudo que ela e Levy tiveram de fazer foi desempenhar seus papéis com perfeição.

Agora os chineses tinham conseguido seu prêmio, só que não era prêmio algum. Eles iam concluir que todo aquele caso tinha sido apenas uma maneira de um homem rico atormentar o presidente, parte de uma vendeta antiga sem qualquer relevância atualmente. A efetiva decodificação por Cotton fora entregue a Carol Williams pelo homem do Chick-fil-A, pessoalmente, logo após o encontro, mais cedo, no jardim.

Edward Savage Eleanor Custis
Martha Washington 16

Com sorte, enquanto ela e Joe Levy terminavam sua representação no Mall, Carol teria decifrado o enigma. Como dissera Danny algumas horas antes em frente à Casa Branca, ao sair do carro, *Lembre-se, o segundo rato a chegar na ratoeira é o que sempre fica com o queijo.*

Carol Williams entrou no Salão dos Fundadores. Visitantes entravam e saíam também, a chapelaria do prédio logo adiante. Eles foram para perto da lareira, em meio a um grupo de poltronas estofadas e confortáveis, sob o retrato de Mellon. O homem do Chick-fil-A ficou junto à porta para vigiar, embora não houvesse mais perigo. Os perus tinham ido embora há muito tempo.

— Foi fácil — disse Carol. — Nem precisei pesquisar. Este eu conhecia.

O celular de Stephanie vibrou, a origem da chamada era desconhecida.

Ela decidiu atender.

— Sra. Nelle, esta ligação é uma cortesia, concedida por meus superiores — disse uma voz masculina, que ela reconheceu.

O embaixador chinês.

— Nossos amigos não ficaram felizes com o que eu peguei com você. Não era tão... substancial quanto eles esperavam. Se é verdade ou não, a nós não importa. A despeito do que a senhora possa pensar, estamos simplesmente tentando deixar dois aliados contentes. Ficar no meio dessa briga foi muito desagradável. Mas está acabado. Para nós isso terminou em tudo que nos diz respeito. Só que não posso dizer o mesmo de nossos vizinhos. São eles que estão no momento conduzindo a operação no exterior e decidiram eliminar todos os remanescentes do problema. Estou enviando esta mensagem como uma demonstração, em boa-fé, de que não somos seus inimigos.

Ela inspirou fundo.

— Eles têm pessoal treinado agindo no terreno, na Croácia — disse o embaixador. — Fizeram um atentado contra Kim, que fracassou. E agora enviaram seus ativos para terminar a tarefa. Têm ordens de matar Kim, sua filha, Howell e quem mais estiver naquele trem, o que inclui quaisquer ativos americanos. Como eu disse, eles não estão felizes.

O homem estava muito bem informado.

— Obrigada pelo aviso.
— Por nada. Afinal, é o que um amigo faz pelo outro.
Ela encerrou a ligação.
É uma guerra com duas frentes, tinha lhe dito Cotton.
E tinha razão.
Rapidamente ela enviou mais uma mensagem.

Capítulo 61

CROÁCIA

Malone ouviu o trem se aproximar, talvez a um quilômetro e meio dali. Tinha checado o quadro de horários e visto que era a última composição a chegar aquela noite. Só havia por lá um pequeno grupo de pessoas, a estação estava quase vazia. O interior da estação era um salão cavernoso com teto elevado sustentado por vigas de ferro. O coreano restante estava na plataforma de embarque, num lado afastado, junto a um dos suportes de ferro que sustentava um beiral. Suas duas mãos estavam enfiadas nos bolsos do paletó, uma delas provavelmente empunhando uma arma. A arma de Malone estava sob sua jaqueta de couro. Qual seria o plano deles? Manter Kim sob o controle de ativos no trem para que estes dois daqui dessem cabo dele? Ou seriam estes dois os únicos envolvidos, esperando para pegar Kim quando desembarcasse? Ele tinha feito sua parte para dificultar-lhes as coisas por aqui. Mas o que estariam enfrentando Luke e Isabella?

Seu celular vibrou.

Ele estava esperando por essa mensagem.

Sob controle aqui. Tudo terminado. Funcionou perfeitamente. Não há chineses aí com você. Só a C. do N. Têm permissão para atacar todos vocês.

Ele sabia o que isso significava. Eles não iam permitir que Kim Yong Jin simplesmente fosse embora de lá. Como complemento, também iam dar cabo de quem estivesse nas redondezas.

E ele tinha fornecido a eles o cenário perfeito.

O isolamento de Solaris funcionava para ambos os lados.

O que significava que as coisas estavam prestes a virar uma bagunça.

Isabella continuou a seguir em frente, avançando até o espaço que conectava os dois vagões. Ainda havia alguns passageiros nos assentos à sua frente, os corpos e a comoção agora estavam atrás. Mais adiante, no vagão seguinte, começavam os compartimentos de primeira classe.

O trem estava desacelerando.

Luke estava à sua esquerda, ela à direita da porta que levava ao vagão seguinte, ambos de arma na mão. Ela arriscou um olhar e viu Kim se movimentando no corredor central, ainda segurando a bolsa preta, que certamente continha uma arma.

— Temos de detê-lo — disse Luke.

Ela assentiu.

— Vamos lá — disse ele.

Kim estava procurando por seu adversário, com a intenção de matar aquele último obstáculo ao seu sucesso. O homem tinha fugido para a direção em que estavam Hana e Howell, nos compartimentos de primeira classe. Mais um vagão e chegaria lá. Sua mão esquerda segurava a pasta, a direita, dentro dela, empunhava a arma. Nenhum dos passageiros parecia preocupado, uma vez que certamente não faziam ideia do que estava acontecendo bem atrás deles. O ruído das rodas nos trilhos parecia ser suficiente para disfarçar os tiros abafados pelos silenciadores. Olhou pela janela e viu luzes. Isso e a constante desaceleração indicavam que tinham chegado a Solaris.

— Kim Yong Jin.

Ele parou e se virou.

Havia um homem e uma mulher na outra extremidade do vagão, armas apontadas para ele.

Hana sentiu que alguma coisa estava errada. Ela abaixou a arma, pegou o maço de papéis presos pelo clipe, e se levantou.

— Aonde você vai? — perguntou Howell.

Ela o ignorou, e abriu a porta de correr do compartimento, lançando um rápido olhar para a parte traseira do vagão. Pelo vidro das portas ela viu seu pai olhando na outra direção, um homem e uma mulher na extremidade do vagão apontando armas para ele.

Mais adiante, outro homem.

O primeiro coreano que tinha embarcado no trem.

Estava de pé no espaço entre a porta de saída e a entrada para o vagão seguinte. Segurava uma arma e estava espiando cuidadosamente seu pai pela beirada da janela, de costas para ela.

Ela apontou a arma para a porta, a dois metros dela, e atirou.

Kim ouviu o vidro estilhaçar-se atrás dele.

Ele girou e se abaixou ao mesmo tempo, esperando ver o último coreano atirar-se sobre ele. Em vez disso, avistou Hana pela agora destruída porta que dava para o outro vagão.

Então apareceu o coreano, pondo-se de pé.

O guincho de freios sobre rodas, e depois de rodas sobre trilhos sinalizava que o trem estava parando. Ele viu o homem se lançar para a esquerda e desaparecer. Os dois problemas atrás dele também tinham buscado cobertura. Decidiu dar-lhes um motivo a mais para ficarem abaixados. Jogou a pasta para um lado e disparou três tiros em sua direção, depois correu para a porta e escapuliu por ela.

O coreano tinha sumido.

Hana surgiu do vagão à frente.

— Pegue Howell.

O trem tinha parado completamente.

Tinham de ir embora.

Agora mesmo.

Malone tinha planejado o que ia fazer de modo a coincidir com todos os ruídos que acompanhavam a chegada do trem, pressupondo que aquele seria o momento de máxima distração. Com sorte, seu alvo não estaria esperando um ataque vindo da plataforma, estando focado no trem e no que poderia ter acontecido lá. Até agora permanecera mais para trás, fora da vista, valendo-se de outro suporte de ferro como proteção. A plataforma estava mal iluminada, o que ajudava. Vários funcionários se ocupavam com preparativos para a chegada, o trem chegando suavemente a uma parada total.

Um homem saltou de um dos primeiros vagões com as rodas ainda em movimento. Asiático. Empunhando uma arma. O homem na plataforma gritou alguma coisa, não em inglês, o primeiro se virou e percebeu que agora tinha um aliado. Ele apontou para o trem e fez um sinal para que ambos recuassem.

Mais três pessoas desceram para a estação.

Kim e sua filha, ambos empunhando armas, e Howell.

Que diabo tinha acontecido?

Isabella soube de imediato o que tinham de fazer. Aparentemente, Luke também. Kim tinha escapado à sua frente, e assim eles tinham de sair do trem pela porta que ficava logo atrás deles. Os poucos passageiros do vagão erguiam-se lentamente do chão, onde se tinham jogado quando Kim começou a atirar.

Todos pareciam estar bem.

Eles abriram a porta e saltaram para a estação.

Ela logo avistou Kim, Hana Sung e Howell.

E começou o tiroteio.

Capítulo 62

WASHINGTON, D.C.

Stephanie e Joe Levy seguiram Carol Williams e saíram do Salão dos Fundadores, indo para a rotunda com a fonte, que ela tinha visitado mais cedo. Dobraram à direita e foram até aquele mesmo salão comprido com esculturas que levava ao pátio e ao jardim — só que dessa vez passando por uma série de salas de exposição. A primeira exibia quadros franceses, a seguinte, de artistas britânicos. Alguns visitantes passavam para lá e para cá, admirando as obras. Eram quase quatro horas da tarde, pouco mais de uma hora antes do fechamento. Numa galeria marcada com o número sessenta e dois ela notou que duas passagens abertas estavam bloqueadas, e que em cada uma havia um aviso de entrada proibida.

— Os salões americanos estão sendo renovados — disse Carol. — Estão fechados há um mês, mas venham comigo.

Passaram pelas barreiras e entraram num conjunto de galerias em que os quadros tinham sido retirados, as paredes vazias e o piso de madeira sendo reparado. Trabalhadores utilizavam tintas, *stain* de madeira e o ar cheirava a verniz.

— Tiramos a maior parte dos quadros — disse Carol.

Entraram numa sala retangular com paredes azul-claro e remates creme. O teto era de painéis de vidro translúcido iluminados por trás, e era dotado de refletores apontados para as telas que ainda estavam penduradas, mas cobertas com um pano branco. O assoalho era feito da mesma madeira, e ainda teria de ser reformado.

— Ainda vão trabalhar aqui — disse Carol. — Mas acho que o que você está procurando está logo ali. Eu mandei tirar o pano que o cobria.

A imagem exposta era grande, mais de três metros de comprimento por dois e quarenta de altura, numa moldura de madeira pesada e dourada, cor de ouro polido.

Carol foi em direção ao quadro e apontou para o lado esquerdo.

— O menininho é George Washington Parke Custis. Era o neto de Martha com seu primeiro marido, mas depois que seus pais morreram ele foi viver com ela e com George. E esse ao lado de quem ele está sentado é George Washington, em homenagem a quem foi batizado. Martha está em frente ao seu marido. Sua neta, Eleanor Parke Custis, está de pé ao seu lado. Ela e George adotaram as duas crianças como se fossem seus próprios filhos, e assim esta é, de fato, a Primeira Família. O homem ao fundo atrás das duas mulheres é provavelmente um dos escravizados de Washington, mas não se sabe ao certo.

Stephanie ficou ouvindo Carol dar mais explicações sobre o quadro. Edward Savage, seu criador, tinha sido um pintor americano do século XVIII. Sua especialidade era retratos, mas sua obra mais famosa era deste grupo, começada em 1789 e terminada em 1796.

A família Washington.

— É o único retrato da Primeira Família pintado ao vivo — disse Carol. — Eles realmente posaram para Savage, depois ele pintou este quadro a partir dos esboços que fizera. Washington, como vê, foi retratado de uniforme, chapéu e espada sobre a mesa, a mão esquerda pousada sobre um maço de papéis, com a ideia de simbolizar os aspectos militar e civil de seu serviço ao país. Martha está sentada diante de um mapa da cidade federal, seu leque fechado apontando para o que é hoje a Pennsylvania Avenue. Os netos estão lá para simbolizar o futuro da nação. O criado no fundo é particularmente interessante, pois nos estágios iniciais da arte americana era raro se pintar um escravizado. Está vestido formalmente, de libré, nas sombras; está lá sem estar. Um lembrete de que Washington continuou a ser um cavalheiro e um fazendeiro plantador.

"O que realmente interessa são as próprias pessoas. Estão sentadas tesas e desajeitadas. Há pouca vida nelas, e prestem atenção nos rostos, notem que nenhum deles está olhando para os outros. Seus olhares não se fixam, seus focos são separados, o que certamente denotava mais simbolismo. Nenhum deles está especialmente perto dos outros. Verdade, eram uma família, mas hoje em dia diríamos que era uma família disfuncional."

Stephanie estudou a imagem, impressionada com as cores e com os detalhes. Atrás das figuras, uma vista do rio Potomac parecia completar a ilusão patriótica.

— É o que você me mandou — disse Carol. — Edward Savage, Eleanor Custis, Martha Washington. Todos eles juntos neste quadro. O Sr. Mellon o comprou em janeiro de 1936. Está pendurado aqui, na galeria, desde que abrimos em 1941, por instrução explícita dele. Eu verifiquei, para ter certeza. É uma das peças permanentes no museu.

Todos os pontos se conectavam. Isso fora quase um ano antes de Mellon se encontrar com Roosevelt em 31 de dezembro de 1936. Mas ela precisava saber mais.

— Onde estava antes de a galeria abrir, de 1936 a 1941?

— No apartamento do Sr. Mellon, em Washington. Ficou lá mesmo depois de sua morte em 1937, até nós abrirmos.

O que o deixava acessível caso Roosevelt tivesse se dado ao trabalho de procurar.

Estarei esperando pelo senhor, senhor presidente.

Foi o que Mellon disse a Roosevelt.

Literalmente, ao menos por algum tempo.

Stephanie tinha um smartphone na mão direita, a câmera apontada para o retrato. No caminho, vindo do Salão dos Fundadores, ela tinha digitado um número e estabelecido uma conexão criptografada. O aparelho fora fornecido pelo Tesouro, e ninguém poderia interceptar essa transmissão. Enquanto Carol Williams dava sua explicação, o telefone a tinha captado também.

Duas outras pessoas apareceram atrás deles, um homem e uma mulher, o diretor do museu e a curadora chefe, que se apresentaram.

— Eu os chamei — disse Carol. — Espero ter agido corretamente.

Ela não estava escutando. Em vez disso tentava decifrar o enigma. Andrew Mellon tinha deixado pistas que direcionavam FDR diretamente para este quadro.

Mas agora, o quê?

— Por favor, peça a todos que estão trabalhando aqui que saiam — disse ela. — Precisamos de privacidade.

O diretor do museu pareceu incerto, e ela decidiu esclarecer melhor a questão.

— Isso não é um pedido — disse. — Ou cooperam comigo ou vou fechar este lugar e fazer isso ao meu modo.

Joe Levy pareceu ficar surpreso com sua rispidez, mas não havia tempo para amenidades. As coisas estavam acontecendo na Croácia e ela tinha um cronograma. O diretor deu a ordem e a curadora chefe esvaziou as galerias em torno deles. Ela chegou mais perto do quadro e tentou entender o que Mellon havia planejado e feito. Ele tinha se preocupado com muitas coisas, tudo executado com um propósito preciso, assim não havia motivo para pensar que os procedimentos finais fossem em alguma coisa diferentes.

Edward Savage Eleanor Custis
Martha Washington 16

Ela fixou o olhar na neta, Eleanor, e pediu a Carol que falasse sobre ela.

— Eles a chamavam de Nelly. Viveu muito tempo, e passou sua vida protegendo a imagem de George. No entanto, observe bem como Savage a pintou. A mão direita está erguendo o mapa, como a sinalizar que havia algo por baixo dele.

E ela viu que a observação era correta.

Ela apontou o telefone para a imagem de Eleanor, abrangendo também sua avó Martha.

Foi então que lhe ocorreu.

As pistas de Mellon.

Edward Savage era para o quadro em si mesmo. *Eleanor Custis*, para uma mensagem por baixo dele. Então, *Martha Washington* completava a charada? Olhou primeiro para o chão pintado sob a barra da saia de Martha, onde se podia ver a ponta do sapato pousada sobre o padrão xadrez do assoalho. Nada ali. Chegou mais perto e examinou o canto inferior direito da moldura. Ela era, claramente, antiga e tinha sido entalhada à mão, suas beiradas cheias de lascas e ranhuras. A madeira tinha bons vinte centímetros de espessura.

E agora o quê?

Ajoelhou-se e estudou a parte de baixo da moldura, voltada para o chão. A uns dez centímetros do canto inferior direito ela viu uma cavilha redonda inserida na madeira. Imediatamente examinou o lado oposto da moldura, o esquerdo, e encontrou uma cavilha similar. Com uma diferença, contudo. A da direita tinha pequenos sinais gravados, grosseiros, mas ainda legíveis.

XVI.
16.

Ela apontou o telefone para o que tinha descoberto.

— Bingo — sussurrou para ele.

No outro lado da galeria, sobre um pano acolchoado, havia uma caixa de ferramentas. Ela pôs o telefone no chão, correu até lá e achou um martelo e uma chave de fenda. Os outros olhavam em silêncio. Ela voltou e se posicionou embaixo da moldura. O espaço entre a moldura e o chão era de cerca de um metro. Ela ajustou o ângulo do telefone e enfiou a ponta da chave na leve depressão em torno da cavilha. Estava a ponto de bater com o martelo na chave quando o diretor do museu e a curadora gritaram que parasse.

— Você não pode fazer isso — disse-lhe o diretor. — É patrimônio nacional. Não posso permitir isso.

— Fique fora disso — disse ela.

— Vá buscar a segurança. Agora — disse o diretor à curadora.

A mulher saiu correndo, e o diretor arremessou-se sobre ela, tentando pegar o martelo. Ele arrancou as ferramentas de sua mão e disse:

— Você está louca.

Ela lhe concedeu aquele momento, e simplesmente pegou o telefone.

— O que você quer que eu faça?

— Que diabo, você sabe muito bem o que eu quero — disse Danny Daniels pelo viva-voz.

O diretor pareceu ficar chocado. Obviamente ele reconhecera a voz.

— Senhor — disse Danny. — Por favor, devolva as ferramentas à Sra. Nelle, e saia do caminho.

Para uma ordem de Danny, esta fora pronunciada num tom incaracteristicamente cordial.

— Pode acreditar em mim — disse Joe Levy. — Você não vai querer discutir com ele.

O diretor definitivamente parecia estar num dilema e ela não pôde deixar de sentir certa simpatia. Todo o seu trabalho era proteger tudo que havia no museu e ali estava ela prestes a desfigurar uma de suas peças originais. Mas Andrew Mellon tinha querido explicitamente que essa cavilha fosse removida. Se ela tinha razão, ele mesmo a colocara lá. Por isso duvidava que sua violação fosse infligir qualquer dano histórico.

— Estou esperando — disse Danny pelo telefone. — Você não quer que eu vá até aí.

O diretor devolveu as ferramentas.

— Preciso que o senhor e a Sra. Williams saiam também — disse Danny. — Por favor, assegurem-se que a Sra. Nelle e o Sr. Levy não sejam perturbados, e que ninguém se aproxime da galeria, seja de onde for. Faça com que esses guardas de segurança que chamou isolem a área em que estão agora. E desligue todas as câmeras que estejam gravando.

— Presumo que não lhe importe o fato de que na verdade não trabalho para o senhor — disse o diretor.

— Você está brincando, não está? Ou você acha que algumas regras do serviço civil vão me impedir de chutar o seu traseiro.

O diretor percebeu que não venceria, e assim assentiu, e ele e Carol Williams deixaram a galeria.

— Assegure-se de que estamos sozinhos — disse ela ao homem do Chick-fil-A, que concordou e seguiu os outros, que já estavam saindo.

— Foram embora? — perguntou Danny.

Ela ainda estava estirada no chão.

— Positivo.

— Abra logo essa droga.

Capítulo 63

CROÁCIA

Malone viu o primeiro homem a saltar do trem juntar-se ao seu compatriota na estação, e que eles tinham percebido que Kim estava armado e em ação.

— Todos para o chão — gritou ele em inglês enquanto sacava sua própria arma.

As poucas pessoas na plataforma que entenderam o que ele disse olharam em sua direção, viram a arma e correram para a saída. Kim também reagiu à advertência, enfiando o cano de sua arma nas costelas de Howell. Isso fez Malone hesitar, mas os dois coreanos pareceram não se importar. Tinham se abrigado atrás de um banco de metal e apontavam suas armas. Sua missão não incluía levar Kim ou Howell de volta vivos.

E aí estava uma oportunidade de ouro.

Isabella avistou Kim e Howell a quinze metros de distância, em meio à penumbra da plataforma da estação, pessoas fugindo. Ela e Luke estavam expostos, sem cobertura. Mas a atenção de Kim estava voltada para outra direção.

Para Malone.

Que, ela viu, tinha sacado sua arma.

No entanto, Hana Sung estava olhando diretamente para ela e Luke.

À sua esquerda havia uma fileira de carrinhos para bagagem, que ofereciam alguma proteção.

Ela pulou para lá quando Sung apontou sua arma e atirou.

Malone tinha visto Isabella e Luke saindo do trem, e enquanto o pai se preocupava com ele, a filha atirava nos dois, numa rápida sucessão de tiros.

Uma mulher gritou.

Um homem berrou.

Em coreano.

Kim desviou sua atenção de Malone para os outros dois. Mais palavras coreanas foram trocadas entre eles. Isabella e Luke tinham se escondido atrás de uma fileira de carrinhos de bagagem. Kim empurrava Howell à sua frente, para as portas que levavam da plataforma à estação, usando seu prisioneiro como escudo. Mais um instante e Luke e Isabella começariam a atirar. Ele esperava que eles percebessem que Howell estava em apuros.

— Luke — berrou ele. — Mais dois à sua esquerda, ambos armados.

Balas choveram em sua direção vindas dos coreanos, que agora se davam conta de sua presença. Felizmente tinha achado proteção atrás de um dos pedestais de ferro que sustentavam o teto. Balas atingiam o metal, soltando faíscas e ricocheteando para todas as direções.

Ele se firmou e tomou posição para atirar de volta.

O coração de Kim disparou, em pânico. Uma sensação de alarme fazia arder a parte de trás das orelhas. Esta cidade era uma armadilha, tanto dos americanos quanto dos norte-coreanos. Ele tinha de fugir. Hana mantinha ocupados o homem e a mulher do trem, e os dois coreanos estavam atirando contra outra pessoa à sua direita. Infelizmente teria de cruzar a linha de fogo para escapar. Seu braço esquerdo estava em torno do pescoço de Howell, a arma ainda apertada em suas costelas.

Um dos coreanos parou de atirar e voltou-se para ele.

Anan Wayne Howell não tinha mais utilidade para ele. Havia tentado enganar Kim no trem. Com certeza lhe disseram que não mencionasse que sabia que Jelena estava morta, mas as emoções daquele jovem tinham sido mais fortes que ele. Mas se Howell já não tinha valor algum para certo fim, isso não queria dizer que fosse totalmente inútil.

Girou para a esquerda e pôs Howell entre ele e o perigo que aumentava.

Um tiro que vinha em sua direção atingiu com um ruído surdo o peito de Howell.

Ele perdeu a respiração num espasmo, e o corpo balançou com o impacto. Outro disparo, e mais uma bala atingiu Howell.

Nenhuma o atravessou para chegar a Kim.

Ele largou o americano, deixando-o cair.

Malone estremeceu quando Howell foi atingido duas vezes.

Ele saiu de onde estava se protegendo, mirou no coreano que atirava e o eliminou com um só tiro. O segundo homem partiu então para a ofensiva, atirando na direção de Malone, o que o fez se jogar no chão.

Balas passavam por ele assobiando e ricocheteavam no trem.

Ele rolou e usou outro pilar como proteção.

A última coisa que viu antes disso foi que Kim e Hana Sung estavam fugindo da plataforma para a estação.

E o coreano restante atrás deles.

Isabella agachou-se ao lado de Luke, e a situação deles não era a melhor do mundo. Tinham alguma proteção, mas não muita. Levantar-se para atirar os deixaria expostos, mas ela viu que Luke estava querendo arriscar. Ela também. Muita munição estava sendo desperdiçada. Seus olhares se encontraram e sinalizaram que deviam fazer isso juntos. Luke fez um sinal que concordava, e os dois se ergueram.

A plataforma tinha ficado silenciosa.

Um corpo jazia no chão de concreto junto ao trem, outro mais à esquerda, nas sombras.

— Malone — chamou Luke.

— Aqui.

E ela viu um vulto escuro surgir de trás de um dos pilares que sustentavam o teto. Empunhava uma arma, e correu para o homem caído perto do trem.

Eles fizeram o mesmo.

Era Howell.

Luke virou o corpo dele. Howell estava respirando, mas expelindo sangue a cada expiração, e mais escorrendo das duas feridas.

— Aguente firme — disse Luke. — Vamos buscar ajuda. Fique conosco.

Isabella sentiu um aperto no peito.

Ela foi tomada de tristeza.

— Kim o usou como escudo — disse Malone.

— Tivemos alguns problemas no trem — observou ela. — O inferno se abriu inteiro sobre nós pouco antes de chegarmos à estação. Tem mais três mortos a bordo.

— A filha estava segurando um maço de papéis.

Ela também tinha visto.

— Vou atrás deles — disse ele. — Vocês, busquem ajuda. Não deixem que ele morra.

E Malone saiu correndo.

Hana seguiu seu pai e eles correram da estação do trem para a rua. Tinha visto muitas cidades como aquela na China e na Coreia do Norte. Compactas e tranquilas, as ruas que a atravessavam estreitas e angulares, com finais abruptos. O pior de tudo, nada sabiam da geografia local. Acima deles erguia-se a glória maior, uma catedral com torres gêmeas e janelas ornamentais, seus campanários brilhantemente iluminados emoldurados pela noite e ofuscados pela neblina.

— Vamos por ali — disse seu pai.

E correu, galgando a ladeira revestida de pedrinhas em direção à igreja, dobrando uma esquina e desparecendo na escuridão.

Ela olhou para trás e não viu ninguém.

Toda a comoção continuava dentro da estação.

Ouviu sirenes a distância.

E sabia o que isso significava.

Malone atravessou a estação correndo, em direção à saída para a rua. Os poucos funcionários estavam todos em pânico, o que tornou ainda mais confuso seu percurso através do prédio. Enfiou a arma, que ainda estava em sua mão, por baixo da jaqueta. Lá fora, no nevoeiro, ele avistou Kim e sua filha virando em direção a uma ladeira ladeada de lojas fechadas e que levava à catedral. Não viu o segundo coreano, que também tinha deixado a plataforma. Duvidava que tivesse fugido, e assim disse a si mesmo que agisse com cautela.

As sirenes ao longe soavam mais próximas, talvez a não mais do que alguns quarteirões.

Ele se lançou atrás de Kim.

Isabella estava vendo que o estado de Howell não era nada bom. Dois tiros no peito podem fazer um grande estrago. Luke o aninhou em seu colo, os olhos do homem estavam abertos, a respiração difícil, e ainda saía sangue em cada expiração. Isso queria dizer que um pulmão fora perfurado. Um dos funcionários da estação tinha chamado a polícia e uma ambulância. Vários passageiros do trem tinham se postado a um lado, olhando a cena. Ela perguntara se havia um médico entre eles, mas seu pedido, feito em inglês, não obteve resposta.

— Aguente firme — disse Luke novamente a Howell. — Fique conosco, a ajuda já está chegando.

Ergueu o olhar para ela, como a perguntar se era verdade, mas ela só pôde balançar a cabeça e esperar que fosse.

— Malone não deveria ter ido sozinho — disse ela. — Um dos sujeitos que atiraram em nós também está lá.

— Concordo — disse Luke. — Vá.

Ela não esperava por isso.

— Vou ficar aqui com Howell. Vá. Ajude Malone.

Não precisou que ele repetisse, saiu da plataforma e foi para a estação. Sua arma estava no bolso interno do casaco, onde a tinha escondido quando ela e Luke correram até Howell. Ao sair pelas portas da frente, através do nevoeiro, ela viu Malone quinze metros à frente, subindo uma ladeira. As sirenes já estavam perto, o ar noturno pulsando em clarões vermelhos que se aproximavam.

Ela foi atrás de Malone.

Apareceu mais alguém.

À sua direita. Trinta metros de distância. Empunhando uma arma e avançando. Devia ser o segundo coreano, que ela tinha visto fugir da plataforma durante o tiroteio. Ela parou, agarrou a arma com as duas mãos e gritou:

— Pare. Agora.

Seu alvo hesitou por um momento, virou-se para ela e decidiu tentar fugir, correndo pela rua. A escuridão noturna e o nevoeiro complicavam as coisas, mas a inclinação da rua reduzia sua velocidade o bastante. Mirou nele, como se fosse um pássaro voando, depois atirou. A bala o atingiu em cheio, tirando-lhe o equilíbrio. Ele se virou, tentando girar a própria arma.

Ela atirou novamente.

Ele caiu nas pedras do calçamento.

Malone ouviu o som de um tiro e se virou.

Vinte metros atrás, um homem empunhando uma arma cambaleava na rua.

Um segundo tiro, e o vulto desabou.

Ele voltou correndo, a arma pronta para atirar, e viu Isabella, do lado de fora da estação, em posição de tiro.

Ela abaixou a pistola.

Atrás dela surgiu um carro de polícia, indo em direção à estação, logo seguido por outro. Guardas uniformizados apareceram. Um deles viu que ela empunhava uma arma e sacou a dele. Malone estava longe o bastante, e poderia voltar para a escuridão, mas Isabella estava exposta na penumbra da luz do lado de fora da estação. Ela, sabiamente, ficara imóvel, a arma ainda apontada em sua direção, de costas para a polícia. Todos os policiais a essa altura tinham sacado pistolas e gritavam ordens para ela.

Isabella o viu.

— Vá — disse ela, alto o bastante para ele ouvir. — Saia daqui.

Sua arma caiu com estrépito na rua, e seus braços se ergueram em rendição. Lentamente ela se virou e ficou de frente para a polícia, que avançava em sua direção, as armas ainda apontadas para ela.

Ninguém o tinha visto.

Ela lhe tinha dado cobertura e se sacrificou pelo bem da equipe.

O que lhe dava uma chance de alcançar Kim.

Capítulo 64

WASHINGTON, D.C.

Stephanie enfiou a chave de fenda na borda da endentação circular. Com a ajuda do martelo, ela fez a ponta metálica penetrar um pouco mais de dois centímetros, depois, segurando o cabo da ferramenta forçou a madeira, para um lado e para o outro, repetidas vezes. A madeira antiga cedeu. Ela retirou a chave de fenda e repetiu o processo em toda a volta do círculo, e depois apoiou a ponta da ferramenta no centro do círculo. Três batidas e perfurou a cavilha. Lascas se desprenderam dela e caíram no chão. Joe Levy tinha se abaixado e a estava observando.

— Arranca isso — disse ele.
— Concordo com ele — disse Danny pelo telefone.

Sabia que ele podia ver o que ela estava fazendo pela câmera do celular, sobre o chão, onde lascas da moldura com mais de duzentos anos jaziam espalhadas. Ela aceitou o conselho dele, e ficou movendo a chave de fenda para a direita e para a esquerda. A cavilha se desfez, e os pedaços remanescentes caíram no chão. Ela introduziu um dedo na cavidade e retirou o que restava, até surgir uma abertura com cerca de oito centímetros de diâmetro.

— Queria que tivesse alguma luz — disse ela.
— Nós temos — disse Joe, apontando para o celular.

Ele tinha razão. Ela pegou o aparelho e ativou o flash da câmera, apontando para cima.

— Tem alguma coisa lá — disse ela —, na beirada da moldura. A cavidade é maior do que a abertura.

Ela pôs o telefone no chão novamente, com dois dedos explorou a abertura, e sentiu que ali havia um papel. Achou uma das bordas e foi puxando o que quer que fosse aquilo para o meio até ver um envelope. Ela o dobrou no sentido do comprimento e o tirou de lá. O exterior tinha escurecido com o tempo, como no fac-símile que o Smithsonian tinha fabricado para ela. Estava datilografado no envelope:

```
Uma estranha coincidência, para usar uma expressão,
com a qual essas coisas se resolvem hoje em dia
```

Ela exibiu as palavras para a câmera do telefone.

— Lorde Byron — disse Danny. — De *Don Juan*. Como Roosevelt disse na gravação.

Ela se lembrava.

— *É estranho, apesar de verdadeiro. Pois a verdade é sempre estranha. Mais estranha que a ficção* — disse Danny pelo telefone. — Mais, de lorde Byron. O que definitivamente se aplica aqui.

— Nunca soube que você fosse um entusiasta da poesia.

— Não sou, mas Edwin é.

Havia algo duro dentro do envelope, ela o abriu e viu que era uma chave mestra. Ela a exibiu para a câmera. Havia também uma folha de papel, dobrada em três, e ela a tirou do envelope.

— Duvido que Mellon tenha pensado que se passariam oito décadas até isso ser lido.

O papel parecia estar em bom estado, ajudado pelo fato de ter ficado selado dentro da moldura num ambiente de clima controlado, desde 1941. Que lugar poderia ser melhor para preservar alguma coisa do que a Galeria Nacional de Arte?

— Está esperando o quê? — perguntou Danny.

Ela se pôs de pé.

Levy pegou o telefone e apontou a câmera por cima do ombro dela. Ela desdobrou o papel cuidadosamente, as fibras ainda maleáveis, o texto datilografado legível.

Adquiri este quadro recentemente, somente para essa busca. Seu simbolismo é por demais tentador para se resistir a ele, por isso pensei que serviria de excelente repositório. Esteve pendurado em meu apartamento em Washington até o dia em que morri. Esperei que você enviasse um emissário, mas não veio nenhum. Assim, ainda o estou esperando, senhor presidente. Como se sentiu dançando à minha música? Foi isso que você me fez fazer nos três últimos anos de minha vida, e cada dia que passei no tribunal eu pensava em como retribuí-lo a você. Aquela luta eu ganhei, e soube disso no dia em que conversamos na Casa Branca. Mas presumi que você também o sabia. Uma parte de mim se deu conta de que você nunca começaria a busca enquanto eu estivesse vivo. Você nunca me daria a satisfação de saber que talvez estivesse acreditando no que eu disse, ou que tinha medo de mim. Mas o fato de estar lendo estas palavras prova as duas coisas. Por favor, lembre que eu lhe disse que o papel com números que lhe deixei revelaria dois segredos americanos, e que qualquer um deles poderia ser o seu fim. O primeiro diz respeito a Haym Salomon. Este país deve aos seus herdeiros uma quantia imensa. Eu removi toda a evidência documental disso dos arquivos governamentais em 1925, com isso impedindo o Congresso de efetuar qualquer restituição. Admito, espontaneamente, que fiz uso desse conhecimento para manter minha posição no cargo. Foi uma escolha difícil, essa que os três presidentes tiveram de fazer. Cuspir no rosto de um patriota ou autorizar um ressarcimento de um bilhão de dólares. No entanto, não agi diferentemente de ninguém antes de mim, ou depois de mim. O poder tem de ser tomado e depois mantido, ou será perdido. Agora deixo os documentos de Salomon com você. Será interessante ver o que você vai fazer com eles. Essa escolha será somente sua. Duvido que seja o defensor do homem comum que você quer que tantos acreditem que é. O outro segredo é muito mais poderoso. A Décima Sexta Emenda à Constituição é inválida. Isso já era sabido em 1913, mas foi propositalmente ignorado. A prova disso também me ajudou a manter o meu cargo. Ainda tenho essa evidência. O que você vai fazer com ela será igualmente muito interessante. Tudo isso está esperando pelo senhor, senhor presidente, assim como eu.

Ela terminou de ler o texto, a boca junto ao telefone, a voz muito baixa.

— Joe, estou vendo por que você quis guardar isso para si — disse Danny. — Parece que a possibilidade se tornou realidade.

— Infelizmente — disse Levy.

A mente dela estava a toda:

— Você poderia ir buscar Carol Williams?

Levy lhe entregou o telefone e saiu apressadamente.

— O que você quer fazer? — perguntou ela a Danny.

— Estamos pensando.

Isso queria dizer que Edwin Davis também estava lá. Ótimo. Seu equilíbrio e bom senso seriam de grande utilidade.

— Alguma notícia de Cotton? — perguntou ele.

— Nem uma palavra. Mas pode estar bem atarefado.

Ela ouviu passos e rapidamente pôs o papel e a chave no bolso. Levy estava voltando para a galeria com Carol. Ela notou o rápido olhar da jovem aos pedaços de moldura no piso de madeira.

— Pode acreditar em mim — disse ela —, não houve dano. O seu Sr. Mellon queria que isso fosse feito. Pode ser facilmente reparado.

Ela lembrou algo que tinham discutido mais cedo:

— Você me disse que Mellon está sepultado na Virgínia. Então eles fizeram o funeral em Pittsburgh e depois o levaram para enterrá-lo no sul?

Carol balançou a cabeça.

— Não, não foi assim. Ele morreu em Nova York, e mandaram o corpo para Pittsburgh. Bandeiras foram hasteadas a meio mastro, e o serviço aconteceu na Igreja Presbiteriana East Liberty, que ele frequentou quando menino. Foi um tanto incomum, no caso dos Mellons. Normalmente eles prestam as últimas homenagens na casa do falecido. O caixão ficou fechado. A pedido dele.

Isso imediatamente despertou em sua mente algumas perguntas, e ela sabia que na de Danny também.

— Três mil pessoas foram. Havia tantas flores que o florista local teve de mandar buscar em Chicago mais rosas e crisântemos. Li alguns dos artigos nos jornais. Até o presidente Roosevelt mandou flores.

Ela agora percebia quão vazio fora esse gesto.

— Seu caixão foi depois levado para o Cemitério Homewood. A família tem um mausoléu lá. Foi sepultado junto ao seu irmão.

— Então como foi parar na Virgínia? — perguntou ela.

— O filho dele morreu em 1999. Ele tinha a conexão com a Virgínia. Viveu muito tempo, mais do que todos eles. Antes de morrer ele trouxe a mãe, a irmã, a mulher e o pai, todos eles, para a igreja em Upperville. Como já lhe disse antes, uma união na morte para uma família que nunca fora unida em vida.

— Isso quer dizer — disse Danny pelo telefone — que em 1937 Mellon estava em Pittsburgh.

Ela captou a mensagem.

O som da voz do presidente dos Estados Unidos deixou Carol claramente nervosa.

— Você sabe aonde eu preciso ir — disse ela.

— São pouco mais de trezentos quilômetros — disse Danny. — Você pode estar lá em menos de duas horas.

— Quero ir também — disse Levy.

Danny riu.

— Achei que ia querer. Você esteve aí até agora, então, por que não?

Capítulo 65

CROÁCIA

Kim manteve um ritmo constante subindo a rua deserta, tomando cuidado com as pedras escorregadias. Infelizmente estava com solas de couro e não de borracha, que normalmente preferia. Mas sentia-se grato pela névoa, que estava bem baixa, perto do solo, mais espessa ao longo das combalidas casas que ladeavam a rua estreita. Se houvesse algum tráfego por essa via certamente seria em uma só mão.

As luzes da catedral atravessavam a neblina, e ele as usou como um farol. Não tinha ideia de para onde estavam indo, só que era para longe da estação e do tiroteio. Tinha sido um milagre terem escapado. Durante o caos ele reconhecera um dos atiradores. Estava sozinho, usando um dos pilares como proteção, mas ele tinha quase certeza de que era o americano, Malone.

Hana havia cuidado de si mesma com habilidade, obrigando um dos atacantes a buscar cobertura. Os dois coreanos, que ele vira com clareza, sem dúvida foram enviados por seu meio-irmão para matá--lo. Quanto aos outros dois que estavam no trem, não tinha certeza, mas pareciam ser americanos. Precisava acelerar seus planos, mas Anan Wayne Howell estava morto. Como prosseguir a partir desse ponto ainda era um mistério, mas ele acharia um caminho. Hana estava com os documentos, e ele precisava deles. E Howell dissera que Malone tinha decifrado o código.

Isso queria dizer que ele também poderia.

Só precisava de tempo.

Malone continuou atrás deles, mais ouvindo do que vendo Kim e sua filha. Kim devia estar usando sapatos com a sola de couro, e era fácil seguir o som que faziam ao bater nas pedras do calçamento. Felizmente, seus próprios sapatos tinham solas de borracha, e seus passos eram silenciosos e seguros.

Atrás dele, o nevoento céu noturno ainda faiscava com os clarões estroboscópicos azuis e vermelhos dos carros de polícia. Com sorte, Isabella teria desviado a atenção das autoridades o bastante para que ele pudesse terminar com isso. Não sabia ao certo aonde Kim pensava que estava indo, mas estava agradecido pelo fato de não estarem perto da estação do trem. Ele tinha esperança de que Howell conseguisse sobreviver, mas achava difícil. Levar duas balas no peito geralmente era fatal. Detestava ter posto Howell numa situação de risco, mas duvidava que tivesse conseguido mantê-lo fora disso. Parece que a morte era sempre a consequência do que ele fazia. Ainda pensava em seu amigo Henrik Thorvaldsen, e no que acontecera em Paris. E depois houve Utah, apenas um mês atrás, e os acontecimentos que tinham lhe custado Cassiopeia Vitt. Um sentimento de raiva começou a ferver dentro dele, e disse a si mesmo que mantivesse a calma. Não era momento para sentimento ou emoção.

Tinha uma tarefa a cumprir.

E o futuro dos Estados Unidos talvez dependesse disso.

As mãos de Isabella estavam atadas atrás das costas com mais uma dessas abraçadeiras de plástico que aparentemente a polícia local gostava de apertar demais. Presa duas vezes num só dia. Devia ser um recorde para uma agente do Tesouro. Mas ela tinha feito seu trabalho, dando cobertura a Malone.

Agora dependia dele.

Finalmente uma ambulância chegou à estação e dois homens uniformizados correram para dentro com seus kits de emergência.

— Você fala inglês? — perguntou ela ao guarda que agarrava seu braço.

Ele assentiu.

— Sou uma agente trabalhando para o Departamento de Tesouro dos Estados Unidos. Minha identificação está em meu bolso. O homem lá dentro é um agente também. Preciso saber como ele está.

O guarda a ignorou. Em vez disso, ela foi levada até um dos carros de polícia, empurrada para o banco traseiro e a porta se fechou. Pelo para-brisa ela avistou o homem que tinha matado e alguns guardas ali postados. Notou que nenhum deles tinha subido a rua em aclive.

Sua manobra de diversão tinha funcionado.

— Agora é com você — sussurrou a Malone.

Hana parou e se virou. Embora não visse nada além de escuridão e neblina, sabia que havia alguém atrás deles. O campo tinha lhe ensinado a sentir o perigo. Vindo de guardas, outros prisioneiros, até mesmo da própria família. Ataques eram comuns, e a violência entre prisioneiros nunca era punida. Ao contrário, parecia ser estimulada. Até mesmo ela tinha mordido essa isca, atacando sua mãe com uma pá.

— O que é? — perguntou seu pai.

Ela continuou a analisar a rua lá embaixo. Só havia iluminação em uns poucos cruzamentos, quase invisível nas trevas. Todos os prédios eram construções rudimentares de pedra, encimados por telhas, a maioria com sacadas não pintadas que se projetavam para fora, tudo marcado pelo tempo e pelo clima. Nenhum movimento, em lugar algum, insinuava um problema, as fachadas e as entradas das lojas estavam silenciosas.

Ela resolveu não fazer alarme, sacudindo a cabeça numa indicação de que tudo estava bem.

O vulto difuso e sombroso da igreja assomava logo à frente, onde a rua se nivelava numa praça triangular. Ela avistou uma agência de correio, um teatro e alguns cafés, todos fechados. Uma torre com um relógio erguia-se do lado oposto à igreja, iluminada à noite, o nevoeiro dificultando a visão do mostrador.

Ninguém por perto.

A porta envidraçada da igreja estava entreaberta, lançando uma faixa de luz cálida para dentro de uma escuridão palpável.

Seu pai caminhou em direção a ela.

Malone saiu de uma porta.

Havia se refugiado lá assim que o estalido dos sapatos nas pedras cessou à sua frente. Esse portal recuado tinha servido como um esconderijo perfeito, e o ar revigorante e úmido, e a escuridão, como seus amigos. Kim não estava muito longe, já que conseguiu ouvi-lo perguntar algo em coreano. Não houve resposta, mas ele tornou a ouvir o som dos passos.

Afastando-se.

Kim entrou na igreja e imediatamente percebeu um sopro de incenso e de cera de abelhas. *O cheiro dos cristãos*, como ele gostava de dizer. O imponente interior estava parcialmente iluminado por luminárias pendentes, feitas de latão. Grossas colunas sustentavam o teto, feitas de pedra numa mistura de rosa e branco. Afrescos decoravam absides e abóbadas. Fileiras de bancos de madeira estendiam-se a partir do altar, vazios, à espera. Satisfeito por estarem sozinhos, ele voltou até a entrada e cuidadosamente abriu um pouco mais a grossa porta de madeira e deu uma olhada na praça. A rua pela qual tinham vindo continuava silenciosa.

— Parece que conseguimos nos safar — disse ele.

Fechou a porta.

Malone tinha visto Kim e sua filha entrarem na catedral. A igreja era grande, mas não demais, o que combinava com um lugar compacto como Solaris. Na subida a partir da estação ele tinha divisado várias ruas que partiam dessa via principal, nenhuma delas marcadas com nomes. Presumiu que a cidade inteira era um labirinto de caminhos que levavam a mais praças escondidas, como aquela diante da igreja. Não podia seguir Kim pela porta principal, e assim seguiu por uma das ruas laterais até uma viela entre duas lojas, que ia dar nos muros da cidade. A escuridão ali era quase total, e conquanto seus olhos se adaptassem bem à noite, ele teria de avançar cuidadosamente. Decidiu arriscar-se com alguma iluminação e ligou seu iPhone. O mostrador de LCD lhe forneceu luz suficiente para localizar com segurança o fim do beco, a alguns metros do qual erguiam-se os muros da cidade. Dobrou à esquerda e acompanhou a pedra até outra das vielas atrás dos prédios que davam para a rua. Como esperava, ela levava à parte traseira da igreja e a um pequeno anexo de madeira.

Duas portas abriam para o interior.

Mas estavam trancadas.

Uma janela era protegida por uma grade de ferro.

Felizmente, as fechaduras de ambas as portas eram modernas, de latão e fechadas com chave, como zilhões de outras portas. Ele sempre trazia em sua carteira duas gazuas. Pegou-as e começou a trabalhar na fechadura. Só precisou de alguns segundos para ouvir os pinos se soltarem. As gazuas fizeram-no pensar em Cassiopeia, que também não ia a lugar algum sem elas.

Abriu a porta alguns centímetros, a borda inferior raspando em algo duro, e se esgueirou para um pequeno quarto com vigas de carvalho que levava ao que certamente eram sacristias e outros quartos. Um pequeno corredor terminava numa cortina que, presumiu, abria para a nave.

Uma escada à sua esquerda, ligada à parede externa, chamou sua atenção.

Decidiu que ela lhe daria a posição mais vantajosa.

Assim, pôs a arma no bolso e subiu por ela.

Isabella ficou perplexa quando a porta do carro foi aberta. Tinha se acostumado ao silêncio. Foi tirada do veículo, novamente na noite fria. Um dos policiais cortou as amarras que prendiam seus pulsos, ela os esfregou para aliviar a dor e esticou os braços. O enviado da embaixada saiu da estação de trem junto com Luke Daniels.

Os dois se aproximaram.

— Howell está morto — disse Luke.

Ela detestou ouvir isso. Contou a ele o que havia acontecido com o coreano e para onde seguira Malone.

— Por que essa mudança de atitude da polícia? — perguntou ela ao enviado.

— O Sr. Malone me pediu que cuidasse de um assunto. Após fazer isso, voltei e descobri o que tinha acontecido. Telefonei para a embaixada e descobri logo depois que os presidentes estavam envolvidos. A polícia local não ficou feliz, mas eles cumprem ordens.

Ela estava escutando, mas também olhava para cima, para a igreja amortalhada em neblina.

— Precisamos subir até lá.
— Concordo — disse Luke.

E sem mais demora eles partiram.

Capítulo 66

Hana absorveu aquele cenário de imponente esplendor e perguntou a si mesma se mais uma vez interviera o destino. Como era irônico que tivessem achado uma igreja. O interior era escuro e cheirava a mofo, as altas paredes de pedra eram naturais e poderosas. Entalhes decorativos, estátuas e elementos dourados adicionavam contraste ao que, de outra forma, seria um cenário opaco.

Ela estava oca, fria e pronta. À sua direita, numa das absides, pequenas velas alinhavam-se num suporte de bronze, suas chamas tremeluzindo na escuridão. Ela foi em sua direção, ainda segurando o maço de papéis unidos por um clipe e sua arma. Seu pai demorava-se no corredor central, recobrando o fôlego após a corrida pela rua íngreme. Estava com excesso de peso e fora de forma, e com todos aqueles seus planos grandiosos, ela frequentemente se perguntava por que cuidava tão pouco da saúde.

— Sair desta cidade pode vir a ser um problema — disse ele a ela em coreano.

— Especialmente depois que você matou Howell.

Ele lançou um olhar em sua direção.

— Eu não o matei, quem o matou foi meu meio-irmão.

— É assim que você justifica isso para si mesmo?

Ele pareceu ficar perplexo com a resposta dela.
— A que vem tudo isso? — perguntou ele.
— Fale em inglês.
Uma ordem. A primeira que ela jamais lhe dera.
— Você não liga para sua própria língua?
— Eu não ligo para o *seu* país.
Ele pareceu ficar intrigado com essa declaração.
— Está bem — disse em inglês. — Do que se trata?
— Como é que minha mãe foi parar no campo?
Ela nunca lhe fizera antes essa pergunta. Falar sobre seu passado fora a última coisa que ela quisera fazer, e ele nunca expressou qualquer interesse em fazê-lo. Era como se ela simplesmente tivesse surgido para ele com 9 anos de idade e tudo que acontecera antes disso fosse insignificante.
— Por que está perguntando isso?
Ela conhecia os truques dele. Responder a uma pergunta com outra pergunta era seu modo de desviar da conversa.
— Como minha mãe foi parar no campo?
— Por que isso é tão importante agora?
— Como minha mãe foi parar no campo?
Ele tinha de saber que ela não ia ceder.
— Eu a mandei para lá.
Essas palavras deixaram-na chocada. Não estava esperando a verdade. Então, perguntou o óbvio:
— Por quê?
— Não temos tempo para discutir isso agora.
Ela apontou a arma para ele.
— Eu acho que temos.
— E se eu me recusar? Vai atirar em mim?
— Vou.
Ele fitou fixamente os olhos dela, e pela primeira vez ela permitiu que ele enxergasse através deles. O campo tinha ensinado a ela o que era desespero. Pouco era perdido por aqueles que nada tinham a perder. Como aqui. E ela queria que ele soubesse disso.
— Sua mãe e eu tivemos um caso. Ela queria que ele fosse mais permanente. Eu não podia permitir isso. Ela insistiu, e por isso a mandei embora.

— Para aquele lugar?
— Achei que seria mais humano do que matá-la.
— E você sabia que ela estava grávida?
Ele balançou a cabeça.
— Eu só soube de você anos mais tarde, logo antes de ir ao campo para encontrá-la.
— Você me disse na época que foi seu pai quem a mandou para lá.
— Eu menti. Achei melhor. Você era muito pequena.
Ela abaixou a arma.
— Eu a odiei por eu estar lá. Eu a culpava por tudo de ruim que tinha acontecido comigo. Ela uma vez me disse que seu pecado tinha sido se apaixonar. Até que me dei conta de que estava errada em odiá-la. Era você quem eu deveria desprezar.
Ele parecia estar totalmente indiferente, não afetado pela reprimenda dela.
— Então eu deveria ter deixado você lá, onde a esta altura estaria morta ou sendo usada pelos guardas.
— Você é mais do que horrível.
— É mesmo? E o que você era quando me pediu que eu torturasse aquele professor, e depois o matasse?
— Aquilo foi justiça pelos atos *dele*.
— É assim que *você* racionaliza isso? Você mata, é justiça. Eu mato, é barbárie. Você alguma vez considerou que eu posso ter direito à justiça também?
Na verdade, ela tinha considerado, mas decidira que a justiça para ele provavelmente tinha chegado quando seu pai o destituiu. Ele nunca tinha compartilhado a verdade quanto ao que acontecera. Aquela história elaborada que havia lido no cruzeiro era certamente uma mentira. Uma vez, na internet, ela achou artigos de notícias que descreviam o que ocorrera. Claro, eram sob uma perspectiva ocidental, mas ela confiava muito mais naquela informação do que em qualquer coisa que vinha dele. Todos os comentaristas concordavam que seu pai era inepto, descuidado e irresponsável. Até certo ponto, tinham razão. Mas ela também sabia que ele gostava que as pessoas o subestimassem.
E ela não ia cometer esse erro.

De sua posição mais elevada, três metros acima de onde estavam Kim e Hana Sung, Malone escutava. Uma parede de madeira que chegava à altura da cintura formava uma balaustrada que circundava todo o prédio, o balcão oferecendo espaço para mais fiéis, os bancos de madeira todos vazios. Embaixo, a nave parecia estar imersa em atemporalidade, cheia de sombras imóveis. O ar morno carregava a rançosa melancolia das pessoas anônimas que se amontoavam aqui todo dia e o respiravam repetidas vezes. Ele não tinha esperado um confronto, mas havia uma óbvia tensão entre Kim e sua filha. Arriscou olhar lá de cima e viu quando Sung baixou sua arma.

Ele agarrou a sua, pronto para reagir.

Kim estava perplexo. Nunca tinha visto Hana nesse estado de espírito. Em seus olhos e em seu rosto só havia ódio. Emoções sempre foram estranhas a ela, e ele tinha se acostumado com aquela solenidade. E este fora o motivo pelo qual não mentira ao falar do campo e de sua mãe. Ele realmente nunca tinha cogitado que isso era importante para ela. Mas, aparentemente, era.

— Entregue os documentos — disse a ela.

Ela estava a três metros dele, junto às velas votivas que continuavam a tremeluzir na abside, a luz dançando ao longo dos afrescos na parede. Ela jogou o monte de papéis no chão, onde ele parou aos seus pés. O desrespeito dela era óbvio, e ofensivo. Ele se curvou e ergueu a pilha de folhas. Por um momento ele compreendeu a raiva de seu pai devido à sua própria falta de respeito. Nunca antes qualquer um de seus filhos tinha demonstrado tamanha rudeza. Tudo que faziam era evitá-lo. Hana, ele tinha de lhe dar esse crédito, estava aqui. Mas por quê?

— Você me odeia tanto assim? — perguntou ele.
— Eu odeio o que você é.
— Seu pai?
— Você é um Kim.
— Então você terá de odiar a si mesma.
— Eu odeio.

Ela estava claramente perturbada, mas ele tinha sido sincero quanto ao que havia dito poucos minutos antes. Não havia tempo para isso. Ele precisava que ela pensasse com lucidez e o ajudasse a fugir dessa cidade.

— Hana, podemos discutir isso assim que estivermos longe daqui. Eu entrei nesta igreja simplesmente como um meio de fugir da rua e pensar. Preciso de sua ajuda para escapar daqui.

— Você não dá a mínima para os campos — disse ela. — Eles vão continuar a existir, quando você assumir o poder.

Não faria sentido negar o óbvio.

— Inimigos têm de ser punidos. Eu poderia matá-los...

— Não, você não poderia. Assassinato tem consequências.

Ela era mais astuta do que ele tinha imaginado.

— Isso é verdade, mas às vezes também é necessário. Os campos proporcionam um meio mais simples e mais controlado de lidar com problemas.

— Você não é diferente de seu pai nem de seu avô.

Não, provavelmente não era. Os Kims estavam destinados a governar, e governar é o que fariam. Mas ele seria diferente, só que não do modo que ela aparentemente queria.

— Você deixou Howell morrer sem pensar duas vezes — disse ela. — Assim como Larks, a mulher no bote e o homem no hotel. A vida deles não teve significado para você.

— Tudo isso foi necessário para atingirmos nosso objetivo.

Ela balançou a cabeça.

— Não era o meu objetivo. Era o seu.

Um pensamento passou então na cabeça dele. A obstinação dela. A raiva. Ele olhou para os papéis que tinha na mão. Ainda empunhava a arma, mas conseguiu folhear os documentos.

— Onde está o original?

Não tinha visto aquela folha amassada, mais escura, mais fina, mais frágil que as outras.

Hana ficou calada.

— Onde está? — exigiu ele, elevando o tom de voz.

Malone continuou escutando, enquanto em sua mente ressoava uma frase do livro *A arte da guerra e do poder*, de Napoleão: *Quando seu inimigo estiver em processo de autodestruição, permaneça fora do caminho*. Um conselho sensato, particularmente aqui, onde a contenção era tudo. Quando conversara com Stephanie, delineando um plano, armando um cenário, uma coisa fora acentuada: nada daquilo poderia sair de Solaris. Tudo tinha de terminar ali mesmo. Assim, tinham propositalmente mirado nos chineses, induzindo-os a seguir um caminho forjado, esperando que eles o seguissem.

E tinham feito isso.

Chegara o momento de intervir, mas, antes disso, ele também queria saber qual seria a resposta à pergunta de Kim.

Onde estava o papel amassado?

Isabella e Luke seguiram rua acima passando por um emaranhado de casas escuras. Todo o burburinho ficara atrás deles, o enviado da embaixada lhes tinha assegurado que nenhum policial os seguiria.

O nevoeiro ficara mais denso, limitando a visibilidade a talvez uns quinze metros. Além dessa distância, tudo se embaçava numa parede de vapor. Eles tinham avançado com cautela, de olho nas casas e nas muitas ruas laterais, nada vendo ou ouvindo. Agora tinham chegado à catedral e a uma praça de formato irregular à sua frente. Tudo estava envolto num silêncio insólito.

— Onde está ele, com todos os diabos? — sussurrou Luke.

Kim tinha esperado o bastante por uma resposta à sua pergunta, então apontou a arma para sua filha.

— Onde está a folha amassada? Não vou perguntar novamente. Você tinha razão quando disse que eu era um Kim. Obviamente sabe o que isso significa, afinal você é uma Kim também. Se tiver de atirar em você, eu o farei.

— Por que você foi me buscar? Por que não me deixar no campo?

— Você é minha filha. Achei que você merecia não viver lá.

— Mas minha mãe merecia?

— Sua mãe foi só uma das muitas mulheres que conheci. Eram objetos de prazer, nada mais do que isso. Minha esposa, com a qual tive meus filhos legítimos, sempre será minha esposa. E por que você se importa? Você odiava sua mãe. Você me disse isso no primeiro dia em que nos conhecemos. Por que ela é tão importante agora?

Ele continuava a apontar a arma.

Hana se deu conta de que cometera um erro terrível. A mulher que ela havia desprezado durante toda a sua vida não tinha culpa. Realmente, seu único pecado tinha sido *se apaixonar*. Seu castigo? Ser banida para viver num lugar de horror inimaginável, para onde se enviavam problemas a fim de que fossem esquecidos — sem consequências.

Sua mãe não tivera escolha.

Mas seu pai tinha tido muitas.

Esse arremedo de homem fora a causa de toda a sua agonia. Por um momento, ela ficou triste por sua mãe ter morrido. Um sentimento de saudade, semelhante ao que sentira por Sun Hi, encheu o seu coração. Por quatorze anos ela havia pensado nisso, mas apenas naqueles últimos minutos ela compreendera realmente a profundeza de sua dor.

E sabia o que tinha de ser feito.

Com uma das mãos empunhou sua arma. A outra ela enfiou no bolso e pegou a folha original. Ela a tinha tirado da pilha quando ainda estava no trem, com Howell, amassando-a numa bola de papel. Howell tinha gostado disso, sem dizer nada, apenas sorrindo àquela profanação.

— *Foi ele quem matou sua mulher* — tinha dito a Howell —, *não eu.*

E o americano assentiu, tinha compreendido.

Ela mostrou a bola de papel ao seu pai.

— Você está louca? — disse ele. — Essas fibras têm oitenta anos. Talvez não consigamos desamassar.

A bola de papel ainda repousava sobre sua mão aberta.

Ela se virou e, com um movimento do pulso, atirou a bola na direção das velas acesas. Seu pai, com um arquejo, correu para tentar evitar o inevitável, mas o frágil papel desintegrou-se rapidamente.

— Sua vadia — gritou ele.

Ela ouviu a palavra com que toda mulher prisioneira tinha sido chamada desde o nascimento. Tinha chegado a associar esse estigma com uma sensação de derrota, mas pela primeira vez na vida ela sentiu-se na verdade fortalecida. Ela tinha concebido, planejado e executado cada um de seus movimentos, até esta parte final, aquela que negaria ao seu pai tudo que ele tinha buscado. Ela encarou desafiadoramente os olhos irados dele, sabendo exatamente o que ele ia fazer.

E ele não a desapontou.

Ele apontou a arma e apertou o gatilho.

Malone não esperava que Kim atirasse em sua filha, mas o homem fez isso sem hesitar. Hana Sung ter destruído o código havia sido perfeito. Kim agora não tinha chance alguma, sem poder contar com cópias ou fac-símiles do documento. Acontecera tudo no trem, e Kim nem sabia o que aquilo significava até Howell lhe dizer. Com certeza Kim esperava sair de lá com tudo, para solucionar mais tarde.

Mas agora esse plano jamais se realizaria.

Hana sentiu o impacto da bala acertar seu ventre, e depois atravessar seu corpo. A dor no início foi imperceptível, depois, excruciante, irradiando para cima até explodir em seu cérebro.

— Eu lhe dei a vida — disse seu pai. — Dei a você a liberdade, poderia ter deixado você apodrecer lá, mas não fiz isso. E é assim que me retribui?

Ela precisava que ele acabasse com aquilo. Chegara sua hora de morrer. Deveria ter morrido havia muito tempo, junto com Sun Hi. Em vez disso sobrevivera e cuspira em sua amiga. A vergonha que sentia por isso nunca a abandonara. Por muito tempo hesitara quanto ao que deveria fazer. Matar seu pai? Não. Se fizesse isso não seria melhor que ele. Em vez disso, ele deveria ter a oportunidade de matá-la, e a escolha dele seria reveladora.

Sangue brotava da ferida, e ela lutou para manter-se de pé.

Ia morrer de pé, sem demonstrar sofrimento — forte, determinada, e em silêncio — como Sun Hi. Talvez se reencontrassem quando seu espírito fosse para onde quer que os espíritos vão. Esperava que houvesse esse lugar. Seria uma pena se não houvesse nada a não ser a escuridão.

Um insulto final avolumou-se dentro dela.

Mais um passo para sua redenção.

Ela cuspiu no pai.

Mas ele estava longe demais para ser atingido.

Ele atirou nela novamente.

Malone levantou-se e apontou sua arma para baixo exatamente quando Kim atirou pela segunda vez. Sung caiu no chão de pedra, o sangue jorrando em golfadas cada vez maiores. Ele presumiu que estivesse morta.

— Largue a arma — disse.

Kim não se moveu, permanecendo de costas para ele, mas o norte-coreano disse:

— Americano. Você deve ser Malone. Eu o vi na estação de trem.

— Eu lhe disse para largar a arma.

— Ou você vai atirar em mim?

— Algo assim.

— Ela era uma moça adorável — disse Kim. — Assim como a mãe. Pena que fosse também uma tola.

— Você mata seus filhos com facilidade.

— A escolha foi dela, não minha.

Ele manteve a arma apontada, divertindo-se com a ideia de Kim achar que uma conversinha lhe daria tempo para avaliar suas opções.

Infelizmente, não havia opção alguma.

— Tentei amá-la — disse Kim. — Mas presumo que você tenha visto o que ela fez. Queimou aquele papel, que você com certeza sabe o que era.

— Acabou. — Malone deixou isso claro. — Acabou. A única pergunta que resta é se você vai sair daqui inteiro.

— É claro que vou — disse Kim. — Por que não sairia? Você está acima de mim, no balcão. Consigo dizer isso pela sua voz. E eu estou aqui embaixo. Duvido que atire em mim sem ter um motivo.

— Vire-se. Bem devagarinho.

Propositalmente não tinha reiterado a ordem de largar a arma. Kim virou-se lentamente, ainda agarrando firmemente a pistola ao nível da cintura. Ele viu o silenciador na extremidade do cano e soube então por que os tiros tinham sido abafados.

— Eu vou embora — disse Kim. — Aqui estão os documentos restantes. — Ele os jogou no chão. — Como você disse, este assunto está encerrado.

— Exceto pelos cinco assassinatos que você cometeu.

— E o que vocês vão fazer quanto a isso? Julgar-me num tribunal? Duvido. A última coisa que a América ia querer é me oferecer uma oportunidade num fórum aberto. Posso não ter as respostas, mas posso fazer perguntas suficientes para causar aos Estados Unidos um belo vexame.

E podia mesmo.

O que na verdade levantava a questão à qual esse tolo arrogante aparentemente queria uma resposta.

Malone ia atirar nele?

Ele abaixou a arma e decidiu oferecer ao bastardo uma oportunidade.

— Entendi. Este será o meu julgamento.

O desafio fora lançado. Para sair dali, só passando por ele. As palavras da filha de Kim tinham-no impactado. A família deste homem governava milhões de pessoas havia muito tempo. E tinham feito isso por meio de mentiras, força, violência, tortura e morte. Nunca ninguém votara neles voluntariamente. Seu poder era hereditário, dependia de corrupção e de brutalidade. Sob análise, ou exposto à luz do dia, ou mesmo discutido em seus termos mais simples, o mal que eles representavam rapidamente tornava-se nítido, entrava em foco. Eles nunca teriam nada onde pessoas pudessem fazer uma escolha livre e informada.

— Somente você e eu — disse ele.

Kim estava parado, rígido, a arma junto à cintura.

Malone sabia que Stephanie Nelle queria que esse problema fosse eliminado. Não chegara a dizer isso, e jamais o faria. Oficialmente os Estados Unidos não recorriam a assassinatos. Mas acontecia. O tempo todo.

— Isso é um duelo? Um tiroteio? Como nos filmes de faroeste? — Kim riu. — Os americanos são tão dramáticos. Se você me quer morto, apenas atire em mim.

Ele não disse nada.

— Não, não consigo imaginar você fazendo isso — disse Kim. — Você não parece ser um homem que mata sem motivo. Então, vou jogar minha arma no chão e ir embora. É muito melhor que me submeter a um julgamento público. Nós dois sabemos disso. E assim esse assunto fica realmente encerrado.

Os lábios finos de Kim se retorceram num sorriso mordaz.

Normalmente, ele teria concordado, mas havia a questão de Larks, Jelena, e Hana Sung. A balaustrada escondia a arma da visão de Kim. Seu polegar direito armou suavemente o cão puxando-o para trás até encaixar com um clique. O braço de Kim que empunhava a arma se distendeu, ele a estava apontando para o chão, como se estivesse a ponto de largá-la. Malone manteve a sua onde estava, perguntando-se se Kim ia realmente levar avante seu blefe e ir embora. Mas homens como Kim Yong Jin sempre se acham mais espertos que os outros, e ele não o deixou desapontado.

Kim girou sua arma para o lado e para cima.

Malone levantou a sua e atirou, sem poder se valer de uma mira firme, mas não errou. A bala atravessou o peito de Kim e o arremessou para trás. Ele ergueu um braço buscando apoio, mas não encontrou nenhum. A arma saiu girando de sua mão.

Ele sabia o que tinha de ser feito.

Atirou mais duas vezes.

Isabella ouviu estampidos.

Definitivamente, de armas de fogo. Ela e Luke voltaram-se para a direção de onde tinham vindo.

A catedral.

Correram para as portas principais e viram que o trinco estava aberto. Cada um assumiu uma posição de cada lado do batente de pedra. Luke empurrou a madeira para dentro. As dobradiças rangeram, com alguma resistência. Ela arriscou uma olhada dentro, agarrando a arma com ambas as mãos. Passando por um pequeno vestíbulo e entrando na nave, viu que um corpo jazia no corredor central. Luke também o avistou.

— Malone — chamou ela.

— Estou aqui. Não tem mais ninguém.

Os dois abaixaram as armas e entraram na igreja.

Kim Yong Jin jazia imóvel no chão. À sua direita ela avistou a filha, o corpo numa postura só alcançável na morte. Malone estava acima deles, num balcão que circundava a igreja.

Ela sentiu o cheiro quente e pegajoso de sangue.
— Ele a matou. Eu o matei. E Howell?
Luke balançou a cabeça.
— Que pena.
Ela viu o maço de documentos junto ao corpo de Kim e o recolheu.
— O original do código foi queimado nas chamas das velas. Ninguém jamais vai vê-lo novamente.
— Então isso encerra a questão — declarou Luke.
— Ainda não — disse Malone.

Capítulo 67

PITTSBURGH, PENSILVÂNIA
18:00

Stephanie e Joe Levy estavam num helicóptero que sobrevoava Pittsburgh. Lá embaixo, a hora do rush atravancava as autovias. Como não tinham tempo para perder no tráfego, um helicóptero os esperara no aeroporto. A viagem para o norte num jato do Departamento de Justiça tinha levado menos de duas horas, e logo estariam em terra.

Ela sabia que Mellon tinha sido sepultado primeiramente no Cemitério Homewood. Parte cemitério, parte parque, fundado no fim do século XIX, ficava na abastada zona leste de Pittsburgh e era o lugar do descanso eterno da elite da cidade. Ela nunca tinha sabido que havia uma diferença entre um *cemetery* e um *graveyard*, mas Joe Levy esclareceu.

— *Graveyard* é apenas o que diz o nome, campo-santo, um terreno que foi destinado a sepultamentos. Em geral são de igrejas ou o governo que os mantêm. Um *cemetery*, é muito mais do que isso. São lugares controlados por regras e regulamentos. Neles há coisas que podem ser feitas e coisas que não podem ser feitas. São mais elaborados e oferecem um cuidado perpétuo das sepulturas. São como instituições, em si mesmas.

— Você se interessa por isso?

Ele sorriu.

— Eu gosto de história. Então leio muito.

Ela tinha ouvido Cotton dizer a mesma coisa muitas vezes, e agora, voando sobre Homewood, ela começou a entender o que Levy estava dizendo. Na luz que esmaecia, avistou quilômetros de paisagem rolando, prados abertos, estradas sinuosas, um lago e grande quantidade de árvores altas. Havia monumentos por toda parte, alguns simples marcos, outros mais parecendo templos, alguns maiores do que casas. Um, particularmente, chamou sua atenção, em formato de pirâmide.

— É realmente impressionante — disse Levy, enquanto olhavam pela janela da cabine.

A tarde esvaecia rapidamente, o sol ia se pondo a oeste. O piloto deu uma volta com o helicóptero e pousou num estacionamento no qual não havia automóveis, exceto um. Um homem os aguardava além do espaço afetado pelo rotor, e eles saíram rapidamente do helicóptero. Ele se apresentou como o superintendente e explicou que uma ligação da Casa Branca o tinha alertado para a visita deles.

— Entendo que vocês querem ver o túmulo de Mellon.

E entraram naquele único automóvel disponível.

A escuridão os envolveu enquanto passavam pelas quadras silenciosas. Não havia luz iluminando coisa alguma. Mas por que seria necessária?

— O lote de Mellon fica na seção quatorze, no conjunto de nossos mausoléus mais elaborados — disse-lhes o superintendente. — Foi construído para James Mellon, quando ele morreu, em 1934. Andrew, irmão de James, foi sepultado aqui, também, em 1937, mas foi realocado décadas depois para a Virgínia.

O homem não tinha a menor ideia de por que eles estavam lá, e ela não adiantou nada.

— James Mellon foi presidente de nossa junta de diretores até morrer. Ele exerceu profunda influência no desenvolvimento do cemitério.

Havia um toque de orgulho nessa declaração.

Circulavam em meio a árvores desfolhadas. Um tapete de folhas brilhava à luz dos faróis, forrando o caminho, dos dois lados. Finalmente pararam, e o superintendente indicou que saíssem.

— Tenho lanternas na mala. Pensei que iam precisar delas.

Pegou três e as distribuiu. Stephanie ligou a sua, e jogou o feixe em direção ao mausoléu, onde viu paredes de mármore branco, um frontão, e colunas que lhe davam aspecto de um templo grego. Portas de ferro bloqueavam a passagem, sob a palavra MELLON gravada na pedra. Entre o caminho e os três degraus que levavam à entrada havia uma estátua de bronze. Um homem de aspecto extenuado acalentando uma menininha em seu colo. Ela chegou mais perto e leu, gravado no pedestal, MOTHERLESS.

— Ficava no jardim de James Mellon — disse seu anfitrião. — Há uma porção de histórias a respeito dela. Alguns dizem que representa a morte prematura de uma Mellon, assumindo o pai a responsabilidade de criar a criança. Mas a simples verdade é que James a mandou fazer na Escócia, como ornamento para um gramado. O artista a chamou de *Motherless*, sem mãe. Depois que James morreu, ela foi trazida para cá como ornamento. Sem absolutamente mistério algum.

Mas era de impressionar.

— Disseram-me — disse o superintendente — que vocês queriam vir até aqui. Infelizmente, não tenho como abrir as portas. Isso seria uma violação de nossas regras. Só a família pode permitir isso.

Era preciso que esse homem fosse embora.

— Por favor, nos dê licença. Pode voltar dentro de mais ou menos meia hora.

Ela notou a expressão perplexa em seu rosto, mas ele foi embora sem discutir. Ela presumiu que a Casa Branca também tivesse solicitado privacidade.

Ficaram em silêncio até as luzes traseiras desaparecerem no caminho.

— Aquela chave — disse Levy. — Você acha que vai abrir a fechadura?

— Vamos descobrir.

Caminharam pela grama macia e subiram os degraus que levavam às portas de ferro. O buraco da fechadura era visível no painel de bronze da direita. Ela tirou a chave do bolso, aquela que Mellon tinha deixado na moldura do quadro, e experimentou.

Ela se encaixou com perfeição.

Ela girou a haste para a direita, depois para a esquerda, e destrancou a fechadura, liberando o ferrolho com um clique característico.

— Parece que não precisamos da autorização da família — disse.

Abriram as portas e iluminaram o interior com suas lanternas. Viram mais mármore branco e, alinhadas nas paredes, as marcas que indicavam onde jaziam membros da família Mellon. Ela examinou as datas e viu que não houvera sepultamentos lá desde 1970. Uma seção estava em branco, a placa frontal de mármore ausente, o nicho de pedra atrás dele, vazio.

— Deve ter sido o de Andrew — disse Levy. — Antes de ele ser removido.

Ela concordou.

— E agora? — perguntou Levy.

Ela observou todo o interior, tentando criar um sentido para tudo que Mellon tinha deixado. E então ela viu. Mármore contornado por uma fina linha dourada. Foi até lá. O painel tinha pouco mais de dois metros quadrados. Sobre sua superfície estava gravado um numeral romano.

XVI.

— Não é exatamente um X a marcar o lugar — disse ela. — Mas está bem próximo disso.

O numeral romano tinha sido escrito numa peça separada de mármore fino, talvez com vinte e cinco centímetros quadrados. Até ali Mellon tinha conduzido as coisas de forma simples e direta. Não havia motivo para achar que ia parar agora.

Ela testou o peso da lanterna que tinha na mão direita. Compacta. Mais do que suficiente. Inverteu a posição da lanterna em sua mão e golpeou a parte de trás no numeral.

A pedra se estilhaçou com facilidade.

Bem como ela supunha.

Limpou o lugar dos cacos e pedaços remanescentes, e viu uma fechadura dourada.

— Você sabe que ela se encaixa aí — disse Levy.

Ele inseriu a chave e girou, revelando que o painel era na verdade uma porta.

As luzes das duas lanternas expuseram um compartimento com uns sessenta centímetros de profundidade. Lá dentro havia uma pilha de pergaminhos escuros de aspecto frágil, alguns enrolados e amarrados com tiras de couro. Outras folhas eram de cor mais clara. Velino, ela presumiu, frouxamente empilhados numa pilha de uns quinze centímetros, graças a volumosas ondas e curvas. Ela apontou a lanterna, enquanto Levy os removia cuidadosamente.

— São notas promissórias — disse ele.

Ela observou enquanto ele examinava algumas.

— Incrível. São do Segundo Congresso Continental. Esta aqui reconhece um empréstimo feito às colônias por Haym Salomon. Especifica a quantia, a taxa de juros e data de vencimento. 1790. — Olhou para ela. — É como Mellon disse no bilhete que havia no quadro. Aqui está a prova da dívida.

— São todos similares?

Ele examinou cuidadosamente os frágeis documentos.

— Alguns são do Congresso Continental, outros do Congresso da Confederação, que é o nome que passou a ter o Congresso Continental em 1781, quando foram aprovados os Artigos da Confederação. Mas, sim, essas são notas promissórias para quantias devidas a Haym Salomon.

— Que hoje em dia valeriam centenas de bilhões de dólares.

— Com certeza esta é uma forma de calcular seu valor.

Ela notou as assinaturas em algumas delas. Bem claras e icônicas. John Hancock. Então se lembrou. Tinha sido presidente do Congresso Continental.

No compartimento ainda restavam um envelope e alguns papéis. Ela os retirou com cuidado. O envelope era idêntico em tamanho e condições àquele do museu, estava aberto, e dentro havia uma única folha de papel dobrada. Embaixo do envelope, mais duas folhas de papel amarronzado, o texto datilografado ainda legível.

E impactante:

Departamento de Estado
―――――――

Gabinete do Procurador-Geral

Memorando
13 de fevereiro de 1913
Ratificação da Décima Sexta Emenda à
Constituição dos Estados Unidos

O secretário de Estado dirigiu-se ao Gabinete do Procurador para estabelecer que, se as notícias de ratificação por vários estados da proposta da Décima Sexta Emenda à Constituição dos Estados Unidos estão no devido formato, e se estiverem no devido formato, requer-se que este Gabinete prepare o necessário anúncio a ser feito pelo secretário de Estado, de acordo com a Seção 205 dos Estatutos Revisados. O sexagésimo primeiro Congresso dos Estados Unidos, em sua primeira seção, aprovou a resolução, que foi depositada no Departamento de Estado em 31 de julho de 1909. Promovia uma emenda à Constituição dos Estados Unidos a qual, quando ratificada pelas legislaturas de três quartos dos diversos estados, estará em vigor em todos os seus intentos e propósitos.

> O Congresso terá o poder de estabelecer e coletar impostos sobre rendas, sejam quais forem as fontes das quais derivem, sem rateio proporcional entre os diversos estados, e sem considerar quaisquer censos ou enumerações.

O secretário de Estado recebeu informação de quarenta e seis estados, referentes às ações tomadas pelas legislaturas quanto à resolução do Congresso propondo a Décima Sexta Emenda à Constituição. Os dois estados restantes, (Flórida e Pensilvânia) nunca consideraram a questão. Dessa informação se depreende que dos quarenta e seis estados que consideraram a emenda, quatro estados (Connecticut, Virgínia, Rhode Island, e Utah) a rejeitaram. Os restantes quarenta e dois estados adotaram ações com o propósito de aprovar. A questão é se um número suficiente dessas aprovações constitui uma ratificação.

Uma análise dos quarenta e dois estados demonstra: as resoluções aprovadas por vinte e dois contêm erros de maiusculização ou pontuação, ou ambos; as de onze estados têm erros de redação, alguns deles substanciais; três estados (Kentucky, Tennessee e Wyoming), embora indicando que tivessem ratificado, têm problemas fundamentais associados ao seu procedimento, suficientes para afiançar uma conclusão de que não a ratificaram; e sete estados (Delaware, Minnesota, Nevada, New Hampshire, Dakota do Sul, Texas e Vermont) têm informações relativas à sua ratificação que faltam ou são incompletas o bastante para justificar um estudo cuidadoso quanto a se uma ratificação sequer tenha ocorrido.

Para uma ratificação são requeridos trinta e seis estados. Se há questões significativas de natureza legal ou constitucional que afetam mais de seis dos quarenta e dois estados que supostamente a aprovaram, neste caso a ratificação está em dúvida. Minha opinião é que há questões significativas que afetam a ratificação em pelo menos dez estados. Um caso em particular, o de Kentucky, é ilustrativo. Minha investigação revela que o Senado Estadual ali rejeitou a emenda com uma votação de 22-9. Soube que o secretário de Estado Knox examinou pessoalmente os diários oficiais do Senado de Kentucky, os quais, de meu subsequente exame, revelam que o Senado Estadual rejeitou claramente a emenda. Contudo, inexplicavelmente, o secretário de Estado certificou Kentucky como um estado que ratificou.

Devo dizer que, de acordo com a Constituição, uma legislatura estadual não tem autorização para alterar de forma alguma uma emenda proposta pelo Congresso, consistindo a função do estado meramente no direito de aprovar ou não a emenda proposta. Trinta e três dos quarenta e dois estados que consideraram a emenda a alteraram (alguns ligeiramente, outros mais substancialmente). No caso de dez estados há sérias questões legais associadas aos seus votos de ratificação. Se fosse chamado hoje a emitir juízo, minha opinião seria de que a emenda não foi adequadamente ratificada. É recomendável que a declaração do secretário de Estado anunciando a adoção da Décima Sexta Emenda à Constituição seja adiada até que uma total e meticulosa investigação possa ser feita. Dada a importância da emenda em questão, este parece ser o único procedimento prudente e razoável. Este gabinete está disposto a dar assistência em qualquer forma que se mostre necessária.

Ela olhou para Joe Levy.

Os dois tinham lido o memorando.

— É verdade — disse ele —, é tudo verdade. Eles enfiaram a emenda goela abaixo. Por alguma razão estúpida, Philander Knox a declarou em vigor.

— Este é o primeiro memorando, referido naquele que Larks copiou de seus arquivos. Aquele era datado de 24 de fevereiro de 1913. Lembro que nele o procurador observou que tinha enviado previamente, onze dias antes, um parecer que tinha sido ignorado. É este aqui.

A proverbial arma do crime.

Ela também lembrou o que Howell tinha escrito quanto ao motivo pelo qual Knox teria feito isso.

— Ele provavelmente considerava a emenda essencial. Afinal, foram os republicanos que a propuseram. E a última coisa que os republicanos iam querer era anulá-la devido a tecnicalidades. Eles estavam saindo do poder, Woodrow Wilson e os democratas estavam entrando. Duvido que algum deles considerasse o imposto de renda um grande problema. Só se aplicava a um porção minúscula do país; que encontraria meios de evitá-lo, de qualquer maneira. Ninguém então sonhava o que o imposto se tornaria.

A expressão no rosto do secretário do Tesouro demonstrava o que ela estava pensando. O que deveriam fazer agora? Antes de tomar qualquer decisão, decidiram examinar a mensagem final de Mellon.

Ela abriu o envelope e tirou de dentro dele uma única folha de papel.

Levy segurou a lanterna e os dois leram juntos.

> Sua busca terminou e você conhece agora os dois segredos. Em 1921, Philander Knox me contou das questões relacionadas com a ratificação da Décima Sexta Emenda em 1913. Meu velho amigo optou por ignorar essas ilegalidades. Ele achou que estava prestando ao seu partido e ao seu país um grande serviço. Talvez estivesse, mas ele superestimou sua importância. Consegui convencê-lo a não revelar o que sabia. Depois, assegurei-me de que o segredo ficasse em segurança para sempre. Enviei agentes por todo o país para remover todos os documentos relevantes de vários registros estaduais, fazendo assim com que fosse impossível provar qualquer coisa concernente à ratificação. Esses dez estados que preocupavam o Procurador-Geral agora não são motivo de qualquer preocupação. Assim, como vê, senhor presidente, fiz com que sua decisão quanto a isso fosse fácil. E se não tivesse feito isso, o que teria feito o senhor? Anulado a emenda? Ressarcido cada dólar de imposto recolhido ilegalmente desde 1913? Ambos sabemos que o senhor teria ocultado a informação, protegendo a América, assim como eu fiz. Portanto veja, somos mais parecidos do que o senhor jamais pensou. Meu único arrependimento foi não ter conseguido proteger o país do senhor.

— O que Roosevelt teria feito? — perguntou ela.

— Exatamente o que Mellon disse. Nada. Lembre-se, foi Roosevelt quem expandiu o imposto para uma base mais ampla de contribuintes e começou a reter diretamente dos salários. Ele precisava dessa receita.

— Por que não, simplesmente, reaprovar a emenda?

— Como poderia? Seria admitir que tudo que fora recolhido de 1913 em diante era indevido. Pense nos processos legais que certamente teriam acontecido.

E ela lembrou o que Howell tinha mencionado em seu livro. O que Mellon dissera ao seu amigo David Finley. *No fim ele vai achar o que eu deixei. Não será capaz de não procurar, e tudo ficará bem. Os segredos estarão a salvo e terei demonstrado o que queria. Não importa o quanto ele me odeie e discorde de mim, ainda assim vai fazer exatamente o que pedi.*

E sua declaração final.

Sou um patriota, David. Nunca se esqueça disso.

— Mellon assegurou-se de que a Décima Sexta Emenda não virasse um problema — disse ela. — Ele atormentou Roosevelt, sabendo que não havia perigo.

Mas ela se deu conta de que provavelmente ele também usou o que sabia para manter sua posição no Departamento do Tesouro ao longo de três mandatos presidenciais.

— Infelizmente esse perigo ainda existe — disse Levy. — Temos aqui o bastante para suscitar uma porção de questões legais. A década de 1930 era uma época diferente, com regras diferentes. Então podia-se efetivamente guardar um segredo. Hoje em dia não teríamos como sobreviver a um tal debate. Seria um pesadelo político.

E ela lembrou o que o Décimo Primeiro Circuito tinha solicitado a Howell, *uma demonstração excepcionalmente forte de que a ratificação foi inconstitucional.* Isso poderia não ser suficiente, mas Levy tinha razão. Poderia certamente começar a fazer essa bola rolar.

— Estamos aqui no escuro — disse ele —, e é assim que deve permanecer. Isso não pode ver a luz do dia.

Ele tinha razão.

Mas o que teriam de fazer em seguida suscitava muitas questões éticas, questões que sempre se orgulhara de ser capaz de responder.

Agora não tinha tanta certeza.

Ele pareceu perceber sua hesitação.

— Somos apenas nós dois neste caso — disse ele.

E realmente eram.

Ela saiu na frente, levando o memorando do procurador. Levy trazia os documentos de Salomon. Tudo à sua volta era escuridão e silêncio. Em seu bolso ela achou um isqueiro, que trouxera caso precisasse. Ela produziu uma chama e pôs fogo no memorando. Levy entregou os antigos velinos, que se desintegraram instantaneamente.

Ficaram em silêncio observando tudo aquilo arder.

As cinzas espalharam-se na noite.

Capítulo 68

COPENHAGUE, DINAMARCA
QUARTA-FEIRA, 12 DE NOVEMBRO
18:10

Isabella ficou impressionada com a livraria de Cotton Malone. Tudo organizado, as estantes limpas e arrumadas, definitivamente uma sensação de Mundo Antigo. Livros nunca tinham sido de grande interesse para ela, mas claramente fascinavam Malone.
— Você é o dono deste lugar? — perguntou ela.
— É todo meu.
Lá fora a escuridão tinha chegado, do outro lado do vidro da vitrine a praça iluminada — cujo nome, tinham lhe dito, era Højbro Plads — apinhada de gente, que continuava a chegar. Obviamente, Malone tinha escolhido um excelente lugar para seu negócio. Luke tinha contado a ela rapidamente sobre a vida de Malone, a aposentadoria e a mudança para a Dinamarca. Havia uma ex-mulher, um filho e uma namorada. Cassiopeia Vitt. Mas esse relacionamento tinha terminado um mês atrás.
Todos tinham vindo de avião da Croácia, mais cedo. Ela e Luke iam prosseguir para os Estados Unidos no dia seguinte. Malone tinha sugerido um jantar e uma escala em Copenhague. Luke deixou sua bagagem no piso de madeira, e Malone jogou a sua na escada. Eles

a retiraram no aeroporto de Zadar antes de deixar a cidade. Luke contou a ela que Malone morava lá em cima, no quarto andar. Que vida interessante esse ex-agente tinha arrumado.

Malone pouco tinha falado desde a noite anterior. Os corpos de Kim, Hana Sung e dos dois agentes estrangeiros foram levados pela polícia da Croácia. Ela duvidava que alguém da Coreia do Norte os reclamasse. O cadáver de Howell foi recebido pela embaixada dos Estados Unidos e seria enviado de volta para casa. Malone estava certo. O presidente tinha publicado um perdão total, e assim Howell havia morrido como um homem livre. O secretário Levy tinha ligado e dito a ela que entregasse o maço das cópias de documentos à embaixada, para que fossem destruídos. Ela deveria testemunhar pessoalmente o picote, e ela o fez, logo antes de voarem para o oeste.

A livraria estava fechando, a gerente indo para casa. Malone trancou a porta da frente atrás dela, quando a mulher saiu. Tudo aquilo tinha começado tarde da noite de segunda-feira em Veneza e acabado vinte e quatro horas depois na Croácia. Pessoas tinham morrido, mais do que ela jamais testemunhara antes, uma das quais ela mesma tinha matado.

Sua primeira morte.

Acontecera tão rápido que não tivera tempo para digerir as implicações. Durante o voo Luke tinha percebido que ela havia se retraído e explicara que isso nunca se tornaria mais fácil, independentemente das circunstâncias, e Malone tinha concordado.

— *Não existe investigação interna no negócio da espionagem* — disse-lhe Malone. — *Nenhuma suspensão remunerada. Nenhuma atenção da imprensa. Nenhuma avaliação psicológica. Você atira, eles morrem, e você vive com isso.*

E ele falava por experiência.

Ele tinha matado Kim.

— Está tudo arrumado — disse-lhes Malone. — Todo mundo que sabia alguma coisa está morto. Os documentos se foram, o código foi destruído.

Inclusive, ela sabia, tudo que havia na conta anônima de e-mail de Howell, que o Magellan Billet já tinha acessado e apagado.

— E quanto a vocês dois — perguntou Malone, apontando para ela e para Luke. — Tudo bem entre vocês?

— Ele melhora com o tempo — disse ela.

Luke balançou a cabeça.

— Não se menospreze. Tem de fazer alguns ajustes para poder lidar com você, também. Mas eu faria tudo de novo.

Luke estendeu-lhe a mão, e ela apertou.

— Eu também — acrescentou.

— Vocês dois se saíram bem — disse Malone. — E eu reitero o que o moleque disse. Ao seu dispor, Isabella.

O secretário Levy tinha sido lacônico quanto aos detalhes do que acontecera do outro lado, por isso ela perguntou a Malone:

— O que aconteceu em D.C.?

— Vamos jantar, e vou contar a vocês o que sei.

Stephanie estava no gabinete de Edwin Davis na Casa Branca, no fim do corredor em que ficava o de Danny Daniels. Ela e Joe Levy tinham voltado de Pittsburgh na noite anterior. Para aliviar qualquer preocupação, ela havia enviado uma mensagem de texto a Edwin, confirmando que tudo estava sob controle e que faria um relatório completo pela manhã. Assim, ela e Danny estavam agora sozinhos, no gabinete do chefe da equipe presidencial.

— Você vai me contar o que aconteceu? — perguntou ele.

Ela relatou os acontecimentos em Solaris, que culminaram com a morte de Kim e de sua filha. Os documentos tinham sido recuperados e destruídos, inclusive a folha de papel amassada. Depois ela descreveu sua armadilha em Washington e como havia despistado os chineses, abrindo para ela e Joe Levy campo livre para perseguir o que Mellon tinha deixado para trás.

Ele riu.

— Bem, isso foi um perfeito chamariz de peru. Bom trabalho.

Ela lhe contou também da ligação do embaixador e de sua advertência quanto aos norte-coreanos.

— O que também poderia explicar algo que aconteceu durante esta noite — disse ele.

Contou a ela que a China tinha anunciado uma "linha vermelha" em relação à Coreia do Norte, proclamando que não permitiria guerra, caos ou instabilidade na península coreana. A paz, tinha declarado o primeiro-ministro, só pode ser alcançada mediante desnuclearização, e eles trabalhariam para fazer isso acontecer. Os dias de inútil confrontação tinham terminado.

— É totalmente revolucionário — disse Danny. — Eles disseram inequivocamente aos norte-coreanos que é melhor se aprumarem e andarem na linha, senão... E Pyongyang não pode ignorar Beijing. Podemos efetivamente ser capazes de nos livrar do programa nuclear norte-coreano. Esse anúncio foi outro modo de a China nos mostrar que está do nosso lado.

— Generoso da parte deles, considerando suas travessuras por aqui.

— Contudo, odeio que Howell tivesse de morrer. Esse homem não era estúpido. Ele fazia muito sentido.

Não sobrara nada que pudesse lhes causar quaisquer problemas. Quando ela e Levy queimaram o que Mellon tinha deixado, estavam efetivamente terminando tudo. Era a coisa ética a ser feita? Provavelmente não. Mas certamente era a mais sensata. Pouco se ganharia se fossem levantadas dúvidas quanto à Décima Sexta Emenda. Os Estados Unidos da América eram uma potência mundial e não se permitiria que algo pudesse interferir com esse status. Havia décadas que as pessoas pagavam seus impostos, e continuariam a pagar. Só uma coisa a incomodava.

— Você sabe que há pessoas na prisão por não terem pago impostos — disse ela. — Que não deviam estar lá.

— Eu sei. Já pensei nisso. Antes de deixar o cargo vou perdoar os que eu puder perdoar. Vamos dar a isso alguma cobertura neutra, como conceder perdão a transgressores federais não violentos que cumpram uma sentença de tantos e tantos anos ou menos. Dessa forma o foco não vai ser apenas sonegadores fiscais. Vai funcionar. Vou fazer isso bem feito.

Ela sabia que sim.

No fim, ela, Edwin, Joe Levy e Danny seriam os que sabiam de tudo. Cotton, Luke e Isabella Schaefer sabiam alguma coisa, mas eram agentes experientes, com juramentos de sigilo. Assim, as coisas estavam seguras.

— E quanto aos funcionários da Galeria Nacional? — perguntou ela. — Com eles, tudo bem?

— Houve uma certa irritação. O diretor não gostou de receber ordens minhas. E não estava nada satisfeito por um de seus quadros ter sido profanado. Mas quando Edwin lhe disse que seu orçamento para o próximo ano seria aumentado em doze por cento, ele disse que eu poderia abusar dele quando quisesse.

Ela sorriu.

Sempre um negociador.

— Você vai gostar de saber que Luke pode ter encontrado um igual — disse ela. — Cotton me contou que a Sra. Schaefer do Tesouro deu conta dele, e dela mesma, com estilo.

— Você está pensando em contratá-la?

Ela deu de ombros.

— Estou sempre à procura de gente capaz.

— Joe Levy pode se opor a você neste caso.

Era sempre uma possibilidade.

— Eu estudei aquele outro assunto — disse ele.

E ela sabia ao que estava se referindo. Luke tinha lhe relatado que Isabella Schaefer mencionara o Omnibus Appropriations Act, que proibia o Tesouro de usar dinheiro público para redesenhar a nota de um dólar.

— Ela tem razão — disse ele. — Está bem escondido na lei, mas está lá. Temos redesenhado todas as notas, menos a de um dólar. Edwin se interessou e descobriu que a proibição está lá há décadas. Ninguém sabe por quê. Curioso, não?

Era mesmo.

— Você não vai me contar, vai? — perguntou ele. — Sobre o que achou em Pittsburgh.

— Não havia nada lá.

Ele lhe deu um sorriso dissimulado.

— É a história de Joe também, e vocês vão se ater a ela, certo?

Na noite anterior, depois de retornar a D.C., ela e Levy tinham feito uma parada no Tesouro. Na sala trancada onde estavam reunidos todos os documentos, juntos eles picotaram cada página. O que Levy observara no cemitério fazia sentido. O mundo era um lugar diferente de 1937. E o que Mellon tinha deixado poderia alterar o equilíbrio do poder em todo o globo terrestre. Havia muita coisa em risco.

Mas ela disse:

— Saiba apenas isto, afinal de contas, Mellon foi realmente um patriota.

— E que tal isto — disse ele. — Quando eu não for mais seu chefe e estiver recolhido ao pasto, vamos ter uma conversinha sobre esse assunto. Quando o fato de eu saber não tiver mais importância.

Ela lhe deu um sorriso.

— Estou ansiosa por isso.

Malone estava sentado à mesa de frente para Luke e Isabella. Ele os tinha levado pela Højbro Plads até o Café Norden, à sua mesa habitual no segundo piso, junto à janela, de onde era possível ver sua livraria.

— Na última vez que estive aqui — disse Luke —, estávamos sendo perseguidos por homens armados.

O jovem apontou um dedo para ele.

— E você quase estourou minha cabeça.

Ele sorriu.

— Eu por mim acho que foi um tiro muito bom. Raspando na sua orelha e atingindo o bandido.

— Eu gostaria de ouvir essa história — disse Isabella.

— Vou lhe contar a caminho de casa. Assim será a minha versão, e não a desse velhinho.

Tinham tomado uma bisque de tomate e ele lhes contou o que acontecera no outro lado do Atlântico. Stephanie tinha ligado para ele por uma linha segura antes de deixarem a Croácia e relatado o resultado.

— Você vai ficar bem? — perguntou Luke.

Ele não se arrependia por ter matado Kim. Não que tivesse se comprazido ao puxar o gatilho, mas havia algumas pessoas que simplesmente tinham de morrer.

Kim Yong Jin fora uma dessas pessoas.

— O mundo é um lugar melhor sem esse pedaço de bosta — disse.

— Não me referi a isso — disse Luke.

Interessante como o homem mais jovem tinha percebido seu desconforto. Estar lá o fazia pensar em Cassiopeia. Não podia negar. Tinham feito muitas refeições naquela mesma mesa. Mas ele não podia ficar pensando nisso. Não agora. Em vez disso, permitiu que os últimos resquícios de energia evaporassem de seu corpo. Tinha vivido de adrenalina nas últimas quarenta e oito horas, dormindo pouco.

Assim, levantou-se e disse:

— Vou deixar que vocês dois curtam o resto da noite. Acho que vou voltar para a loja e ir para a cama.

Luke não insistiu em que respondesse à pergunta dele, e ele ficou grato por isso.

Tinha reservado dois quartos no Hotel d'Angleterre.

— O hotel fica a poucos quarteirões daqui, naquela direção.

Apontou para a parte de trás do restaurante.

— Apenas sigam por esta rua lateral e o verão. Encontro vocês dois lá pela manhã, para o café da manhã. Depois os levarei ao aeroporto.

— Cuide-se, meu velho — disse Luke.

Ele percebeu o tom mais suave, o tom de um amigo, que era como ele considerava Luke agora. Também percebera que a Mulher-Maravilha tornara-se Isabella, o que também significava algo.

Ela se levantou e beijou-o de leve na bochecha.

— Eu reitero. Cuide-se.

Suas palavras tinham sido calorosas, e um sorriso iluminava seu rosto. Ela não era nem de longe aquela durona que queria que as pessoas pensassem que era.

Ele lançou aos dois um sorriso, depois desceu a escada para o térreo e saiu pela porta principal do café. Uma confusão de pensamentos sobre o último mês rodopiou em sua mente. Interessante como ele era tão exato como agente, executando suas tarefas com precisão cirúrgica, tudo sempre controlado e resolvido.

Como aqui.

Perfeito e sem rebarbas.

Mas não em sua vida pessoal.

Esta parecia ser um caos — num padrão frustrante e inexorável de expectativa, desapontamento, depois esperança.

Um sentimento familiar de solidão se apossou dele, ao qual já se acostumara antes de conhecer Cassiopeia, mas que ficara contente de ver ir embora quando passou a amá-la.

E ele a tinha amado.
Na verdade, ainda amava.
No entanto, estava tudo acabado.
Agora a vida seguia seu curso.

NOTA DO AUTOR

Como de costume, houve trabalho de campo associado a este romance. O cruzeiro que Larks, Kim, Hana, Malone e Isabella fizeram pelo Mediterrâneo e o mar Adriático é um cruzeiro que Elizabeth e eu aproveitamos também. Visitamos todos os lugares que os personagens visitaram, inclusive Veneza e Croácia. Também fizemos uma viagem ao Hyde Park e à Biblioteca Franklin Roosevelt, ao longo de três excursões a Washington D.C. Poucos anos atrás eu explorei a Pequena Casa Branca em Warm Springs.

Agora é o momento de separar os fatos da ficção.

O encontro entre Andrew Mellon e Franklin Roosevelt (prólogo) aconteceu em 31 de dezembro de 1936. Os dois homens eram completamente diferentes (capítulo 46) e se detestavam. Como descrito, Roosevelt não teve opção a não ser aceitar a doação de Mellon para a Galeria Nacional de Arte, e o propósito do encontro foi finalizar a doação. Acrescentei, é claro, a parte da vingança de Mellon. Roosevelt, de fato, processou Mellon por sonegação de impostos. Quando o grande júri se recusou a indiciá-lo, Roosevelt prosseguiu com o caso na área civil. O processo terminou a favor de Mellon, com absolvição total. E, como observou Mellon, Roosevelt não foi o primeiro a usar o Departamento do Imposto de Renda (como era então chamado) contra seus inimigos. A história do senador James Couzens é fato histórico. Também a campanha derrogatória à qual Roosevelt faz menção é tirada da história, e o comentário de Harry Truman sobre Roosevelt ter mentido é real.

Veneza é descrita com exatidão (capítulos 1, 4, 6, 23), assim como a Isola di San Michele (capítulos 1 e 4), o complexo terminal de cruzeiro marítimo (capítulos 19, 21) e o terminal das balsas (capítulo 23).

Kim Yong Jin é ficcional, mas inspira-se em Kim Jong-nam, o filho mais velho do falecido governante norte-coreano Kim-Jong-il. Jong-nam era o herdeiro presumido quando, em maio de 2001, ele tentou infiltrar-se, com um de seus filhos, no Japão para visitar a Disneylândia. Os detalhes desse fiasco apresentados nos capítulos 2 e 27, assim como o exílio de Kim em Macau, são fatos reais. Kim Jong-il realmente destituiu Jong-nam, e seu filho mais jovem, Kim Jong-un, tornou-se o herdeiro e posteriormente o líder da Coreia do Norte, em 2011. No romance, refiro-me a esse personagem somente como o Querido Líder. A maior parte da história de Kim, como relatada ao longo do texto, é tirada da realidade. Expurgos políticos, que incluem julgamentos farsescos e execuções sumárias, são comuns na Coreia do Norte (capítulos 9, 44, 45).

O esquema fraudulento do seguro descrito nos capítulos 4 e 10 é factual. Rendia milhões de dólares por ano, todos presenteados ao líder norte-coreano em seu aniversário. Esses fundos obtidos ilegalmente eram usados para financiar desde bens de luxo a componentes nucleares. Recentemente, porém, a atenção internacional a essa fraude dificultou sua continuação.

Infelizmente, os campos de trabalho norte-coreanos, parte integrante da vida de Hana Sung (capítulos 13, 39, 44) realmente existem. Estima-se atualmente que duzentas mil pessoas estão confinadas, num horror inimaginável. A melhor fonte primária para esse assunto é o livro *Fuga do campo 14*, de Blaine Harden, que conta a história de Shin In Geun, a única pessoa conhecida que conseguiu fugir e contar a história. A maior parte das experiências de Hana são baseadas na experiência de Shin. E embora recentemente Shin tenha reconhecido publicamente que alguns dos incidentes relatados no livro talvez não fossem verdadeiros, continua a insistir no que ele, e milhares de outros, sofreram e têm sofrido atrás das cercas. Como é típico, os norte-coreanos não admitem nada, dizendo apenas que *Não há problemas de direitos humanos neste país, já que todos levam a vida mais digna e feliz.*

O Tribunal de Vigilância de Inteligência Estrangeira funciona da mesma maneira e no mesmo lugar descritos no capítulo 14. Todas as estatísticas citadas quanto a ele são exatas.

Vários personagens interessantes são retratados na história.

Primeira e principalmente, Andrew Mellon. Sua biografia, e a de seu pai, Thomas, registrada no capítulo 15, são exatas. Mellon realmente manteve o controle do Departamento do Tesouro durante três mandatos presidenciais sucessivos. Minha especulação de como isso pode ter acontecido, no entanto, é só especulação. Mellon também admirava muito a "Epístola a um jovem amigo", de Robert Burns (capítulo 46). Em 1924 ele publicou *Taxation: The People's Business,* e o excerto desse livro publicado no capítulo 35 é *ipsis litteris.* O funeral de Mellon e seu sepultamento em 1937, em Pittsburgh, e posterior ressepultamento na Virgínia realmente aconteceram (capítulos 46 e 64). O Cemitério Homewood e o mausoléu de Mellon em Pittsburgh, assim como o jazigo da família em Upperville, Virgínia, realmente estão lá (capítulo 67). O único acréscimo ficcional foi a porta de mármore com o número XVI nela gravado. A biografia definitiva desse homem fascinante é um livro de 2006, *Mellon: An American Life,* de David Cannadine.

Philander Knox é outro personagem curioso. Sua experiência e suas falhas (como descritos no capítulo 16) são exatos. Era o secretário de Estado em 1913, quando a Décima Sexta Emenda foi supostamente ratificada. Foi também amigo íntimo de Andrew Mellon. Como detalhado primeiramente no capítulo 16, foi Knox quem convenceu o presidente Harding a nomear Mellon pela primeira vez secretário do Tesouro. Harding recusou-se a nomear Knox para qualquer posto no governo, decisão da qual Knox se ressentiu abertamente. Se houve qualquer subterfúgio no que concerne à Décima Sexta Emenda, ou se Knox passou a Mellon algum segredo, nunca saberemos. Todos os motivos sugeridos no capítulo 40 quanto ao motivo pelo qual Knox pode ter ignorado irregularidades no processo de ratificação (apesar de serem minhas especulações) têm fundamento na história.

David Finley foi realmente muito próximo de Andrew Mellon, e o considerava um amigo e um mentor. Após a morte de Mellon em 1937, Finley supervisionou a construção da Galeria Nacional e tornou-se seu primeiro diretor. Ele chegou a granjear um status lendário nos círculos de arte americanos, tendo sido instrumental na criação da National Trust for Historic Preservation.

Haym Salomon é um dos heróis não celebrados da Revolução Americana. Seus feitos (como detalhados ao longo da história) são factuais (capítulo 20). O Congresso Continental estava falido, e foi Salomon quem forneceu o dinheiro para financiar a luta (capítulo 28). Aquelas quase cem referências no diário de Robert Morris, que simplesmente diziam: *Mandei chamar Haym Salomon*, são reais (capítulo 20). O monumento em Chicago (capítulo 30) é um dos poucos que existem de Salomon. Seus oitocentos mil dólares de empréstimos realmente valeriam muitos bilhões atualmente, e essas dívidas continuam não saldadas. O Congresso considerou a restituição muitas vezes (capítulo 20) mas nunca aprovou coisa alguma. Na esperança de um ressarcimento, a documentação relativa a essas dívidas foi fornecida ao tesoureiro da Pensilvânia em 1785, mas depois disso desapareceu (capítulo 28). Que Andrew Mellon tenha encontrado essa evidência e a ocultado é, totalmente, minha invenção.

Fora do estado da Virgínia, George Mason é um Pai Fundador relativamente desconhecido (capítulo 51). Mas foi importante. Ele realmente se recusou a assinar a Constituição, e suas referências a uma *aristocracia tirânica* (capítulo 24) estão documentadas. Gunston Hall é a casa de Mason na Virgínia, mas as contribuições feitas por Andrew Mellon para sua restauração são ficcionais. Mason foi o principal autor da Declaração de Direitos da Virgínia de 1776, que Jefferson aproveitou na Declaração de Independência e Madison utilizou para configurar a Declaração de Direitos (capítulos 51 e 54). Continua a ser um dos documentos mais importantes na história americana.

A cédula de um dólar é um personagem incrível também. Foi redesenhada em 1935, por insistência de Franklin Roosevelt (prólogo). O Grande Selo foi então acrescentado e Roosevelt ordenou que a pirâmide fosse colocada à esquerda e a águia à direita. A emissão de 1935 não tinha o dístico IN GOD WE TRUST, que foi acrescentado em

1957 (capítulo 24). Quanto à estrela de seis pontas formada quando se unem cinco letras, cruzando o selo dos Estados Unidos (no topo da pirâmide) que resultam num anagrama da palavra *Mason*, não há uma explicação para ela estar lá. Mas está. Quanto às treze estrelas no Grande Selo, acima da águia, que também formam uma estrela de davi (capítulo 28), diz a lenda que George Washington pediu sua inclusão como forma de agradecer a Haym Salomon. Mas ninguém sabe ao certo. De novo, não há como negar que a figura está lá. A Seção 111 do Omnibus Appropriation Act (capítulos 28 e 68) proíbe efetivamente qualquer alteração ou mudança na cédula de um dólar. E, sinistramente, a cédula de vinte dólares, dobrada de certa maneira, como mencionado no capítulo 48, revela imagens muito similares ao que aconteceu no 11 de setembro.

Disney aparece em vários lugares. Primeiro, quando Kim Yong Jin cai em desgraça, depois num programa sobre Disney na televisão norte-coreana (capítulo 27). Essa transmissão realmente ocorreu, em julho de 2012. Finalmente, o pôster do próprio Walt (capítulo 7) com o lema *É divertido fazer o impossível*, que está pendurado no escritório de Kim, está pendurado no meu também.

As gravações feitas por Roosevelt no Salão Oval realmente aconteceram. Ele foi o primeiro presidente a utilizar esse recurso. Contudo, as conversas mencionadas no capítulo 22 são ficcionais. As verdadeiras fitas estão armazenadas na Biblioteca Roosevelt, em Hyde Park. A descrição da cena no dia em que Roosevelt morreu (capítulo 24) é razoavelmente exata. O exame por seu médico aconteceu, e a conversa entre eles é factual. Obviamente, os acréscimos de Mark Tipton são meus, embora um agente do Serviço Secreto tenha estado presente o tempo todo. A Pequena Casa Branca em Warm Springs ainda está lá, e hoje é um parque nacional. Todos os comentários derrogatórios que Danny Daniels faz em relação a Roosevelt (capítulo 30) são tirados de relatos históricos, alguns dos quais pintam uma imagem do homem muito diferente da de sua persona pública.

Zadar fica na costa croata, com seu porto e ilhas protegidos (capítulos 33, 34, 36 e 38). A biblioteca da cidade é descrita com exatidão, assim como o American Corner (capítulos 41, 43 e 49). Solaris é minha invenção, uma síntese de várias cidades na fronteira leste da Croácia.

As cifras de Beale existem, e a Declaração da Independência foi relevante na decodificação de um dos três códigos (capítulo 43). O enigma deixado por Andrew Mellon é invenção minha. Para criá-lo, apliquei as cifras de Beale à Declaração de Direitos da Virgínia, assim como faz Malone nos capítulos 51 e 54.

Existe uma escrivaninha no Castelo Smithsonian, localizada no andar térreo, na ala oeste. O curador Richard Stamm a mostrou para mim, e ela realmente contém uma porção de compartimentos ocultos. Embora seja intrigante, decidi usar o armário escrivaninha Roentgen, do século XVIII, exposto no Metropolitan Museum of Art, em Nova York. Como observado no capítulo 56, pode ser a mais cara peça de mobiliário já produzida, e está cheio de compartimentos secretos. Transferi na trama essa escrivaninha para Washington D.C. e fiz com que fosse um presente de Mellon ao Smithsonian. O laboratório de conservação do Smithsonian (mencionado no capítulo 60) é um lugar admirável, onde diariamente são salvos livros raros e documentos antigos.

A Galeria Nacional de Arte é uma maravilha americana, criada por Andrew Mellon. Seu exterior elegante, o Salão dos Fundadores, a rotunda, o domo, as fontes, as galerias e o jardim, todos podem ser visitados (capítulos 60, 62 e 64). Na Galeria 62 está pendurado o quadro de Edward Savage *A família Washington*. Mellon comprou o quadro em 29 de janeiro de 1936. Ficou pendurado em seu apartamento em D.C. (mesmo após sua morte, em 1937) até 1941, quando foi transferido para a Galeria Nacional, onde permanece desde então. Todo o simbolismo mencionado no capítulo 62 foi intencional por parte de Savage. Incrivelmente, existe mesmo um plugue na borda inferior direita da enorme moldura (que só descobri *após* ter inventado o meu), que serve para nele se encaixar um suporte de ferro.

A China é o mais importante aliado da Coreia do Norte, como vital parceiro comercial e fornecedor de dinheiro (capítulo 26). É também o credor estrangeiro número um da América. O imposto de renda representa mais de noventa por cento das receitas federais dos Estados Unidos (capítulos 7 e 35). Infelizmente, todas as estatísticas referentes à dívida nacional (capítulo 35) são verdadeiras. Essa dívida cresce a um espantoso ritmo de mais de um milhão de dólares por minuto, e realmente existem websites com contadores onde se pode ver como ela vai crescendo. Aquilo que Danny Daniels diz sobre a correlação entre impostos mais altos e receitas mais baixas (capítulo 35) também é correto.

Este romance trata de imposto de renda. A dúvida quanto a se a Décima Sexta Emenda foi ou não corretamente ratificada constitui uma questão legal fascinante. A primeira vez que me deparei com esse tema foi quando descobri *The Law That Never Was*. É um tratado escrito por um homem chamado William Benson, que teve a paciência de visitar os 42 estados que supostamente tinham ratificado a emenda, documentando exatamente os procedimentos seguidos e analisando se estavam conformes com a lei de cada estado. Parte do que ele descobriu é perturbador e convincente. Se é verdadeiro ou não, deixo que outros certifiquem. Isto é um romance — que por definição não corresponde à realidade. Mas incluí dois dos mais óbvios exemplos revelados por Benson — os casos de Kentucky e Tennessee (capítulos 33 e 34). O interessante é que Benson também deparou (assim como os personagens na história) com o problema dos originais desaparecidos. O próprio Benson foi condenado por sonegação, mas seus argumentos não são totalmente irracionais. Os tribunais federais, no entanto, evitaram constantemente a questão, usando uma lógica e um raciocínio fracos (como detalhado no capítulo 37). A opinião expressa na apelação, reproduzida no capítulo 12, é fictícia, mas a linguagem tem citações literais de várias decisões factuais.

Em 1922 a Suprema Corte sustentou que uma declaração do secretário de Estado de que uma emenda constitucional tinha sido ratificada era conclusiva, não sujeita a revisão judicial (capítulo 37). Tendo sido ou não um raciocínio sensato, o fato é que a questão nunca mais foi considerada pela Suprema Corte. A Décima Sexta Emenda surgiu da política do início do século XX, e foi na verdade elaborada para que não obtivesse sucesso, mas isso não aconteceu (capítulo 31). Inicialmente, aplicava-se apenas a um pequeno segmento do país (menos de cinco por cento), que conseguia evitar o imposto por meio de lacunas intencionalmente inseridas na primeira lei sobre receita, aprovada em 1913. Foi Roosevelt quem, em 1943, se apoderou da principal corrente do imposto, com deduções feitas diretamente nos salários das pessoas (capítulo 67).

Ao longo do romance são reproduzidos vários memorandos, todos eles criações minhas, exceto o que tem a data de 13 de fevereiro de 1913 (capítulo 67). É frouxamente baseado num memorando real do Procurador-Geral, datado de 15 de fevereiro de 1913. A internet está cheia de imagens desse documento. Esse memorando suscita muitas questões legais quanto à ratificação da Décima Sexta Emenda. Uma frase de meu memorando é uma citação literal do documento verdadeiro:

> De acordo com a Constituição, uma legislatura estadual não tem autorização para alterar de forma alguma uma emenda proposta pelo Congresso, consistindo a função do estado meramente no direito de aprovar ou não a emenda proposta.

Mas foi exatamente isso que aconteceu durante o processo da ratificação. A emenda proposta foi alterada, estado por estado, de várias maneiras. E o secretário de Estado na época, Philander Knox, ignorou não apenas esse fato, mas também o Procurador-Geral, e declarou a Décima Sexta Emenda "em vigor".
Por que não "ratificada"?
Uma distinção sem maior significado?
Ou uma reação à recomendação legal que tinha recebido?
Nunca saberemos.
O que aconteceria exatamente se a Décima Sexta Emenda estivesse de alguma forma comprometida desde o início? Na época era necessário que trinta e seis estados a ratificassem. Quarenta e dois consideraram isso. E se mais de seis desses estados tivessem sérias restrições legais em relação aos votos por sua adoção? Muitos dizem que foi isso que aconteceu. Os problemas relacionados ao memorando citado no capítulo 67 vêm dessa pesquisa.
Mas os tribunais recusam-se a escutar.
E com boas razões.
A questão representa uma enorme vulnerabilidade.
Em certo ponto do romance (capítulo 29) Kim Yong Jin refere-se à possível ilegalidade da Décima Sexta Emenda como "a mais inteligente arma de destruição em massa já concebida".
E talvez tivesse razão.

Este livro foi composto na tipografia Palatino LT,
em corpo 11/15, e impresso em
papel off-white no Sistema Cameron da
Divisão Gráfica da Distribuidora Record.